나

의

이

름

은

나의 이름은

초판 1쇄 찍은 날 | 2018년 11월 2일
초판 1쇄 펴낸 날 | 2018년 11월 9일

지은이 | 다미레
펴낸이 | 예경원

편집 | 주승아

펴낸곳 | 예원북스
등록번호 | 제396-2012-000132호
등록일자 | 2012. 7. 25
YRN | 제1-0236호

주소 | 경기도 고양시 일산동구 호수로 646-24 위너스21-Ⅱ 206A호 (우) 10401
전화 | 031-819-9431 팩스 | 031-817-9432
http://cafe.naver.com/yewonromance
E-mail | yewonbooks@naver.com

ISBN 979-11-89564-70-4 03810

Yewonbooks Romance Story

나의 이름은

다미레 장편소설

여원

Contents

프롤로그

정신이 몽롱했다.

초록색 대문 앞을 지나서부터 시작된 두통과 울렁거림은 오바이트로 이어졌다.

마지막의 마지막까지 개어내 기어이 시큼한 토악질까지 한 여자는 거미줄처럼 늘어지는 침을 끊어 뱉은 후 주변을 살폈다.

낯선 동네인 건 분명한데 거부감은 들지 않는 기묘한 기분.

기시감인지 데자뷰인지 모를 기억이 혼란스런 가운데 자꾸 무릎이 꺾였다.

『하아…….』

시야가 흐릿한 가운데 본능은 이곳을 벗어나 앞으로 걸어갈 것을 종용했다. 이 지독한 환각의 냄새로부터 멀리 벗어나는 게 우선이라 판단했다.

줄기차게 눌어붙으며 따라붙는 역겨운 냄새. 밀폐된 공간과 같은 폐쇄적 장소가 주는 답답함. 오감을 비롯해 내장에서부터 시작되는 격렬한 반발심은 빠른 판단을 유도하며 재차 종용했다.

『대체 뭐야…….』

본능적으로 낮아지고 말아지던 허리를 간신히 편 상태에서 힘겹게 걸어 나가는데 끼이익! 금속성 소리와 함께 갑작스런 추돌과 굉음.

딱 한 발자국 내딛던 몸은 억눌린 단말마와 함께 어딘가로 빠르게 곤두박질쳤다.

몸속에 있던 모든 걸 토한 후라 그런지 처박히는 몸이 종이처럼 가볍다고 느꼈다. 동시에 어딘가는 상당히 아프고 어딘가에서는 피가 흐르는 듯하고.

이 정도의 느낌과 감각은 익숙했다. 일정 기간 고도의 레이더와 전문적 총포에 겨냥된 참새처럼 지냈기에 지금의 고통은…… 젠장, 더럽게 아프네.

두통이 아닌 두개골을 걱정해야 할 것 같았다. 상황이 심각했다.

"아씨, 아아…… 아아! 내가 뭐라고 했어! 운전 못한다고 했잖아, 새끼야. 술까지 처먹은 놈한테 운전대를 맡긴 네 잘못이야, 씹탱아."

"지랄, 조용히 좀 해."

"몰라! 난 이제 우리 꼰대한테 죽었어, 맞아 죽었다고!"

죽기는……. 너희들 때문에 이 몸이 죽게 생겼는데.

이렇게 어처구니없게 죽게 될 줄 몰랐다.

사선 위에서의 총과 칼이 아닌 뒷골목에서의 교통사고라니…….

이국의 먼지 많은 사막도. 긴장과 땀으로 숨 막히던 정글도. 무법과 무례의 할렘가도 아닌 고작 이런. 이딴 곳에서.

그래도 오긴 잘 온 것 같아. 모든 대화와 욕이 한국어라는 게 정신없으면서도 좋아, 제니스.

제니스가 생각났다. 끝까지 말렸던 깊은 초록 눈동자가.

감정이 격해지면 눈동자는 피코크 블루(녹색을 띤 맑은 느낌의 청색)가 되기도 하고, 프러시안 블루(남색이라 불리는 짙은 청색)이 되기도 했다. 결국엔 심해를 닮은 무감하고 무심한 빛이.

심해처럼 도통 속내를 보이지 않는 냉정한, 모든 일에 담담한 무적의 제니스 힐.

큰일이네, 제니스도 그렇고 찰리도. 무엇보다 장난스런 우리…….

"봐봐, 죽지 않았어. 그러니까……."

"뭐가 그러니까야! 네가 다 책임져, 새끼야!"

"조용히 좀 하라고, 이 바보 새끼야!"

바보들의 행진인 거냐? 어서 병원으로 나르라고, 이 시끼들아……. 아……아프다.

어느 시절. 어느 순간부터 아픔과 고통에는 이골이 났다고 생각했는데 아니었나 봐……. 정말 신기해. 사방 모든 말이 한국어야. 언제부턴가 꿈까지 영어로 꿔 아쉽고 서글펐는데 대한민국 유전자는 극적인 순간에 강한가 봐, 찰리.

난 어쩔 수 없는 코리안이고……. 아…… 빨리 좀 처치. 처리하라고.

일어나 멱살을 잡고 강력 항의하고 싶은 맘과 달리 모든 게 뒤엉킨 의식은 어딘지 모를 심연 속으로 순식간에 곤두박질쳤다.

길지 않은 몽상이자 잠행이었다.

그 가운데 두통은 멈추지 않았고 아픔도 상당했다.

다행인 건 두통과 통증이 주는 환상체험에 잠식당했던 의식이 조금씩 돌아오고 있다는 것이다. 그렇다 해도 아직은 미진한 상태, 밖은 나지막하게 소란했다.

"어쩌지? 정말 이대로 둬도 되냐고? 큰 병원에 데리고 가야 하지 않을까? 저러다 우리도 모르는 새 뇌출혈로 죽거나 하면 어떡해?"

"괜찮다잖아. 박씨 말 못 들었어?"

"그 주정뱅이 아저씨 말을 어떻게 믿어! 소싯적에 유명 의사였단 사람이 지금 저 꼴로 사는 게 말이 된다고 생각해? 그러니까 이제라도……."

"사람 저마다 이유 있고 말 못할 사연 있는 거야. 박씨 무시 말아. 너 오늘처럼 사고치고 깨져 들어올 때마다 봐 준 이가 누구야?"

"……."

"박씨야. 깐깐한 인하가 지나칠 정도로 세심하고 완벽하게 치료해 준 이를 그렇게 말하면 써?"

"그래, 형! 형한테는 뭐라고 할 건데?! 고모 말대로 그 깐깐하고 답답한 인간이 모르는 사람 안방에 눕혀 놨는데 저대로 둘 것 같아? 그래, 싸가지 있고 인간미 훈훈한 내 동생 잘했네, 잘했어. 칭찬할 것 같으냐고!?"

인석의 정확한 지적에 경자는 할 말을 찾지 못했다.

"고모가 생각해도 그건 전혀 아니지? 자신 없고? 그러니까 이제라도 병원에 데려다주고 우린 빠지자니……."

"네가 친 사람이야. 그런 사람을 병원에 데려다 놓으면 그만이야? 사고 친 놈이 수습해야지. 그게 사람의 도리고."

"고모, 쫌!"

"일단은 깨어나는 게 우선이야. 박씨 말로는 몸에 난 상처보다 머리라잖아. 뇌진탕인 것 같다니까 이대로 좀 더 기다려 봐야지."

"기다렸다 깨면? 일어나면 어쩔 건데?"

"어쩌긴? 이것저것 물어봐야지."

"뭘 물을 건데? 고모가 묻기도 전에 정신 차려서 생난리 치면? 네가 날 치였네 어쩌네, 신고한다는 둥 하면서 보상금 운운하면 어쩌려고? 고모 돈 있어? 있냐고?"

"없지."

"그래! 없잖아. 고모도 나도!"

"그렇긴 한데, 하여간 일어나면 보자고."

"난 몰라! 나는 절대로 뺑소니 아니야. 저 덩치를 집까지 데려왔고 야매에 뽕쟁이지만 전직 의사한테 성심성의껏 치료까지 해 줬어……. 근데 고모, 무슨 여자가 가방도 그렇고 지갑 하나 들고 있지 않았을까? 이상하지 않아?"

"이상하긴? 교통사고 당한 것처럼 소매치기 당했거나, 것도 아니면 집 앞이나 근처에 나왔던 거겠지."

"아 쫌! 그런 소리 하지 말라고! 누가 들으면 어떡하려고!"

"그딴 걸 걱정하는 녀석이 벌건 대낮에 음주 운전을 한 거야?"

"고모…… 읍!"

방문을 열고 거실로 나온 이와 눈이 마주친 두 사람은 지금까지와 달리 입을 굳게 닫았다. 얼마간 아침의 고요와도 같은 시간이 지나고 침묵의 트라이앵글을 울린 건 경자였다.

"저…… 정신이 들었네."

"……."

"다행이에요."

경자는 식탁 의자에서 일어나 키가 큰 아가씨가 선 안방 쪽으로 향했다.

걸으면서도 생각했다. 처음 봤을 때도 느꼈던 감정……. 닮…… 았다고.

아주 똑같이 닮은 건 아니지만 어딘가. 뭔지 모를 뭔가가 그녀를 끌어당겼다.

오래전 잃어버린 어린 딸아이의 잔상을 떠오르게 하는 모습이 경자의 심장을 곤란하게 하며 굳어 버린 가슴을 조심스레 반응하게 했다.

조금 더 가까워진 거리, 특별히 닮은 구석이 있는 것도 아닌데 맘이 아렸다.

손끝을 비롯해 발끝까지 벌벌 떨리고. 경자는 알콜릭처럼 달달 떨리는 손을 꼭 쥐고 발끝까지 힘을 줬다. 긴장과 달리 얼굴에는 안타까운 미소가 가득했다.

"조카랑 나, 우린 아가씨가 깰 때까지 기다렸어요."

"……."

"저…… 일이 어떻게 된 거냐면 여기 있는 내 조카가……."

"고모!"

설명은 더 이상 이어지지 못했다. 어느새 소리치며 막아서는 인석 위로 담장이 무너지듯 와르르 쓰러진 인물로 인해.

"고모…… 이…… 느무…… 무거워."

무게를 이기지 못해 꼬꾸라지려 하는 이를 간신히 감싸 안은 인석이 찌그러진 양은냄비 같은 표정을 하고 경자를 애처롭게 쳐다봤다.

"방에 눕혀."

"……!"

"박씨 불러올 테니까."

"그……러지 말고 병……원으로 가자니까. 나…… 이 누나 왠지 무거, 무……서워."

"다녀올게."

"고……모……."

경자는 두려움과 버거움에 발악하듯 손짓하는, 점점 더 작아지기만 하는 인석의 부탁을 무시하고 현관으로 향했다.

계단을 내려가는 심장이 무작스레 뛰었다.

이건 두려움이나 걱정 따위가 아닌, 알 수 없는 기대와 일렁이는 흥분 때문이었다.

오랜만에 느껴보는 사람에 대한 호기심. 기묘한 관심. 좀 더 솔직히는 무섭게 충동하는 욕심 때문에.

1부

5일 만에 집에 온 인하는 현관에 선 채 움직이지 않았다.

낯선 이는 작지 않은 소리와 분명한 인기척에도 TV 삼매경 중이었다.

사과 머리를 한 여자는 소파에 앉아 제 긴 무릎을 끌어안고 기묘한 표정으로 웃고 있었다.

마치 하나도 우습지 않은 코미디 프로를 보면서 예의상 웃는, 그보다는 이해력이 달리는 듯한 모습으로.

여자가 입고 있는 옷은 분명 그의 옷이었다. 언젠가 미국 연수를 갔다 동네 대형마트에서 싸게 구입한, 잠옷으로 입으려 샀던 블루 톤의 맨투맨 티.

피부색이 뽀얗다 못해 투명한 여자는 큰 옷을 제 옷처럼 소화하며 하얀 발가락을 꼼지락거렸다. 여자를 시작으로 주변을 확인한 인하는 거실에 들어서 여전히 발가락 운동 중인 여자 앞에 섰다.

반응이 느린 여자는 그제야 눈을 맞췄다.

"누구?"

발음이 묘했다. 살짝 어눌하고 어색한 게.

"인석 친구?"

역시나 애매한, 교포들에게 흔히 들을 수 있는 발음의 소유자는 자리에서 일어났다.

작은 키가 아니었다. 174센티 정도 키에 긴 팔과 유난히 긴 다리를 가진 여자는 남의 집 거실에서 제집인 양 편했고 느긋한 가운데 당당했다.

"인석이 심부름 갔는데."

"……."

"누구냐, 너는?"

상당히 무례하고 불쾌한, 불편한 질문이었다. 그러다 문득 영화속 대사, 강인석과 연관된 이라는 생각이 들었다.

"그런 당신은?"

"나?"

"그래, 누구냐고? 당신."

"나?"

여자가 갸우뚱했다. 마치 자기 자신이 누구인지 얼마간 생각해 봐야 하는 것처럼.

"이름 묻는 거야?"

질문의 기이한 뉘앙스로 인해 인하는 여자에게 어떤, 정신적인 문제가 있는 건 아닐까 의심했다.

"내 이름은……."

"……."

"수니이…… 순이."

"순이?"

사과 머리를 한 여자와 어울리지 않는 순박한 이름이었다. 시대적으로도 그렇고 사이즈나 스타일이 맞지 않은 그의 옷처럼 언밸런스했다.

"깡…… 강순이."

"……!"

하, 강순이. 이름은 순이고 성은 강인석와 같은 강씨라 이거네.

강순이란 발음 끝, 여자의 입가에는 상큼한 미소가 매달렸다. 순박한 이름과 매치되지 않고 어울리지 않는 이질적이고 이채로운, 상당히 매력적인 미소가.

다시 봐도 교포 느낌이 났다. 그 가운데 지적 수준이 의심되며 어휘력이 떨어지는 교포.

"강인석은 심부름 갔고 고모님은?"

"고모…… 강경자 씨?"

"그래, 이 집 주인의 고모 경자 씨."

"장에 가셨어. 근데 너 버릇없다."

여자는 미간을 비롯해 눈 주변까지 전부 찡그렸다.

"어른한테 경자 씨라고 하면 안 돼."

"이봐……."

"따라 해 봐. 고모니이임."

여자는 두 글자를 길게 발음하며 따라 하길 유도했다. 역시나 문제, 하자가 있는 이가 분명했다. 어처구니없는 주객전도에 일관된 마이동풍도 그렇고.

"해 보라니까."

"이봐, 강순이……."

"강순이는 내 이름이고 강경자 고모니이임."

"강순이라는 그 이름, 강경자 고모니이님이 지어 준 건가?"

"어! 어떻게 알았어? 고모님이 지어 준 거?"

"……."

한순간 여자의 얼굴이 만개한 꽃처럼 활짝 폈다.

조금 더 분명해졌다. 여자는 언젠가처럼 고모님이 데려온, 정신이 없거나 불분명하고 불안정한 이가 맞았다.

나라 녹 먹는 집안에서 이런 일이 또다시 벌어지다니.

"형 왔어?"

이 순간 공부에 매진해도 모자랄 판에 한가롭게 아이스크림을 문 채 비닐봉지를 빙빙 돌리며 나타난 이는 인석이었다. 통합적인 이유로 서늘한 분위기를 풍기는 인하와 눈이 마주친 인석은 물고 있던 아이스크림을 공손히 빼어 든 채 우물거렸다.

"저……기 그러니까 여기 계신 순이 누나는……."

"순이 누나?"

매서운 눈빛 타박에 인석의 표정이 굳다 못해 파리해졌다.

"그러니까 그게……."

"강인석."

길게 말하고 싶지 않은, 이 순간 미치게 피곤하고 졸린 인하는 내려앉으려는 눈꺼풀만큼이나 무거운 톤으로 일갈했다.

"들어와."

거실을 지나 방으로 들어가려는 인하를 여자가 막아섰다.

"뭐 하는 거지?"

"여기서 말해."

"……."

"나 있는 데서."

인하 앞에 선 여자는 조금의 망설임도, 약간의 위축도 없었다. 어딘가 믿는 구석이라도 있는지 눈빛이 형형했다. 동공은 투명할 정도로 명료해 매섭기까지 했다.

"왜 그래야 하는데?"

그처럼 당당한 모습이 인하로 하여금 묘한 반감과 반박을 불러 일으켰다. 동시에 자애로움이란 단어는 하나도 생각나지 않았다.

"겁먹었잖아, 인석이."

말투에서 여유까지 느껴졌다. 그럴 일도, 상황도 아닌데.

"그러니까 이 자리에서 말해."

"싫다면?"

인하는 지위 막론하고 누구나 질겁하는, 시베리아 허스키의 이종사촌 눈빛을 했다. 그런 눈과 마주친 여자는 시선을 피하지도, 단 1초도 깜박이지 않았다.

"할 수 없지."

"……."

"나도 들어갈 수밖에. 인석아 가즈아!"

"누나……."

가관이었다. 누가 주인이고 누가 객인지 모를 황당한 시추에이

선도 그렇고.

"……인하야."

적절한 타이밍에 나타난 이는 고모님이셨다.

아직까지 확실치 않지만 이 모든 일의 주모자. 강순이라는 이름을 지어 준 게 분명한 강경자 씨.

어이없지만 지구상에 사는 강씨 패밀리가 여기 다 모여 있었다.

모든 설명을 들은 인하는 어이…… 기가 막혔다.

분명한 중범죄였다. 명백한 납치 감금이고.

누적된 피곤함으로 인해 한층 더 화가 치솟는 인하는 맘속으로 숨을 골랐다.

"저기……."

인하는 눈썹 산이 한껏 치켜 올라간 눈을 하고 인석을 봤다. 그 눈빛에 인석은 취조를 받는 이들이 하는 좁은 어깨, 일명 위축된 자아를 만들어 보였다.

"내가…… 우, 리가 하고 싶은 말은 고모랑 나도 정말 생각 많이 하고 내린 결론이란 거야. 깨어난 사람이 자신이 누군지도 모르고 아무런 기억이 없다는데 우리가 어쩔?"

"……."

"그런 사람을 길가에 내버려? 것도 저렇게나 요상한 분위기에 남다르게 생겨서 말을 섞을수록 여기 사람 아닌 게 팍팍 티 나는 연약한…… 물론 여리여리해서 연약한 분위기는 아니지만 그래도 어리바리한 여자를?"

연약. 여자에게 어울리지 않은 단어였다.

그처럼 황당한 말을 내뱉은 인석은 상황에 대해 변명은 하면서도 처음 이 일이 일어난 원인과 정황에 대해서는 언급이 없었다. 수상한 냄새가 났다.

"순이 누나가. 그니까 순이라는 이름은 누나가 하도 순둥순둥 순해서 고모가 지어 준 거야. 신기한 게 누나도 꽤 좋아하다더라고. 아, 어디까지 했더라? 그래! 인간적으로 그럴 수는 없잖아. 그리고 내가 근 4일 동안 우리 동네며 인근 지구대까지 다 둘러봤는데 신고도 그렇고, 순이 누나 사진 찍어서 찾는다는 전단지 한 장이 없더라니까."

장하다 싶었다. 사고 친 놈이 저가 친 이의 가족을 열과 성을 다해 찾아다녔다고 하니.

"박씨 말로는 충격에 의한 단기 기억상실 같은데……."

"강인석."

"응?"

"왜 처음부터 병원으로 데리고 가지 않았어? 차에 친 것 같고 그래서 길가에 쓰러져 있었다면 병원 갔다 경찰서로 가는 게 순선데 왜 집으로 데려왔냐고?"

인석의 표정이 티 나게 굳었다.

내내 의문이던 질문을 기습적으로 던지니 반응은 즉각적으로 나타났다.

늘 그렇듯 무언가를 숨기고 감추는 게 어설픈 강인석의 불안 행동 장애 제스처 및 시원찮은 행동거지가.

"그…… 그건 병원보다 우리 집이 훨얼씬! 가깝고 괜히 병원에 데려갔다가는 네가 치었다는 둥 어쨌다는 둥 하면서 날 의심할 수도 있고. 또 경찰서에 불려 가면 나 때문에 형까지 엄청! 피곤해질 것 같아서 좋은 게 좋은 거라고 생각해서 그랬지, 난."

인석은 숨도 쉬지 않고 말했다. 마치 철저히 준비한 피의자들의 시나리오와 패턴처럼. 그럼에도 인석의 동공은 이리저리 갈지자를 그리며 불안해했다.

불안해하는 이유는 뻔했다. 설명 외 다른 무언가. 또 다른 진실이 있는 게 분명했다.

"강인석."

"으응."

"빼먹거나 빠트린 거 없어?"

"……."

"가장 중요한 말 또는 설명 같은 거. 지금 말한 것들은 전부 2차적인 거고 제일 중요한 1차적인 것들. 일테면 누가 누굴 치었다든가, 아니면……."

"아, 아니야! 아니라고!"

"뭐가 아닌데?"

"그러니까 형은…… 혹시라도 내가 그랬을까 봐서 떠보는 거잖아? 운전면허도 없는 내가 감히 운전 미숙으로 순이 누나를 친 거 아닌가 해서 간 보는 거 아니냐고?"

"아니야?"

"아니라고!"

"정말 아니야?"

인하는 피곤함으로 인해 한층 깊어져 음울한 눈매를 하고 인석을 쳐다봤다.

그 모습은 악마처럼 보이기 충분했다. 근 4일 넘게 잠복근무를 해 잠깐 눈을 붙이고 씻기 위해 들어온 그였다.

헤로인 판매책과 중간상인. 반드시 붙잡아야 하는데 여직 찾지 못하고 잡지 못해 분하다 못해 자책하는 맘이 한가득인 상황, 안 그래도 서늘한 눈빛은 한층 음영 깊어진 상태.

그로 인해 현재 인하와 마주친 이라면 그가 누구든 살아 있는 사신을 영접하는 것과 다르지 않았다.

"아니라니까!"

"마지막이야."

"……!"

"이 시간 이후 더는 묻지도, 따지지도 않을 거야."

인하는 판결을 내리는 판사로 빙의돼 말했다.

"이 길로 이 일대 CCTV를 전부 뒤져서 뭔가 나온다면 난 널 돕지도, 이해하지도 않을 거고. 그러니까 충분히 생각하고 최대한 신중하게 말해."

"……!"

"지금까지 말한 게 전부야?"

인하는 정직함과 솔직함을 권하는 표정과 발음. 뉘앙스와 분위기를 숨기지 않았다.

솔직히 말하라고. 지금 말을 해야 도움을 주든 약간의 선처를 하든 한다고.

"그, 게 그러니까……."

인석은 선하고 낙천적인 성격만큼 겁도 많고 소심했다.

발가벗고 이 일대를 뛰어다니던 순간부터 지금까지 앞뒤 생각지 않고 일을 벌이는 스타일이라 압박과 함께 강약을 줘 쪼이면 사실 여부는 어렵지 않게 실토했고.

고모님과 인석은 밖에 있는 여자, 일명 강순이를 순둥순둥해서 순이라고 했다지만 방금 전 인하와 맞서며 눈 하나 깜짝하지 않던 여자는 절대 순둥이도, 연약한 누나도 아니었다.

초점이 분명해 두려움이라고는 없는 눈. 일절 주저함도 없었다.

그 사실이 의심스럽고 의문스러웠다.

자신이 누구인지. 여기가 어디며 주위 상황과 사람들을 전혀 모르는 상황에서 저처럼 물색없이 당당하고 편할 수 있다는 게 일반적이지 않았다.

"나 때문이야."

"……"

"내가 그러자고 했어."

고모님이셨다. 직접 강순이란 이름을 지어 준 이.

"그러고 싶었어. 순이 보니까 예전에 잃었던 아이도 생각나고……. 무엇보다 밖에 나가자고 해도 순이가 나가려고 하지 않고 여기가 좋다고 해서 내가 당분간이라도 그러자고 했어, 그러마 했고."

"……"

"인석이는 네가 알면 화낼 거라면서 끝까지 안 된다고 했는데 내가 그렇게 하고 싶었어, 인하야."

고모님 말씀은 거짓이 아니었다. 그렇다 해도 아직 말하지 않은, 숨기는 게 있어 보였다.

불안해하는 인석의 눈빛이 말하고 있었다.

뭔가 더, 제일 중요한 무언가가 있다고. 아직 말하지 않은 그 무엇이 존재한다고.

추궁할 소지는 분명했지만 오늘은 이쯤에서 정리하기로 했다.

고모님이 흥분하며 내내 지우고 사셨던 일까지 언급한 상황에서 더 이상의 추궁은 무리였다. 안 그래도 비인간적이라는 말을 듣고 사는 상황에서 또 다른 비난의 말을 보태기도 싫었다. 솔직히 잠이 간절했다. 무엇보다 절실하고.

인하가 방을 나서려던 순간 노크소리와 함께 방문이 열렸다.

여자였다. 눈빛이 전혀 순하지 않으면서 적어도 이 순간만큼은 순한 듯 보이는 기억상실녀.

순이란 이름은 다시 생각해도, 아무리 생각해도 아닌. 사과 머리의 얼굴이 하얀 여자.

"고모."

"응. 순이, 왜?"

"저 배고파서…… 돌아 버릴 것 같아요."

"……."

"맞지? 이럴 때 쓰는 말?"

인석이 여자가 아닌 인하 눈치를 봤다.

"뭐…… 대충."

녀석의 대답에 여자는 환하게 웃어 보였다. 은막 위에 스타 같은 달큰한 미소는 분명 고모님을 안심하게 하고 행복하게 만드는 미소였다.

"순이 배고팠구나. 우리 다 같이 밥 먹자. 인석이 넌 미나리랑 쪽파 다듬어. 아귀찜 해 먹자. 5일 만에 강씨 집안 장남이 왔는데 일이 어찌 됐든 대충 먹을 수야 없지."

거실로 향하는 고모님 뒤를 인석이 쫓았다. 마치 꼬리 물기를 하는 꽁지처럼.

재빠르게 사라져 버린 두 사람을 대신해 여자가 인하 앞에 섰다.

"미안해."

여자는 일관되게 반말이었다.

"뭐가?"

"인석이 형인지 몰랐어."

"……."

"난 순이, 강순이야."

"그거 아는 바고."

"아니지."

여자는 큰 눈을 번뜩이며 정색을 했다.

"내가 이름을 말했으니까 이번에는 인석이 형이 이름을 알려 줘야지."

"밖에서 들었잖아? 아니야?"

"아니야."

"정말 아니야?"

"그러지 마."

"뭘?"

"인석이한테도 그렇게 말했잖아. 위력적. 이거 아닌데. 그래, 위…… 위협적으로. 그래서 겁먹은 띨방 인석이가 제대로 말 못한 거고."

띨방……. 발음이 이상한 건 이미 아는 사실이라 쳐도 단어와 문장이 길수록 의심은 확신으로 변해 갔다.

"강인석이 말하지 못한 게 뭔데? 그쪽은 알고?"

"알지. 들었으니까."

"뭘 들었는데?"

"뭘 들었냐면……."

시원한 눈매가 얇아지면서 미간에 밉지 않은 주름을 만들었다. 찡그린 모습이 나쁘지 않지만 기본적으로 차가운 인상이었다.

"배고파."

뜬금없는 대답이었다. 그러다 여자의 표정을 보고 알았다. 능숙하게 전혀 다른 말을 하고 있다는 걸.

"딴소리 말고."

"지금도 그러잖아. 추궁하고 위협하고. 고쳐야 해."

어이가 없었다. 지적을 하는 포인트가 일관되게 뜬금없어서.

"나가자."

"어딜?"

"아구찜은 처음이야."

"그래서?"

"그래서 흥분돼!"

"……."

"열라 기대되고."

"……."

"물론 쪼온나……!"

말투가 강인석으로 빙의된 듯한 여자는 인상이 험악해지는 인하를 확인하자마자 그대로 방을 나갔다.

그야말로 믿어지지 않을 만큼 황당한 대화요, 상황이었다.

강인하 사전에 절대 없는 일인 것부터 시작해 하자투성이 낯선 이를 집에 들인 것부터 시작해 유치한 초딩, 저렴한 중학교 수준 의 대화를 하는 것도 그렇고.

무엇보다 피해자가 분명한 가운데 피의자 집에 두는 것부터가 판단미스였다.

이 믿지 못할 상황에 주변인이자 동조자로 인하 자신이 속해 있 다는 것도 그렇고.

여자는 아귀찜을 아귀처럼 먹었다.

"하여간 먹깨비라니까. 맛있는 아이돌에 투입되면 딱인데."

강인석은 식인 아귀처럼 먹는 여자를 먹깨비라고 칭했다.

"순이가 뭐든 맛있게 먹기는 하지. 그 프로 귀여운 여자 출연자 있던데 순이가 이쁜데 잘 먹는 캐릭터로 들어가면 딱일 거야. 그 지, 인석아?"

"내 말이."

"나 그 프로 겁나 좋아!"

입가가 벌건 여자가 아이처럼 흥분했다.

"그 프로에 한 달만 출현하면 좋겠어. 그럼 어지? 애지? 간한 음식은 다 맛볼 수 있을 것 같아. 물론 우리 고모님 음식보다 맛은 없을 거야."

여자는 꽤나 아쉽고 안타까운 표정을 하면서도 고모님을 챙기 는 건 잊지 않았다.

사회성이 아주 없는 이는 아니었다. 눈치도 그렇고.

"우리 순이는 말도 예쁘게 하지. 이놈 크다, 살도 많이 붙었고."

"앗싸! 고맙습니다."

"그렇지! 앗싸는 이럴 때 쓰는 감탄사지. 누나 학습력, 응용력 은근 짱이다."

"딱 청출어람이라니까, 순이는."

"청출어람! 순이 누나 진짜 딱 그거네, 그거야."

셋은 죽이 맞았다. 서로가 서로를 위하고 챙기는 게 거의 가족 수준이고.

"아구찜 안 좋아해?"

여자가 젓가락이 깨끗한 인하를 보며 물었다.

"우리 형은 젠틀맨이라 먹는데 공들이고 품 들이는 거 뽀대 없 다고 안 좋아해. 먹는 모습이 아구 같은 요리는 더더욱 질색하고."

"……."

"원 푸드 같은 간단식이나 간편식을 좋아하지. 선호하고. 나중 에 형이랑 결혼하는 형수는 편해서 좋을 거야. 손 많이 드는 음식 은 일절 찾지 않으니까. 이거 해 줘라. 저거 해 줘라, 뭐 이런 말도 일절 없을 테고. 그지? 고모."

"그럼, 우리 장손이 어디 사람 귀찮게 하는 스타일인가, 양반 스 타일인데."

"양반?"

"그려, 양반. 순이가 양반이라는 말을 아는지 모르겠네, 그러니 까……."

"알 것 같아. 아니 알아!"

여자의 눈이 인하에게 향했다. 곧바로. 한 치의 망설임도 없이,

"괜히 눈에 힘 빡 주면서 사람 피곤하게 의심하고 질문하는, 맛있는데 맛있다고 절대 말 않는 비호감 스타일을 말하는 거지?"

"……!"

"그지? 인석아?"

여자는 젓가락을 물고 있는 인석의 답을 기다렸다. 그러다 인하와 눈이 마주쳤을 땐 아무렇지 않게 해맑게 웃었다.

모두가 웃지 못할 상황에서 여자는 저 혼자 웃었다.

약간의 위축 없이 아주 해사하게.

여자의 패션은 일관됐다.

"쭉 그 상태로 지낸 거야?"

"응."

"누군 건지는 알고 입은 거고?"

"인석이 옷."

"내 옷이야."

"형 옷이었어?"

강순이는 자신이 입고 있는 티와 추리닝 바지를 보며 되물었다.

"몰랐을 땐 몰라서 그랬다 쳐도 지금은 그것도 아닌데 여직 남의 옷을 자기 옷처럼 입고 지냈으면 미안해하거나 고마워하는 게 정상 아니야?"

"나 정상 아니잖아."

"……."

"기억 잃어서."

여자는 그 같은 말을 아무렇지 않게. 당당하게 말했다.

"그래서 고맙지가 않다?"

"고마워."

"……."

"미안하지는 않고."

"어째서지?"

"내가 이 싸구려 옷 좀 입었다고 해서 갑자기 해지거나 더 빨리 찢어지는 것도 아니잖아? 내가 유전자 변형된 헐크도 아니고."

여자는 안 그래? 하는 시니컬한 표정을 하고 어깨를 으쓱했다.

하루도 안 되는 시간 동안 알게 된 건 바로 이 점이었다.

강순이는 대단히 무디고 상당히 무례했다. 뻔뻔함을 넘어 오만 방자하기까지 하고.

타인의 옷. 것도 남자 옷을 멋대로, 입맛대로 주워 매치해 입으면서 상대에게 미안해하거나 부끄러워하지 않았다. 물론 고마워하지도 않고.

지극히 편해 보였다. 이런 상황이 왠지 익숙해 보일 정도로.

부지런한 인하만큼 일찍 일어난 여자는 치약을 짠 칫솔을 들고 빤히 쳐다봤다. 인하는 칫솔을 유심히, 새로운 시각으로 쳐다봤다.

"이 칫솔도 형 거야?"

"……."

"이상하다, 노랑이는 내 칫솔인데."

"내 거 아니야."

"아니지?"

"아니라고."

"근데 왜 시비야?"

어눌한 발음이 이럴 땐 또 정확했다.

다시 한 번 느끼는 거지만 여자는 절대 순둥순둥하지 않았다. 이처럼 초근접 레이저급 눈빛에도 절대 굴하지 않은 티타늄 강심장을 한 기억상실녀는.

"시비 아니야."

"시비 거는 눈빛인데."

"그렇게 느낀다면 삐딱해서 그런 거야, 그쪽이."

"나 전혀 안 그런데."

"일반적으로 본인이 평가하는 자신과 타인이 보는 시각은 전혀 달라. 그보다 어제 하다 만 이야기는 언제 할 거지?"

말을 할수록. 대화를 할수록 이상했다.

이 여자와의 대화는 단조로운 가운데 도발적이고 유아틱하면서도 맥락에서 크게 벗어나지 않았다.

"어제 하다 만 이야기?"

"……."

"아, 들었다는 말?"

이처럼 해석도. 이해도도 빨랐다. 돌려 말하는 법도 없고.

어쩌면 이 모든 건 기억상실녀 강순이가 교포라 그런지 몰랐다.

굳이 칫솔 위에 찍힌 저 지문이 아니라도 유추는 가능했다. 여자의 어눌한 한국어 발음과 어제 저녁 인석의 잘못된 콩그리시를 건건히 지적하는 것만 봐도.

기억을 하지 못하는 건 분명해 보였다. 밖에 나가기를 두려워하는 것도 그렇고.

어젯밤 아귀처럼 아구를 발라 먹은 여자를 구슬려 밖으로 나가는데 겁이라고는 1도 없어 보이는 여자가 마당을 벗어나려 하자 그 자리에 주저앉았다. 그 상황이 쇼로 보이지 않았다.

짧지 않은 형사생활로 얻은 직감과 눈치로 행동발달에 대한 논문도 쓸 판이기에.

본인이 가야 어떤 단서나 실마리를 얻을 것이며 계속 이곳에서 지낼 수는 없단 극단적이고 치명적인 지적에 여자는 침울한 모양새를 했고 고모님은 훌쩍거리셨다. 더불어 산후 우울증에 빠져 일절 제집에서 나오지 않던 공이는 이유도 없이 허공을 향해 짖어대고.

이웃들의 원성을 걱정한 인석의 저지와 만류로 다시 집 안으로 들어온 게 어젯밤 일이었다.

"이…… 인석이 혀엉."

우물거리며 칫솔질을 하는 여자를 쳐다봤다.

"……가."

"뭐?"

입 안 가득 거품 천지를 하고 여자가 손가락질을 했다.

"배 아파."

"그래서?"

여자는 빠르게 양치질을 마친 후,

"나가라고."

비호감이었다. 배려와 예의범절이라고는 눈을 씻고 봐도 없는 건방진 상실이는.

— 거짓말은 아닌 것 같아요. 필로폰 3킬로그램이면 시가 15억이 넘고 6만 명이 동시에 투약할 수 있는 분량인데 우습게보고 흘려 넘겼다가 시중에 퍼지기라도 하면······.

전화기로도 느껴졌다. 파급력을 우려하는 김 형사의 감정이.

— 속는 셈 치고 만나 보는 게 어떨까요? 그쪽에서 계속 검은 아이스만 지목한다는 게 찜찜하기는 한데······.

"일단 대기하고 있어. 곧 갈 테니까 팀원들 연장 닦아 챙겨 두라고 말하고. 이 반장님은?"

— 반장님이요? 오늘 긴급 휴가 내셨던데요. 알고 계셨던 거 아니에요?

전화를 끊은 인하는 김 형사에게 들은 정보를 꿰어 맞혀 보았다.

향정신성의약품인 케타민을 가방에 숨겨 입국하다 걸린 전력이 있는 중견배우가 이번에는 차 안에서 대마 3개비를 피우다 걸렸다.

그 인간을 취조하던 중 뜻밖의 정보를 얻었다. 필로폰 3킬로그램에 대해. 배우는 지인이 누군가와 통화하는 걸 들었다고 했다.

그러더니 더 많은 정보와 도움을 주는 대가로 딜을 요구했다. 중견배우는 자신에게 전적이 있어 이번 일까지 터지면 재기의 기회가 없다는 걸 알고 있었다.

서로가 타협을 보려는 상황에서 뜻밖의 요구를 받았다.

지인에게서 검은 아이스와 만나 얘기를 하고 싶다는, 이제까지 없던 제안이었다.

검은 아이스를 수면 위로 끌어올려 뽕쟁이들한테 오픈하려는 개수작이라는 걸 알지만 무시하려니 필로폰 3킬로그램이 걸렸다.

한국이 마약 청정지대라는 말은 지난 과거의 영광일 뿐이다. 현재는 동아시아 마약의 허브이자 최단 루트. 근거지가 된 지 오래고.

이런 상황에서 3킬로그램은 그 수치가 불러올 수십, 수백의 잠정적 뽕쟁이들은 결코 무시할 수 없는 엄청난 숫자였다.

"형."

언제부터 옆에 서 있었던 건지 여자 표정이 예사롭지 않았다.

"왜 자꾸 형이라고 부르지?"

"이름을 모르니까."

"왜 몰라? 어제 마당에서도. 저녁 먹을 때도 고모님이 불렀는데?"

"나랑 한 대화 아니고 나한테 말해 준 적 없잖아, 형이."

말끝마다 형이었다, 순하지 않은 기억상실녀는.

"그보다 어제 들어서 안다고 했던 말."

"……."

"그게 그쪽이 이 집에 있을 명분이고 이유인 건가? 강인석이 하고 했을 어떤 행동과 실수 말이야."

기억을 잃은 사람이 당당하게 빌붙을 수 있는 이유는 그뿐이었다.

생각이 없는 것처럼 운전면허 없는 백수 강인석이 운전 미숙으로 이 여자를 쳤거나 아님 그보다 더 안 좋은 케이스, 만에 하나 음주로 인한 운전 미숙으로 이 여자를 치었다든지.

여자는 묘한 시선으로 쳐다보더니.

"노코멘트."

"뭐?"

순간 살벌해진 표정에 여자는 잠시 먼 산 어딘가를 쳐다보는 시늉을 했다. 결국.

"그렇다면 부정하지 않겠어."

"무슨 소리야?"

"무슨 소리긴? 그렇다는 소리지."

"뭐가 그렇다는 소린데?"

"인석이 형이 추측하고 예상하는 그대로란 얘기지 않을까?"

"……."

확실히 보통의 여자가 아니었다.

받아치는 게 반박 정도가 아닌 이렇게나 담담하게 평정심을 유지한 채라니.

"진짜 이름도 그렇고, 이 순간에도 어딘가에서 당신을 사랑하고 걱정하는 가족 찾고 싶지 않아?"

"……."

"이 상황이 불안하고 무섭지 않느냐고? 우리 집 그쪽과 아무런 인연 없는 사람들이기도 하고 그보다 그쪽 가족들이 애타게 찾고 있을 텐데 사지 멀쩡한 본인이 솔선수범해 광명 찾아야지 않겠어?"

여자 표정이 가라앉았다. 담담함을 넘어 무거움으로.

핵심을 건드린 건 분명했다. 여자 주변 인정과 인간미로 물 흐리는 고모님과 인석이 없어 기회인 것도 분명했다.

"인석이 형이 없는 일주일 동안 나라고 여러 경우 타진해 보지 않았을까? 그 결과 여기 있는 게 가장 현명한 판단이라면?"

"좋아, 그 정도 의지라면 다른 방법도 있어."

"무슨 방법?"

"이런저런 추론이나 추측 필요 없이 미 대사관을 가던지 경찰서에 가는 방법."

"……."

"나 서울광역수사대 경찰이야."

베풀 수 있는 미덕은 전부 보였다. 그가 없는 시간 동안 이미 충분히 먹고 자고 치료까지 받았다고 하니 이렇게 더할 수 없이 좋은, 최선의 제안으로 마무리하고 싶었다.

"까먹었어?"

"뭘?"

"내가 이 집에 있을 수 있는 이유랑…… 벼어…… 아닌데 며어……."

"명분?"

"그래, 그거."

"그래서? 그 이유로 눌러앉겠다? 광명 안 찾고?"

"안 찾겠다는 게 아니라 기다려 보겠다고."

"뭘? 누구를?"

"날 찾아올 사람이나 날 아는 사람. 기억이 없는 지금 모르는 사람 말만 믿고 밍충이처럼 따라갈 수는 없잖아?"

"걱정 마. 내가 조사해 보면⋯⋯."

"아니."

"⋯⋯."

"난 여기, 이 집에서 기다릴 거야."

여자는 고집을 굽히지 않았다.

"먹지도 못할 거면서 잡아먹을 듯 보지 마. 그냥 있겠다는 거 아니니까. 기억 되찾을 노력도 할 거고 사고 현장에 가는 시도도 해 볼 거야. 근데 그 근처만 떠올리면 머리가 아프고 속이 매스꺼워. 그래서 지금 당장은 아니고⋯⋯."

"아니고?"

"차차."

"이봐."

"경찰이라며? 경찰이면 국민 안전이 우선이잖아. 아니야?"

"아니야. 당신 절대 대한민국 시민도 아니고."

"⋯⋯."

"어떤 한국인이 모국어, 제 나라 말을 그렇게 어설프고 어색하게 하겠어?"

"내 발음이 어떤데?"

"방금 말했잖아. 지금 그게 중요해?"

"중요해, 난."

"그러시던지."

순간 여자의 눈가가 얇아지더니 어떤 원망어린 말을 퍼붓고 있는지 입가가 티 나게 씰룩거렸다.

"인석이 형⋯⋯씨."

"좋아."

인하는 말을 잘랐다. 이대로 가다가는 대화가 끝날 것 같지 않았다.

솔직히 어이도 없었다. 마약범들 잡아들이느라 눈 돌아가게 바쁜 와중에 경찰이란 신분이 죄고 구실이라 기꺼이 이름과 신분 찾는 걸 도와주겠다고 하는데 굳이 보류하겠다는 이 여자의 마음가짐과 한없이 여유로운 작태가.

"기다려."

"뭘?"

"조사하면 나오겠지."

인하는 더는 지체할 수 없어 현관으로 향했다.

"밥은?"

신발 신는데 여자가 다가와 물었다.

"아침밥."

"시간 없어."

"다 밥 먹고살자고 하는 일인데 밥을 안 먹어?"

"……."

"먹고 가."

"됐어, 그쪽이나 많이 먹어."

"나야……."

"좋아하는 그 밥 언제까지 먹을 수 있을지 모르는데 먹을 수 있을 때 많이 먹어야지."

인하는 여자가 반박을 하기도 전에 현관을 나왔다.

오늘 아침 밥도 엄청 맛있었다. 고모님이 해 주시는 음식은 모든 맛있어 좋긴 한데 밥 먹기 전 인석이 형이 한 말 때문에 소화는 장담할 수 없었다.

기억을 잃었다고 하나 바보 천치도, 인조인간도 아닌데 편할 리 없었다.

"기억이야 돌아오겠지. 시간, 타이밍이 문제일 뿐. 무리해서 기억하려 애쓰지 마. 운 나쁘면 애쓰다 부작용만 부각될 수 있으니까."

부랑자처럼 보이는 박씨의 애매한 처방은 그랬다.

편하지 않은 가운데 누군가의 말처럼 시간에 기대어 기를 쓰고 적응하려는 것뿐.

더불어 이 낯선 현실과 동네. 무엇 하나 익숙하지 않은 것들로부터 스스로를 보호하고 방어하는 방편일 뿐이고.

애초 심각하게 멍청한 가운데 착하고 소심한, 약간은 징그러우면서 귀여운 척을 하는 강인석의 잘못된 행동을 말할 생각은 없었다.

시간을 벌어야 하기에 약간의 뉘앙스를 풍긴 것뿐.

고모님이 빨아 보관해 주신 옷과 신발. 손목에 차고 있었다던 시계. 속옷까지 확인해 보니 죄다 미국에서 생산된, 고가의 제품들이었다.

그렇다면 한국인과 비슷한 외모를 하고 발음은 꽤나 수준 높으면서 동시에 어수룩한 자신은 누구일까? 왜 이곳 이태원 뒷골목까지 와서 쓰러져 있던 거지? 하는 의문에서 더는 나아가지 못했다.

이전 기억이 없었다. 마치 누군가 의도적으로 지운 것처럼 백지 상태였다.

다행스럽게도 그런 가운데 두렵거나 무섭지 않았다.

이 모든 게 잃어버린 자아의 실체이자 실제 성격인가 싶다가도 생각 끝에 내린 결론은 이 집. 바로 강경자 고모님 그늘에 있어서 그렇다는 걸 알게 됐다.

이 집 현관. 마당을 벗어나면 긴장이 됐다. 그건 두려움과는 또 다른 감정이었다.

손끝에서 발끝까지 긴장이 되고 어딘가에서는 약간의 식은땀도 났다. 하지만 그녀 자신이 느끼는 강박 같은 두려움을 타인이자 상대에게 내보이는 순간 약점이 되고 상황은 상대 뜻대로 이뤄진 다는 걸 알기에 인석의 형에게도 숨겼다.

그 결과 괜한 의심과 반감만 키운 게 분명했다.

인석의 형은 인석과는 달랐다. 경찰이라 그런 건지 경계와 의심도 많고.

문지방에서 정신을 잃고 깨어난 뒤부터 3일간은 막막함에서 한 치도 벗어나지 못했다.

그 모든 감정을 이기고 뛰어넘게 도와준 이가 고모님이셨다.

강경자 고모님은 가끔 묘한 시선으로 쳐다보셨다. 마치 이 얼굴 뒤로 또 다른 누군가를 찾아 헤매는 것처럼 그렇게. 아프고 슬프게.

"순이야."

강순이. 지금의 그녀는 강순이였다. 고모님 말씀처럼 참한 이름, 강순이.

"네."

"나 얼른 시장 갔다 올 테니까 인석이 깨워서 밥 먹으라고 할래?"

"네."

"뭐 먹고 싶은 거 없어?"

"으으……."

이젠 거의 반자동이 된 이로서 빠르게 TV를 켰다. 마침 희미하게 그려지던 이미지가 눈앞에 펼쳐졌다.

"저거."

"뭐? 잔치국수?"

"네."

아침 프로에서는 이름 모를 시장골목을 비췄다. 골목 안 사람들은 전부 국수를 먹고 있었다. 김이 모락모락 나는 얇은 면발을 후루룩, 호르륵하면서.

"국수야 별다른 재료 없어도 하는 건데. 그래, 점심에 해 먹자. 인석이 부탁한다."

"다녀오세요."

현관문이 닫히자마자 곧장 인석의 방으로 향했다.

"강인석, 일어나."

대답이 없었다. 곁에서 지켜본 결과 강인석은 아침엔 시체와 다르지 않았다.

정오 이후에 일어나 저녁 시간이 돼서야 정신이 말짱해졌다. 평균 정도로 또렷해지고.

참으로 나쁜 기상 습관이자 늦어도 한참 늦은 게으른 하루의 시작이었다.

이 집 식구들, 인석이 형과 고모님은 부지런한테 그중 가장, 제일 부지런해야 할 놈이 전혀 그러지 못했다.

"강인석."

일단 침대 앞에 서 이불을 들쳐 냈다. 인석이 이불을 찾아 침대를 뱅글뱅글 돌았다.

"이씨, 뭐야? 누가 감히……."

"누구긴 누구야?"

"……."

"강인석이 차로 치고 내버리려고 했던 기억상실녀지."

그 말에 인석이 대번에 정신을 차리더니 눈을 부릅떴다. 이내 부들부들 거리고.

"누…… 누나. 그…… 그게 무슨 소리야?"

"……."

"다…… 전부 알고 있었어?"

"그렇게 큰 소리로 말하는데 못 알아듣는 게 이상한 거지. 빨리 일어나. 고모님이 너 밥 먹고 설거지 깨끗이 해 놓으라고 하셨어. 청소기랑 빨래도 돌리고."

인석이 이불을 돌돌 싸매 제 몸을 가렸다. 별 볼일 없는 부실한 몸을.

"……또…… 또오 뭘 들었는데?"

"……."

"대체 어디까지 들었냐고!"

인석은 얼굴이 벌게서 아침부터 소리를 질러댔다. 마치 점호 전

기상나팔처럼.

점호 전 기상나팔? 뭐지? 왜 갑자기 그런 단어가 떠올랐을까?

"말해! 어디까지냐니까!"

"어디까지 들었으면?"

잘한 것도 없는 녀석이 목소리를 높여 살짝 흘겨봤다. 그러자,

"그…… 그냥 궁금해서 묻는 건데 뭘 그렇게 쳐다봐…… 무섭게."

"강인석이 더 무서워. 운전도 못하면서 음주운전씩이나 한 살인미수, 과실치사 강인석이."

"……!"

인석이 사색이 됐다. 시체 수준으로. 그러더니 벌떡 일어나 팬티 차림으로 앞에 섰다.

이상한 일인 게 이런 모습. 이 같은 장면이 전혀 놀랍지 않을뿐더러 이질적이거나 두렵지도 않았다.

이 또한 왜일까, 생각했다. 보통의 여자라면 놀랄 일이고 눈을 가리며 소리칠 상황인 듯한데 이상하게 볼 일 없는 인석의 몸을 좀 더 자세히, 면밀히 들여다보게 됐다.

"왜…… 왜 그렇게 보는 건데? 무, 무섭게."

인석은 침대 위 이불을 당겨 제 몸을 보호했다. 마치 야수 앞에 선 힘없고 나약한 품새를 하고.

"강인석."

"왜에? 왜 부르는데?"

"왜 누나라고 불러?"

"……!"

"너랑 나 동갑일 수도 있고 내가 너보다 아래일 수도 있는데."

그녀 말에 인석은 콧방귀를 뀌며 고개를 저었다.

"무슨 소리, 누나가 어딜 봐서 나보다 어려? 적어도 나보다 대여섯 살은 많아 보이는데."

"무슨 근거로?"

인석은 그녀를 아래위로 보며 손가락으로 네모를 만들어 이리저리 돌리는 시늉을 했다.

"딱 봐도 견적이 나오잖아."

"견적?"

"것도 그렇고 누나는 아우라가 아주 그냥……."

인석은 슈퍼맨도 아니면서 팬티 바람에 이불을 어깨에 걸치고 막 그냥, 확 그냥 하면서 다크한 빛이 나네, 성숙한 여인의 향기가 나네, 어쩌네 했다.

"네 형보다 많을까?"

갑자기 궁금해졌다. 인석이 형보다. 그 남자보다 나이가 많을지 적을지.

"어디 보자."

인석이 난해한 문제를 앞둔 이처럼 끙끙거렸다.

"도긴개긴처럼 비슷할 것 같긴 한데……."

"도깅개깅이 뭐야?"

"있어. 비슷비슷할 때 쓰는 말. 그러고 보니 누난 정말 교포거나 우리나라 관광 온 사람이 맞는 것 같아. 뭐 이미 그걸 거라 생각은 했지만. 잠깐만, 핸드폰 울린다."

인석의 말을 되씹는 사이 인석이 핸드폰을 들어 사진을 찍었다.

"뭐 하는 거야?"

"아아, 인하 형이 누나 얼굴 왕따시만 하게 찍어서 보내라고 해서. 잠깐만."

그처럼 말한 후 인석은 전송된 사진을 보여줬다. 사진을 본 순간 그대로 손이 움직였다. 제법 힘 있게.

"아윽! 뭐…… 뭐야? 왜 그러는데!?"

"……."

"손이 왜 그렇게 매워! 그러다 누구 하나 죽겠어!"

인석은 한 대 맞은 머리통을 부여잡고 우는 시늉을 했다. 정작 울고 싶은 건 그녀였다.

"보내려면 잘 찍어 보내던가 미리 얘기를 했어야지."

"……."

"이게 뭐야? 자다 깬 사람 같잖아? 이렇게 못생긴 게 나라는 게 말이 돼!"

"뭐, 뭐가? 딱 실물 그대론데."

실물이라고? 이렇게나 전혀 다른 얼굴인데.

"그리고 이 아침에 자다 깨지 그럼 깼다 자냐?!"

그녀는 되지도. 전혀 알아듣지도 못하는 말을 하는 인석의 머리를 시작으로 허벅지와 정강이를 무작위로 찼다. 강하게는 아니고 스리슬쩍 슬로우 버전 수준으로.

"악!"

인석은 고통받는 노예처럼 비명을 지르며 아픔을 호소했다.

이상하게도 인석의 비명이 낯설지도, 두렵지도, 많이 미안하지도 않았다.

그보다 누군가를 때리고 맞는 모습을 보는 게 많이 충격적이지 않았다. 익숙한 듯했다. 그래서 조금 더 때렸다. 여기저기 골고루. 눈에 들어오는 부분을 야무지게. 시험적이면서 실험적으로 쳐 보기도 하고.

"아악! 진짜로 아…… 프다고! 헉!"

본격적으로 때리지 않았는데 비명은 우렁찼다. 더없이 요란하고.

힘을 조금 더 줘 보았다. 그러자 어딘가를 정통으로 맞았는지 인석이 픽 하고 쓰러졌다.

"강인석."

조금 놀란 그녀는 트렁크 바람으로 코피를 쏟으며 뻗은 몸을 이리저리 흔들었다. 그럴수록 인석이의 눈동자는 뒤로 넘어갔다. 흰자가 더 많이 보이고.

"인석아!"

실신한 인석이 때문에 알았다.

자신의 두 손이 솜방망이 인형 손에 영 무용지물은 아니라는 걸.

마약은 어느새 일반인들 일상과 생활까지 파고들었다.

빌어먹을 SNS를 통해 퍼져 어렵지 않게 똬리를 틀더니 이젠 가정집에서 재배해 판매하는 심각한 수준에 다다랐다.

제보는 용인 가정집에서의 대마 재배였다.

이과 출신의 용의자는 여자친구와 섹스를 할 때도. 친구들과 그룹 섹스를 즐길 때도 대마를 피웠다고 했다. 단단히 중독된 상태에서 돈 없이 대마를 구할 마지막 자구책은 국내외 인터넷에 퍼진 대마 재배법을 공부해 터득하는 것뿐이었고.

결국 대마를 키우는데 성공했다. 키운 대마를 액상으로 만들어 전자 담배에 활용할 수 있게, 용이하게 판매책을 넓혔다가 그 활발한 판매가 오히려 독이 됐다.

광역 수사대 마약반 레이더에 제대로 걸려 버렸으니.

이처럼 제보와 첩보가 난무하며 일반인들의 기술까지 고도화된 시대 칫솔 손잡이에서 채취한 여자의 지문은 지문검색도, 이를 전 인석이 보낸 근접 사진을 기본으로 한 외국인 출입국 기록을 뒤져도 아무것도 나오지 않았다.

"……."

답은 하나. 기록이 남지 않는 유일한 방법, 밀입국.

편의상 부르는 강순이란 여자가 이 땅에 들어온 방법은 시쳇말로 투명인간인 채 하늘을 날아오지 않았다면 밀입국밖에는 없었다. 그렇다고 교통사고로 인해 단기 기억상실에 빠진 여자의 과거와 이력 확인하자고 정확히 어딘지도 모를 대사관과 기관에 문의해 수사를 시작할 수도 없고.

대사관을 전전하자니 시간도 시간이지만 일이 커질 게 분명했다. 가뜩이나 복잡하고 심란한데 낯선 여자 때문에 머리가 지끈거렸다.

"팀장님, 검은 아이스 찾는 새끼는 어쩔까요? 분명 함정일 텐데."

"……."

"잘못되면 저희가 심어둔 정보원들도 그렇고 판매책, 알선책 전부 드러나 파투나는 거긴 한데……. 아, 제 촉이 뭔가 있다고……."

"어디서 보자고 했지?"

"노래방이요."

"제보 들어온 노래방이랑 같은 곳이지?"

"네, 일치해요."

일전에 첩보가 들어온 게 있었다. 서울 도심 주택가 노래방 주인이 마약을 유통시키면서 고속버스 수화물, KTX 특송 등이 그 인간 마약 거래에 사용된다는 제보.

심상치 않았다. 판매하는 루트와 부류를 보아 필로폰 양도 상당할 게 분명했다.

일당을 전부 잡는다면 다행이지만 만약 어그러지기라도 하면 그간의 수사와 노력이 전부 물거품이 되기 십상이었다.

모든 게 위험했다. 위험한 만큼 잡고 싶기도 하고.

"오늘은 작업만 하라고 해. 티 나지 않게 하고."

"네."

한결 무거워진 마음 때문인지 담배가 당겼다. 어느 시절 잠깐 피운 담배는 끊은 지 4년인데도 이런 순간 여지없이 생각났다.

마약은 담배보다 더 심각했다.

중독자들 사이선 필로폰의 끝은 자살밖에는 없다는 말이 있다. 죽지 않은 이상 절대 끊지 못하는, 하나님이 인간에게 주신 가장 크고 잔인한 형벌.

경찰대를 졸업하고 바로 지원했고 즉시 투입됐다. 이 광수대 마약반에.

그런데도 끝은 보이지 않았다. 보이긴 고사하고 요사이는 마약을 접하는 시기, 연령대는 현저히 낮아졌다.

일본에서 들어온 신종 허브 마약은 중학생들에게까지 퍼졌으니……

주위가 조용해지니 다시금 생각났다. 어울리지 않은 이름을 좋아하는 미스터리한 여자가.

출근 전 인근 파출소와 지구대를 들러 확인을 했을 때도 인석의 말처럼 여자를 찾는 어떤 제보도, 전단지도 없었다.

깨끗했다. 조용하고. 여자와 관련해선 그 어떤 것도.

"강순이."

어울리지 않지만 어찌 됐건 이 순간은 부르게 됐다.

"……이 나라엔 어떻게 온 걸까."

인하는 이 시간 순이란 이름의 여자가 뭘 하는지 궁금했다.

어느 날 갑자기 하늘에서 떨어진 것처럼 그렇게 사라진 건 아닐까, 그런 생각도 했다.

사라진다 해도 자신과는 무관한 일이거늘 우려가 되긴 했다.

무엇보다 순이란 이름까지 지어 준 고모님의 마음과 새삼스런 심정으로 인해.

그 시간, 순이는 몇 개월 만에 제집에서 나왔다는 기특한 공이의 턱을 부드럽게 쓸어 주고 있었다.

"산책? 산행도 아닌데 나쁠 거야 없지. 전에 무섭기보다 긴장된다고 했던가, 시도한 만큼 긴장이 풀리지 않을까 싶은데……."

인석의 말처럼 볼수록 뿡쟁이가 확실해 보이는 박씨는 뭐든 심각할 필요가 없다고 했다.

기억은 어느 순간. 운 좋으면 내일 화장실에서 시원하게 일보다가 찾을 수 있다면서 잘 먹고 기분 좋게 지내라고 믿어지지 않는 말을 했다.

요상한 문신으로 인해 무섭기보다 무기력한 사기꾼 같은 박씨의 말은 꽤 쓸모가 있었다.

종종 어울리지 않은 형형한 눈빛과 교묘히 따라붙는 듯한 시선이 신경 쓰이기도 하지만 딱히 우려되거나 거슬릴 정도가 아니라서 참아 주고 있고.

"꽁이야, 우리 오늘은 어제보다 10분 더 걸어 볼래? 어제는 세탁소까지 걸었잖아. 왜 옆집에 핫도그 집 현수막 걸고 공사하던."

약간 우울증 증세가 있다는 꽁이는 답이 없었다.

"나 핫도그 좋아하는데……!"

어, 핫도그를 좋아했었나? 순이는 핫도그를 좋아한다고 말한 자신에 대해 생각해 보았다. 하지만 그 지점이 시작이자 끝이었다. 생각은 더 이상 확장되지 못했다.

"……너, 생각보다 좋았지?"

슬며시 눈을 감는 꽁이를 보니 동의가 분명했다. 그녀 역시 큰 도로변이나 많이 외진 골목이 아니면 꽁이처럼 나쁘지도. 두렵지도 않았다.

결론적으로 차에 치인 기분 나쁜 지점이나 인근이 아니면 거닐 수 있게 됐고.

머지않아 생각만으로도 몸이 굳어지던 그곳까지 갈 수 있을 것도 같았다.

"오늘은 이 동네 사람들 환장한다는 쌀국수 집까지 가 보자. 가서 손님 없으면 먹고. 어때?"

다섯 살이라는 공이는 점잖았다. 몸가짐도 정숙하고.

이 같은 품평에 인석은 콧방귀를 뀌며 비웃었다.

"정숙한 강아지 작년 여름에 다 잡혀갔나 보네. 공이 걔가 얼마나 팜므파탈 갠대. 누나는 몰라. 공이의 문란한 밤 생활을. 사람도 그렇고 개도 겉만 보고는 모르는 거야. 나 봐. 내가 놀게 생겼어도 이래 봬도 공시생이라고."

강인석은 놀게 생기지 않았다. 공부를 못하게 생겼을 뿐.

"공시생이 뭐라고 했더라……."

들었는데도 기억나지 않았다. 인석이는 요즘 세상에 가장 핫한 공시생이라는 단어를 모르는 것만 봐도 그녀가 외국인이라고 단정했다.

"한국에 혼자 놀러 온 배낭 여행객인데 강인석 말대로 핸드폰도 그렇고 가방 일체를 소매치기 당한 가운데 겁도 없이 음주운전을 한 멍청한 강인석 차에 받혔다!?"

설득력이 있었다. 충분히 있을 법한 재난 스토리고.

일단 기다려 보기로 했다. 이틀 전 인석이 제 형한테 정면이지만 바보같이 나온 사진을 보냈으니 뭔가 알아냈겠지.

인석이 형은 자신이 경찰이라고 밝혔다. 제 형 얘기만 나오면 괜히 좋아라 하는 머리 나쁘고 맷집까지 나쁜 강인석은 엄청난 능력자라고 했고.

"능력자라……. 힘이 세다는 건가? 나쁘지 않은 일이긴 한데."

뭔가가 의심스럽지만 전직 의사였다는 박씨 말도 있으니 걱정 근심을 끌어안은 채 안달하고 싶지 않았다. 그러기엔 고모님 음식 솜씨가 너무 훌륭하신 관계로.

그녀는 공이 목줄을 단단히 점검하고 대문을 나섰다.

인석은 오전부터 보이지 않았다. 20분 전 인근 공장에서 소소한 알바거리 가져오신다고 한 고모님도 무소식이고.

아무래도 멀리 가지 못할 것 같았다. 집이 뭔가를 집어 갈 모양새는 아니지만 이렇게 따뜻한 주거지를 무상으로 제공받는 입장에서 책임감이 들었다. 주인 의식도.

"편의점에 가서 스낵도 사 오자."

그녀는 공이 목줄을 짧게 잡고 걸었다.

제법 가을이 왔는데도 주변을 보면 죄다 새로 증축된 똑같은 건물이라 계절을 실감하기 어려웠다.

고모님은 동네 도서관 앞 계단에서 내려다보면 가을을 실감할 거라 하셨다. 조만간 그곳까지 가 보고 싶었다. 든든한 공이와.

공이 육포와 보기만 해도 매울 것 같은 고추장색 스낵 봉지를 들고 집 주변 공터에 자리를 잡았다. 목줄을 의자 끝에 묶고 육포를 공이에게 주었다.

공이의 반응은 우울증이란 말이 무색하게 빠르고 확실했다.

"너 내 과구나."

적극적으로 육포를 물고 빠는 공이부터 시작해 답답한 주변부를 둘러보는데 정면에 시야를 가리는 두 명과 눈이 마주쳤다.

그들은 입가에 기분 나쁜 웃음을 달고 빠르게 다가왔다.

"거참, 개새끼 팔자 늘어지고 좋네."

"……."

"한가롭게 고기나 뜯고 있고. 우린 배고파 죽을 판인데 말이야."

"개 팔자가 상팔자인 개새끼, 넌 좋겠다. 밥 잘 사 주는, 간식 잘 주는 예쁜 누나 만나서."

옷차림도. 발걸음도 전부 다 불쾌한 이들이었다. 내뱉는 말도 수준 낮고.

"예쁜 누나, 우리도 출출한데 동생들 용돈 좀 챙겨 줄 수 있을까? 그렇다고 초면에 뭘 많이 바라는 건 아니고."

"……."

"국제적인 동네에 사는 이웃사촌끼리 정 베풀고 살면 좋잖아."

그 같은 말을 하는 남자 뒤로 다른 이가 공이 배를 발로 차며 거품 진하고 가득한 침을 뱉었다. 이후엔 거친 말이 반복됐다.

한순간 이 모든 게 말할 수 없이 기분 나빴다. 상당히 불쾌하고.

고모님 방에서 정신 차린 이후 이 정도로 기분 나쁘고 불쾌한 적이 없었다.

"야, 개새끼. 너도 그만 처먹으라고. 이 오빠가 지금 말하잖아."

그녀 자신도. 아직까지 산후 우울증에 빠져있는 공이도 아무런, 그 어떤 피해도 주지 않았는데 이런 말투와 불건전한 눈빛을 받아야 한다는 게 몹시 거슬렸다.

순간 그닥 좋지 않은 발음이라 참을까 싶었지만 그럴 수 없었다. 그러기도 싫고.

"하지 마."

"누나 뭐라고?"

분명히 들었을 텐데도 되물었다.

"공이 발로 차지 말고."

"말고?"

"위협도 하지 마."

되도록. 가능한 정확한 발음으로 말했다. 그랬다고 생각했고.

"아이고, 이거 어쩔? 우리 누나 교포셨어요? 아, 이태원 관광객? 진작 말을 하지. 그럼 우리가 친절하게 가이드해 줬을 텐데. 안 그러냐? 친구야."

"내 말이."

"……."

"이태원을 우리보다 더 잘 아는 애들은 없다니까. 약간의 수고비만 주면 투어부터 시작해서…… 우리가 아주 기냥 행복하고 아찔하게도 만들어 줄 수 있는데. 어때?"

행복하고 아찔하다는 말이 이상할 만큼 불쾌했다.

"지금도 충분해."

"아닌데, 누나가 몰라서 그러지 용돈에 약간의 성의만 표해 주면 고마운 마음은 물론이고 상상도 못할 기분을 느끼게 해 줄 건데, 우리가."

순이는 공이를 발로 차는 남자를 보며 분명하게. 반복적으로 어필했다.

"말했지?"

"……."

"공이한테 그러지 말라고."

"뭐야? 내가 그렇게 친절하게 설명했는데도 지금 이 개새끼만 챙기는 거야?"

남자는 그처럼 말하고 공이의 입을 발로 세게 찼다.

깽 하는 소리와 동시에 걸죽한 비명이 하늘로 솟구쳤다. 이후 공이 입을 찼던 남자는 자신의 왼쪽 정강이를 붙들고 땅바닥에 꼬꾸라졌다. 그리곤 평생 그치지 않을 것 같은 비명과 욕을 분수처럼 내뱉었다.

"저…… 저 미친년! 아아악!"

여전히 땅을 구르는 남자는 그녀를 노려보며 육성으로 할 수 있는 모든 소리를 지르며 듣기 불편한 욕을 자랑처럼 해댔다. 마치 욕의 향연 같았다.

"뭐……야, 이, 미친년아!"

"……."

"너 지금 찼냐?"

옆에 있던 남자 역시 불필요한 욕을 하며 물었다. 서로가 친구라 그런지 모든 말이 욕으로 시작해 욕으로 끝났다.

"먼저."

"……."

"찼잖아."

간결하고 정직한 대답을 들은 녀석은 눈빛이 마주친 상황에서 조금 뒤로 물러섰다. 그녀는 남자에게서 시선을 거두고 공이를 살폈다.

"야 이 새끼야, 뭐 하는 거야! 저년 밟아 버려!"

그 같은 말이 들렸지만 공이 살피는 건 멈추지 않았다. 피까지
는 아닌데 아프긴 한지 표정이 안 좋았다. 신음과 함께 덜덜 떨고
있었다. 죄 없는, 말 못하는 공이가.

그 순간이었다. 옆에 선 놈이 긴장된 표정으로 힘차게 발길질을
한 것도, 그 덕에 벌어진 다리 사이에 강력한 킥을 해 중심부 및
낭심을 가감 없이 공략한 것도.

치면서도 생각했다. 폭죽처럼 펑 터질 정도로는 차지 말아야지,
그런 인간적이고 인간애 가득한 기특한 생각을.

"아악!"

나름 급소를 가격당한 남자는 제 남성을 잡고 공원 바닥을 이리
저리 뒹굴었다. 둘이 친구라 그런지 수준 낮은 욕도, 뒹굴며 요란
떠는 행동도 똑같았다.

그 모습 정도론 맘이 시원하지도, 개운하지도 않았지만 공이 상
태를 살펴야 하기에 덜덜 떠는 공이를 들쳐 안고 빠르게 달렸다.

오랜만에 뛰는 걸음은 금세 스피드로 이어졌다. 생각만큼 몸이
무겁지 않았다.

방금 전 욕으로 제 무덤을 파며 발광하던, 개운하게 해갈되지
못하고 해소되지 못한 어떤 감정만이 아쉽고 무거울 뿐.

동물병원은 곳곳에 보였다.

제일 먼저 눈에 들어온 병원에 들어가 공이를 눕혀 입가를 가격
당했다고 말했다.

수의사는 공이의 이곳저곳을 꼼꼼히 살펴보더니 입가 주변에 약을 바르고 엉덩이에 주사를 놔 주었다. 무슨 주사인지 의심이 들기도 했지만 묻지 않은 채 수의사의 행동에서 시선을 떼지 않았다.

"다행히 입안이 찢어지거나 하지는 않았는데 붓기는 하겠어요."

"……."

"진통제랑 염증주사도 놨으니까 오늘 밤 잘 살펴보시고요."

"네."

순이는 치료가 끝난 뒤에도 힘없이 누워 있는 공이 곁으로 가 조심스레 어루만졌다.

미안했다. 기분 나쁜 말을 듣게 한 것도. 얘기치 못한 공포와 폭력에 노출시킨 것도.

그런 마음을 아는지 눈을 감은 공이가 다독이는 손길에 의지하며 눈을 감았다 뜨길 반복했다. 마치 괜찮아, 이런 느낌으로.

"전화."

순이는 발음이 정확하지 않다는 걸 알아 긴 대화는 피했다.

"돈이 없어서."

그녀의 말과 표정, 모든 걸 보고 들은 남자는 뭔가를 생각하는 것 같더니,

"아, 괜찮습니다."

"……."

"이 아이 공이죠? 저 위 강 형사님 댁 가족."

하얀 얼굴을 한 수의사는 공이를 알고 있었다. 강인석 가족도.

순이는 안도하며 고개를 끄떡였다.

"강 형사님 댁 공이랑 같이 오신 분은……."

남자 시선이 그녀에게 향했다. 의심보다 호기심으로 인해 궁금해하는 게 분명한 눈이었다.

"강순이."

"……?"

"강인석 사촌…… 누나."

"아, 그러셨군요."

수의사는 미소와 함께 전화가 있는 카운터 쪽으로 안내해 주었다. 전화기를 집어 든 순이는 외워 둔 번호를 누르고 기다렸다.

— 네.

"나."

— 나? 나가 누군데…… 수, 순이 누나?

"어디야?"

— 지금? 버스 안. 집에 가고 있어. 왜? 뭐야? 기억 찾았어? 그런 거야?

"버스에서 내리면…… 병원 이름이?"

"이태원 동물병원이요."

"들었지?"

— 동물병원? 거긴 왜? 누가…… 누나 다쳤어!?

"바보야? 동물병원인데 누가 다쳤겠어?"

— 고…… 공이?!

"빨리 와. 치료비 없어."

— 공이가 왜…….

끊어진 수화기를 내려놓은 그녀는 여직 누워 있는 공이 곁으로 가 턱과 눈을 쓸어 주었다. 기진맥진한 건지 좋은 건지 분간이 안 갔다. 확실하게 모르기에 계속 어루만지게 됐다.

"잘 다루시네요."

"……."

"좋아하는 곳도 아시고."

"순해서."

공이는 이름처럼 고분고분하고 공손했다. 인석의 평가가 다르다는 건 알지만.

"아닌데, 공이 순하지 않은데."

안경 쓴 수의사는 그 같은 말을 하곤 미소를 보였다.

"순해요."

남자가 미소를 지었다. 강씨 사람들과 달리 미소가 헤픈 남자와 눈이 마주쳤다.

아까 공원에서 만난 남자들도 그렇고 매일같이 소리 지르며 엄살 피는 강인석. 찬바람 불면서 시비 거는 형사하고만 지낸 탓인지 미소 천사처럼 웃는 남자가 이상해 보였다. 왠지 실없이, 불순해 보이기도 하고.

"꽁아!"

얼마 되지 않아 부서질 듯이 문이 열리더니 인석이 들어왔다.

"때렸지!?"

인석이 눈을 부릅뜨며 외치듯 물었다.

"분명 그랬을 거야. 안 봐도 비디오야. 그날도 내가 아주 죽다 살았잖아! 무슨……."

"강인석."

들어와서부터 나불대던 인석이 대번에 입을 닫았다. 그녀의 처연한 눈빛을 보고.

"왜에? 뭐⋯⋯어?"

본능적으로 뒷발질 치던 인석이 거리를 벌렸다.

"업을래?"

"⋯⋯!"

"아니다, 내가 안을 테니까 돈 내. 고맙습니다."

순이는 고개 숙여 인사를 하고 공이 이름을 불렀다. 그러자 기립한 공이가 꼬리를 흔들었다.

"가자."

공이를 안자 인석이 말했다.

"같이 가야지."

동물병원을 나와 걷는데 인석이 금세 곁으로 와 걸었다.

"무슨 일이야? 말을 해야 알 것 아니야."

"⋯⋯."

"싸웠어? 혹시 누나도 그렇고 공이까지 맞은 거야?"

인석은 아닌데. 절대 그럴 리가 없는데, 하며 바짝 따라붙었다.

언제 이렇게 시간이 지났는지 동네가 낮과는 다르게 어수선해졌다.

톤이 달라진 동네처럼 순이 마음도 차분해졌다. 순식간에 들끓던 아까와 다르게 평온해졌다.

가슴에서 느껴지는 공이의 따뜻한 온기. 닿았다가 멀어지는 인석의 숨결과 체온 전부가 왠지 모르게 안심이 되면서 다행이다 싶었다.

엄살도 심하고 말도 무진장 많으며 공부도 못하게 생긴 못난 인석이지만 무사한 공이와 셋이서 집으로 갈 수 있어서 좋았다.

덜덜 떠는 공이를 안고 혼자 내달렸을 때와는 달랐다. 마음도. 기분도. 무엇보다 지면에 닿는 이 발걸음부터가 달랐다.

2부

3일 만에 녹초가 돼 돌아온 인하는 현관에 서서 거실을 관망했다.

거실은 곳곳이 지뢰 아니면 첩첩산중이었다.

집을 지키기보다 집을 장악하고 있는 이는 신원미상의 이방인, 여자였다.

거실에 앉아 절도 있게 종이가방을 접어 올려 이 순간에도 종이탑을 산처럼 쌓고 있는 미스터리한 인물은.

"왔네."

"왜 아무도 없어?"

"아무도 없기는."

"……."

"나 있잖아."

여자는 손을 들어 흔들어 보인 후 흐트러짐 없는 절도 있는 자세로 종이접기를 했다.

등을 곧게 편 여자는 모든 걸 제 사정거리 안에 두고 순차적으로 일을 진행했다. 불필요한 동선 하나 없이. 각 떨어지는 모습으로 능숙하게.

"원래 이 집 사는 사람들은?"

거실에 들어선 인하는 얼굴을 찌푸리며 종이 탑을 피해 그의 방문 앞에 섰다.

"인석이는 독서실, 고모님은 당일치기로 단풍놀이."

"……."

"12시쯤에 오실 거야."

어이가 없다 못해 이해되지 않는 인하가 종이 탑을 헤쳐 여자를 불렀다.

"이리 와서 좀 앉아."

"지금 누구랑 말하는 거?"

"누구긴……. 좋아."

"……."

"강순이 씨 할 말이 있으니까 이리 와 좀 앉지."

그제야 움직이기 시작했다. 제 이름을 너무도 좋아하는 여자는.

인하는 마주 앉은 상태에서 여자를 살폈다. 여전히 제 옷을 입고 있는 여자의 얼굴빛은 이 집의 주인이자 가장보다 백배는 좋아 보였다. 근심걱정 하나 없어 보이는, 촉촉한 꿀 피부 또한 여전하고.

"그동안 기억나는 거 없었어?"

"안타깝게도 아직."

"안타깝기는 하고?"

"당연하지. 기억을 잃은 것도 나고 이렇게 불쑥불쑥 나타나 불쾌한 취조를 당하는 것도 난데."

"이게 취조라고 생각해? 이 집의 실질적인 주인이자 가장으로서 당연한 권리고 마땅한 질문이라고는 생각지 않고?"

인하는 긴 한숨을 쉬었다.

사건 하나를 해결하려면 내사를 착수해 검거까지 적게는 한 달. 보통은 6개월 이상 걸렸다. 용의자들 및 범법자들 모두에게 구속영장을 신청하려면 구체적이고도 신빙성 있는 진술을 확보함은 물론 통화내역 분석에 피의자 연고지 등도 줄줄이 파악, 분석해야 하고.

그 가운데 며칠 동안 현장 상황을 머릿속으로 그리며 만약에 모를, 돌발 상황까지 계산해 3일 밤낮을 팽이 치고 왔는데 집은 좌판을 편 노점처럼 어수선하고 진짜 강씨네 가족은 하나도 없는 가운데 자신을 취조한다며 당당히 외치는 이 낯설고도 낯 두꺼운 이방인을 어떻게 대접하고 접대해 드려야 할지…….

며칠 동안 마약쟁이들과의 접전을 시뮬레이션하면서도 간간이 조사한 바, 지금 앞에 앉은 여자에 대해 어떤 단서도 찾질 못했다.

당신은 대체 누구야? 여긴 무엇 때문에. 어떤 목적으로 온 거고. 그보다 대체 언제쯤이면 떠날 건데?

묻고 싶었지만 그럴 수도 없었다.

만약이고 약간의 가능성이기는 하지만 해외에 근거지를 둔 범법자일 수도 있는 여자를 이대로 내쫓을 수도 없었다. 경찰이기도 하고 그 이전, 여자를 강순이로 명명한 고모님으로 인해.

이 여자를 집에 두고 여행을 갔다는 소리만으로도 충분히 짐작할 수 있었다. 여자가 고모님을 비롯해 이 집에서 차지하는 비중과 존재감을.

"인석이 형."

여자는 아직도 저렇게 불렀다.

"강인하라고 했을 텐데."

"강인하."

"그쪽이 몇 살인지는 모르지만 사람을 상대하는 게 직업인 내 특별한 감각과 감식안으로 짐작하건대, 내 아래가 분명할 거야."

"……."

"그렇다면 뭐라고 불러야 할까?"

"기본적으로 미국 스타일이라 어쩔 수 없는 일이고 방금 말한 대로 어림짐작일 뿐이잖아."

여전히 이런 식이었다. 제멋대로에 절대 기죽지 않는 극강의 뻔뻔함과 나름의 이기적인, 편협한 논리.

"그래서?"

"강인하."

"꿈도 꾸지 마."

"인석이 행님!?"

"……."

"행님아?"

"……."

"강형?"

"......."

"강씨!"

점점 더 형편없이, 어처구니없이 떠들어 대도 인하는 눈도 깜짝 않고 여자를 노려봤다.

만만하지 않은 건 알았지만 이렇게 융통성 없고 이처럼 예의 없는 줄은, 이 또한 알았다.

이젠 사건 파악보다 사람 파악이 더 쉽고 마약쟁이들 상대하면서 느끼는 건 눈치보다 감이었다. 논리정연하게 설명할 수 없지만 그 무엇보다 확실한 그것.

"하고 싶은 말이 뭐야?"

"......."

"이 집의 주인으로서 당연한 권리라고 했는데 그런 인석이 브라더가 정말로 하고 싶은 질문."

다른 건 없었다. 특별한 것도 아니고.

그저 신경 쓰이는 당신이라는 사람은 대체 언제쯤이면 사라질 건데, 이거였다.

딱 이 질문 하나. 하나 더 있었다. 가능하면 이 집 사람들 누구와도 정 붙이지 말라는 권고이자 당부.

"고모님이랑 인석이 때문에 그래?"

"......."

"두 사람이 나랑 정든 후 헤어질 때 서로가 힘들어질까 봐? 특히 강인하 씨 고모님?"

이래서. 이러니까 여자를 의심하고 역추적할 수밖에 없었다.

어떤 상황에서도 기억을 잃은 이로서 당연한, 감정 흐트러져 당황하거나 혼란스러워하는 게 없었다, 이 눈치 구단인 여자는.

"나도 다 생각하고 있어. 열심히 고민도 하고. 그래서 머리도 정리할 겸 종이가방도 부지런히 접고 있는 거고. 마냥 놀고먹지는 않는다고.

"공이 애견 호텔 보내서 아니고?"

여자의 눈이 동그래졌다. 동공은 약간이지만 흔들리고.

"며칠 전 치료비는 물론이고 이후에 든 모든 경비 마련하려는 거 아니냐고. 일테면 치료비 및 깁스값이라든지."

그 같은 맞춤 지적에 여자는 놀란 토끼 눈을 했다.

이 집 사람들 모두는 아니지만 강인석이 쓰는 카드는 알림서비스로 문자가 왔다.

며칠 전 동물병원비에 대한 것도 물을 겸 연락을 하니 안 그래도 입 싼 인석이 풍월을 읊듯 종알거렸다. 인근 공원에서 동네 양아치와 있었던 일. 그 밤 그 일로 지구대 경찰과 깁스한 두 남자가 다녀갔다는 것까지 전부 다. 이후 여자가 문밖출입을 약간이나마 자제한다는 사실과 공이가 애견 호텔로 요양을 갔다는 어처구니없는 소리까지.

여자가 나타난 이후 모든 게 달라지고 있었다. 집과 가족이란 카테고리 안에 든 소소한 것들이 소리 없이.

"들었을 테지만……."

"……."

"그쪽에서 먼저 공이를 때렸고 난 그 순간에 내가 할 수 있는 최선의 방어를 했을 뿐이야. 그런 이유로 깁스는 나와 무관한 일이지만 내가 받고, 지금도 받고 있는 것처럼 범인류적 인간애로 인해 약간의 도움을 주려는 것뿐이고. 다시 말하지만 책임감, 죄책감은 전혀 아니야. 그럴 이유도 없고."

두 남자 치료비는 CCTV 분석 결과 그들의 자비로 해결하게 됐다는 것까지 들었다.

그 일로 인해 인근 지구대 사람들이 인하의 집 주변을 다른 집보다 한 번 더 둘러보고 있다는 걸 이 여자는 아는지 모르는지.

한 가지 더 당부의 말을 듣긴 했다.

카메라 분석 결과는 반드시 서에 와 직접 보고 확인하라는 그런 의미심장한 말을.

대체 당신은 누굴까. 왜 그곳에 있다 사고를 당했을까. 그보다 어떻게 왔을까? 이곳 이태원까지.

"안 씻어?"

여자는 웃을 일도 없는데 배시시 웃었다.

"김치찌개 끓였는데 나쁘지 않아."

기억상실녀는 자신이 불리하다 싶으면 이처럼 뜬금없는 소리를 했다. 그중 8할은 먹는, 음식에 관한 것.

"먹을 만하다니까."

웃음과는 영 연이 없어 보였다.

지금 그의 눈앞에서 나름. 자기 딴에는 방실방실 웃고는 있지만 웃음이 어색한 여자는.

그로부터 20분 후, 팽팽한 분위기에서 맛본 김치찌개는 근래 먹은 가정식 백반보다 월등하다고는 할 수 없지만 나쁘지 않았다. 딱 외국인이 한 김치찌개 같았다.

기대 어린 표정으로 호의적인 평가에 굶주린 듯한 여자는 맞은

편에 앉아 꼼짝도 안 했다. 그로 인해 인하의 입은 고집스러울 만큼 먹기만 반복하며 평가는 하지 않았다.

"말 안 해도 내가 다 알아."

"……."

"죄이지?"

강인석이 문제였다. 이 이방인에게 무언가를 가르친 강인석이.

거부하는 인석 형을 잡아끌어 시장 길목까지 왔다.

일종의 마실이자 고모님이 즐기시는 패턴으로 인생의 황금기이자 노년기를 이기기 위한 손쉽고 돈 안 드는 현명한 방법이라 하셨던.

마실 나온 이가 고모님이 아니기에 모습도 달랐다.

말 못하는 공이 구타사건 이후 마음가짐을 달리한 그녀는 조금이나마 남아 있던 두려움을 전부 이기게 됐다.

그날의 발차기가 그녀 내부에서 어떤 순 작용을 했는지 모르지만 이대로 두려움에 잠식당하면 안 되겠다는 아주 모범적이고 긍정적인 결론을 냈다.

기억을 찾기 전까지 내내 집 안에 갇혀 살 것도 아니고 사람들과 부딪히고 그날처럼 소소한 말싸움이나 자잘한 몸싸움을 할 수도 있을 텐데 두려움에 장악되긴 싫었다. 또 모지란 인석이 늘 곁에 있는 것도 아니며 있다 한들 폐가 되는 것도 싫었다. 말도 안 되고.

그 모든 이유로 오늘 밤도 두려움을 이기고 단련하는 차원에서 나왔다. 친밀하지 않은 인석이 형까지 포섭해.

"나 돈 많아. 열심히 가방 접은 덕에 주머니가 삼삼해."

"……."

"먹고 싶은 거 있으면 말해. 다른 걸 말해도 좋고."

"진짜 말해?"

순이는 고개를 끄덕였다. 지금은 돈이 없어 눈치 보던 예전의 그녀가 아니었다.

기억도 잃고 신분을 증명하고 확인할 수 없어 편의점 알바도 그렇고 제대로 된 돈벌이는 할 수 없지만 돈은 벌 수 있었다. 제법 익숙해지고 속도가 붙은 가방 접기 알바로.

"난."

강인하 눈이 보석처럼 반짝였다. 이 밤 가로등과 노점상의 눈부신 조명 때문인지 색색의 조명들보다 더 예쁘게.

"자고 싶어."

"……."

자고 싶다?! 어디서? 누. 구. 랑?

그녀는 온갖 의문과 질문을 담은 눈을 하고 온갖 방향으로 핏발이 선 강인하를 쳐다봤다.

"이런 거 저런 거 다 귀찮고 자고 싶다고."

섹스 아님 휴식. 이 중에 대체 뭘까?

핏발 선 눈만 보면 휴식 같은데…… 뭔가 나른하고 섹시한 저 눈빛을 보면 그건 또 아닌 것 같고.

"경찰이라고 말했잖아. 경찰이 하는 일 몰라? 범인 찾고 잡는 거."

그랬지, 강인하는 경찰이라고 했다. 얼굴로 보면 전혀 경찰이 아닌 불친절한 경찰.

"나 며칠 동안 그 짓만 하다 온 사람이야. 그런 내게 가장 필요하고 절실한 게 뭐겠어?"

"단잠."

"잘 아네."

"잠은 집에 가서 자."

"필요한 거 말하라며?"

"그건……."

"안녕하세요."

강인하의 기습적인 불평불만으로 기분이 다운되려는 순간 미소천사가 나타났다. 남자의 인사에 강인하도 고개를 숙여 인사했다.

"안녕하세요. 일전에 공이 치료해 주신 거 감사합니다."

강인하는 방금 전과도 다르고 평소와도 전혀 다른 선한 미소로 인사했다. 처음 보는 모습이었다. 그래서 그런지 낯선 사람이자 다른 사람으로 보였다.

특히 입가에 연한 미소를 한 채 눈까지 웃는 듯한 모습은 왠지 현실감이 없었다. 그러니까 좀. 아주 쬐금 멋졌다.

"아닙니다. 그날은 인석이 사촌 누나가 고생 많이 하셨죠."

사촌 누나란 말에 강인하가 쳐다봤다. 묘한 시선으로.

"그랬을 겁니다. 두 남자 절름발이에 고자 만드느라."

"네?"

수의사는 쓸데없는 소리를 하는 강인하를 지나 그녀에게 시선을 옮겼다.

"사촌 오빠가……."

"오빠?"

여유 있게 팔짱을 낀 강인하가 꽤 즐거운 표정을 하며 쳐다봤다.

"오빠라고 했니?"

"⋯⋯."

"순이?"

이유는 모르지만 강인하는 즐겁다 못해 행복해 보였다. 그런 강인하와 달리 표정이 사나워지는 그녀를 본 수의사가 센스 있게 말했다.

"그럼 나중에 또 봐요. 순이 씨."

인사를 한 수의사가 배낭을 메고 지하철 쪽으로 걸어갔다. 순이는 그 모습을 보다 강인하와 마주 봤다.

"바쁘게 지냈나 봐. 누군 머리 깨지게 고민하는 동안에."

"머리가 깨져? 왜?"

"왜겠어? 생각나는 거 없어? 있을 것 같은데. 물론 누군지도 알 테고."

"⋯⋯?"

"누굴 거 같아?"

"자고 싶은 경찰."

"딩동댕."

"⋯⋯."

"간다."

"⋯⋯."

"순이 동생은 더 놀다 오던지."

강인하는 면바지 주머니에 양손을 넣은 채 집 방향으로 걸었다. 잠시 고민한 순이는 앞선 이의 뒤를 따랐다.

마실은 나중으로 밀었다. 무엇보다 둘이 나왔으면 둘이 복귀하는 게 맞는 거니까.

가희 세탁소를 지나니 그새 오픈한 핫도그 집이 보였다. 입간판을 보니 종류가 단출했다.

맛있어 보였다. 나중에 먹어야지, 인석이랑.

잊을 만하면 나타나 좁고 어두운 골목길을 비춰 주는 노쇠한 가로등을 하나. 둘. 세 번째 지나는 강인하가 갑자기 뒤를 돌아봤다.

멈춰 선 그녀가 비탈길에 선 옷맵시가 좋은 남자를 올려다봤다. 눈이 마주쳤다.

왜? 뭐? 하고 물어볼까 하는데 강인하가 다시 걷기 시작했다. 방금 전보다 조금 느리고 늘어진 걸음으로.

"속을 모르겠다니까……."

아침부터 소집한 건 강인하였다.

어제 자정이 돼 돌아온 고모님은 피곤한 얼굴로 아침 준비를 하시다 거실로 소환되셨다. 인석은 눈도 다 못 뜬 채 꾸벅꾸벅 졸고 앉았고.

"본인도 노력을 하고 있다고 하고 나도 알아보긴 하는데 아직까지 알려 줄 건 없어. 강순이 씨에 대해서. 그래서 생각을 해 봤는데 기억이 언제 돌아올지 모르는 상황에서 계속 이렇게 지낼 수도 없고."

순이를 비롯해 세 사람의 시선이 일제히 강인하에게 쏠렸다.

"살림을 분담하는 게 좋겠어요."

"……."

"오늘부터 청소, 빨래, 집 안의 소소한 일은 그쪽이 하고 고모님은 가족들 먹을 먹거리, 반찬만 만드세요. 설거지는 상황에 따라 하는 게 좋겠어요."

아침 회의 내용은 간단했다.

경찰 공무원 강인하는 무직에 백수 강순이가 먹고 노는 꼴이 꼴보기 싫다, 이거였다.

"강씨와 하등 상관없는 그쪽…… 강순이 씨가 이 집에서 지내는 걸 뭐라고 하는 게 아니라 여기서 지내는 동안 본인 마음이 지금보다 편할 수 있게 정당한 노동을 하라는 거야. 만약 그게 싫다면."

"싫지 않아."

분명하게. 혀 굴리는 소리 하나 없이 말했다. 결코 비굴하지 않고 않다는 걸 전제로.

"누나 할 수 있어? 할 거야?"

"할 거야."

"몰라서 그러나 본데 살림이라는 게 얼마나 어렵고 힘든 건데? 해도 티도 잘 나지 않는다니까. 누나 살림해 본 적 없잖아?"

살림에 대한 기억은 없었다. 몸의 기억도 없고.

"모르나 본데 우리 집이 단독주택, 것도 연차 오래된 집이라 은근 일이 많아. 화장실만 해도 두 개잖아."

"강인석."

"응."

남 걱정에 빠져 있던 인석이 제 형을 쳐다봤다.

"넌 이번 공무원 시험 떨어지면 그 길로 집 나가는 걸로 알고 있어. 나가는 순간 지원은 일절 없는 줄 알고."

"……!"

착각했다. 타깃은 강인석이었다. 공부 못하면서 눈치도 없는 공시생.

"고모."

필받은 강인하가 아무 죄 없는 고모님까지 겨냥했다.

"강순이 씨가 기억을 찾을 때까지라도 좀 쉬세요. 지금까지 못 다니신 여행도 다니시고. 어제처럼 밤늦게까지 다니는 위험한 여행 말고 2박 3일이나 패키지 같은 장기여행도 좋아요."

"인하야……."

"걱정 마세요. 집안 살림과 노동에 대한 정당한 페이는 지불할 거니까."

내내 이 모든 상황을 불편해하시던 고모님은 바로 고개를 끄떡였다.

브리핑을 마친 강인하가 순이를 마당으로 불렀다.

충격받은 인석이가 형, 하면서 힘없이, 불쌍하게 매달리는데도 시선 한번 나누지 않은 남자를 따라 마당으로 향했다.

이 집의 뷰 포인트이자 유일한 자랑거리는 마당이었다.

인석이는 40년 넘은 집이라 붕괴직전이라고 하지만 마당을 보면 그런 소리는 나오지 않았다.

고모님의 정성과 마음으로 가꿔진 마당엔 감나무를 시작으로 미니 텃밭이자 보기만 해도 기분 좋은 색색의 열매가 그야말로 풍성했다.

　강인하는 야멸친 자신과는 전혀 어울리지 않은 그 풍요로운 마당을 둘러보며 생각을 정리하는지 말이 없었다. 그러더니 숨을 깊게 쉰 후,

　"시급 4,500원."

　"……."

　"현재 우리나라 최저 임금에 못 미치는 미비한 금액이지만 핸드폰 부품 조립이나 종이가방 접어서 받는 10원, 20원이랑은 비교가 불가한 금액이야. 어때?"

　"좋아."

　"청소, 빨래, 정리. 손이 엄청 느리고 서툴다는 전제하에 계산해도 세 시간이면 충분할 테고 그 이후는 자유시간. 오케이?"

　"완전 오케이!"

　친 혈육에게조차 가차 없는 남자를 생각하면 더 생각해 볼 것도 없는 고마운. 공손한 조건이었다.

　"살림 전반에 대한 정보 및 내 취향과 스타일에 대한 건 고모님께 들어. 그리고……."

　그리고 라는 말이 왠지 불길했다. 괜히 사람을 초조하게 만들고.

　"기억이 없다는 건 알지만."

　그래, 알다시피 기억이 없는 이한테 이렇게까지 잔인해야 했어, 강인하! 하고 외칠 적당한 기회, 타이밍을 엿보고 있는데.

　"지나가는 군인이나 경찰. TV에 나오는 헬스 트레이너나 보디가드. 일테면 마동석 같은 몸 보면서 생각나는 거 없어?"

"몸? 마……동석?!"

마동석?! 아, 마동석이라면 안다. TV 선전이나 영화 채널에서 자주 봤던, 눈 작고 동그랗게 생겨서 팔근육이 강인석 엉덩이만 했던 남자.

아주 살짝 서툰 한국어 공부하려고 매일같이 밤낮으로 보는 영화 채널에서 왜인지 모르나 하루 종일 틀어 준 적도 있었다. 그 남자가 출현한 영화를.

"왜?"

질문에 강인하는 쳐다보기만 했다. 그러다 그녀의 몸을 아래위로 단순 감상이나 품평이 아닌 전문적으로, 관찰하듯 쳐다봤다.

"그거 무슨 뜻이야?"

"몸이 대한민국 일반 여성보다 길다는 건 기본이고 강인하다거나 발달됐다는 거 모르겠어? 본인 몸이니까 잘 알 거 아니야?"

"지금 내 몸이 마동석이란 배우란 도깅개깅이라는 거야?"

강인하가 미간에 주름을 만들었다. 아무래도 너무나 전문적이면서 고급진 단어를 인용해 그런 듯했다.

"공부 못하는 어떤 공시생이 알려 준 말이야."

"……."

"그 뜻이냐고?"

"그 정도까지는 아니지만 키가 큰 건 그렇다 쳐도 보이는 부분이 일반적이지 않아서."

"보이는 부분 어디? 어디가 보이는데? 돈이 없어서 맨날 구박하는 어떤 이의 박시한 맨투맨 티만 입고 무릎 나온 추리닝만 입는데!?"

"그럼 설명해 봐."

"WHAT?"

"그쪽은 손가락 하나 다치지 않고 동네 양아치 두 명을 아짝 낸 믿을 수 없는 상황에 대해."

또 그 얘기였다. 그 아무 일도 아닌 무의미한 에피소드.

"설명했잖아. 살기 위해. 힘없고 말 못하는 공이와 보호자도 가족도 없는, 기억 잃어 불쌍하기 그지없는 내 생명과 안전을 위해 죽을힘을 다해서……."

"어제 집에 오는 길에 지구대 들러 CCTV 확인했어."

"……."

"절대 죽을힘 다하지 않았어. 젊고 건장한 두 남자 한쪽 다리만 사용해서 것도 눈 깜짝할 순간 입원 지경으로 만들어 놓고 숨조차 뱉지 않았다고, 그쪽은."

비난인지 칭찬인지 분간하기 어려웠다. 그래서 어떤 표정을 지어야 하는지도 알 수 없고.

기억하는 거라고는 그때 근래 느껴 본 적 없는 상당한 분노를 느꼈고 머리보다 몸이 먼저 움직여 줬다는 거. 또 걷어차인 공이만 아니었다면 두 놈을 그냥…….

"알겠어."

"알아? 뭘 알겠는데?"

"본인도 모르게, 본능적으로 한 행동이라는 거잖아."

"그렇다고 볼 수 있지."

"알았다고."

뭐야? 이대로 끝인 거야? 이상한데. 그럴 인간이 아닌데.

"그보다 그쪽이 오늘 할 일은 인석이 시켜 공이 데려오고 당분간 집밖에 다니지 마. 장 보는 건 배달시키거나 간단한 건 고모님께 부탁하고."

"왜 그래야 하는데?"

"몰라서 물어?"

"모르니까 묻지."

"그쪽이 기억 찾기 전까지 내 집에서 지내려면 그래야 해."

강인하 표정이나 말투는 완전. 허벌나게 재수 없었다.

이 모든 건 인석의 단기 특훈이 알려 준 대한민국 밀착 생활언어지 절대 욕이 아니고.

사실 이보다 더 솔직하고 적당한 표현도 엄청나게 많이. 무수히 떠올랐지만 지금은 이 정도만 하기로 했다. 재수 없는 강인하가 이 집의 주인인 건 분명한 사실이기에.

"간다."

"……."

"말한 거 전부 완수하고."

강인하는 제 할 말만하고 대문을 나섰다. 일전에 그녀에게 얻어맞은 인석이가 별별 욕을 다 가르쳐 줬는데 이 순간 배운 모든 걸 마구 발산하고픈 강렬한 욕구와 욕망을 느꼈다.

"누나!"

몇 분 사이 얼굴이 반쪽이 된 인석이었다.

"형…… 우리 형이 뭐래? 나에 대해서 뭐 말한 거 없어? 이번 시험에 떨어지면 정말로 쫓겨낸다고 했어? 했냐고?"

"나도 쫓겨낸대."

"뭐어!"

인석 얼굴이 지진이 난 듯했다. 눈동자엔 균열이 간 듯하고.

"정신 성치 않은 누난 왜!?"

"몰라. 돌아다니지 말고 살림 잘하래. 안 그럼 너랑 나 둘 다 아웃이라고."

"뭐야, 저 인간! 우리가 뭐 저처럼 했다 하면 실적 내는 인간병기도 아니고 말이야. 시험이라는 게 원래 떨어트리려는 놈들의 개수작인데 그걸 단 세 번 만에 붙으라는 게 말이 돼!"

"강인석."

"응."

"시험은 붙이고 붙으라고 보는 거야. 그건 기억 잃은 나도 알아. 쓸데없는 헛소리 말고 가서 공이 데려와. 안 그럼 너희 형이 너 밥도 주지 말고 굶기랬어."

"……!"

순이는 커진 눈만큼 입까지 벌어진 인석을 두고 현관으로 향했다. 걸으면서 다짐했다.

강인석보다 먼저 쫓겨나지 않으리라.

저 바보 멍청이 공시생한테는 절대로 지지 않으리라, 맹세코!

인하는 핸드폰에 다운받은 영상을 반복해서 봤다.

영상 속 두 남자는 아무런 대비도 못한 상태에서 순식간에 당했다.

오히려 불리한 쪽은 여자였다. 의자에 앉아 한 손에 과자봉지를 들고 있으면서 모든 시선과 신경이 공이에게 향한 채 위험에 노출된, 겁도 없이 등을 보이고 있는 여자.

결과는 반전이자 역공. 여자는 눈 하나 깜짝 않고 별다른 동작과 움직임 없이 제 자리에서 젊고 건장한 두 청년을 응급실로 보내버렸다. 헌데도 여자는 자신이 한 무의식적인 행동에 대해 설명하지 못했다.

그저 무서워 죽을힘을 다해 때렸다는, 믿을 수 없는 변명만 할 뿐.

공항 출입국 기록도. 지문 조회에서도 이렇다 할 정보가 전혀 없었다.

답은 하나밖에 없다.

어떤 순간에도 제재와 터치를 받지 않는 특수 신분, 군인. 그중에서도 본토에서 온 미군이나 정부요원.

만약 미군특수과 정도의 소속이라면 윗선에서 은밀하게 연락 왔을 게 분명했다. 아님 올 테고. 지들 나라도 아니면서 필요에 따라 간섭하고 활개를 치는 게 미군인데 아직까지 아무런 말도 들은 게 없었다.

그사이 여자가 집에 머문 날짜가 열흘이 되어 가고 있었다.

"확인하려면 고모님과 목욕을 보내야 하나……."

정말 군인이라면 신분을 확인할 문신이나 상처가 있을 수 있었다. 고급 장교라면 없겠지만 일반 병사라면 충분히 있을 수 있기에.

일반 병사가 아닌 건 분명했다. 영상 속 액션엔 군더더기나 약간의 오차도 없었다.

"팀장님."

이번에 광수대 새로 투입된 신참 윤 형사였다.

어릴 적부터 나쁜 놈. 범인 잡는 형사가 꿈이었다는, 실적이 아닌 실력으로. 직장인이 아닌 직업인으로서 사명을 다하고 싶다던 풋풋한, 보기 드문 신참.

"김성희 씨요, 더는 못하겠다고 난리예요. 차라리 감옥을 가겠다고⋯⋯."

윤 형사가 난색을 표했다. 인하는 구체적인 대답이나 지시가 아닌 알겠다고만 했다.

형사라는 특수 직업군, 동시에 강인하라는 개인으로서도 이런 순간은 딜레마에 빠지게 만들었다.

법을 거스르지 않은 한도에서 반드시 마약쟁이들을 잡아야 하는 대한민국 형사는 결코 단순 명료. 명쾌할 수가 없다.

늘 정의 편에 서서 곧은 신념대로 반듯하고 올바르기 또한 말처럼. 드라마처럼 쉽지 않고.

윤 형사가 언급한 여자는 마약쟁이였다. 어린아이가 있는 재범자.

그런 여자가 마약에 빠져 법의 심판을 받기 전 단약(마약을 끊는 것)을 맹세하며 선처를 구했다.

아이 때문에 구속만은 면하고 싶다고 말했을 때 마약쟁이들, 그중에서도 하선(소지자나 투약자)이 아닌 상선(우두머리)을 잡아야 하는 입장에서 절대 선하지 않은 제안을 했다.

일명 미끼수사로 약점 잡힌 여성을 앞세워 마약 중독과 마약을 소지한, 앞으로 마약을 소지할 수도 있는 남성들을 잡는 작업 선봉에 세우는 것.

마약과 연관이 있거나 이력이 있는 여자들은 자신들이 아는 현란한 마약계 은어를 구사해 채팅앱에서 성적 유혹을 하며 남자를 무작위로 끌어들였다. 그러면 마약과 섹스가 절실하게 필요한 남성들은 없는 약도 구해 만남과 성관계를 요구했다.

그 순간 몸이 달아오른, 마약 소지한 남성들을 검거하는 일종의 낚시.

미끼수사에 대해서는 논란이 많았다. 함정수사라는 질타와 없는 죄를 만든다는 비난도 받고. 하지만 뚜렷한 대안이 없는 지금의 현실에서 수사의 폭과 경계를 좁히는 것도. 약에 취해 공격적이고 난폭하기 이를 데 없는 마약쟁이를 맨손으로 때려잡는 것도 녹록지 않았다.

그런 극악한 현장과 현실에서 죽지 않고 살아 수사해야 하는 월급쟁이 형사는 청렴결백이 아닌 다수를 위한 함정수사에서 결코 자유롭지 못한 것도 사실이고.

절대 하지 말아야 할 마약을 한 그 바보 같은 아이 엄마처럼.

"후우……."

7개월째 추적 중이다. 강남을 비롯해 서울 전역에 필로폰을 풀고 있는 일명 마약 대모와 그 수하들을 일망타진할 계획으로 밤낮없이 뛰고 정보를 수집하고 미끼를 치고 있는 게.

아이 엄마를 이용한 것도 마약 대모에 대한 정보를 얻기 위한 방법 중 일환이고.

"팀장님."

김 경사였다. 며칠 전 중견 배우와 노래방에서 벌어지는 마약 파티에 대한 걸 전담하고 있는, 이 빌어먹을 세계에서 잔뼈가 굵은 형사.

"오늘 밤입니다."

"……."

"검은 아이스 미팅."

인하는 숨을 골랐다. 오늘 밤 절대 새어 나가면 안 되는 검은 아이스와의 일대일 미팅.

몇 년 전부터 마약쟁이들 사이에서는 불문율이 돌았다.

어떤 일이 있어도 검은 아이스의 정보원이 돼 돕거나 도움을 받으면 안 된다는 것.

검은 아이스에게 걸리면 그 즉시 모든 정보를 토해 내야 했다. 구매자든 판매자든. 그렇지 않으면 평생을 감옥에서 썩게 일을 꾸미고 도모할 테니까. 일체 감정이라고는 없는, 가차 없는 검은 아이스는.

경찰인지 검사인지 아님 제3의 기관 소속 인물인지. 뽕쟁이들 누구도 실체를 알지 못했다. 그저 궁금한 만큼 부풀려진 소문만 무성할 뿐.

그 낯설고 기분 나쁜 이름으로 산 게 4년.

강인하가 아닌 검은 아이스. 데블 아이스로 범죄자들과 공생 및 협력하면서 정의와 시민을 지켜야 하는 형사란 타이틀에 기대고 갇혀 버틴 게.

언제부턴가 지쳐 가고 있었다. 이 사회와 사회의 선량한 다수의 구성원들을 위한 일인데도 범법자들처럼 긴장하며 조심하면서 버티고 견디며 사는 게.

"당신."

불쑥 생각이 났다.

"나 같은…… 부류였을까."

늘 최선을 다하는 만큼 벗어나고도 싶은, 그래서 과거와 기억을 전부 잃은 채 여기. 우리 옆으로 온 건 아닐까.

인하는 자신의 집에 있는 낯선 존재에 대해 꽤나 복잡하고 복합적인 시선을 갖고 있다는 걸 깨달았다. 또한 이 순간 자신이 알게 된 것처럼 어쩜 나름 분투 중인 여자가 깨달았으면 했다. 이쯤에서 각성을 하던지…….

핸드폰 조립과 종이가방 부업을 포함해 집 안 살림과 전혀 맞지 않는 자신의 본모습과 실상을.

단순 노동이 좋은 건 어떤 잡념도 끼어들 수 없다는 것.

핸드폰 부품 조립과 종이가방 접기를 한 건 용돈이 필요하기도 하지만 잃어버린 기억에 대한 압박감에서 벗어나고 싶은 이유가 컸다.

아닌 척, 아무렇지 않은 척하지만 며칠 전부터 악몽을 꿨다.

창문 하나 없는 사방이 검은 장막으로 덮인 지하 공간에 갇힌 그녀는 벽을 치고 두드리지만 더욱더 고립만 될 뿐 누구도 구해주지 않았다.

점점 숨이 막혀 오고 음습한 공기와 기분 나쁜 냄새로 인해 오바이트를 하며 정신을 잃는 꿈과 쉴 새 없이 내달리며 어딘가로 도망치는 꿈.

두 번째 꿈은 숨 가쁜 순간의 연속이었다.

어디선가 주먹이 날아오고 총소리가 들리며 파고드는 칼을 피해 숲으로 달아나는 기묘한 추격전.

추적의 끝은 없었다. 그저 어딘가로 깊숙이 전진하며 내달리기만 할 뿐.

그 모든 이유로 알바를 했었다. 말리는 고모님을 달래고 달래서 간신히.

그랬는데 오늘 아침, 더할 수 없이 나이스한 조건으로 스카웃을 받을 줄이야.

강인하와의 구두 계약 이후 곧바로 일을 시작하려는 순간 인석은 빈손으로 나가던 평소와 달리 제 몸집만 한 배낭을 메고 현관을 나섰다.

집채만 한 가방에 대해 물으니 참고서 가득한 가방을 독서실에 가져다 놓고 공이를 데리고 온다고 했다. 아주 침울하고 울적한, 세상 다 산 얼굴을 하고.

인석이 사라지고 고모님의 섬세한 지도 편달하에 집안일을 시작했다.

강인하네 집엔 TV에서 선전하는 디자인이 장총 같은 청소기가 없어 직접 바닥을 쓸고 물걸레로 닦아야 하지만 나쁘지 않았다. 떼돈을 벌 수 있다는 초 긍정적인 생각에.

2층까지 네 개의 방을 쓸고 닦는데 두 시간 가까이 들었다. 그렇다면 지금까지 번 급여는 9천 원. 다소 흥분되는 금액이었다.

"크크크."

그다음으로 할 일은 화장실 청소.

1층 거실에 있는 화장실이 큰 사이즈고 2층은 중 사이즈.

고모님은 1층 화장실에 대해 브리핑하시다 이웃에 사는 아는 형님의 전화를 받고 외출하셨다. 신을 신으면서도 걱정하셨다.

살림이란 게 하지 않던 사람이 하기엔 만만하지 않을 텐데, 하시면서.

우려하시는 고모님께 장까지 보고 오시면 임무 수행해 놓겠다고 장담했건만…… 죽을 것 같았다.

고모님이 물때라고 했던 검은 때는 영혼의 타투도 아닌 게 죽도록 지워지지 않고.

화장실 벽이랑 바닥 청소할 때 배합해 사용하라고 했던 하얀 가루들을 나름 정교하게 배분해 닦아도 검은 때는 악의 기운과 무리처럼 절대 사라지지 않았다.

"악의 기운과 무리? 왜 이런 말이 떠올랐지?"

순간 뭔가가 의심스러웠지만,

"이틀 전 새벽까지 본 영화 때문인가……."

이상하게 전쟁영화와 액션영화만 보면 몸이 움칠거리면서 모르는 사이 자리에서 일어나 스파링 및 스트레칭을 하고 벽에 기대 물구나무를 서게 됐다.

엔딩이 찜찜하거나 범죄자에 대한 처벌이 마음과 달리 속 시원하고 개운하지 않으면 솟구치는 화가 제어가 안 돼 이불을 뭉쳐 놓은 소파를 사정없이 때리기도 하고.

"강인하 말대로…… 피트니스는 아니고 경호나 가드 뭐 그런 쪽 일을 했나?"

양손에 들고 있던 창과 칼 같은 막대수세미와 철수세미를 내려

놓고 거울 속의 어깨와 미끈한 팔을 만져 보았다. 티를 들어 배와 가슴도 확인하고.

"……."

거울 속 여자의 몸은 영화 스턴트우먼 정도는 되는 듯 보였다.

"직업은 그렇다 쳐도 왜 아무도 찾지를 않을까?"

그 부분에 대해 인석은 말했다.

그녀가 미국에서 혼자 놀러 온 욜로족일 가능성이 크다고. 이런 말도 보탰다.

"누난 내 차에 치이기 전부터 이미 제정신이 아니었다니까! 그게 무슨 소리냐! 누나는 잘 알지도 못하는 이태원 골목을 헤매다 소매치기 당하고 정신없던 차 내 차에 뛰어든 거라고! 본인이! 난 정말 억울해, 억울하다고!"

죽도록 억울해하던 인석의 절규와 외침이 들리는 듯했다.

불필요한 소음을 털어 낸 후 거울 속 인물을 찬찬히 들여다봤다.

이태원 거리나 TV 속 한국 여자들보다 다소 큰 키에 곧게 뻗은 팔다리. 마동석까지는 아니라도 거울로 보이듯 군살 하나 없이 단단하게 단련된 듯한 근육. 크게 부각되지는 않지만 여기저기 기억에 없는 자잘한 상처와 흔적까지.

"강순이 씨는 죽을힘 다하지 않았어. 젊고 건장한 두 남자 한쪽 다리만 사용해 입원 지경으로 만들어 놓고 눈 깜짝도 안 했다고."

들어 올린 티를 내리고 양손을 펴 보았다.

흉한 정도는 아니라도 여기저기 굳은살이 배어 있었다. 자잘한 상처도 있고.

새삼 이 모든 단서들이 새로우면서 자신이 스스로를 방치하고 있었단 생각이 들었다. 또 낯선 환경과 낯선 이들 속에서 편하고 안전하게 지내기만 했다는 것도.

사실 다른 생각은 하기 싫었다. 부융한 기억에 대한 생각 또한 부러 무시하고.

그 모든 이유로 본능적으로 마음과 가슴, 특히 고모님의 맛난 상찬을 즐기는 입이 원하는 대로 지내기만 했다. 헌데 지금 이 순간 문지방에서 기절해 정신을 차렸을 때처럼 리셋돼 궁금해져 버렸다.

자신이 누군지. 어디서 왔는지. 이름은 뭔지. 왜 낯선 동네를 헤매고 다니다 사고를 당했는지…….

그중에서도 제일로 궁금한 건 바로.

"내 이름은…… 뭐지?"

3부

"······순이."

자각몽이라는 걸 알았지만 숨이 찼다.

지치지도 않고 따라붙는 검은 무리들은 맹렬하고 무섭게 추격해 왔다.

롱 타임의 007 영화도 아닌데 극지방, 정글, 사막, 산악지대를 가리지 않고 끝도 없이 내달렸다. 다리가 아픔은 물론이고 발톱은 진작 빠졌고 어딘가에서 흐르는 피는 미처 신경 쓸 여력도 없었다. 어디선가 거센 강풍이 불었고 말없이 함께 달리던 이들은 지점 지점마다 누군가를 암살하고 인질을 구출했다.

기지 파괴로 서로가 뿔뿔이 흩어져 결국엔······.

"강순이."

누군가. 뒤에서 이 같은 이름을 부르며 쫓아오고 있었다.

숨이 찬 가운데 생각했다. 순이, 강순이? 아, 이 이름은 삼시세 끼 맛있는 음식으로 배부르게 해 주는 강경자 고모님이 순하디 순해 순둥순둥한 자신에게 지어 주신,

"이봐."

떨리는 눈꺼풀을 떠 하늘을 봤다. 하늘엔 구름이 아닌,

"초저녁부터 팔자 늘어졌네."

강인……하. 정글보다 백배 무섭고 버거운 미션을 준 놈! 아니 맨.

순이는 거실 바닥에서 일어나 주변을 비롯해 양손을 확인했다. 손에는 핑크색 고무장갑을 낀 채로 올이 풀려 너덜너덜해진 철 수세미를 들고 있었다.

"……."

상황이 이해됐다. 잠이 아닌 기절을 한 것이었다. 독한 XX락스 냄새에 쩔고 취해.

아직까지 정신이 멍했다. 머리도 무지하게 아프고.

"할 일은 다 하고 자는 거야?"

남자는 순이 맞은편, 소파에 앉아 물었다.

"몇 시야?"

"10분 전, 6시."

"내가 인석이 형 나가고부터 지금까지 생각을……."

"생각보다 일을 했어야지 않아?"

"일하면서 곰곰이 생각을 해봤는데."

"그랬는데?"

"나 아무래도 사……알림 체질은 아닌 것 같아."

"그래서?"

"그래서."

"집 나가겠다고?"

늘 그렇듯 강인하는 요점만 간략하게 말했다. 심플하게 묻고.

"체질이 아니니까 더 열심히 해야겠다고 생각했다고."

"좋은 마인드야."

"……."

"욕실 청소는 다 한 거지?"

강인하 질문에 정신이 번쩍 든 순이는 자리에서 벌떡 일어나 화장실 앞에 섰다.

"화장실 쓰려고?"

목소리가 살짝 떨렸다. 엄청난 압박과 긴장으로 인해.

"퇴근한 거야?"

"샤워하고 옷 챙겨서 다시 나갈 거야. 깨끗이 했어?"

"아니, 안 했어. 그러니까 샤워하고 싶으면……."

"……."

"찜질방 가."

강인하가 미간에 주름을 만들며,

"찜질방은 무슨, 비켜."

"안 돼! 절대 안 돼!"

그녀는 긴 사지를 최대한 벌려 강인하를 온몸으로 막았다.

"무슨 짓이지?"

"아무 짓도 아닌데 샤워는 안 돼."

"안 되는 이유는?"

"나 방금 전에 잔 거 아니고…… 기절한 거야."

"……."

"화장실 청소하다 독한 약 냄새에 취해 기절했다고! 기절까지 하면서 간신히 청소한 욕실을 지금 아무런 생각도 배려도 없이 쓰겠다는 거잖아."

"……."

"그러니 막지, 내가."

잃어버린 이름을 비롯해 사랑하는 가족과 연인, 친구 및 지난 과거와 이력에 대한 답답함과 두려움 모두를 이기고 압도한 게 화장실 청소였다.

변기 청소도 그렇고 벽에 난 곰팡이 꽃은 쉽게 사라지지 않았다.

무심히 사용할 때는 몰랐는데 청소를 시작하니 곳곳이 찌든 때와 얼룩 천지였다. 못 본 척 무시하려니 속이 답답하고 끝장을 보려니 끝도 없었다.

힘들어 죽는 줄 알았다. 그러다 어느 순간 정신을 놓았고. 모르긴 몰라도 그녀 인생 최고로 힘들고 고달픈 하루였던 게 분명했다.

꿈속의 이상한 행진과 전투와는 전혀 다른, 현실적인 고난이자 끝나지 않는 전투.

"드라마 보고 영화 보니까 경찰서랑 소방서에 샤워실도 있고 밥 먹는 데도 있던데 굳이 집에까지 와서 샤워한다는 게 말이 돼?!"

"이봐."

강인하 눈동자가 화장실 벽에 있던 검은 때처럼 보였다. 그처럼 강력하고 두렵게.

"여긴 내 집이고 그쪽은 집 주인과 계약한 사람이야. 주인인 내가 욕실 사용하는 게 싫으면 이 집을 나가면 되는 거고."

"……."

"오케이?"

갑자기. 정확한 이유는 모르겠지만 입 싸고 생각 없는 인석이가. 머리 나쁘고 공부 못하는 공시생 강인석이 보고 싶었다.

엄청 보고 싶어 그런지 가슴은 따끔거리면서 쓰라렸다. 그러다 주먹이 불끈 쥐어지면서 호흡이 갚아졌다. 다리 근육은 출발선에 선 마라톤 선수처럼 사정없이 땅기고.

순이는 눈앞에 남자, 시선을 약간 올려봐야 하는 강인하를 바라보며.

"오……케이."

오케이는 오케이가 아니었다.

"완전 오케이?"

강인하가 확인하고 강조하려는 듯 되물었다. 인석 말대로 사악한 놈이.

"와안전 오……케이."

"비켜."

긴장된 다리근육이 좀처럼 움직여지지 않았다. 마치 누가 시키기라도 하는 것처럼 자리에 뿌리를 내렸다.

"이봐……."

"인하 왔어? 나 좀 봐. 수다 떨다 해 넘어가는 것도 몰랐지 뭐야. 순이는 청소 다했어? 많이 힘들었지? 처음 해 보는 거라."

고모님은 안쓰러움과 함께 미안해하시는 미소를 보이곤 부엌으로 향하셨다.

"아니요."

"고모, 강순이…… 읍!"

결국 발이 제멋대로. 사소한 감정을 실어 뻗어 나갔다. 앞에 있던 강인하에게로.

순이는 한쪽 정강이를 잡고 비뚜름하게 올려다보는 남자를 지나 부엌으로 향하며,

"인석이 형님 다시 나간대요. 전 뭐 할까요?"

하고 물었다. 언제나 맛있고 푸짐한 저녁을 만들어 주시는 감사한 고모님이자 이 집의 가~아장 어른이신 강경자 여사님께.

이유는 알 수 없지만 두 양아치한테 발길질했던 것보다 속이 백배 더 후련했다.

독한 세척제로 인한 두통도 거짓말처럼 사라지고.

정말이지 뭔가를 처단! 한 것처럼 행복! 했다.

밤 11시 52분.

인하는 김 형사를 비롯해 다섯 명의 베테랑 형사들과 노래방 인근에서 잠복했다.

샹글리아 노래방은 공간의 여유라고는 없는 다세대 주택가 끄트머리, 뜬금없는 상가 지하에 위치해 있었다. 동네엔 가로등조차 보기 어려웠다.

익숙한 동네 주민이라고 해도 지금처럼 늦은 밤은 위험하고 불

안한. 여자나 어린이, 노인들에겐 무척이나 취약한 환경이었다.

만약을 위해 도주로와 창문, 비상구 앞까지 순경들을 배치했다.

오늘도 작업 선봉에 선 여자의 신호에 들이닥치기로 했다. 노래방 룸은 아홉 개. 그중 두 개의 방이 찬 상태.

여자는 문제의 노래방 주인과 합석인 상황. 긴장을 풀 수 없어 모든 형사들이 침조차 삼키지 못하고 호흡을 고르는 순간 이어폰으로 여자의 멘트, 신호가 터졌다.

"2차 도주로 차단하고 전부 투입!"

인하를 필두로 봉고차에 있던 모든 이들이 뛰어 들어갔다.

멀지 않은 거리지만 다급한 마음으로 인해 달리는 속도에 가속도가 붙었다. 계단을 내려가는데 밀려 내려가듯 몸이 쏠렸다.

노래방 구조는 훤했다. 정보원이었던 알바생은 방을 가리키고 사라졌다.

4번 방 문을 박차고 들어간 순간, 작업 선봉에 선 여자를 비롯해 안에 있던 남자 세 명이 이미 약해 취한 상태였다.

서울 광수대 소속 마약반이다, 말을 하기도 전에 테이블을 뒤엎고 반항하며 도망치려는 세 남자를 상대하는데 베테랑 형사 네 명은 절대 많은 수가 아니었다.

마약에 취한 이들의 공통점 중 하나인 괴력은 궁지에 몰렸을 때 여지없이 드러났다.

뽕쟁이들은 반항을 비롯해 물건을 부수거나 던지는 힘이 천하장사 못지않았다.

약으로 인해 환각에 빠진 이들은 영화 속 영웅인 듯 과감하게 행동했다.

결코 나중이란 없는 이들처럼 달려들며 주먹을 휘두르고 사지를 뻗음은 물론 주변 모든 것들을 상용화하고 무기화했다. 그리곤 자신들을 제지하려는 형사에 맞서 죽도록, 죽기 직전까지 반항했다.

그럴 땐 베테랑 형사들도 별수가 없다. 난립하는 그들과 조금 다른 사명감. 반드시 잡아야 한다는 의지. 서로가 다치지 않고 체포해야 한다는 챙김과 절실함으로 빠르고 강하게 제압하는 것밖에는.

"가만히 있어!"

"이거 놔! 이 좆만 한 새끼들아!"

두 명의 마약쟁이들이 코너에 몰린 상태에서도 이죽거림과 반항을 멈추지 않았다. 그러다 한 명의 발길질이 김 형사의 얼굴을 정확하게 가격했다.

"으윽!"

앞면을 가격당한 김 형사가 뺨을 감싸며 성난 마음에 마구 발길질을 했다.

"제발 좀 가만히 계시라고요, 이 개새끼야. 확 죽여 벌라!"

난리 피우기를 뿡 피우듯 하는 마약쟁이들한테 이골이 난 형사들인지라 결코 좋은 말이 나오지 않았다.

그랬다, 365일 현장에서 살고 드라마틱한 영화가 아닌 매일같이 드잡이하는 현실에 사는 피곤한 직업군의 인간은 무언가에 약이, 악이 뻗친 채고.

다행히 특별 행사와도 같은 자해나 다른 우려했던 일이 벌어지지 않은 상태에서 모두를 봉고에 태워 이송하게 됐다.

차 안 마약쟁이들은 제각각이었다.

입을 벌리고 허공을 보며 실실 웃는 놈과 차에 타서까지 발악을 하며 김 형사에게 매를 버는 놈. 몽롱한 상태에서도 제 자신을 완전히 놓지 않은 집요한 인간형.

인하는 자신을 쳐다보는 노래방 주인의 시선을 피하지 않고 마주했다.

일관되게 검은 아이스를 찾던 인물. 소문만 있을 뿐 실체를 알 수 없어, 없는 이이기도 한 검은 아이스를 인하에게서 찾으려는 듯 눈매가 날카로웠다.

순도는 물론 양으로도 상당한 마약을 한 극한의 상황에서도 남자의 시선은 분명했다.

그 명료함이 아무도 모르게 인하를 흥분시켰다.

창문 하나 없는 밀실, 약에 취한 노래방 주인이 완전히 정신을 차릴 때까지 기다리며 정보를 확인하던 인하는 팔짱을 풀어 마른세수를 했다.

마약과 2팀 전부가 피곤한 하루였다.

그중에서도 팀장인 인하는 모든 걸 가늠하고 확인하며 정확한 빅 픽처를 그려야 하기에 실수란 있을 수 없었다.

실수는 곧 누군가의 부상과 생명으로 이어지기에 매 순간이 긴장이었다. 긴장감은 인하에게 몇 가지 징크스와 버릇을 만들었다. 마른세수는 그중 하나고.

"우리 형사님 많이 피곤하신 것 같은데 말만 하셔."

남자는 벌써부터 정신을 차리고 있었는지 표현과 발음이 정확했다.

"내가 아주 좋은 거 한방 놔 드릴 테니까."

역시 흔하디흔한 판매책이 아니었다. 노래방 주인은.

이 정도의 눈치와 기백. 농을 서슴지 않는 이라면 분명 마약 대모를 알고 있으리라.

분명했다. 이자는 인하가 원하는 걸 말해 줄 수 있는 상당한 위치라는 걸.

"그 좋은 걸 허투루 쓰면 되나, 약쟁이들한테 써야 수억. 수십억을 벌지."

"돈? 그까짓 돈이라면 내가 또 아쉽지 않거든."

다 쓰러져가는 노래방 주인치고 기백이나 아우라가 제법이었다. 돈에 대한 것도 그냥 하는 말이 아닌, 여유와 담담함을 내포하고 있었다.

"검은 아이스를 찾았다던데."

"……."

"이유는?"

인하는 그 자신이 누구인지 적확하게 설명하지 않은 채 검은 아이스가 아닌 척도 하지 않았다. 그저 애매한 분위기만 자아냈다.

약에 찌들었으면서 남자의 눈은 흐릿하지 않았다.

마치 이제까지의 모든 행동이 연극이었나 싶을 정도로 분명한 눈빛은 인하의 모든 걸. 마음속 어딘가를 헤쳐 보듯 분명하게 쳐다봤다.

그 시선이 흥미로워 맞장구를 치듯 시선을 피하지 않았다. 그러자.

"내가 말하는 사람 앞으로 공적서(검찰에서 수사 형조를 했다고 판사에게 올리는 협조공문) 하나 써 줘."

"……."

"그럼 댁네들이 궁금한 모든 것. 내가 아는 전부를 말할 테니까."

"공적서라……."

"지금 수원 향방(마약사범 감방)에 있는 이가 있어."

"……."

"어리지. 고작 스무 살이니까."

남자의 표정에 안타까움. 형용하기조차 어려운 통탄스러움이 빠르게 스쳐 지나갔다.

지워지거나 가려지지 않는 제 과거와 이력이 가진 무게로 인해 잃어버린 어떤 것에 대한 미안함과 절실함. 간절함 같은 게.

물론 너무도 많은 이들에게 있는 표정이고 볼 수 있는 시선이었다. 그러면서도 이렇게 마주 한 상태라면 어쩔 수 없이 이목과 신경을 끌었다.

"알다시피 향방에서는 단약이란 건 불가능해. 신참으로 들어가 반전문가가 돼 나오는 곳이 빌어먹을 향방이니까. 그 아이 마약 재활 전문 선생한테 보내서 2년간 퇴원 않고 치료받게 해 줘."

"……."

"나와서 재기할 수 있게 기반 마련해 주면…… 더 좋고."

왠지 모르나 순간 저 혼자 울컥한 남자는 신물을 삼키듯 울음을 삼켜 넘겼다.

본인이 아니면 결코 알지 못할, 구구절절하게 기막힌 사연에 저조차도 동요하지 않기 위해 남자는 주삿바늘 가득한 팔을 비롯해 주름 가득한 주먹을 불끈 쥐었다.

"해 주면…… 협조할게."

"……"

"뭐든 간에."

"……"

"전부 다. 죄다 한다고."

요구는 분명했다.

본인이 약이 절어 죽거나 협조로 인해 어느 날 빵에서 칼침을 맞아 죽는 한이 있어도 누군가는 반드시 살려야 한다는 의지표명.

대법원 양형 기준에 의하면 중요한 수사 협조에 협조한 이는 감경사유가 된다고 명시돼 있다. 특히나 마약범죄는 죄다 불법적, 음성적으로 이뤄지기 때문에 반드시 제보가 있어야만 적발과 처벌이 가능했다.

남자는 이 모든 방식과 형식을 전문가처럼 줄줄이 꿰고 있었다.

인생 막차에 탄 자신이 아닌 누군가를 지키고 치료받게 하기 위해서. 더 나아가 완치 후 이 사회에서 도태되지 않고 마지막의 마지막까지 살아남을 수 있도록.

치밀한 지원이자 절박한 마음이었다. 책임감 만렙인 것도 분명하고.

그 같은 감정이라면 이 지구상에 하나밖에는 없었다.

"일단 시작해 봐."

"……"

"당신이 알고 내가 궁금한 것에 대해."

"약속부터 해."

"지금 마주하고 있다는 사실."

"……."

"이게 약속이야."

남자의 눈빛이 좀 더 분명해졌다.

남자는 자신이 그토록 찾던 이와 이처럼 쉽게 마주했다는 사실에 감격했는지 안도했는지 어울리지 않은 미소를 보였다.

그야말로 단짠내 나는 미소였다.

오케이맨 강인하는 어젯밤 들어오지 않았다.

고모님 얼굴엔 그늘이 가득했다. 강인하의 외박은 놀랍거나 새삼스럽지 않은 일인데 고모님은 근심 어린 표정으로 아침을 드셨다.

지금까지 이 집에 머무는 동안 강인하는 집에 없는 날이 더 많았다. 연락을 하는 것조차 굉장히 드문 일이고.

낯선 객 입장에서 그 사실이 무지 좋기는 한데 어른이신 고모님은 아니신지 우리 장손 이러다 몸 축나겠네, 축나겠어. 을 반복하셨다.

공시생 인석이는 제 형이 집에 없는데도 독서실 간다고 바빴다.

"오늘은 독서실 가지 말고 나랑 거기 가."

"거기? 거기가 어딘데?"

"사고 났던 지점."

"거긴 왜?"

"뭔가 기억이 나지 않을까 싶어서. 이 상태로 계속 버틸 수 없잖아."

"왜? 형이 또 뭐라고 했어? 기억 찾아서 얼른 나가래?"

"그건 아니고."

"그럼?"

"이번에 알았는데 난 살림 체질이 아닌 것 같아. 적성에도 맞지 않고. 그래서 이번 기회에 기억 찾을라고."

순이의 솔직함에 인석은 뜨악하더니 한심스런 표정을 했다.

"네가 그런 표정한다는 게 더 기분 나쁘기는 하네."

뜨악하다 한심스런 표정을 하는 건 오케이맨 강인하가 공부 못하는 강인석 상대하면서 자주 보이는 표정이자 패턴이었다.

"나쁘긴! 그리고 제 기분대로 적성대로 사는 사람이 얼마나 있을 거 같아? 나도 내 적성대로면 지금 장사를 하고 있어야 한다고. 공부가 아니라. 그런데도 나 지금 공부하러 독서실 가잖아? 그러니까 누나도 청소하면서 기억 찾을 궁리나 해 봐. 괜히 우리 형한테 밉보여서 기억도 못 찾은 채로 쫓겨나지 말고."

"장사? 무슨 장사?"

문득 든 생각이지만 장사와 인석의 조합은 나쁘지 않았다.

"무릇 장사라 함은 시작부터 눈길을 끌 핫한 아이템으로 겁나 규모 있게 시작해야겠지만 내가 밑천도 그렇고 장사 경험이 없으니까……. 그래, 우리 골목에 새로 생긴 핫도그 집 같은 거 경험 삼아 해 보면 좋겠지. 나 핫도그 좋아하거든."

"나도."

"누나도 장사하고 싶어?"

"핫도그 좋아한다고."

"난 또…… 뭐야? 기억났어!?"

"무슨 기억?"

"핫도그 좋아하는 게 기억났냐고?"

"……."

"지금까지는 뭔가를 좋아한다는 말 같은 거 안 했잖아. 그냥 고모가 해 주면 모든 맛있다고 먹방 BJ들처럼 먹기만 했지."

그렇긴 한데…… 핫도그? 기억이 난 건가? 지금까지 그런 생각은 하지 못했다.

그저 골목에 새로 생긴 가게를 보니 자신이 좋아하는 건데, 하는 생각이 들었을 뿐.

인석이 말을 들으니 기억이 난 건가 싶었다.

"좋아, 그렇다면 가만있을 수 없지. 가자."

인석이 가방을 내려놓고 손을 잡아당겼다.

"어딜?"

"어디긴? 누나 사고 났던 곳부터 그 일대 천천히 걸어 보자고. 핫도그처럼 다른 기억이 날지 테스트 및 확인도 할 겸."

"아직 청소 안 했는데?"

"어제 했다며? 그럼 오늘은 안 해도 돼. 그리고 집이 너무 깨끗하면 돈이 안 꼬인데. 어른들 말이."

"시급은?"

"거야 나랑 고모가 했다고 하면 되는 거고. 그리고 지금 꼴랑 4,500원짜리 시급이 문제야? 기억 찾는 게 급선무지. 누나 언제까지 우리 형 모진 구박받으면서 지낼 건데? 기억 찾아서 가족 상봉해야지? 나도 이번에 꼭 시험에 붙어서 우리 형 코를 납작하게 만들 거야!"

인석이 패기 있게 말은 하지만 이 집에 10일 넘게 지내 본 결과 그럴 가능성은 적었다.

"가즈아!"

"니들 어디 가?"

"순이 누나가 사고 났던 장소에 가 보고 싶다고 해서 산책 겸 한 번 가 볼라고. 고모도 가실래요?"

그 소리에 고모님은 옆에 선 그녀의 손을 잡아 다독이셨다.

"말은 안 해도 많이 답답하지? 걱정도 되고? 내가 미안하네. 진작에 가 보기도 하고 전단지 만들어 뿌리기도 해야 하는데, 인하만 믿고……."

"전단지 필요 없어요. 강인하가 알아본다고 했으니까."

"아, 정말. 빨리 좀 가자고! 간다고 했으면 그냥 가는 거지…… 왜? 뭐어?"

채근하던 인석이 무심히 쳐다보는 그녀 눈빛에 멈칫하더니 겁먹은 표정을 했다.

"그렇게 좀 보지 마."

"뭘?"

"뭐긴? 본인은 모르나 본데 아주 그냥 킬러 눈빛이라고! 누구 하나 죽어 나가도 모른다니까. 눈빛이 우리 형만큼이나 살벌하셔서……아아, 왜 때려! 고모는."

"쓸데없는 소리 말고 얼른 앞서."

이렇게 강인하만 없으면 똘똘 뭉치는 세 사람이 도착한 곳은 집 주변이 아닌 잠실에 있는 실내 놀이공원.

처음부터 작정한 건 아닌데 이 가을엔 집 앞이라곤 하나 날이 엄청 추웠다. 그러다 눈앞에 보이는 카페에 들어가 코코아 마시며 오순도순 이야기하는 도중 강씨 집안 업둥이 강순이가 이제까지 이태원 말고 가 본 곳이 없다는 엄청난 결론에 다다랐다.

그 길로 집으로 가 각자 스타일대로 옷을 챙겨 입은 세 사람이 도착한 곳이 놀이공원 및 쓸데없이 아시아에서 제일 높다는 건물.

세 사람은 단단한 일체형 트라이앵글이 돼 한마음 한뜻으로 즐 겼다.

기억 속, 놀이공원에서 가족들과 즐겼던 기억은 없었다.

잃어버린 기억 어딘가 깊이 내장돼 있을 수도 있지만 기구를 타 고 바이킹을 타 비명을 지르는 동안 재생되고 소환된 순간도 없 고.

고모님도 즐거워하셨다. 집이 오래돼 방범 문제도 있어 늘 동네 만 뱅뱅 돌며 지내셨는데 오늘 하루 신기하고 진귀한 세상이라며 내내 웃으셨다.

세 사람이 분위기에 취해 맛있게 먹고 마시며 즐겁게 노는 사이 간과한 게 있었다. 그건 바로 카드 메신저 딩동의 무자비한, 가히 경이로운 횟수.

기분파에 단순 행동파 인석이 마구 긁은 요술 카드는 실시간 강 인하 핸드폰으로 전송되고 있었다.

그 사실을 잊은 채 오랜만에 외출이자 반복되는 일상에서 벗어 난 세 사람은 대동단결된 마음으로 사진을 찍었다.

서로의 투샷을 여러 버전과 톤으로 사이좋게 찍어 주기도 하면서.

그 순간 인석이 한마디 했다.

"아까비…… 형도 있으면 좋을 텐데."

"네가 아주 막가는구나."

인하는 놀이공원 입장권을 시작으로 미친 듯이 울리는 딩동 덕분에 잠에서 깼다.

밤새 취조를 하고 아침까지 단순 투약자, 알선책, 판매책 같은 지정 루트를 시작으로 구매자와 판매자가 직접 접촉하지 않는 비대면(非對面) 거래에 대해 일목요연하게 정리한 후 한숨 돌리고픈 마음에 잠을 청했다.

잠자리에 든 지 2시간도 되지 않아 핸드폰은 미친 듯이 울려 댔다. 만약을 위한 대비책으로 잠복일 때 빼고 절대 진동으로 하지 않는 이에게 딩동은 테러가 분명했다.

머리를 비롯해 온몸이 돌무덤처럼 무거웠다. 며칠 동안 잔 게 10시간이 넘지 않았다.

피곤함과 예민함은 때론 수사에 집중할 수 있는 계기가 되고 동력이 되지만 일상에서는 피로의 연장일 뿐이었다.

인하는 미친 듯이 카드를 쓰는 인석에게 전화를 걸었다. 무슨 생각인지 강인석은 전화를 받지 않았다. 시간을 확인한 후 자리를 박차고 일어났다.

일단 데스크에 앉아 정신도 차릴 겸 진한 커피를 내려 마셨다.

간밤 노래방 주인에게서 넘겨받은 정보는 상상 이상이었다.

강남 일대를 비롯해 전국구로 물 흐리는 마약 대모에 대한 정보 또한 기대 이상이라 기가 막히고.

"대만 조직폭력배도 그치 솜씨야."

노래방 주인의 말처럼 한 달 전 일본 야쿠자와 대만 조직폭력배들의 거래가 서울 지하철 3호선 신사역 인근 거리에서 있었다. 겁도 없이 대낮에 필로폰 9킬로그램을 거래하다 결국엔 적발되긴 했지만.

"한번 보고 싶긴 해. 그 대책 없는 배포, 대체 어디서 나오는 건지 궁금하기도 하고. 무엇보다 얼굴이 보고 싶은 게 사실이야. 도통 나이를 먹지 않는 여자라는 말이 있어서."

남자는 마약 대모라고 불리는 여자를 만난 적은 없다고 했다.

영화 속 엄청난 캐릭터들처럼 비슷비슷한 이들을 보내기만 할뿐, 정작 자신은 잠수와 은둔의 달인이자 고수라고 평가했다.

인하는 감탄하는 노래방 주인과 달리 기가 막혔다.

이 땅이 마카오나 콜롬비아, 멕시코도 아닌데 대낮에 뻐젓이 자행되는 마약 거래라니.

"강 팀장."

밤을 샜는지 눈이 벌건 박 형사였다.

이 바닥에서 누구보다 정보원을 많이 가졌으며 윗분들과도 원만함을 너머 각별한 사이를 이어 가고 있는 인맥과 수사의 베테랑 선배.

"요사이 뭐 건수 있었어? 마약 관련된 거 말고 강 팀장 신상에 관해서."

묘한 질문이었다.

"무슨 말씀이세요?"

"그게 말이야…… 어느 라인인지는 모르겠는데 윗선에서 강 팀장에 대해 재산부터 시작해 싹 다 뒤집어 보라고 했다길래. 윗분들 눈에 거슬릴 만한 건수 있나 싶어 그러지."

"……."

"예전처럼 고위직 자제분들 비위 상하게 했다거나 앞뒤 안 보고 수사해 껄끄럽게 했든가……."

인하는 박 형사 질문에 약간의 텀을 끈 후 다시 물었다.

"그 정보 어디서 흘러나왔는지 아세요? 군 쪽인가요?"

"군? 나야 모르지. 거르고 거쳐 얻어 듣기만 해서. 왜? 군 쪽 애들이랑 얼굴 붉힌 적 있어?"

없었다. 그럴 일도 만무하고. 하지만 이 순간 떠오르는 사람은 있었다.

"조심해. 근 1년간 하나만 보고 달려온 사람이 큰일 앞에 두고 이름 오르락내리락하면 좋을 거 없잖아. 마약 대모라는 그 여자 라인이 어디까지 닿았는지는 모르겠지만 괜한 말로 시선 끌 필요도 없고. 안 그래?"

선배는 생각에 빠진 그의 어깨를 두들기더니 자리를 떴다.

아니겠지, 아닐 거야 하면서 의심했던 일이 벌어졌다. 기억상실녀와 연관된 일이 아닐 수 있지만 지금으로서는 아니라고 장담할 수도 없었다.

인하는 핸드폰을 쳐다보다 집으로 전화를 걸었다. 바로 부재중으로 넘어가 고모님 핸드폰으로 연락을 했지만 역시 받지 않았다.

왠지 모르게 세 사람의 동선이 같을 것 같단 판단이 섰다.

확실한 단서는 없지만 확신을 주는, 이 순간에도 울려 퍼지는 딩동 소리로 인해.

강인석이 지금처럼 맘대로 폭주하듯 카드를 긁은 적은 한 번도 없었다.

혼자 썼다고 하기엔 강인석 간은 작았고 긁은 카드 횟수는 많았다. 삼인분이라고 할 만큼 충분히.

머리에 똑같은 머리띠를 한 세 사람을 본 건 늦은 저녁이었다.

오늘 하루 일탈을 비롯해 엄청난 먹성을 자랑한 세 사람은 해피엔딩으로 핫도그를 입에 물고 있었다.

세 사람의 입맛을 홀린 핫도그 집 주인은 외국인이었다.

강순이는 외국인과 대화 중이고 고모님과 인석은 두 사람을 신기한 듯 바라봤다.

"말한 대로면 군과 연관이 있는 게 확실할 거야. 지문도 그렇고 출입국 기록을 무시할 부류는 군밖에는 없으니까. 한번 알아봐? 군사 안보대 쪽이나 정보대 통해서라도. 교포에 여군으로 좁혀 찾으면 가능할 것 같은데……."

인하는 선배의 조언을 떠올리며 외국 영화배우처럼 생긴 핫도그 사장과 대화하는 여자에게서 시선을 떼지 않았다. 그러다 직업

의식이 발동돼 주변을 살펴보는데 여자가 있는 지점에서 멀지 않은 장소에서 염탐하는 날선 시선이 포착됐다.

염려로 인한 조심스런 관찰이 아닌 날이 잔뜩 서서 표적을 주시하는 경계와 탐색의 적색 시선이.

순이는 한국어보다 쉽고 자유로운 영어가 반가웠다.

반가움은 입맛을 겨냥한, 인석 표현대로 취향 저격당한 입맛으로 인해 배가됐다.

핫도그 사장은 미국에서 왔다고 했다. 돈을 벌기 위해서.

그러면서 어디서 왔냐고. 어디 출신이냐고 물었을 땐 대답하지 못했다. 부리부리한 눈을 하고 사람 좋은 얼굴로 쳐다보는 이에게 기억을 잃었다고 말을 필요는 없어 웃기만 했다.

집이 근처니 또 들르겠다고 하고 집으로 향하는데 근방에서 의도를 알 수 없는 시선이 느껴졌다. 본능처럼 느껴진 감각은 위험을 직감했다.

알 수 없는 상대가 품은 날선 감정으로 인해 뒤통수가 쎄하기까지 했다.

그 때문인지 순식간에 몸의 모든 감각과 운동신경이 리셋되는 분명한 기분을 느꼈다.

"누나 영어 기가 막히게 잘한다!"

"……"

"한국어보다 백배 잘해! 내가 뭐랬어? 누나는 교포라고 했지? 그러니까 내일이라도 대사관에 가 보자."

칭찬 아닌 칭찬을 들으면서 티 나지 않게 주위를 살폈다. 주변

두 곳에서 그들을 겨냥한 듯한 시선이 느껴졌다.

"그러게. 순이 멋있더라. 거기 손님으로 온 사람들, 순이 쳐다보는 시선 봤어? 우리 순이가 눈에 띄는 스타일이긴 하지. 키 커얼굴 예뻐. 근데 영어 목소리는 우리나라 말이랑은 또 다르네. 그지? 인석아."

"내 말이. 누나는 우리말보다 영어 톤이 천 배 좋아. 엄청 섹시하고…… 아악! 왜 때려! 고모는?!"

"누나한테 섹시가 뭐야?"

"섹시하니까 섹시하다고 하지…… 악! 왜 또!"

인석이 자신의 머리를 잡아당긴 순이를 보며 겁도 없이 눈을 부라렸다.

"왜 그러시……는데요."

"고모 모시고 들어가. 난 잠깐 핫도그 집에 갔다 올게."

"핫도그 집? 거긴 왜?"

인석의 표정은 금세 징그러워졌다. 눈을 뱀처럼 얇게 접더니 사악하게 웃기까지 하면서.

"아하, 아쉽구나?"

"……."

"왜 거기 사장이 누나 취향이야? 전체적으로 나쁘지는 않지만 얼굴은 너무 진한 인상에 근육도 좀…… 살짝 울퉁이 불퉁이던데."

근육이건 뭐건 아쉬운 건 없었다. 지금은 이 두 사람을 무사히, 조금이라도 빨리 집안으로 들여보내는 게 급선무일 뿐.

"물어볼 게 있어. 그러니까 가."

순이는 불만스레 중얼거리는 인석의 등을 떠밀며 고모님을 챙기란 말을 잊지 않았다.

앞서 가는 두 사람을 지켜보던 그녀는 헛기침을 두어 번 하다 자리에 앉았다. 앉은 채로 운동화 끈을 풀어 천천히. 단단히 매기 시작했다.

낮은 시선으로 주변을 둘러보는 가운데 인석과 고모님이 가는 반대 방향에서 세 사람의 그림자가 보였다. 더불어 그녀 뒤편에서도 동일한 인기척이 느껴졌다.

천천히 자리에서 일어나 왼편에 보이는 좁은 골목 쪽으로 걸었다.

골목은 바람만큼 어두웠다. 순이는 그 같은 어둠 속으로 유유히 걸어 들어갔다. 얼른 따라오라는 분명한 신호를 보내며.

잠시 후, 잔잔한 휘파람 소리와 함께 낯설지 않은 목소리가 들려왔다.

"어이, 이쁘니 누나."

짐작한 대로 낯설지 않은 목소리를 들으며 좀 더 골목 안으로 걸어 들어갔다.

동네에서도 꽤 오래된 듯한 골목엔 CCTV는 물론 가로등조차 보이지 않아 최적의 장소란 생각을 했다.

"에이, 그렇게 가시면, 가시나야 우리가 섭하지."

"……"

"우리가. 내가 오늘 이날을 얼마나 손꼽아 기다렸는데……. 내가 아주 누나가 보고 싶어 미쳐 버리겠더라고."

순이는 골목 안 아무도 없는 걸 재차 확인한 뒤 돌아섰다.

도합 다섯. 두 명은 공이를 발로 찼던 이들로 이미 아는 얼굴이고 덩치가 큰 이들은 처음 보는 얼굴이었다.

　분위기도 덩치도 서로 다른 다섯은 단단한 장막처럼 주변을 감싸며 좁혀 들어왔다.

　그녀는 왠지 모르게 기대되고 흥분되는 짜릿한 감정을 드러내지 않은 채 언젠가 가랑이를 가격한 남자를 쳐다봤다.

　"그러게 왜 뭣도 모르고 좆도 아닌 게 우릴 건드려, 건드리길! 이 미친년아."

　무기는 보이지 않았지만 갖고 있지 않다는 생각은 하지 않았다.

　"어때? 무지 반갑지? 이렇게 다시 만나니까."

　공이 입을 가격했던 놈이 역시나 거품 가득한 침을 뱉더니 허여니 두꺼운 혀를 내밀며 무언가를 핥는 시늉을 하는데 그 모습이 상당히 불쾌했다. 아주 잡아 뽑아 버리고 싶을 정도로.

　"오늘은 아주 제대로. 찐하게 안아 줄게, 이 동생이."

　"……."

　"아니다. 죽어 나갈 정도로 확실하게 깔아뭉개, 박아 줄라니까 어여 이리 와 봐. 이쁜이 교포 누나 년아."

　놈은 한 손으로 제 남성을 잡아 쥔 채 좌우로 흔들며 앞뒤로 박는 요란하고 저렴한 시늉을 했다. 그 모습이 우습기도, 흉하기도 했다.

　"나……."

　담담한 톤으로 말했다.

　"누나 아니고."

　"……."

"순인데."

이 같은 말에 말 못하는 공이를 찬 놈이 듣기 싫은 톤으로 웃기 시작했다.

"아, 그러셨어요, 누나 이름이 순이야?! 이 쌍…… 윽!"

제가 여기 온 목적을 잠시 잊은 듯한 다섯 중 덩치가 가장 큰 놈의 짧고 두터운 목 중앙을 강하게 후려친 후 무너져 내리는 놈의 널찍한 어깨를 땅에 박듯이 디뎌 나불대는, 보기조차 흉한 주둥이를 찢듯이 길게 갈겼다. 타격과 같은 갈김은 연타로 이어졌다.

아주 확실하게 찢어 죽이고, 아니 찢어 주고 싶었다. 인간애 가득한 이웃의 마음으로.

"이……런 미친 년!"

욕이 공력이자 공격의 시작인지 수다쟁이가 입 주변을 피로 범벅한 채로 새된 소리를 질렀다. 그 모습은 호러 영화에 나오는 한 컷 분량의 안타까운 엑스트라 같아 보였다.

"뭐해! 저년 아주 죽여 버려!"

원색적인 욕이 듣기 거북해 줄곧 피하려 했던 페니스를 발로 찬 후 뭉개듯 짓누르며 무릎 꿇린 상대의 명치를 강하게 후려 찼다.

"으악!"

양쪽에서 달려드는 덩치들을 피해 벽을 딛고 둥글게 회전한 그녀는 칼을 들고 위협하는 이의 손목을 쳐내려 꺾어 칼을 받았다. 그와 동시에 나불대는 저렴한 주둥이를 잘라 낼 듯 밀어 때렸다.

"악!"

"……!"

칼을 잡는 순간, 기묘한 기분. 마치 전율과도 같은 짜릿한 흥분을 느꼈다.

그건 말로써는 도저히 형용할 수 없는 친밀감이자 안도감. 익숙함이자 만족감이었다.

내내 소지하고 있던 칼도 아닌 난생처음 보는 물건인데도 이유 없이 든든했다.

칼이라는 물성이 주는 위협적인 위험성. 누군가를 확실히 긋고 잘라내 굴복시킬 수 있는 안정적 그립감에 광폭한 희열까지 느꼈다.

그렇지만 인간적이고 양심적인 순이는 칼을 거꾸로 쥔 채 칼등만으로 상대했다.

그녀보다 훨씬 크고 강해 어쩌면 위력적인, 압도적인 근육 앞에서 단지 칼등으로 치고 깊게. 길게 쑤셨다. 그러자,

"아악!"

비명은 하늘로 솟구쳤다. 트레이 분수처럼.

그 같은 열정적 퍼포먼스로 인해 끝까지 칼날은 쓰지 않기로 마음먹었다.

대신 좁은 공간 속, 대각선을 그리며 스킬과 스피드가 아닌 무지막지한 힘으로 달려드는 덩치들의 몸을 도움 삼아 명치와 눈, 목을 집중적으로 노렸다.

사실 빨리 끝내고 어서 집에 가고 싶었다. 늦으면 걱정 많은 고모님이 걱정하실 게 분명하니까.

그 모든 이유로 약간의 방어는 폭력도 아니고 두려움도 아니었다. 그저 필사적인 상대에 대한 예의이자 배려. 그와 동시에 왠지 익숙한 동작이면서 자연스런 패턴일 뿐.

제법 빠르게 치고 들어오는 주먹을 피하자 꼴에 위협적인 눈빛 발사와 저렴한 욕설이 기분을 자극했다. 안 그럴 수 있었지만 칼등으로 인중을 찍어 눌러 신체 중 가장 약한 뼈를 부쉈다.

"흐윽!"

밀도와 부피만큼 처참한 비명이 캄캄한 어둠을 갈랐다. 약간의 피는 봤지만 사지를 영 못 쓰게 만들지도 않았다.

전부 다 오랜만에 쓰는 근육이라 다소 둔하고 속도도 아슬아슬했지만 분명 어딘가는 후련했다.

내내 거슬렸었다. 기억에서 사라지지 않아 답답하기도 했고.

저열하니 불필요한 욕도. 순한 공이 입을 가격한 놈의 얍실한 발길질도.

가로등조차 기력이 딸리고 노쇠해 고개 숙인 외진 골목 안 그새 일어나 근성 있게 달려드는 두 덩치를 마주하니 왠지 모르게 피가 끓었다.

"이런 기분, 나쁘지가 않네."

묘한 기대감과 정도 이상으로 치솟는 아드레날린으로 인해 입가엔 미소가 번지기까지 했다.

허공에 떠오르면서 생각했다.

오늘 하루, 끝까지 대단히 만족스런 하루구나 하고.

4부

새벽에 들어온 강인하는 지쳐 보였다.

순이가 이불을 뒤집어쓴 채로 영국 로맨틱 코미디 영화를 보고 있는데 그런 강인하와 눈이 마주쳤다. 시니컬과 무뚝뚝함을 넘나들면서 여자주인공 모르게 배려하고 아낌없이 챙겨 주는 매력 넘치는 남자주인공 때문에 열이 오른 상태라 불쑥 들어온 침입자가 얄미웠다. 불편하고.

"성인영화 보나 봐, 얼굴이 핑크빛이야."

강인하는 그처럼 말하고 소파에 주저앉듯 앉았다. 뒤이어 깊고 무거운 한숨이 이어졌다.

살짝 걱정이 되기도 하고 왜 저러나 싶기도 했지만 직업이 형사라니 뭐 그러려니 했다.

"성인영화보다……."

"……."

"더 재밌어."

솔직히 말했다. 남자주인공에 대한 개인적인 호감은 쏙 빼고.

이후 강인하는 아무 말 않고 영화를 봤다. 마치 지금까지 계속 같이 본 사람처럼.

인석이 말대로 떡 본 김에 제사 지낸다고 정면 응시한 강인하를 조심스레 지켜봤다.

여직 몰랐는데 근거리. 바로 옆에서 보는 강인하는 TV 속 남자 주인공만큼 얼굴 라인이 날렵했다. 그런 가운데 음영진 굴곡이 주는 여운, 묘한 여지 같은 게 있었다.

굳이 칭찬하자면 매력적인 쓸쓸함이라거나 차분한 인상이 주는 묘한 고독감 같은 게.

낮에 볼 땐 쌀쌀맞은 말투와 어울리게 차갑고 까칠하게 생겼다고 생각했는데 어둠 속, 옆에서 보는 강인하는 아보카드 식감처럼 부드러운 인상이었다.

다소 얇아 살짝 아쉬운 입술은 소녀처럼 새초롬해 야한 상상을 야기했다.

무엇보다 돌출돼 튀어나온 적당한 목울대와 차분한 인상이 주는 극명한 대비가 꽤나 훌륭했다. 미친 건지 섹시하게도 보이고.

"왜?"

노골적으로 쳐다보는 시선을 도저히 모른 척할 수 없었는지 시선을 화면에 고정한 채 강인하가 물었다.

"지금까지 일한 거야?"

"아니."

"그럼?"

화면만 응시한 채 답이 없었다.

"그러어엄?"

순이는 이노옴 하는 투로 재차 물었다.

"단편 영화."

"⋯⋯."

"보고 왔어, 여자주인공이 하늘을 나는 하드 액션 장르."

"여⋯⋯영화? 일은 않고 심야 영화 보러 다니는 거야? 잠잘 시간도 없다는 대한민국 형사가?"

그 같은 추궁성 비난에 강인하는 그제야 쳐다봤다.

바라보는 시선이 상당히 야리꾸리하니 순대의 오소리감투 생김처럼 오묘했다. 왠지 모르게 그녀의 밑바닥까지 전부 파헤치려는 듯 예리하기도 하고.

아무래도 TV에서 나오는 현란한 빛 때문에 그런 듯했다. 피곤한 가운데서도 형형한 눈빛이 기묘하게 발열, 발광하는 건.

"닮았어."

"뭐가?"

"영화 속 하늘을 날아오르던 주인공이랑"

"나? 정말?"

강인하는 고개를 돌려 TV를 보면서 그래, 하며 짧게 대답했다.

순간 몇 시간 전 오래간만에 몸을 풀었던 상황이 떠오르면서 살짝 긴장한 그녀가 농처럼 말했다.

"여주가 어마어마한 미인이었나 봐."

이번엔 아쉽게도 대답이 없었다. 아무래도 하기 싫은 듯했다.

"키는?"

"……."

"크냐고?"

"그쪽만 해."

"한국에 나만큼 키 큰 여배우가 있어?"

"있더라고."

강인하는 여직 모르던 사실을 알았는지 톤이 묘했다.

"나중에 한번 보고 싶네. 그 배우."

하루 종일 TV에 등장하는 여자들. 공시생 강인석이 열변을 토하며 설명하는, 좋아한다는 아이돌은 죄다 작았다. 마치 엄지공주처럼 아담하니.

이 순간 강인하 취향이 궁금했다. 형제라 취향과 선호하는 스타일도 같은가 싶어서.

"있잖아……."

"괜찮아?"

뜬금없는 질문에 강인하를 쳐다봤다.

"뭐가?"

"오늘 힘썼잖아."

"힘?"

무슨 말인지 알아듣지 못하는 그녀를 보다 강인하가 웃었다.

아주 작고 짧은 순식간에 지나가는 초스피드 미소이자 웃음인데 여직 한 번도 본 적이 없는 내내 흐렸던 날씨가, 무거운 구름에 가렸던 하늘이 반짝하고 제 본연의 모습을 보이듯 그렇게. 찰나와 같은 묘기에 기분이 묘했다.

가슴 어딘가에서 초미니 먼지 벌레가 기어가는 듯 소름까지 돋았다. 그 정도로 낯선 모습이었다. 지금. 이 순간의 강인하는.

"무슨 소린데?"

"무슨 소리긴."

"……."

"놀이동산에서 1년 치 소리 지르면서 놀았을 거 아니야."

"아하……."

잠깐 뜨끔했던 마음이 빠르게 사라졌다.

그런 후 그 빈 공란을 아직까지도 기억하는 선명한 흥분과 재미가 차올랐다.

"괜찮아. 오랜만에 놀았더니…… 그간 어떤 인간! 때문에 억눌렸던 스트레스도 많이 풀리고 지금의 내 상황도 잊어버릴 수 있어서 좋더라고."

"좋았겠지, 줄창 때리기만 했으니……."

"그건 또 무슨 소리야?"

"남의 돈, 펑펑 썼으니 좋았겠다고."

순이를 쳐다보는 강인하 표정은 실로 복잡해 보였다.

뭔가를 추궁하는 듯하다 의심과 의문을 가진 시선으로 바뀌더니 금세 담담해졌다. 이후 멍하니 TV를 쳐다보다 급기야 자리에서 일어나 강인하는,

"아침에 가족회의 있어."

"또 무슨 가족회의?"

"……."

"안 그래도 인석이랑 나 기합 잔뜩 들었단 말이야. 특히 인석이

는 아주 그냥 군인, 용병의 자세라니까."

투정. 반항은 아니라도 어필은 하고 싶었다. 우리 인석이가 달라졌어요. 뭐 이런 어필 정도는.

"내일이면 알겠지."

평소와 같은 독기는 전혀 느껴지지 않는 왠지 모호한 말투였다.

"강인하."

갑자기 나온 분명 실수와 다르지 않은 호명이었다. 하지만 왠지 모르게 많이 지쳐 보이고 TV 조명으로 인해 달리 보이는 강인하에게 이 정도의 말은 해도 좋을 것 같았다.

"잘 자라고."

"……."

"오늘 하루도 고단하고 피곤했나 본데."

살짝 뜬금없는 인사에 강인하는 묘한 시선을 하고 보더니.

"그쪽도 수고했어."

"수고? 무슨 수고?"

"밤늦까지 힘차게 뛰어 날아…… 노느라."

강인하는 그처럼 말하고 제 방으로 들어갔다. 순이는 닫힌 방을 보다 영화로 시선을 돌렸다.

영화 속 남자주인공은 눈치 없는 여자주인공 모르게 여자가 벌인 일을 뒤처리 중이었다. 제가 가진 돈과 인맥. 무엇보다 여자를 걱정하고 아끼는 마음으로.

역시나 남자는 저런 맛과 멋이 있어야 하는데…….

만고의 진리를 외치며 소파에 누웠다. 누운 순간 피곤이 대형 파도처럼 몰려왔다.

여직 아무렇지 않다고 생각했는데 수고했다는 말 때문인지 아님 집에 돌아왔다는 안도감 때문인지 잠이 쏟아졌다.

방에 들어가 고모님 옆에서 자야 하는데, 생각은 하면서도 몸이 움직여지지 않았다.

무겁게 내려앉는 눈꺼풀 사이로 아직까지 열일하는 남자주인공 모습이 보였다.

"……피곤하겠어, 눈치 없는 여주 때문에."

딱했다. 그럴 의도는 없다지만 어쨌거나 남다르고 모질란 여주인공 만나 지금껏 피곤함은 물론 영화 끝날 때까지 피곤할 게 분명한 엄청나게 취향인 남자주인공이.

아침 식사는 역시나 맛있었고 강인하는 오늘, 강씨 집안 장손이자 장남으로서의 위엄이 아닌 갑질과 횡포를 시작했다.

"내 놔."

카드를 쥔 인석은 건네지 못한 채.

"어……제는 내 개인의 영달과 이익, 유희를 위해 쓴 게 절대! 절대 아니라니까!"

"……."

"전부 다 기억 잃어 정신없는, 더불어 삶의 의미와 재미를 잃은 여행자! 순이 누나를 위해서 나랑 고모가 애쓴 거라고. 정말이야, 형."

인석이 말은 사실이 아니었다. 순이는 삶의 의미부터 시작해 재미도 잃지 않았다.

어젯밤 약간의 스트레칭 이후 답답했던 장벽과 허물이 벗겨지고 빗장이 풀린 듯 몸과 마음이 가뿐하기만 했다.

"카드."

그 같은 변명에 강인하는 눈도 깜짝하지 않았다.

결국 공시생 강인석이 세상에서 제일 좋아하고 맹신하는 카드가 주인 손에 도로 쥐어졌다.

"오늘부터 도시락 싸서 다녀. 도시락은 네가 그렇게 위하고 챙기는 누구이자 누나가 쌀 거야."

"……!"

뜬금없지만 분명한 지목에 그녀를 비롯해 모두가 강인하를 쳐다봤다.

"이번 시험 붙을 때까지 차비만 가지고 다녀. 도시락은 두 개 싸줄 테니까 일절 헛돈 쓰지 말고."

도시락도 기막힌데 두 개란 말에 숨이 턱! 막혔다.

"내가 쌀게."

"……."

"순이 안 그래도 살림하느라 바쁜데 도시락. 것도 두 개는 무리야."

역시 고모님밖에 없었다. 이 집에서 인간적이면서 인자한 사람은.

"도시락은 강순이 씨가 쌀 거예요. 수고에 대한 대가는 지금 지불할 거구요. 걱정 마세요."

그 같은 말에 세 사람의 시선은 또 한 번, 강인하에게 쏠렸다.

"외출 준비해."

순이는 손가락으로 자신을 지목하며 물었다.

"나?"

"10분 안에 준비하고."

강인하는 그처럼 말하고 현관으로 향했다. 현관문이 닫힌 후 인석과 고모님이 그녀 옆으로 모였다.

"아침부터 어딜 가려는 걸까? 고모는 감이 와?"

"감은 무슨. 순이는 인하 따라 나간 김에 옷이나 좀 사와."

"옷이요?"

"그래, 더 추워지면 마땅히 입을 옷이 없잖아. 내가 시장에서 몇 개 사 준 거밖에. 인하가 돈 준다고 하면 그냥 옷 사 달라고 해. 아님 나중에 나랑 산다고 하고 돈으로 받든지. 알았지?"

"네."

순이는 두 사람의 걱정을 뒤로하고 방으로 가 옷을 갈아입었다.

너무 입어 아주 일체형이 된 듯한 강인하 옷을 벗고 맨 처음 그녀가 입고 있었던 옷과 차고 있었다던 시계까지 전부. 그런 후 고모님이 사 주신 베이지색 짝퉁 버버리를 걸쳤다.

동네가 동네인지라 이태원은 온갖 유명 메이커가 넘쳐 났다. 그중 그녀 분위기에 어울린다고 고모님이 골라 사 주신 브랜드가 버버리 프로섬이었다. 진짜랑 똑같다는 고급 진 짝퉁.

최종 점검할 겸 거울을 보는데 뺨이 살짝 상기돼 있었다. 오늘 새벽 영화 속 남자주인공 때문에 상기됐던 그 정도로.

강인하를 따라 도착한 곳은 동네 핸드폰 매장이었다.

매일 TV에서 보는 온갖 핸드폰이 일렬종대로 비치돼 있었다. 그중 가장 고급지고 어여쁜 칼라의 핸드폰을 내민 강인하가 어떠냐고 물었다.

"좋아, 나만큼 예쁘고."

"더 볼 필요 없지?"

"……!"

강인하가 단번에 결정한 핸드폰은 어여쁘고 고급진 만큼 값이 악랄한 정도로 사악했다.

"정말 사 줄 거야?"

믿어지지가 않아 되묻게 됐다. 강인하는 판매원에게 계산해 달라며 카드를 내밀었다.

"어젯밤에 복권 탔어?"

"어젯밤엔."

직원이 건넨 계약서를 빠르게 작성하던 강인하가 쳐다봤다. 한숨과 함께.

"하드 액션 무비 봤다고 했을 텐데."

"그래, 그러니까. 그 밤에 영화를 봤다는 것도 겁나. 넘나 이상한데 이 뜬금없는 행동은 뭐암? 사람 걱정되게."

"뭐가 걱정인데?"

"그렇잖아. 카드가 신앙이고 생명인 모질란 동생한테 카드 뺏는 무지막지한 형인데, 가족도 아닌 타인인 나한테 이 비싼 핸드폰을 사 준다는 게 말이 돼? 혹시 나한테 반한 거임?"

마지막 말에 강인하 표정이 살벌해졌다.

"마지막 말은 취소."

"말했지."

"무슨 말?"

"도시락 두 개 싸라고."

"그럼 이게 도시락 싸는 대가란 거야?"

강인하는 고개를 끄덕이며 계약서에 멋들어지는 사인을 했다. 이후 직원은 핸드폰에 대한 기초적인 설명을 하며 이것저것 알려 주었다.

순이가 새 핸드폰을 완전히 숙지하고 그녀 몸처럼 마스터한 상태에서 강인하가 택한 다음 행선지는 백화점이었다.

백화점에 도착해 4층으로 올라가자 전체가 여성복 코너였다.

강인하는 4층을 시작으로 순이를 이 매장 저 매장으로 끌고 다녔다. 그 결과 정장 한 벌과 추리닝 한 벌. 그리고 지금 이렇게 어떤 아이돌이 모델인 브랜드의 청바지를 입고 있었다.

"남자친구 분이 눈썰미가 좋으셔서 딱 맞는 핏을 고르셨어요. 근데 어쩜 이렇게 다리가 기세요? 완전 모델 같으세요."

칭찬을 아끼지 않던 여직원은 팔짱을 낀 채로 쳐다보는 강인하 옆에서 떨어질 줄 몰랐다.

"편해?"

"뭐? 바지?"

"그래."

"짱 편해. 완전 편해."

"그럼요. 이 상품이 핏도 핏이지만 스판 소재라 엄청 편해요. 어머 세상에 기장 줄일 필요도 없겠어요. 워낙에 롱다리시라."

강인하는 수다 떠는 직원의 입을 막을 생각인지 남다른 자태의 블랙카드를 건넸다.

직원은 새 상품을 가져온다며 사라졌다. 순이는 옷을 갈아입기 전 강인하를 보며 말했다. 정확히는 확인을.

"정말 복권 탄 거 아니야?"

"대한민국 형사가 복권 살 시간이 어딨어. 잠잘 시간도 없는데."

"내 말이 그 말이잖아. 잠잘 시간도 없는데 이렇게 쇼핑하는 것도 그렇고 복권 탄 것도 아닌데 이것저것 사 주니까."

"전투 전 연장을 비롯해 복장, 채비가 반이라는 말이 있어."

무슨 소린지 알 수 없는 말이었다. 그 같은 마음을 읽었는지 강인하는,

"시험 얼마 남지 않았으니까 도시락 맛있게 싸 줘."

"……."

"몸에 맞지도 않는 내 옷 그만 입고 그쪽한테 딱 맞는 전투복 입고."

오늘. 그리고 지금 강인하가 하는 모든 말과 행동은 앞뒤가 맞지 않았지만 상관은 없었다.

마무리로 발에 딱 맞는 구두와 운동화까지 모든 쇼핑을 마치고 지하주차장에 도착한 강인하는 내비를 찍으며 말했다.

"안전벨트 매."

"매는 중. 헌데 어디 가는 거임?"

"사진 찍으러."

"사진? 무슨 사진?"

"강인하, 강순이 다정한 투샷."

"……!"

인석의 표현을 빌리자면 사진관은 구렸다.

우선 의자 뒤 배경 그림이…… 표현 불가하게 엔틱했다. 레트로인 척을 하는데 결론적으로는 올드하고.

그 배경에 매장에 들어서자마자 들릴랑 말랑 하는 음산한 톤으로 일리 와. 일루 와 앉아, 하시는 사진기사는 아저씨라고 하기보다 파파 할아버지고.

앉으라고 하셔서 앉았더니 할배는 어디론가 사라지셨다.

"이왕 돈 왕창 쓰는 거……."

"……."

"다른 사진관은 궁금하지 않아? 어때?"

"여기가 좋아."

"물론 좋기는 하지. 동네 상권 살리자는 생각이라면 찬성해. 공감하고. 그래서 하는 말인데 요 동네 다른 사진관 가면 안 될까?"

순이는 강인하 귀에 최대한 가까이 다가간 상태에서 낮은 톤으로 은밀하게 속삭였다. 곧 돌아오실 할배가 듣게 할 수는 없었다.

"응."

응?! 동의에 기분 좋아진 순이는 조금 더 다가가,

"갈까?"

"싫어."

이씨……. 싫다는 말에 지금보다 더 싫어질 것 같은 강인하에게서…… 이상한 향기가 났다.

인위적이면서 자극적인 향수 냄새는 아니고 뭔가 많이 남성스러운 가운데 강한 민트도 아니고 서양남자들에게서 흔하게 나는 그런 익숙한 향도 아닌 딱 강인하스러운 좋은 향이.

향수를 뿌릴 이는 아니었다. 외모에 신경 쓰지 않는, 않아도 되는 강인하는.

"앞에 봐."

앞을 보라고? 지금보다 더 앞을 보라고?! 그럼…….

"오신다."

"오셔? 누가?"

이제야 마주 본 강인하가 눈을 맞추더니 그녀의 귀에 대고 낮게 속삭였다.

"할배 오셨어."

그 말에 고개를 돌려 앞을 보니 할아버지가 이국적인 모자를 쓰고 오셨다.

사진은 손님인 강인하와 그녀가 찍는데 올드한 사진관 분위기와 달리 꽃단장하고 오신 분은 할배 기사셨다.

"연애는 다른 데서 하고."

"……!"

"살짝만 웃어, 아가씨야."

세상에 공짜란 없었다.

매정한 강인하가 비싼 핸드폰 사주고 브랜드 옷 사 줄 땐 다 그만한 이유가 있는 거였다.

매일 두 개의 도시락을 싼다는 건 엄청난 고문이자 더없는 고역이었다.

그 와중에 강인하가 사다 안겨 준 핸드폰은 도시락에 대한 팁과 기사. 블러그와 SNS 찾아보는 데 상당히 요긴했다.

어제 기사엔 일본 여학생이 고교 3년 동안 엄마가 싸 준 도시락

엔 하루도 같은 메뉴가 없었다는 실로 믿기 어려운 도시락 사진이
도배돼 있었다.

사진 속 도시락엔 별의별, 그녀는 알지 못하는 캐릭터들의 대향
연이었다.

여고생 엄마와 같은 퀄리티는 애초 생각도 욕심도 없었다. 그렇
지만 공부 못하고 무면허에 음주운전까지 한 인석이지만 오늘까
지 고모님 다음으로 챙겨 주는 녀석이기에 정성을 다해 맛있는 도
시락을 싸 주고 싶었다. 그만큼 손과 솜씨가 따라 주지 않아 슬플
뿐.

그나마 칼로 하는 건 즐거웠다.

어느 밤 칼이 가진 그립감에 매료된 이후 어쩌면 과거 칼과 꽤
나 친했는지 모르겠지만 칼로 썰고 자르는 건 문제도 아니었다.
문제는 그다음이었다.

베테랑 고모님이 성심 성의껏 알려 주고 반복해 알려 주셔도 무
의식에서부터 거부를 하는지 불 앞에서만 서면 쪼그라들었다. 작
아지고.

"아, 정말! 빨랑 달라고!"

인내심 없는 공시생 강인석은 3일째 도시락 타령이고.

"기다려."

"기다리면 뭐 좀 달라? 아니잖아! 그러니까 대충 인간이 먹을
수준만 되면 달라고. 오늘로 3일짼데 어떻게 나아질 기미가 없냐?
선천성 요리 부진아 아니야?"

"강인석."

"왜? 뭐!"

"이제부터 샷 다 마우스."

"나도 그리고 싶어! 나도 빨리 독서실 가서 공부하고 싶다고! 헌데 이게 말이 된다고 생각해? 친동생은 구다리도 한참 구다리 핸드폰 들고 다니는데 순이 누나한테는 신가다 핸드폰 사 준다는 게! 옷도 그렇고."

강인석 네가 몰라서 그러는데 사진도 찍었어. 자랑하려다 왠지 뭔가 이상한 기분이 들어 그만뒀다.

"옷을 사 주면 뭐 하냐고?! 도시락 궁리하느라 밖은 구경도 못하는데."

그건 그랬다. 수다쟁이 강인석 말처럼.

엊그제 강인하가 사 준 핸드폰이며 옷, 전부 다 그림의 떡이었다.

청소, 빨래, 공이 밥 챙겨 주고 텃밭 잡초 뽑고 마당 치우기. 강인석 도시락 쌀 궁리하다 싸면 하루가 다 갔다. 그런 이유로 밖에 나갈 일도 시간적 여유랄 것도 없었다.

이건 계획적, 의도적 감금과 다르지 않았다.

결국 스피드를 기본으로 한 고모님의 현란한 불쇼 이후 맛난 세 개의 도시락이 완성됐다.

"인하 가져다주고 와."

고모님은 세 도시락 중에 가장 정성들이고 배색감이 뛰어난 도시락을 선택해 딜리버리를 부탁하셨다. 다려진 남방과 속옷도 함께.

그날 선물 요정으로 빙의했던 강인하는 오늘 아침까지 집에 들어오지 않았다.

어제는 대한민국의 신비한 랜선 세계에 빠져 놀다 순전히 실수로 단축번호 0번을 눌러 전화를 걸었다. 강인하는 말했다.

"밖에 나가려면 할 일 완벽하게 마무리해 놓고 나가. 아님 시급 없는 줄 알아."

이처럼 야박하고 야속한 말만 하고 끊었다.

그런 인간에게 정성 어린 도시락 배달이라니…….

순이는 강씨 집안 절대적 어른이신 고모님의 하명대로 옷을 챙겨 입고 도시락을 챙겼다.

마당지기이자 마성의 팜프파탈 공이를 어루만진 후 대문을 나서는데 본능처럼 주위를 살피게 됐다. 어느 밤 저지르고 자행한 행동에 대한 걱정과 우려가 아닌 왠지 예전부터 해 왔던 일처럼 자연스러웠다.

그 밤 이후 몇 가지 새로운 사실을 알게 됐다.

자신이 몸 쓰는 일에 상당히 익숙하고 능숙하다는 것과 분노 섞인 발차기로 인해 누군가 죽이고, 죽을 수도 있다는 것. 또 이 모든 게 오랜 훈련으로 인해 몸에 배었다는 것 등등 몇 가지.

골목을 내려가다 핫도그 매장 앞을 지났다. 아직 오픈 전이었다.

핫도그 집을 지나 사진관 앞에 선 순이는 문제의 사진관에 전시된 사진 중 가장 정중앙에 있는 사진을 쳐다봤다.

사진 속, 남녀는 부부도 연인도 사이좋은 남매도 아닌 실로 오묘한 분위기였다.

그날 사진을 찍자고 한 강인하에게 이유를 물었을 땐,

"보라고. 볼일 있거나 그쪽 찾는 사람 전부."

그처럼 의미심장한 말을 했다.

순이는 서로 다른 생김과 분위기를 한 남녀 중에서 강인하를 유심히 봤다.

사진 속 강인하는 어느 새벽 영화 볼 때와 또 달랐다. 사진과 앵글을 통해 보는 남자는 반듯했다. 길고도 분명한 눈매도 그렇고 전체적으로 풍기는 귀공자 이미지가.

왠지 도발하는 듯한 자신만만한 표정에 크지는 않지만 매력적인 미소까지, 사진 속 강인하는 잘생겼다. 좀 많이. 필요이상으로 섹시하기도 하고.

"재수 없어."

"결론이 그렇게 났어요?"

"……!"

"이 얼굴 보고?"

옆을 보니 미소 천사 수의사 선생이었다.

"안녕하세요."

"네. 안녕하세요. 근데 순이 씨 사촌 오빠 재수 없다고 하기엔 근사하지 않아요? 남자인 내가 봐도 멋있는데. 분위기 있고."

그처럼 말하는 남자는 반듯한 건치를 자랑하려는지 얼굴 가득 미소를 보였다.

"사진 속 두 분, 분위기가 상당히……."

남자는 고개를 쑥 빼 사진을 유심히 봤다. 고개까지 꺄우뚱하면서.

"그런 노랫말 있죠."

"……."

"가족인 듯 가족 아닌 가족 같은 둘. 뭐 그런."

난생처음 듣는 이상한 노랫말이었다.

"왜요? 이상해요? 아닌데. 딱 그런데."

"……."

"그보다 이 사진은 왜 찍은 거예요?"

수의사는 콕 집어 물었다.

"보라고 찍었데요."

"누구 보라고요?"

연이어 질문한 수의사는 엄청 궁금한 표정을 하고 물었다.

"몰라요."

"네에?"

사실이었다. 정확하게 누구 보라고 이 사진을 찍었는지는 알지 못했다.

강인하는 전부 다라고만 했다. 그 전부 다가 누군지는 알 수 없지만 사진발은 강인하가 훨씬 잘 받았다.

문제의 할배 때문이었다.

당신이 그린베레(미 육군 정예 특수부대. 우리나라 특전사)도 아니면서 초록색의 베레모는 무슨.

❖

하늘로 솟구치는 몸이 한없이 가벼웠다. 마치 은색 깃털이 바람의 방향에 따라 날리는 것처럼 부드럽고.

용수철만이 가능한 탄력과 텐션으로 높이 치솟는 모습은 목이 아플 지경이었다.

검은 그림자 용병의 소리 없는 침투와 전진처럼 사방에서 달려드는 광경은 보는 것만으로도 소름이 돋았다.

잘 벼린 단도를 들고 왼쪽에서 달려드는 남자의 등에 가뿐히 올라탄 여자는 되려 남자의 뒷목과 등허리를 발로 내려쳤다. 그와 동시에 우측에서 튀어 오르려는 남자의 정수리를 도끼로 찍듯 손으로 내리찍었다.

여자의 모든 선과 날에는 마지막까지 살인을 피하려는 의도가 분명했다.

"으윽!"

비명은 비명이었다.

쉴 새 없이 달려드는 이들, 적은 전문적으로 훈련받은 이들이 분명했다.

불필요한 동선이란 게 없었다. 숨조차 쉬지 않은 채 모든 언어와 소통은 침묵으로 일관하고 행동은 더없이 기민했다. 하지만 그들보다 위에, 그들보다 한참이나 빠른 여자는 난간을 짚으며 자신이 무기이자 비수 자체인 양 몸을 날렸다.

마치 그 모든 이들 위, 군림하는 게 당연하다는 듯해 시선이 따라갈 수밖에 없었다.

곳곳에서 단말마가 터졌고 땅에서도 하늘에서도 피가 튀었다.

달려드는 사내의 배를 무릎으로 찍어 누른 여자는 목을 가격함에 있어 일체에 감정을 실지 않았다. 오직 빠른 마무리와 끝내기만이 미션인지 명치와 급소만 노렸다.

그 모습을 보면서 생각이 난 건 역시나 크라브마가.

이스라엘 특수요원들이 구사한다는 실전 살인기법으로 방어가 아닌 오로지 선제공격이 전부인 무술이자 최강의 살인기술.

전문적인 것보다 더한, 기계적인 여자의 동작에 찬탄이 절로 나왔다.

몸의 손상과 체력의 한계를 최소화하기 위해 공처럼 웅크린 여자는 다시금 튀어 올라 상대의 몸. 정확히는 목 위에 올라탔다. 어깨에서 떨쳐 내려는 상대의 힘을 악착같이 버티며 사내의 눈에 엄지를 찔러 넣는 여자의 표정은 믿어지지 않을 만큼 무표정했다.

"아악!"

감정이입이 절로 되는 극한의 비명.

온갖 톤 다른 비명이 묻혀 지겨워질 때쯤 사위는 조용해졌다.

이 모든 게 영화인지 연극인지 분간이 되지 않았다.

아는 것이라고는 매혹적인 여자의 키가, 날렵한 몸이 낯설지 않다는 것뿐.

모두를. 전부를 남김없이 청소하고 어디론가 달려가는 여자가 멈칫하며 뒤돌아보았다.

달도 없어 지독하게 어두운 밤, 눈이 마주친 여자는…….

"……!"

인하는 놀란 그 상태에서 눈을 떴다. 눈은 떴지만 몸은 움직여지지 않았다. 결박된 듯한 기분 또한 좀처럼 해제되지 않았다.

어딘가에 칭칭 감겨져 구속된 몸보다 기분 나쁜 건 여자가 나온 잔혹하고 잔인한, 한없이 매혹적인 검무를 추는 나비의 꿈.

"하아……."

꿈은 그날의 충격 때문일 거라 짐작됐다.

그 밤, 인하는 자신의 눈을 의심했다. 장정 다섯을 가볍게 때려 눕힌 강순이로 인해.

핫도그 매장 앞에서부터 쫓았지만 그 같은 미장센을 보게 될지는 상상하지 못했다.

쫓을 땐 단순히 궁금함 때문이었다. 세 사람의 합이 대체 어떤 수준인가 그 정도.

고모님을 시작으로 강인석과 강순이는 가족이었다.

마치 아주 오래전부터 그 모습으로 지내고 살았던 듯한 이들의 모습. 그러다 나설 타이밍을 놓쳤을 때는 불순한 의도를 가진 게 분명한 이들이 보였다.

두 무리였다. 그 중 두 명의 남자는 본 적 있는 이들.

언젠가 강순이의 시큰둥한 발차기에 맥없이 꼬꾸라졌던 동네 조폭 수준의 양아치.

여자는 그들의 움직임을 진작에 포착했는지 인석과 고모님을 집으로 보냈다.

그런 후 주변을 살피려는 듯 신발을 고쳐 매는 능숙한 모습을 연출했다. 마치 얼마쯤은 기대하고 대비하는 이처럼.

인하는 여자를 위시해 덩치들이 골목 안으로 들어선 순간부터 녹화하기 시작했다.

나서지 않고 때를 기다린 건 증거를 남기기 위한 어쩔 수 없는 판단이자 몸으로 학습한 선택이었다.

추후 이 같은 일이 다시 또 벌어지지 않게 하기 위해서라도 여자를 위협하는 짧은 동영상이라도 반드시 남겨야 했다.

우려와 달리 믿을 수 없는 전개가 벌어졌다. 일테면 피비린내 가득한 하드 액션 잔혹 무비이자 여자의 일방적인 액션 활극이 전부인 대참극이.

여자는 한 치의 흐트러짐도 없이 다섯을 상대했다. 이로서 더 궁금해지고 한층 복잡해졌다. 그만큼 명확해진 면도 있긴 했다.

기억상실녀 강순이의 프로필과 남다른 이력 같은 것들이.

"역시 군 출신이었던 건가."

군 출신 중에서도 아주 특별한, 언젠가 비상용 다큐멘터리로 봤던 이들의……

"가, 강 팀장님이요?! 진작 말씀을 하시지!"

"……"

"아, 미국에서 살다 오셔서 발음이……. 하!하!하! 저희는 슈퍼모델이 왜 여길? 뭐 그런 기분이라……."

밖에서 들려오는 모든 소리가 심상치 않았다. 감탄사와 느낌표. 허풍스런 말투나 부추김. 과한 웃음까지, 광수대와는 상관없는 것들이고.

"팀장님은 그러니까……."

문을 연 순간 왁자지껄했던 실내가 일순간 조용했다. 그것도 잠시.

"진작에 말씀을 하시지. 목하 유학 중인 미모의 사촌 여동생이 있다고."

"······."

"저희는 다 팀장님 애인인 줄 알고 얼마나. 얼마나 실망을 했던지, 하!하!하!"

나이도 연차도 제일 어리면서 우리 팀도 아닌 강력반 3팀 막내가 이곳까지 와 반가운 기색을 하는 건 처음이었다.

인하는 눈앞에서 알짱거리는 이를 무시하고 멀뚱히 선 채 사무실 전체를 빠르게 스캔하는 여자를 향해 말했다.

"무슨 일이야?"

여자는 들고 있던 가방을 들어 보였다.

"옷이랑 도시락."

인하는 가방을 살짝 흔들어 보이는 여자에게 시선을 두었다.

자연스럽게 웨이브 진 긴 머리부터 시작해 맵시 좋은 청바지. 오버 사이즈 버버리에 심플한 캐릭터 티. 굽 없는 운동화 전부 세트처럼 잘 어울렸다.

그 밤 그가 봤던 여자의 전혀 다른, 어쩌면 본모습일지 모른 그 모습보다 훨씬 더.

마음이 복잡했다. 아직 미처 다 보지 못한 또 다른 일면도 그렇고 그 모습으로 인해 인석이도 고모님도 놀람을 넘어 충격으로 인해 혼란스러워할까 봐.

우려되는 건 각각의 마음이었다.

어느새 서로가 서로에게 물들어 버린 세 사람의 닮은 미소와 이미 줘 버린 게 분명한 마음.

인하는 사무실을 요목조목 둘러보는 여자를 복잡한 심정으로 쳐다봤다.

여자가 고개를 돌릴 때마다 묘한 향기가 났다.

이제까지 전혀 몰랐고 알 필요도 없던, 여자를 닮아 매혹적이면서 그만큼 위험한 이름 모를 향기가.

창문도 없는 사무실엔 작은 침대가 놓여 있었다.

처음부터 기획된 구간이 아닌 임시로 편의에 따라 사무실을 쪼개 만든 느낌. 그로 인해 실내는 미처 빠져나가지 못하고 환기되지 못한 무거운 공기가 가득했다.

시멘트 빛을 닮은 형광 불빛은 강인하의 피곤한 낯빛을 한층 더 부각시켰다.

1시간 반 전, 집 앞 사진관에 걸린 사진 속 얼굴과 영 다른 얼굴이 쳐다보기만 할 뿐 말이 없었다.

반가워할 거라는, 애초 그런 기대조차 하지 않았다.

강인하는 기본적으로 말이 많지도 않거니와 형사란 특수성 때문인지 눈빛이 부드럽지도 자상하지도 않았다. 기본적으로 기억상실녀 강순이가 못마땅하고 못 미더워 안달 난, 여러모로 캐릭터가 확실한 남자이기에.

한데 이 순간 왜. 가슴 한쪽이 짠하고 불편한 건지 알 수 없었다.

이 감정은 분명 걱정인 듯한데 자신이 이 남자를 왜 이렇게 걱정하는지 이유가 명확하지 않았다.

"고모님이 부탁하신 거야?"

"응."

"여기까지 어떻게 왔어?"

"여기? 버스 탔지. 고모님이 말씀하신 루트대로."

"루트?"

"응. 그보다 대체 얼마나 바쁘면 며칠 동안 집에도 안 들어와? 벌써 몇 번째야?"

"몇 번째면?"

강인하는 미간에 주름을 만들며 퉁명스럽게 물었다.

"까칠하기는."

"……."

"넘 부러워서 그러지. 여기서 일한 만큼 돈 받을 거 아니야. 세상에 그 돈이 전부 얼마야?"

부러웠다. 신분 확실한 만큼 정당히 일을 하고 그만큼 벌고 받을 강인하가.

신분증을 비롯해 신분이나 국적을 확인할 그 어떤 것도. 아직까지 이전에 대한 어떤 기억도 없는 그녀는 국가 공무원인 강인하가 넘나 부러웠다.

바로 이래서 바보 똥멍충이 강인석도 공시생인가 싶고.

"그 말투."

"말투?"

"그래, 점점 강인석스러워지는 거 알아?"

"몰라. 인석이스러워지는 게 뭔데?"

"버릇없는 건 기본에 말끝마다 종결어미 없는 반 토막에 어른스럽지 못하고 진지하지도 않아. 매사 장난스럽기만 하지. 반항심 가득해 어쩔 줄 모르는 청소년처럼 온갖 매체에서 나온 말을 그대로 따라 하고. 더해?"

"내 말투가 유치하고 유아틱하다는 거?"

"지금도."

"뭘?"

"……."

이번엔 침묵이 대답인 듯했다.

강인하는 인석과는 근본적으로 달랐다.

듣도 보도 못한 콩글리시를 즐기며 공부를 지질이 못하는 인석이는 상대를 기분 나쁘게 하지 않았다. 그런 건 아예 할 줄을 모르는 녀석이기에.

그에 반해 강인하는 몇 마디 않고도 사람을 열 받게 만들면서 심지어 무시한다. 지금처럼.

"모르나 본데 인석스럽다는 거 기분 나쁘지 않아, 난. 강인하스럽지만 않으면 되니까."

진심을 토로했다. 사방이 시민을 위한 경찰인데 못할 말이 뭔가 싶어 그냥 훅 질렀다.

"코너에 몰릴수록 기냥 지르는 거야! 한국 사람은!"

인석이가 늘 하는 말이었다. 어느 정도 맞는 것도 같고.

"고모님 부탁이긴 했지만 그래도 이 먼 길을 왔는데 타박하는 그쪽보다 공부 못해도 꼬박꼬박 누나라고 부르면서 챙겨 주는 인석이가 백만 배 좋아. 말이 나와서 말인데 순이랑 좋은 이름 있는데 왜 매번 그쪽, 이봐 라고 부르는데?"

이왕 이렇게 된 거 한번쯤 속 시원하게 따지고 싶었다.

"그쪽도 인석이 형이라고 하잖아."

"그거야 인석이 형이 매번 짜증나고 재수 없게 구니까……."

"……."

이번엔 백퍼. 명백한 실수란 생각이 들었다.

순이는 이 순간 백년 묵은 백사처럼 보이는 누군가의 시선을 피해 들고 있던 가방을 하늘 높이. 저 하늘 끝까지 평화의 상징처럼 들어 보였다.

"고모님이 도시락 맛나게 먹고 내 핸드폰으로 인증 샷 찍어오라고 하셨는데 이거 어디서 먹을래? 강. 인. 하 씨."

이도저도 아닌 애매한 상황이면 얼른 다른 버전으로 넘어가라고 했다. 자칭 지략가인 인석이가.

순이는 어색하고도 어설픈 미소를 지으며 최선을 다해 분위기를 띄웠다.

"도시락."

"도시락?"

"두고 가."

강인하는 그처럼 말하고 사무실을 나가려 했다.

"인증샷은?"

"알 바 아니야."

그렇게 말하고 나가 버렸다. 짜증나고 재수 없는, 대한민국 국가 공무원이.

"아, 정말……."

형사 강인하는 상당히 복잡했다. 그 때문인지 기분도 들쑥날쑥하고.

메이드로 부려먹으려는 분명한 이유가 있다지만 핸드폰 사 주고 레트로 사진관에서 사진 찍을 때만 해도 이렇게까지 제멋대로는 아니었다.

엊그제 새벽, 이슬 맞고 들어온 이후 더 어려워지고 한층 까칠해졌다.

"반항심 가득해서 골치 아픈 사람은 그쪽이네요."

앞에서는 차마 할 수 없는 말을 회색빛 허공에 내뱉었다.

"음......"

기분은 조금도 나아지지 않았다. 왠지 모르지만 알 수 없는 이유로 더 다운되기만 할 뿐.

강인하를 대신한 광수대 사람들의 극진한 대접과 요란한 배웅을 받은 순이는 다운될 기분을 업시킬 겸 인석을 찾아갔다.

공시생인 인석은 대부분의 시간을 독서실에서 보냈다.

고모님 말씀으론 2년여 간의 학원 생활을 접고 본인이 선택한 마지막 선택지라고 했다.

독서실은 이태원에서도 가장 구석에 있었다. 개발과는 영 거리가 먼 듯 보이는 꼭대기 골목 끄트머리이자 유흥가와도 살짝 인접한 애매모호한 지점.

독서실 정문 앞에 도착해 3층 건물을 올려다봤다.

이 건물 역시 강씨네 집만큼 오래돼 보였다. 외벽은 도색이 전부 벗겨져 마치 불에 익힌 생선살처럼 너덜너덜해 처참했다. 인도정 중앙쯤에 대책 없이 선 전봇대엔 수를 셀 수조차 없이 마구 꼬인 전선줄이 열받아 풀어헤친 머리처럼 정신없었다. 그 뒤로 보이는 작은 창문들엔 싸구려 파운데이션 같은 먼지가 두껍게 내려앉아 있었다.

"보기만 해도 머리 아파. 기분도 이상……."

"야…… 이…… 싫다고…… 난."

어디선가 익숙하고 찡얼거리는 목소리가 들려왔다.

반항기 가득하고 유치한, 동시에 긴장으로 인해 겁먹은 듯한 강인석 목소리가.

순이는 그 나지막한, 그렇다 해도 분명하게 들려오는 소리를 따라 건물 외벽을 짚으며 걸었다. 코너를 돌려는 순간 본능처럼 몸을 숨겼다.

인석은 제 또래 세 명의 남자에게 둘러싸여 있었다.

"두 번도 필요 없다니깐 이건."

"그래, 이 새끼 말이 맞아. 딱 한 번 맛만 봐."

"……."

"이 얼음 아이스 바 하나면 잠 걱정은 할 필요도 없다니까. 이 엉아가 우리 동생 생각해서 서비스로 주는 건데 동상이 무시하고 반항하면 엉아들이 섭하지. 안 그래?"

"아, 난 싫다고! 난 졸리면 잘 거고 배고프면 밥 먹으면서 공부할 거거든!"

본능에 충실한 강인석다운, 명쾌한 대답이었다.

"빙신아, 그러다 어느 세월에 합격하냐?"

이 또한 틀린 말은 아니었다.

"너 삼수 아니야?"

뉘댁 자식인지 참 질리게도 한다 싶었다.

"너희 고모도 그렇고 살벌하신 형사님 눈치 보면서 언제까지 그렇게 구박받으면서 살 건데? 그러니까 이거 하나면 공부는 그냥!"

옆에 선 이는 뭔지 모르겠는, 그 그냥이란 말을 하며 히죽거렸다.

"난 싫어. 이딴 거 안 한다고! 저리 좀 꺼져. 새끼들아."

생각 없이 멍청한 강인석이 쪽수도 생각 않고 제법 대차게 나왔다.

"아, 이 새끼 봐라. 엉아들의 애정을 영 헤아릴 줄 모르네."

"그러게, 이 십탱이가. 야, 새끼야. 나중에 달라고 해도 못 줘! 우리도 이거 간신히 수소문하고 SNS에서 채팅하는 번거로움 통해 받아 온 거거든."

착한 인석이에게 주고 싶어 환장한 녀석이 그처럼 구구절절하게 말했다.

"걱정 마. 그럴 일 없으니까! 이거 놔. 나 공부해야 돼."

멋있게 내치려는 인석의 팔을 두 놈이 잡아 꼼짝 못하게 했다.

"야, 이 새끼 꽉 잡아. 한번 맛을 봐야 이런 개소리를 안 하지."

"이거 놔! 이 미친 새끼들아! 그 맛있는 얼음 니들이나 많이 처먹으라고! 난 이빨이 시원치 않아서 얼음 같은 거 안 먹거든!"

인석이는 강하게 반항했다. 거칠게 거부했고. 순이는 인석의 강한 의지와 투지 어린 인간성을 확인한 거 같아 뿌듯했다.

강인하는 틀렸다. 제 동생을 전혀 모르고. 인석이는 유치하지도 버릇없지도 않았다.

매사 장난스럽고 좀 많이 멍청하긴 하지만 지금처럼 거절을 할 땐 확실히 했다.

그 모든 이유로 점점 강인석스러워진다는 말은 욕이 아닌 칭찬이었다. 그처럼 멋진 칭찬을 받은 마당에 나서지 않을 수 없었다.

"엉아들."

일단 높지 않은 톤으로 불렀다.

불러 놓고 든 생각은 이처럼 등장하는 건 그녀 스타일이 아닌 듯했다. 물론 기억엔 없었다. 아무래도 인석이를 위협하는 저들 수준으로 맞춰 주고 싶은 여린 마음이 어딘가에 살아 숨 쉬고 있는 듯했다.

아직은 어리고 여린 청춘이기에 며칠 전 그 밤처럼 단번에 몰아쳐 해치우기 싫었다.

살살 몰아 다소나마 회계하고 반성할 기회를 주고 싶었고 앞으로도 인석이와 마주할 텐데 앞뒤 생각이나 계산을 하지 않을 수 없었다.

"뭐야?"

"누…… 누나!"

순이를 본 인석이 엄청 기쁜 얼굴로 불렀다.

"누나? 뭐야? 너한테 저렇게 남다른 누나가 있었어? 대체 언제 어느 날부터?"

"새끼, 그게 뭐가 중요하다고. 안녕하세요, 누님."

세 명은 언제 그랬냐는 듯 인석과 어깨동무를 하며 다정함을 연출했다. 순간 다정함의 한 축을 담당했던 인석이 잽싸게 빠져나와 순이 옆으로 뛰어왔다.

"누나, 가자. 여기까지 어떻게 왔어? 무슨 일 있는 건 아니지?"

무슨 일은 자신에게 있으면서 인석이는 아닌 척을 하고 있었다. 그래서 더 똥멍청이 인석이가 맘에 들었다.

"나 보러 온 거야?"

"……."

"나도 집에 두고 온 게 있어서 막 가려던 참이었는데, 가자."

"강인석."

"응."

"저 엉어들, 잘 아는 형이야? 친해?"

정확하게 알아야 했다. 아는 형이어도 문제고 친하지 않은 형이라도 문제이기에.

만약 애매하기만 한 관계라면 이참에 잘라 내는 게 맞았다.

저런 얼음 아이스를 즐겨 먹는 것도 모자라 싫다며 강력하게 거부하는 주변인들에게 퍼트리려고 하는 해악한 무리라면 더더욱.

"아, 아니야! 그냥 오다가다 독서실에서 몇 번 봤을 뿐이야. 가자. 누나는 신경 쓰지 마."

어딘가 어설프고 긴장한 듯한 인석은 그녀를 밀며 좁고 외진 공간에서 벗어나려 했다. 그 순간.

"뭐야? 누나라면서 인사 정도는 시켜 줘야지. 안 그래? 안녕하세요. 이것도 인연인데 약간의 정다운 시간 보내는 건 어떨까요? 마침 우리한테 아주 죽이는, 꽤 기특한 물건도 있는데."

셋 중에 가장 인상이 나쁘고 야비하게 생긴 페이스가 말했다.

"우리가 극진히 모실 테니까 우리랑 한번 해요."

"……."

"우리가, 아니 내가 직접 아주 뽕뽕 가게 해 줄라니까."

녀석들은 그처럼 말하고 뭐가 그리 즐거운지 지들끼리 키득거리며 숨넘어가게 웃었다.

"가자, 누나. 일일이 상대할 것도 없는 애들이야. 쟤네들은 머리가 죄다 썩었어. 재생불능수준으로."

"뭐야, 새끼야!"

그 같은 말과 함께 제일로 푸짐한 덩치를 한 녀석이 인석의 머리를 강하게 후려쳤다. 그로 인해 몸의 중심을 잃은 인석이 넘어지려 했다. 타이밍을 놓치지 않은 순이가 위태롭게 휘청거리는 인석을 잡았다.

"저 병신. 약 처먹은 것도 아닌데 왜 혼자 넘어지고 지랄이래니."

"그러게. 이 엉아들 말 들으면 저럴 일 없이 슈퍼맨을 만들어 준다니까. 안 그러냐?"

뭐가 그리 즐거운지 끝까지 유쾌했다. 천국행 편도 티켓을 쥔 듯 무척이나 행복해 보이기까지 하고.

그처럼 웃는 가운데 제일로 가깝게 서 있던 녀석이 손을 뻗어 순이 손목을 잡았다.

"아, 정말. 동생들 한번 믿어 보라니까, 예쁜이 누나."

세 동생 전부 다 무척이나 고마웠다.

이처럼 분명한 신호를 줘 이만큼 분명한 대답, 액션을 해 줄 수 있게 기회와 자리를 만들어 줘서.

"싫어."

"……."

"이거 놔."

"빼기는. 이건 뺄 문제가 아니라니까. 원체 죽이는 거라……."

"싫다니까!"

그녀는 이 같은 톤과 말로 다소나마 시간과 상황을 되돌릴 여지를 주었다.

이쯤에서 모든 걸 없던 일로 할 수 있는 무척이나 은혜로운 반성과 번복의 기회까지.

"싫기는, 그게 다 몰라서 하는 얘기라니까. 이 크리스탈이 몸에 얼마나 좋은 건데. 그러니까 빼지 말……아악!"

녀석들은 행운을. 마지막 기회를 놓쳤다. 날려 버리고.

순이는 주머니 속에서 녹음이 되고 있는 걸 감안해 소리 나지 않은 지점만을 몇 군데 집중적으로 공략했다.

이 또한 배려라면 배려였다.

얼마간의 민족애이자 이 계절 가을처럼 무르익고 있는 속 깊은 동포애고.

5부

광수대 사람들 전부 이처럼 어처구니없는 상황은 처음이었다.

정오가 지나 호피무늬 팬티 바람으로 서에 온 남자는 지금까지 제정신이 아니었다.

약을 얼마나 했는지 뜻 모를 말을 반복함은 물론 횡설수설을 넘어 자꾸만 호랑이 속옷을 벗으려고 해 기겁한 형사들이 만류하기 바빴다.

"갑자기 올라타서는 경찰서를 가자더니 다시 식약청에 가야 한다고 하는데 백미러로 보니까 눈이 풀리고 입가에 침이 마른 꼴이 영 이상해서 곧바로 광수대로 왔죠."

택시운전기사의 빠른 판단은 신의 한수였다.

몇 시간이 지난 지금까지 미친 이처럼 구는 남자, 이처럼 경찰에게 요주의 인물로 잡히지 않은 채 암약(드러나거나 수치에 잡히지 않은)하는 마약쟁이들을 차단하며 걸러 낼 수 있는 방법은 신고가 최선이었다.

그 최선의 방법으로 걸린 팬티 바람의 남자를 취조하는 건 마약과 2팀의 몫이고.

벌써 5시간이 지난 시간. 남자는 여전히 해롱거렸다. 때때로 과하게 웃기도 허공에 화를 내기도 하면서.

이 모든 건 마약이 가진 엄청난, 뇌를 파먹고 파헤치는 중독성 때문이었다.

제 의지로는 절대 끊지 못한다는 그 절대적 환각과 기묘한 쾌감의 막강한 유혹.

취조결과 남자는 판매책이었다. 제가 가진 과한, 많은 양에 압도돼 제 입과 코에 퍼붓다 제정신이 아닌 채로 모범 기사님의 택시를 탔고.

조금씩 정신을 차리면서 내뱉는 말은 전부가 정보였다.

그 정보 속엔 자신이 마약을 팔고 산 사람들의 기록과 며칠 전 일본에서 들어온 마약 제조업자의 대한 정보도 포함돼 있었다.

전혀 기대하지 못한 수확에 마약과 전부가 흥분했다.

취조를 끝내고 늦은 저녁을 먹고 돌아온 인하는 사무실 전면을 도배한 마약 대모에 대한 기록 옆에 의문의 사나이. 일본 제조업자를 포함시켰다.

인하는 벽 하나를 전부 덮은 거대한 정보와 어마어마한 기록과 수치를 보며,

"기다려, 대모님."

점점 좁혀지고 있었다. 한걸음씩이라도 가까워지고.

어느 공간에 숨어 교사와 의사, 심지어 공무원과 판단능력이 미비한 중학생에게까지 약을 팔며 아무런 죄책감도 없는 인간을 대면해 누구보다 먼저 단죄할 시간이.

유난한 진동소리가 원대한 계획 안으로 파고들었다.

인석이었다. 마약 대모와는 다른 버전으로 골치 아프게 하는 인물. 그렇긴 하지만 인석이 전화를 거는 일은 많지 않았다.

"여보세요."

— 혀엉! 나야.

"알아."

— 저…… 여기로 좀 와 줘야 할 것 같아.

"거기가 어딘데?"

— 여기가 어디냐면 우리 집 근처…… 경찰서.

"경찰서?"

— 응. 빨리 좀 와 줘.

"……."

— 순이 누나가 술에 취했는데…….

인하는 인석의 말을 다 듣기도 전에 겉옷을 챙겨 뛰었다.

짧은 의자에 불편하게 누운 여자는 긴 머리를 가지런히 하고 두 손을 경건하게 맞잡은 상태에서 눈을 감고 있었다.

도움의 손길을 요청한 강인석은 너무나 멀쩡한 얼굴로 온몸이 붓고 까친 장정 세 명과 함께 한쪽 구석에서 경찰의 호위를 받고 있었다.

잘 모르는 상태에서 이처럼 보이는 모습으로만 본다면 저 네 명으로 인해 여자가 기절한 듯 보였다. 물론 그럴 일은 없겠지만.

인하는 경찰에게 양해를 구한 뒤 인석을 밖으로 불렀다.

완전히 어두워진 거리를 현란한 불빛과 낯선 이방인들의 소란
이 대신했다.

집에서 조금만 걸어 나와도 평소 알던 동네와는 전혀 다른 동네
같았다. 마치 야누스 아니 강순이처럼.

인하는 뒤따라 나와서도 눈치만 보는 인석을 향해.

"괜찮아?"

"……응. 으응?"

"너랑 강순이 어디 다치거나 한 거 아니고?"

"아니야. 쟤네들 우리 몸에 손끝도 닿지 못했는데 다치긴. 그보
다 말이야……."

긴장한 인석이 어깨 넘어 경찰서 안을 보다 말을 꺼냈다.

"경찰들한테는 말하지 않았어. 순이 누가 기억 잃은 거며 우리
집에서 지내는 거 전부. 그러니까 형이 좀……."

"이야기부터 해 봐."

"뭐? 아아…… 그게 말이야."

인석은 독서실 뒷골목에서 있었던 일부터 시작해 요기를 하기
위해 포장마차에 간 일. 그곳에서 일찍부터 술 마치고 꼬장 부리
는 동네 양아치들을 그냥 봐 넘기지 못한 강순이에 대한 것까지
전부 설명했다.

"난 누나가 술을 못하는지 몰랐지. 사실 외모로만 보면 말술도 거
뜬히 마실 것 같이 생겼잖아. 키부터 시작해 여리게 생긴 구석이 어
디 한군데라도 있어야지, 그러니 상상이나 했겠냐고. 그보다 형?"

인석이 꽤나 심각한 표정을 하고 쳐다봤다.

"누나에 대해 알아보고는 있는 거지?"

"……."

"언제까지 우리 집에서 살 수는 없잖아. 누나 가족들 엄청 걱정할 텐데……. 내가 사진 찍어 보낸 게 언젠데 아직도 깜깜무소식이야?"

인석이 뭔가에 제대로 충격을 받았는지 모르겠지만 눈빛도 그렇고 횡설수설했다.

"먼저 시비 걸고 포장마차 뒤엎은 건 맞아? 증인 있어?"

"당연히 있지. 포장마차 주인부부."

"경찰들도 알고?"

"응. 아까 포장마차 아저씨가 다 증언해 줬어. 매일 와서 일수 찍듯 돈 가져가는 거며 손님들한테 시비 거는 게 일상이란 것도."

"고모한테는 연락 안 했지?"

"당연하지! 연락을 어떻게 해?"

"……."

"고모 뒤로 넘어가게. 고모한테는 그냥 영화 보고 들어간다고 했어. 저녁까지 먹고 들어갈 거라고 했고. 그런데 누나가 아직까지 정신 못 차리고 있으니……."

"언제부터 저런 거야?"

"누구? 누나? 누나야 양아치들 한 대씩 쥐어박고는 바로 기절했지. 사실 딱 한 대씩만 때린 건 아니고……. 아무튼 죽어라 용쓰면서 때린 것도 절대, 전혀! 아니고……. 그냥 설렁설렁 스치듯 때린 것 같은데 저 새끼들이 엄살을 피우는지 코피 쏟고 앞뒤로 쓰러지다 엎어지다 난리도 아니었다니까. 오후에 나한테 약 주네 어쩌네 하던 놈들도 그러더니."

"그 애들은 어디 있어?"

"얼음 주네, 죽이네 했던 애들?"

"그래."

"그게…… 누나한테 요기저기 야무지게 얻어맞기는 했지만 그래도 장정 셋이라 절대 안 된다고 옆에 있겠다고 해도 누나가 괜찮다면서 얼른 가방 챙겨 내려오라고 하도 성화를 해서 코피 쏟으면서 무릎 꿇은 것까지 보고! 3분도 안 돼서 내려왔는데 새끼들이 전부 없어졌더라고."

"……."

"순이 누나는 아무렇지 않은 얼굴로 형이 사 준 핸드폰만 호호하면서 닦고 있고."

인석은 멍 때리는 표정을 하다 모든 게 믿어지지 않는다며 중얼거렸다.

"누나 평범한 사람이 아닌지는 진작부터 알고 있었지만…… 오늘은 정말……."

인석은 저가 본 광경 속에서 아직까지 헤어나지 못한 듯 보였다.

"보고도 믿어지지 않더라."

모든 이야기를 접수한 인하는 인석과 함께 경찰서로 들어갔다.

일단은 평화로운데 경건하기까지 한 모습으로 경찰서에서 숙면하고 있는 여자를 깨워 이 장소를 벗어나는 게 급선무였다.

살짝 멍 때리는 인석을 집으로 들여보냈다.

이유는 한 가지, 고모님을 재우기 위함이었다.

영화를 보고 집에 오다 마침 그를 만나 드라이브 겸 서울 야경을 구경하는 걸로 말을 맞췄다.

깃털도 아니면서 깃털마냥 하늘로 날아오른, 그러다 죄다 날려버리기까지 한 무지막지한 여자의 피부는 믿을 수 없을 만큼 투명했다.

몸 전체는 자잘한 근육의 결정체면서도 얼굴만 보면 그야말로 반전 그 자체고.

무엇보다 돌고래처럼 푸푸거리며 숨을 쉬는 게 아이 같아서 귀여웠다. 어느 순간 알아듣지 못할 푸념과 옹알이까지 전부 다 극적 반전이었다.

그 모든 생각이 드는 순간 인하의 입가엔 희미한 미소가 걸렸다. 그러다 미소를 남김없이 지운 인하는 강순이를 흔들어 깨웠다.

"강순이."

"으……응."

"일어나."

뭐라 찡얼거리는 여자를 보다 못한 인하가 라디오 볼륨을 높였다. 마침 강한 피트와 사운드의 음악이 흘렀고 놀란 여자는 한순간 정신을 차렸다.

여자는 정신을 차린 후 주변을 둘러봤다. 그러다 인하와 눈이 마주쳤다.

"인석이 형이 왜 여기 있어?"

"왜 있긴? 내 차 안이니까 있지."

"인석이 형 차? 인석이는?"

"집에 갔어. 고모님 챙기러."

"……."

"술은 전혀 못하는 거야?"

그 말에 여자는 두 손으로 눈을 비비며 고개를 좌우로 흔들었다.

"맥주는 조금 마셔. 근데 소주는 처음이었어."

"처음인지는 어떻게 아는데?"

"몰라. 근데 처음인 건 확실해. TV 드라마 보면 포장마차 장면이 빠지지 않고 나와서 한번 가 봐야지 했거든. 소주도 포장마차도 새로운 거 보면 처음 맞아."

"그럼 설명해 봐. 다른 것들 전부."

"다른 거 뭐?"

"잘 알 거 아니야."

"물 없어? 비상용으로 드렁크에 싣고 다니는 거."

아직까지 몽롱한 듯 보이는 여자는 주변을 살피다 그를 쳐다봤다.

"없냐고?"

인하는 대답 않고 500리터짜리 물병을 던졌다. 여자는 정확한 방향감각으로 물병을 낚아챘다.

기가 막힌 반사 신경이자 동물적 반응이었다.

반 넘게 물을 마신 여자는 입을 닦고 등받이에 몸을 기댔다. 인하는 더 이상의 여유를 주고 싶지 않았다. 주어서도 안 되고.

"설명해 봐."

"자꾸 뭘 설명하래?"

피곤함보다 귀찮음이 더 커 보이는 여자는 눈을 감았다.

"인석이가 말했을 거 아니야."

"인석이가 말하지 못한 부분을 묻고 있는 거야, 난."

"그런 거 없어. 인석이가 본 게 다야. 그 이상 같은 건 없다고."

"좋아, 그럼."

그 말에 여자는 곁눈질로 인하를 쳐다봤다.

"대답해 봐."

"……."

"독서실 앞에서 제압했던 애들은 어떻게 한 거야? 인석이 가방 가지러 올라갔을 때."

"그건 내 핸드폰에 녹음했으니까 인석이 형 핸드폰으로 보낼게."

여자는 주저는 물론 약간의 망설임조차 없이 즉답했다.

"걔네들한테 뭐라고 했는데?"

"뭐라긴. 마약은 멍청한 니들끼리 하라고 했지. 또 한 번 인석이 건드리거나 다른 사람들 포섭해 새끼 치려고 하면 동영상 올리고 시간 되면 경찰서하고 광수대에도 보낸다고. 참고로 마약사범에 대한 형량이랑 벌금도 말해 줬어. 실감하라고. 멍청한 애들이라 실감할지는 모르겠지만."

여자는 마약사범의 형량과 벌금에 대해 다르게 알고 있었다. 국내법이 아니 전혀 다른 기준을.

"포장마차에서 난동 부린 이유는?"

"말은 바로 해. 난동 부린 적 없어."

"……."

"이것저것 시켜 먹고 돈 안 내고 가려고 해서 돈 내고 가라고 말했을 뿐이야. 근데 대번에 듣도 보지도 못한 이상한 욕을 하면서 포장마차를 엎기에 엎드려뻗쳐 시켰을 뿐이고. 헌데 한국 남자들은 왜 모든 말이 욕이야? 욕이 아니면 대화가 안 되나? 그럼 TV에 멋있는 척하는 남자배우들도 현실에서는 전부 그런가? 그럼 또 한 명의 한류 팬으로서 대단히 실망인데."

여자는 분이 풀리지 않은 건지 인간에 대한 실망 때문인지 거친 숨을 몰아쉬며 중얼거렸다.

"무섭지 않았어?"

"……."

"오늘 두 번이나 겪었잖아?"

"무섭기는 무슨, 그런 녀석들은 눈 감고도……."

이제껏 몽롱한 정신으로 술술 잘도 토해 내던 여자가 대번에 입을 닫았다. 그리곤 가늘어진 눈빛으로 쳐다봤다.

"술기운 이용해 취조하는 거……."

"……."

"위법 아니야?"

"위법은 무슨. 정식 취조도 아닌데."

"정식 취조 아니면?"

"뭘 것 같아?"

"뭐냐니까?"

"뭐긴? 도와주고 보호하려는 거지."

"뭘 도와주고 보호하는데?"

"그쪽 얘기를 제대로 들어야 경찰서에 설명을 하던 설득을 할 거 아니야? 아니면 본인이 직접 가서 해결 보던가. 나도 개입하기 싫으니까."

"……."

여자 눈빛이 다시금 변했다. 온건하고 온화한 화해 무드로.

"맞네. 그러네."

어느 방송 어떤 배우에게 배웠는지 이 순간 어울리지 않는 강아지 눈까지 했다.

"잘 부탁해. 인. 석. 이 형님."

인석이란 이름을 강조했다. 역시 보통이 아니었다.

내공을 비롯해 이 같은 능청으로 자신의 참모습을 은폐하는 건 물론 엄폐하는 여자는.

"우리 걱정 많은 고모님은 주무시려나?"

하, 고모까지.

도대체가 짐작이 가지 않은 인물이었다. 이 이름만 순한 강순이는.

인석이 형이 있는 주말은 이 집에 온 이래 처음이었다.

같이 있기 싫은 형사가 집에 있는 대신 같이 있어 줬으면 하는 고모님과 인석은 외출을 했다.

고모님은 새벽부터 당일치기 기차 여행을 가셨고 강인석은 그렇게나 말렸는데도 뿌리치고 나갔다. 나가기 전 나름 유용한 정보랍시고.

"걱정 마. 집에 있다고 해도 잠만 자니까. 아님 수사 때문에 온종일 방에서 나오질 않아요. 밥은 물어볼 필요도 없이 달라고 하면 그때 주면 돼. 심지어 반찬 투정도 안 하는 스타일이야. 그러니까 걱정 말고 열광하는 아침 드라마부터 시작해 좋아하는 액션영화까지 섭렵하고 있을 때쯤이면! 이 몸이 컴백 홈 할 거야."

그 같은 말에 안심하며 분노를 불러일으키기도 하지만 그만큼 찾아보게 되는, 마약성 아침 드라마를 보고 있는데 인석이 형이 방에서 나왔다.

잠깐 눈이 마주쳤지만 미처 신경 쓸 여력이 없는 순이는 드라마에 집중했다.

드라마 속 재벌 남자는 바람피운 아내와 내연남의 계획대로 교통사고를 당했다.

죽기 직전의 남자는 착하고 씩씩한데 예쁘기까지 한 여자주인공의 도움으로 목숨을 건졌지만 과거의 기억을 전부 잃어버렸다. 그러던 어느 날 두 사람이 한창 사랑을 키우는 가운데 본부인이라며 나타난 여자가 남자의 행복한 일상을 깨트렸다. 이제껏 찾았고 여전히 사랑한다면서…….

"저런 뻔뻔한 인간을 봤나."

"이쪽 취향인지 몰랐어."

어느새 옆에 앉은 인석이 형이 드라마를 보며 말했다.

"동 시간대 아침 드라마 중에 이게 가장 막장인데 제일로 재밌어."

"막장 좋아하는지 몰랐다니까."

"이게 왜 막장인지 모르겠어. 미국 드라마는 백배 더 심한데."

순이는 반찬 가게를 하는 여자주인공을 무시하는 안하무인 본처에게 제대로 감정이입이 돼 극도의 분노를 느꼈다.

"미국 드라마가 심하다는 건 어떻게 알고?"

"그야 내가 미국에서 와서 그렇겠지."

"……."

"나 영어 겁나 잘하잖아. 누구 지적대로 한국어 발음은 넘나 이상하고."

문제는 저 남자주인공이 문제였다. 본부인의 애절한 눈물 연기에 홀라당 넘어간 저 바보 천치에 한국 드라마에서는 유독 흔한, 아무것도 안 하면서도 전부 물려받는 흔하디흔한 재벌 남.

"또 기억나는 거 없어?"

인석이 형은 중요한 장면마다 질문을 던져 짜증을 유발했다. 저 찌질한 재벌 남처럼.

"없어. 그러니까 조용히 해 줘. 나 지금 이거 보잖아."

"난 지금 배고파."

"……."

"배고프다고."

"하루 종일 잠만 잔다는 사람이 왜 아침부터 일어나 밥 타령인데! 밥 말고 잠을 자, 잠을."

잘생기지 않았는데 잘생겼다고 인정받는 남자주인공은 우유부

단했다. 두 여자 사이에서 갈팡질팡하는 꼴이 머저리 같고.

"그래, 시급이 너무 많긴 해."

이 시점에서 시급이란…… 야비한 얍스. 쨉스 경찰 같으니라고.

"알았어. 알았다고!"

"……."

"조금만 기다려. 곧…… 어! 이게 왜 꺼졌지! 리모컨을 왜 밟고 있어!"

"몰랐어."

"모르긴 왜 몰라! 발바닥이 곰 발바닥도 아닌데!"

순이는 리모컨을 들어 얼른 전원을 눌렀다. 전원을 눌렀는데도 TV는 켜지지 않았다.

"왜 이러지?"

"건전지 닳았나 보네."

"……."

"누가 아침 드라마를 열심히 봐서."

인석이 형은 그처럼 말하며 부엌 테이블에 앉아 신문을 펼쳤다.

얄미운 모습을 노려보다 다시 리모컨을 작동해 봐도 TV는 켜지지 않았다.

수십 번을 눌러 간신히 켜진 화면 속엔 다음 편 예고가 나오고 있었다. 그로 인해 누군가를 노려볼 수밖에 없었다.

"밥 줘."

저놈에 밥! 드라마에서나 현실에서 한국 남자들은 왜 다들 밥 타령을 하는지. 본인이 직접 차려 먹든지 간편하게 빵이나 샐러드를 먹든지 하지!

받는 입장에서는 한식이 한없이 좋은데 차리는 입장에서면 미국식이 좋았다.

순이는 그 같은 말은 목구멍으로 삼킨 채 역사 속 그 어떤 전장보다 치열하고 무서운 부엌으로 향했다.

다행히 할 건 없었다. 고모님의 섬세한 준비성으로 인해 냄비와 냉장고 안에 있는 반찬들을 전부 꺼내 후다닥 상을 차렸다. 인석이 형 맞은편에 앉아 윤기 자르르한 큼지막한 장조림을 집는데,

"최면요법이라고 알아?"

"최면요법?"

"기억 잃은 사람들이나 무의식 속에 잠재한 단서를 찾기 위한 방법 중 하난데 해 보면 어떨까 해서."

"지금 나 말하는 거야?"

"……."

최면요법. 기억과 상관없이 알고 있었다. 그런 방법이 있고 그런 방법을 쓴다는 것도.

며칠 전 영화에서도 봤다. 주말 코미디 프로 속 패러디 코너에서도 봤고.

영화 속 여주인공은 최면요법 중 울며불며 소리치는 장면이 있었다. 것도 매우 고통스러워하면서 진저리까지 치면서.

기억하고 싶지 않은 깊은 상처가 몸과 마음에 가득 차오르는지 숨차 했다. 버둥거리고.

"그러다 판도라 상자 열리면?"

"열기 위해 하는 거야."

강인하는 돌려 말하지 않았다. 어떤 포장도 않고.

"자기 일 아니라고 쉽게 말하는 거 아니야?"

"……."

"뭐든 파고들다 보면 기억하고 싶지 않은 일까지 나올 텐데 그걸 나 보고 하라고? 관람객은 그쪽이고 고통에 노출되는 건 나니까?"

상식선을 넘는 이기적인 면도 그렇고 못된 건 익히 알았지만 이 정도로 가혹할 줄 몰랐다.

따지고 질책하는 질문에 강인하가 젓가락을 놓고 팔짱을 낀 채로 쳐다봤다.

뭐? 보면 어쩔 건데? 하는 마음으로 강인하를 주시했다.

"이대로 쭉 지낼 거야?"

"……."

"기억 찾고 싶지 않아?"

"……."

"가족들 생각은 안 해?"

"콕콕 찌르지 마. 그리고 밥값 정도는 충분히 하고 있다고 보는데 그마저도 싫다는 거야?"

"싫다고 한 적 없어. 기억에 대해 물었을 뿐."

"그게 그거지."

"이봐……."

"기억 찾으면."

"……."

"여기 있을 수 없잖아. 난 여기 정말 좋은데."

그녀 자신이 더 놀랐다. 이런 마음이었다는 사실에.

기억이라면 찾고 싶었다. 아무렇지 않은 척 내색하지는 않았지만 꿈에서 어떤 여자를 본 이후. 또 요사이 계속되는 자잘한 싸움에서 상대와 대치하는 자신이 낯설면서도 익숙하고 두려움보다 통쾌하고 후련하기도 해 기억을 찾아야겠단 생각을 하고 있었다.

그렇긴 한데 이 순간 인석이 형에게 듣는 말은 왠지 모르게 섭섭했다.

어딘가가 시큰하고 뻐근해 눈물 날 지경은 아니지만 눈물이 난다 해도 이상할 게 없을 정도로 마음이 이상하고.

"어제 인석이 상대하던 애들도 그렇고 포장마차에서 난동 부린 무리 상대하면서 무섭지 않았어?"

질문이면서 확인이었다.

"질문이 묘한 거 알아? 무서운 게 당연한 듯 말하고 있잖아."

"보통의 여자라면 당연히 무서울 거야. 혼자서 그런 불량배와 양아치를 상대하는 건 상상도 못할 일이니까. 그 상황도 그렇지만 차후에 언제든 일어날 수 있는 보복 때문에 더더욱 기피하는 게 사실이고. 그래서 묻는 거야."

"……."

"그랬냐고."

무섭지 않았다. 솔직히 말하면 스트레칭 수준이라 어느 정도 즐겼을 뿐.

빠르게 생성되고 치솟는 엔도르핀과 아드레날린으로 인해 몸은 가볍다 못해 흥분되기까지 했다. 처단까지는 과하지만 그렇다 해도 적절한 처벌이 필요한 이들이기에 적당히 손봐 주었고. 이제라도 정신 차리라는 의미로. 뭐, 그런 일은 절대 없겠지만.

"무섭지 않았을 거야."

반박을 하려다 말았다. 어쭙잖은 대답이 이 남자에게는 효용 없다는 걸 알기에.

"두려운 마음 같은 것도 없었을 테고."

"······."

"그보다는 가볍게 몸 푸는 느낌으로. 간 보듯 상대했겠지. 물론 공이 때처럼 최선을 다해 방어하지도 않았을 테고. 그래서. 그러니까 방법을 찾아보자고 하는 거야."

남자의 목소리엔 위장도 거짓도 느껴지지 않았다.

그런 이유로 확인하고 싶었다. 그렇게까지 하고 싶은, 하려는 이유를.

"왜 그러는데? 내가 이대로도 나쁘지 않다는데 왜 굳이 나를······."

"걱정되니까."

"······!"

"그쪽이."

놀람과 당황스러움에 쳐다봤다. 강인하는 시선을 피하지 않았다.

눈매가 깊어진 이 순간의 표정과 느낌은 이제까지와는 달랐다.

TV를 보던 그림 같은 옆모습을 비롯해 사진관에 걸린 사진 속 여유 있고 도전적인 모습과도. 최근에 대면했던 광수대 사무실에서의 잿빛 얼굴과도 달랐다.

지금의 표정은 읽히지 않았다. 그러면서도 시선을 옭아맨 남자에게서 눈을 뗄 수 없었다.

갇힌 듯 고정된 눈을 대신해 다른 부분이 반응했다.

이 순간 보이지 않고, 볼 수 없어 천만다행인 심장이 두근거렸다.

노크 수준으로 콩닥콩닥 그러다 스피드 있게 두근두근. 결국엔 뻐근해 불편할 정도로 쿵쿵쿵.

가슴속에서 팝콘이 미친 듯이 튀었다.

강인하는 전화를 받고 급히 나갔고 인석이 들어왔다.

차려 준다고 해도 굳이 지가 차려 먹겠다는 기특한 인석이 맞은편에 앉았다. 인석이는 한 손으론 밥을 뜨고 다른 손으론 기가 막힌 실력으로 핸드폰을 움직였다.

"인석아."

"……응."

"강인석."

칠칠치 못하게 큼지막한 장조림을 떨어트린 인석이 공이처럼 입으로 얼른 주워 먹더니 안 먹은 양.

"왜 자꾸 불러. 무섭게."

"무서워? 내가?"

"……."

"왜? 뭐가 무서운데?"

순이는 자신을 무섭다고 말하는 인석을 보며 재차 물었다.

"이봐, 이봐. 그렇게 정색하면서 묻는데 어느 누가 안 무섭겠어?"

"걱정되는 게 아니라 무섭다고? 내가?"

"거…… 걱정? 누가? 누나가?"

"그래, 나."

인석은 입안에 가득했던 음식물을 얼른 삼키곤 어이없다는 얼굴로 물까지 마셨다.

"누나, 걱정은 말이야 나 같은 사람한테 들고 하는 마음이 걱정이야. 집안에서 인정 못 받고 지지도 못 받으면서 기약 없는 공시생에 대책 없는 청춘한테 딱인 말이라고."

"……."

"누나를 봐."

인석은 그녀를 보며 눈을 반짝였다.

"최종병기 활보다 빠르고 무적함대처럼 강인한 누나를 누가. 왜. 무엇 때문에 걱정하겠어. 왜? 기억 잃어서? 기억이야 이제 곧. 금방은 아니라도 언젠간 찾을 텐데 무슨 걱정? 그 동안 여기. 우리 집이자 안전가옥에서 무탈하게 지내면 되는데. 안 그래?"

강인석의 브리핑은 그야말로 눈에 보이는 것뿐이었다.

눈에 보이는 건 강인석이나 강인하나 같았다. 헌데 둘의 마음이. 표현이. 눈빛이. 진지한 대화 속 그 무엇가가 달랐다.

다르니까 팝콘이 미친 듯이 튀었겠지만.

"질문이 있어."

"질문? 질문 좋지. 공무원 시험에 대한 것만 아니면 모든."

인석은 핸드폰을 빠르게 누르며 무언가를 찾았다. 어떤 영상이겠지. 게임 영상이나 여자 아이돌 영상. 순간 이 녀석을 어찌할까 걱정이 됐다.

어떤 남자는 분명 이 녀석을 내쫓고도 남을 위인이었다. 그러

면서,

"어떤 남자가 내가 걱정된대. 근데 그 말을 듣는 순간⋯⋯."

인석이 표정이 대번에 심각해졌다. 부산하던 손동작도 그래도 멈출 정도로,

"왜 그렇게 봐?"

"누구? 핫도그 집 사장? 아님 나만 보면 누나 안부 묻는 수의사 형?"

전혀 예상 못한 이름이 거론됐다. 그래서 다행이다 싶긴 했다.

"누구든 간에 이상하게⋯⋯ 아니 묘하게 쳐다보면서 내가 걱정된다고 하는데⋯⋯."

"답 나왔네."

답이 나왔단다. 순이는 긴장으로 인해 침조차 삼키지 못하고 반찬 자국이 선명한 인석의 입만 뚫어지게 쳐다봤다. 또 다른 판도라의 상자가 열리기만을 기다리는데,

"각자도생인 이 잔혹한 현실에서 누군가를 걱정한다는 건."

"⋯⋯."

"그야말로 사랑 아니겠어?"

강인석은 자신 있게 말했다. 창조주이자 조물주인 양 그렇게. 그만큼 믿음직하게.

"누구야? 누나 실체는 1도 모르면서 걱정된다고 웃기지도 않는 헛소리를 한 사람이. 수의사 형? 그 형 맞지? 동물만 상대해서 그런지 사람 순해 보이더만. 누구랑 다르게."

실체? 강인하는 실체까지는 아니라도 누구보다 그녀의 많은 부분을 알고 있었다.

"걱정되니까…… 그쪽이."

그렇게 말했다. 시선을 마주한 채로 더없이 부드럽고 자상한 목소리로 마치 오빠나 아빠. 아니 그보다는 많이 점잖은 애인이자 연인처럼.

"한번 지대로 보여 줘야 하지 않을까? 누나 본모습이자 실체를."

"……."

"그걸 다 알면서도 걱정된다고 하면 한번 사귀어 보던가. 연애는 전쟁 통에도 한다는데 기억 잃은, 그렇다 해도 청춘인 누나가 못할 게 뭐야? 안 그래?"

순이는 반찬을 죄다 인석 앞으로 밀어 줬다.

"설 풀었다고 챙겨주는 거야? 그렇다면야."

이 순간 걱정은 곧 애정이란 등식이 이야기의 전부였다. 그러자 그녀 자신의 마음은 어떤지. 뭔지. 어느 정도인지 궁금해져 버렸다.

순간순간 강인하가 달리 보이면서 때때로 엄청 불편한 가운데 몹시 의식이 되고 더없이 긴장하기도 하는 이 마음은 대체 뭔지…….

"장조림 더 없어? 간 죽이네? 완전 삼삼해!"

하나의 사건을 쫓는 와중에 또 다른 사건이 터졌다.

현직 국회의원 아들의 가방에서 필로폰이 발견됐다. 그것도 몇 백 명이 동시에 투약할 정도의 엄청난 양을 가방에 넣은 채로 입국하다 인천 세관에 걸렸다.

경력 화려한 국회의원 아들은 일찍부터 요주의 인물이었다.

유학생 신분으로 잠깐 들어온 상황에서 여자친구와 함께 대마를 한 적이 있어 주시하며 늘 리스트에 오르던 이인데 이번에 또 걸려 제 아버지 목을 죄었다. 더불어 시민들의 분노도 함께.

본인은 제 것이 아니라며 끝까지 부인했다. 가방은 자신의 것이 분명하지만 물건은 아니라며 이건 분명한 세트업(죄짓지 않은 사람을 무고해서 체포나 구금되게 만들어 금품을 요구하는 범죄)범죄라며 입국 전 공항까지 함께했던 제 친구를 비롯해 제 주변인들을 지목했다.

인하는 이번 사건을 맡아 해결하라는 윗선의 지시를 거절했다.

몰두하고 싶었다. 오롯이 한 인물에게만.

그 인물이 촘촘하게 만들어 놓은 그물에 기꺼이 빠져 함께 침몰하는 한이 있어도 이번에 반드시 마약 대모의 얼굴을 봐야 했다.

대체 어떤 인물이기에 이토록 철저하게 제 흔적과 라인을 관리하는지 확인하고 싶었다.

또 하나의 이유는 강순이라 불리며 조금씩 자신을, 제 본모습을 찾아가는 이를 티 나지 않게 보호해야 했다. 기억을 완전히 찾을 때까지.

그날, 여자가 해치운 이들은 아직 병원에 있었다.

인하는 그날 찍은 영상을 그들이 아닌 저 어딘가에서 그들을 부리고 영향을 미치며 기계처럼 운영하는 맨 윗대가리를 찾아 만났다.

목적은 분명했다. 함구. 어떤 이유에서든 또 다른 일을 벌이지 말라고 경고했다. 그래야 감형을 받을 수 있다고.

병원에 입원 중인 이들의 실질적인 대가리는 현재 구치소에 있었다. 제 명백한 죄목을 누구보다 잘 아는 이의 제안이자 딜을 무시하며 거부할 대가리는 없었다.

사실 깔끔한 마무리도 인하 방식도 아니지만 정석대로 갈 수도, 할 수도 없었다.

강순이 이력이 단순 여행객이자 민간인이 아니라는 점에 무게가 실리는 지금 노출은 물론 어떤 정보도 유출되면 안 됐다. 미군 신분이라면 더더욱.

"물어보니까 가능하다고 하더라고. 미군이 지들 헬기타고 오키나와 캠프에서 오산이나 평택, 서울 공항으로 다이렉트로 들어오는 거. 비밀 작전이나 임무 중에 지들끼리는 충분히 가능하다는데……. 걔네가 자체적으로 하는 훈련이 1년에 몇 개일 것 같으냐고 하면서 그건 일도 아니라는 거지."

정말 미군일까, 강순이는.

미군이라고 하지 않으면 이 모든 게 설명되지 않았다.

출입국 기록도 없고 찾는 이도 없으면서 이제껏 본 적 없는 모습으로 상대를 제압함은 물론 파괴하고 단죄하는, 마치 본능과 같은 전투적인 반응은.

절도 있는 모든 동작은 크라브마가가 분명했다. 오랜 시간 단련된 실력도 분명하고.

"기억 찾으면, 여기 있을 수 없잖아. 난 여기 좋은데."

여기가 좋다고 했다. 자신이 누군지도 어떤 신분인지도 모르면서.

무의식 속의 자아는 거부하고 있는 걸까……

"난 궁금해. 당신이 누군지."

노크소리와 함께 윤형사가 얼굴을 내밀었다.

"그치가 찾는데요."

인하는 고개를 끄덕였다. 잠시 강순이를 잊어야 한다.

잊고 그 안에 마약 대모와의 대면을 이뤄 줄 인물과의 딜을 채워 넣어야 했다.

강순이가 결코 강순이가 아닌 것처럼 경찰 강인하가 아닌 블랙 아이스란 이름으로 더없이 계략적이고 냄새나는 또 다른 인물로.

6부

이 상황은 의지와 상관없는 일이라고 말하고 싶었다.

하필 그때 왜 술 취한 미군이 눈에 들어왔으며 하필 술 취해 심신 미약한 여자들에게 희롱 및 시비를 걸어 그냥 지나치지 못했을까……

대체 왜! 순이는 저 하늘이 원망스럽기만 했다.

마치 누군가 그녀를 시험에 들게 하며 흠뻑 빠지게 하려는 비겁한 의도 같았다.

조금 더 따지고 들면 이건 다 강인석 때문이었다. 먹성 좋은 멍청이자 먹깨비 인석이 장조림을 다 먹어치워서.

입 짧은 강인하는 미처 손도 대지 못했는데 공부도 못하면서 고기 밝히는 공시생이 다 먹어 버려서 벌어진 비극적인 사달.

정육점 식당이 문 닫기 전에 고기를 공수해야만 했다. 그런 후 정성스레 졸여서 내일 아침 도시락을 싸 강인하에게 주고 싶은 마음뿐이었다.

남자한테 기우는 게 분명한 마음이 결국 이 사달을 만들었다.

문을 닫을 찰나 어렵게 산 고기를 들고 기분 좋게 뛰는데 왜 하필 구석에서의 소란이 들렸을까……. 왜 무엇 때문에! 어째서!

순이는 예민한 귀가 한없이 원망스러웠다.

뒷모습만 봐도 미군이었다. 어설픈 개수작질이고.

상대 여자들이 멀쩡한 정신이었다면 끼어들지 않으려 했다. 주변에 남자가 단 한 명이라도 지나가면 도움을 유도한 후 빠지려고 했고.

도통 인적이. 인기척이 없는 위험스런 존은 사건의 냄새가 스멀스멀 피어났다. 결국 야구 모자를 깊게 눌러쓴 상태에서 다가갔다.

어린 촌뜨기 미군들은 취한 상태였다. 그로 인해 얼굴엔 흥분과 이상한 열기가 가득하고.

겁에 질린 여자들을 돌려보낸 뒤 정말 순수한 마음으로 부대로 복귀하라고 타일렀다. 물론 영어로 세심하고 섬세하게. 헌데 들어먹질 않았다. 지들이 잘못한 것도 인정하지 않고.

그 순간에도 순이는 고기가 든 검은 비닐봉지를 쥐고 엄청나게 자제했다. 절대 나서고 나대지 않기 위해 숨까지 깊고 길게 고르면서 인내했다.

위기의 순간, 미군의 손이 그녀의 엉덩이에 크고 넓게 닿았다. 그러다 점점 더 노골적인 조몰락거림까지 보태지고.

그 무례한 터치가 시작이자 기폭제가 됐다.

검은 비닐 속 탱탱하니 탄력 좋은 고깃덩어리는 더없이 훌륭한 펀치가 되어 주고 내내 숨기며 찍어 누르기 바쁜 공격성은 어느 순간 봇물 터지듯 터져 주었다.

손끝에 사정을 주지 않은 채 예의를 비롯해 매너도 버르장머리 없는 손목을 꺾어 버린 후 눈에 박혀 들어온 명치 주변을 팔꿈치로 찍어 눌렀다.

"널 구하고 도와줄 이는 아무도 없어. 넌 네가 지키는 거야. 모든 동작은 방어가 아닌 공격이 목적이야. 목적이 생존인 만큼 먼저 적의 급소를 노려 시간과 체력을 단축해."

어디선가 이 같은 소리와 영상이 떠오르면서 손끝이 한층 더 매서워졌다.

누군가 말했다. 대치 상황에서의 목적은 단 하나, 생존이라고.

원격조정을 받는 것처럼 세 명의 미군을 단죄했다. 술 취한 채였지만 죄책감 같은 건 없었다.

술 취했다고 해서 모든 죄가 사해지는 건 절대. 전혀 아니기에.

그 순간 호루라기 소리와 함께 경찰이 희롱당하던 여자들과 달려왔다. 그나마 다행인 건, 누구도 보지 못한 상황은 이미 종료되고 정리된 후였다.

사건은 생각보다 금세 정리됐다. 멀리 달아나지 않고 경찰과 되돌아온 의리 있는 두 명의 여자가 강력 항의하며 증명해 준 덕분에.

다리를 다친 것도 아닌데 제대로 서지 못하는 미군은 미 헌병에게 끌려 실려 가고 순이는 연락을 받고 온 강인하 눈치를 볼 수밖에 없었다.

강인하는 차에서 기다리라고 한 뒤 혼자서 경찰을 상대했다.

순이는 짧지 않은 시간을 차에서 기다렸다. 마치 벌서면서 대기하는 죄인 심정으로.

의문스런 시선으로 쳐다보는 경찰들의 시선을 강인하의 넓은 등이 차단해 주었다. 그런 시선이 몇 번 반복되고 기다림에 서서히 지쳐 갈 때쯤 강인하가 돌아왔다.

운전석 문이 닫히고 차 안 공기는 묘하게 불편했다. 불편해 점점 더 긴장되고.

차에 탄 이후 내내 앞을 향했던 강인하의 시선이 드디어 그녀에게 향했다.

단순 책망이나 우려 어린 시선이 아니었다.

"그렇게 보지 마."

"어떻게 보는데?"

"어떻게 보긴? 갈아 마시고 잡아먹을 듯이 보잖아."

"그렇게 보여?"

"응."

"그렇게밖에 안 보인다?"

"아니야?"

"맞아."

"뭐어?"

"정확하게 봤어…… 그럴 뻔했고."

"응? 그게…… 무슨. 뭐야? 누구를 대상으로 한……."

말을 다. 질문이 끝나기도 전 핸드폰이 울렸다. 전화를 받은 강인하 표정이 대번에 어두워졌다. 전화를 끊자마자 시동을 걸었다.

"내려."

"어디 가는 건데?"

"어디 가면?"

"나도 갈래. 우리 이 사건과 상황에 대해 아직 대화다운 대화도 못했잖아."

"다음에 해."

강인하는 주차한 차를 빼 서행하기 시작했다.

"다음에 언제? 3일 뒤? 5일 뒤?"

"언제든."

"싫어, 지금 해. 이동하면서 말할 테니까 강인하는 듣기만 해."

"출동해야 해. 내려."

"출동해. 난 설명할게."

"……."

"방금 전 경찰서에서 말한 것 말고 더 있다고. 그래서 그래."

"이봐……."

강인하가 뒤에 무슨 말을 하기도 전에 핸드폰이 울려 댔다. 통화를 마치기도 전 서행하던 차는 큰 대로변으로 빠르게 들어서고 있었다.

강인하 얼굴엔 긴장과 피로감이 역력했다.

"도착하면 차에서 내리지 말고 있어."

"……."

"누가 봐도 돌무덤이다 싶게."

돌……무덤? 돌무덤이라 하면…… 피라미드를 말하는 건가.

"그리고."

그리고? 또 뭐야?

"지금은 그냥 가."

"……"

"아무런 말도 말고."

왜냐고 묻고 싶었지만 묻지 않았다.

물으면 안 된다는 걸 알았다. 본능적. 왜인지 알 수 없는지만 경험적으로.

오늘 투입될 여경찰의 도착이 지연되고 있다고 연락을 받은 상태에서 먼저 도착한 이는 인하였다.

"어떻게 된 거야?"

인하는 욕지거리를 하며 안절부절못하는 윤 형사에게 물었다.

"그게 난데없이 복통 난 이 형사 대신해 신입을 투입하기로 했는데 신참이 매뉴얼 숙지는 고사하고 자꾸 말을 더듬고 의상도 죄다 크기만 해서 딱 봐도 걸리게 생겼다고……. 도와주기로 한 마담도 지체되니까 짜증 내고 지금 난리도 아니에요."

"안에 상황은?"

"노래방 사장이 말한 그대로예요."

"……"

"무슨 생각들인지 중간책, 판매책, 공급책까지 모였어요. 이 미친놈들이 죄다 마약에 취한 건지 아님 큰 거 하나 물고 오늘 대차게 놀기로 한 건지 룸에서 친목도모 제대로 하고 있어요. 어떡하죠? 마담은 소문나기 전에 치고 빠지라고 난린데······."

"내가 할게."

뭐지 하는, 윤형사와 달리 인하는 반응하지 않았다.

택도 없는 말을 하는 이 목소리의 주인을 알기에 뒤돌아보지도 대꾸를 하지도 않았다.

"박 형사한테 연락해서 일단 함께 투입하기로 했던 김 형사랑 백 형사라도 보내라고 해. 보내면 현장에서 꾸려서······."

"저 어때요?"

"······!"

"의상이 맞을 것 같아요? 좀 작을까? 내가 할 수 있으니까······ 아, 아파!"

인하는 여자의 손목을 거칠게 잡아끌었다. 모든 이의 시선과 궁금증을 차단해 줄 듯한 건물 구석으로 밀쳐 밀어 넣었다.

"뭐 하는 거야?"

"······."

"지금 뭐 하는 거냐고!"

"뭐긴 도와주겠다는 거지."

여자는 이 순간에도 두려움이라곤 없었다. 침착했다. 대범하다 싶을 정도로.

이곳에 오기 전까지 술 취한 거구의 미군과 한바탕하고 그로 인해 경찰들에게 취조를 받아 놓고 이렇게 다시. 아무렇지 않게 끼어들고 있었다.

이 긴급한 현장과 아까부터, 아니 언제부터인지 모르지만 그래서 더 소란스러워진 누군가의 심장 속으로.

"그럴 필요 없어."

"내 말 좀……."

"그만해."

"……."

"얌전히 차에 앉아 있어."

"내 말 들어 봐."

화가 나 미칠 것만 같았다. 몇 번을 말하는데도 들어 먹지 않는 고집스런 성격도. 동네 싸움에 끼어들 듯 아무렇지 않게 막무가내로 끼어들려 하는 이 무모한 행동까지 전부 다 인하를 괴롭혔다.

그러면서도 뭔가 여지를. 가슴 안에서 아주 조금 티끌만큼이라도 여자에게 기대를 하는 비겁한 자신이 미치도록 진저리나게 싫었다.

"마약 사범 잡아야 하잖아. 잡고 싶고."

"……."

"저 안에 있다는 무리 잡아야 그 윗선. 또 다른 연결책까지 잡아들일 수 있을 테고."

어찌나 잘 아시는지……. 모르는 이가 보면 이제까지 함께한 요원으로 오해하기 충분했다. 지금의 침착함은 어떤 경찰보다 경찰다웠다. 전문가답고.

"아니야? 내 말이 틀려?"

틀리긴……. 너무 잘 알고 맞춰서 큰일이지. 그렇다 한들,

"맞든 틀리든 당신과는 상관없는 경찰 일이야. 알겠어?"

"……."

인하는 필요 이상으로 크게. 단호하게. 전혀 그답지 않게 말했다.

그래야만 했다. 동요하며 요동치는 그 자신의 심장을 위해서라도. 그래서 더,

"겁도 없이 어디라고 내가 한다는 소릴 해! 하길!"

내내 참고 있는 화가. 마음은 봇물 터지듯 쏟아져 버리고.

이게 어떻게 온 기회인데……

대관절 복통은 왜 나며 이 순간 이 여자는 저가 뭐라고 이 상황에 낀다는 헛소리를 하는 건지…… 하아.

무턱 대고 쳐들어갈 수 없는 상황이었다.

여종업원으로 위장해 룸에 투입된 상태에서 녹음과 녹취할 건하고 최대한 대화 속 정보를 빼내야 했다. 꼭 그래야만 했다.

잡아서 취조하면서 들을 수 있는 말과 판이 벌어진 상태에서 뽕쟁이들 대화로 유추하고 파악할 수 있는 정보는 급이 달랐다. 그러기 위해선 그 자리에서 뽕쟁이들과 얼마간 듣고 버틸 투입조가 있어야 했다. 반복적으로 훈련되고 숙련된,

"지금 상태에서 합을 맞추지 못하는 신참이 투입되는 건 이 판 엎자는 거야. 헌데 그러기 싫지? 그래서도 안 되고. 맞지? 내 말이."

말마다 맞았다. 그래서 더 듣기 싫고 인정할 수 없었다.

이 상황. 이 마음. 이 지경을……

"그러니까 내가 한다고."

"……"

"나 할 수 있어."

이 순간 이 모든 갈등과 고민의 이유는 여자가 할 수 있다는 걸 너무 잘 안다는 사실이었다. 누구보다 잘. 훌륭하게. 전문적으로

할 수 있고 해낼 수 있을 것만 같은 무모한 믿음과 명백한 확신.

누군가를 염두에 둔 이 마음이 문제며 이 순간 갈등의 주원인이었다.

"같이 룸에 들어갈 형사들이랑 동선 맞추면 신호 줄 때까지 시간 끌 수 있어."

"이봐……."

더 이상 듣고 있을 수 없었다.

너무도 엄청난 유혹 앞에서 미쳐 날뛰는 이 여자의 손을 덥석 잡을 것 같았다.

인하는 복잡하면서도 나약한 유혹에 동참하고 싶은 부정하고 무정한 심정을 숨기고 자르며 뒤돌아 걸었다.

"강인하."

목소리는 지금까지와는 전혀 다른 톤의 묵직한 부름이자 천명 같은 호명이었다.

"타이밍."

"……!"

"기회라는 건 자주 오지 않아."

뻔한 말이고 누구나 할 수 있는 말을 이 여자가 했다는 것 하나로 달리 들렸다.

인하는 어느새 제 앞에 서서 그 어떤 혼란과 동요 없이 무언가를 계산하는 듯한 여자를, 절대 투입하면 안 되는 민간인을 혼란스런 심정으로 봤다.

"그게 뭐든."

그래, 그게 뭐든.

"할 수 있다는 거 알잖아."

강순이, 당신이란 여자가 개입되는 게 싫어. 싫다고!

"내가 아는 것처럼."

다칠까 봐 싫다고, 난.

여자 말이 맞았다. 여자도, 인하도 알고 있었다.

이 위험천만한 순간 투입하고 대처할 수 있는 이가 강순이 한 사람밖에 없다는 걸.

그 분명한 사실이, 어떤 여자를 향해 진작부터 날이 서고 방향을 잡은 이 마음이 인하를 미치게 만들었다.

순이는 입혀 주는 옷을 입고 해 주는 화장을 하면서 설명을 들었다.

설명은 ,한 번으로도 족했지만 혼자가 아닌 세 명이 합을 이뤄 함께하는 일이라 몇 번이고 들어 줄 참이었다.

딱 봐도 신참인 게 티 나는 여형사들은 긴장한 채였다. 그 막강한 긴장은 순이에게도 전해져 왔다. 긴장을 풀어 줄 어떤 말이라도 해 주고 싶었지만, 그녀 입장이 이 같은 난데없는 투입과 개입이 의문스럽고 이해될 수 없는 상황에서 말을 한다는 자체가 조심스러웠다.

그 순간 강인하가 다가왔다.

"시나리오대로만 해."

"……."

"노크소리 후 웨이터가 실례했다고 하면 그때 한 사람씩 순차적으로 빠지면 돼."

어려운 미션은 아니었다. 다만 상대할 이들이 멀쩡히 보인다 해도 마약쟁이들이라는 거. 어느 순간 돌변해 엄청난 괴력으로 칼과 도끼를 들이댈 수 있다는 사실뿐.

"순서 잊지 마."

"……."

"맨 먼저 빠지고 그 다음이 백 형사. 김 형사야."

오늘 투입될 여자들은 룸살롱 소속 여자들이 아닌 외부에서 불려 가는 아가씨들로 위장했다.

두 명의 경찰이 고개를 끄덕인 후 걷기 시작했다. 앞서 가는 이들을 따라 가는 순이의 손목을 강인하가 잡았다. 붙잡힌 손목이 따끈했다.

그 말은 강인하 체온이, 마음 속 온도가 정상이 아니란 소리고.

극구 말리던 마음과 더없이 혼란스런 시선의 의미. 무엇보다 정확한 이유가 알고 싶고 묻고 싶었지만 지금은 때가 아니란 걸 알았다.

"왜?"

대답이 없었다. 입이 붙어버린 이처럼.

"강인하."

"……."

"시간 없어."

"작전대로만 해."

한없이 낮은 톤의 불안한 목소리. 당신에게 이런 표정이, 목소리도 있구나…….

이유 없이 기분이 좋았다. 이유도 모른 채 두근거리면서 무언가 기대도 되고.

"절대 돌발행동 하지 마."

평소와 비교 불가하게 마이너 톤이었다. 정말 무지하게 섹시한 마이너의 강인하.

"약속해."

강인하의 눈, 눈빛, 눈가 전부 다 복잡했다. 불안하다 못해 저 자신이 미치게 못마땅해 어두운 눈.

"약속······."

"약속할 테니까 그런 눈 하지 마."

또 다시 흔들렸다. 이번엔 설명도 비유도 불가한 눈빛이었다. 그래서 더 섹시하고 매력적인, 어딘가에 담아 둔 채 가끔 꺼내 보고 싶을 정도로 매혹적인 검은 시선.

"잘하고 나오면 부탁 하나 들어줘."

답이 없었다.

"들어 달라고."

"알았어."

"약속한 거다."

"조심해."

"응."

순이는 미소를 보인 채 앞서 간 형사들을 쫓았다.

"진이에요."

앞서 자신을 소개한 여자들 뒤로 소개를 마친 순이는 룸에 들어서자마자 뜨겁게 쳐다보는 남자의 콜을 받고 그 곁으로 가 앉았다.

남자는 가장자리에 앉아 양옆으로 앉은 이들에게 명령하듯 말했다.

"오늘, 화끈하게 놀아 봐? 어때? 니들 생각은?"

남자의 제안에 벌써부터 눈이 풀린 두 남자가 동조했다. 동요하고.

"진이라고 했지?"

"네."

"교포? 유학파?"

"교포예요."

"난 교포가 좋더라. 예전에 이 몸도 유학을 했었거든."

그 순간 핸드폰이 울리고 남자의 통화가 예상보다 길어졌다. 늘어지고.

그사이 시야에 들어온 건 두 형사 다 제 상대의 기분을 맞추려 애쓰는 모습과 자잘한 웃음이었다. 마침 전화를 끊은 남자가 두 남자를 향해 암호 같은 묘한 말을 던졌다.

이후, 술을 마시기보다 어느 지명과 기묘한 은어를 반복하는 이야기가 이어졌고 세 여자는 안주를 입에 넣어 주며 분위기를 띄워 맡은 바 역할에 충실했다.

잠시 조용해진 가운데 밖에서 노크소리와 함께 담당 웨이터가 들어왔다.

"이건 제가 드리는 서비스!"

웨이터 손에 들린 과일 접시는 결코 초라하지 않은 사이즈로 값비싼 과일의 향연이었다.

접시가 테이블에 내려지고 제법 거하게 취한 남자의 실수로 원피스 절반이 젖은 백 형사는 순이가 나서기도 전에 실례한다며 자리를 피했다.

김 형사와 눈이 마주친 건 그때였다. 시선은 단호하고 분명했다. 뒤바뀐 순서지만 알아서 빠지라는 시그널.

신호는 적당한 타이밍으로 이어지지 못했다.

김 형사 손목이 판매책으로 보이는, 눈이 사팔인 남자의 손에 잡혀 소파에 쓰러졌다. 남자의 몸은 버둥거리는 김 형사를 깔아뭉개며 치마 안을 공략하기 바빴다.

그 옆에선 선수 쳐 빠져 버린 백 형사로 인해 혼자가 된 남자가 영화를 관람하듯 희덕거리더니 응원을 하듯 박아라! 박아라! 마셔라! 마셔라! 하며 기도 안 찬 구호를 외쳤다.

제법 능숙한 김 형사는 새침한 톤으로 연신 거부했다. 하지만 응원 같은 거부로 인해 더욱 흥분해 버린 손은 한층 더 집요하고 난잡해졌다.

사타구니를 파고들어 무언가에 도달하자 거부하던 김 형사 음성이 점점 높아지며 불쾌감을 피력했지만 그러거나 말거나 이미 예열이 끝난 불타는 몸뚱이는 걸걸한 목소리와 함께 불도저가 돼 어떻게든 수습하려 하는 여자의 블라우스를 벌리며 입과 침이 가득한 혀로 제 욕망의 화수분을 드러냈다.

"하지 말라고 개새끼야!"

한순간 임무라는 걸 잊은 김 형사의 비명과 거친 반항이 배틀처럼 이어지다 급기야 치마까지 찢어지고 그와 동시에 남자의 거친 숨소리가 들렸다.

"뭐야? 손님 받는 자세가 왜 이래! 지랄 말고 안 벌려?!"

"미친 새끼."

"뭐! 이것들이 정말! 이따구로 할 거······!"

팬티 속이 아닌 허공에서 잡힌 손목의 주인이 순이를 노려봤다.

"방금 전 내가 보이고 네가 실행한 모든 동작은 상대방에게 치명적 타격을 가해 생존을 도모하는 실전 무술이야. 어떤 상황이든 망설이지도. 틈도 주지도 마. 적은 분명 너보다 더한 살상무기이자 최강의 전사일 테니까. 기회는 한 번뿐. 지금이야."

어디선가 들리는 지령이자 미션. 가르침은 그대로 변형 없이 이어졌다.

"아악!"

목 주변에 정확하게 칼을 박고 그와 동시에 꺾어 버린 손목을 잡아 비튼 채 몸은 허공에 뜬 상태였다.

옆에서 이게 무슨 개 같은 경우야 하는 표정으로 쳐다보는, 응원에 피치를 올리던 놈의 가슴팍을 강하게 밀어 차 멀찌감치 보냄과 동시에 꺾여 부러진 손목의 주인을 제압하려는 김 형사를 확인했다.

순이는 어느샌가 칼을 빼 든 교포가 취향이라는 남자의 허벅지를 하이힐로 찍어 눌러 못을 박듯 짓이겼다.

"으아악!"

물컹한 느낌과 함께 비명이 울려 퍼지는 그때, 김 형사의 얼굴을 가격한 후 깨진 병을 들고 달려드는 남자의 정강이를 가격해 공손히 무릎을 꿇린 순이는 니킥을 날리려다 얼굴 전부 피칠갑을 한 김 형사로 인해 놈의 얼굴을 테이블에 박았다.

괴성을 지르며 양손을 버둥거리는 놈의 뒷목을 잡아 스테이플러를 찍듯 테이블에 재차 찍어 눌렀다. 결국 앞면 전부가 깨지고 으스러진 놈이 둔탁한 소리를 내며 바닥으로 굴러떨어졌다.

"이…… 이 개 같은 년이……."

여직 몸을 사리며 참관하듯 하더니 괴성을 지르며 달려드는 남자의 목을 강하게 비켜 쳐 숨부터 제압한 순이는 두 놈이 좋아하는 맥주병으로 주둥이 모양의 낙인을 찍어 주었다.

"아악!"

마치 손바닥이 뚫리기라도 한 듯 고통스런 비명을 질러 대는 가운데 내내 침묵하던 문이 열렸다.

좁은 틈새로 시작해 어느새 시야를 꽉 채운, 복잡한 심사와 번민에 휩싸여 스스로를 원망하며 자책하는 안타까운 눈. 그와 동시에 일그러지는 표정과 함께 검은빛으로 물드는 눈.

눈초리가 긴 눈은 검은 우물 같았다.

깊은 만큼 스토리도 원한도 많은 돌무덤 같은 우물.

강인하의 눈은 그야말로 최고 난이도였다.

오늘로써 3일째.

강인하가 집에 들어오지 않고 아무런 연락도 하지 않은 시간.

피가 낭자하고 비명이 횡횡한 현장에서 눈도 마주치지 않으려

하던 강인하의 냉정함이 밤낮으로 생각나 잠을 잘 수 없었다.

전화라도 하고 싶지만 얼굴을 보고 말하는 게 나을 것 같아 참았다. 그랬는데 이제 한계였다. 기다리며 참는 것도, 기다리며 눈치 보는 것도.

"공부를 너무 열심히 해서 그런가 요즘엔 고기만 당기네. 희한한 게 장조림 하나는 기가 막히게 한단 말이야. 이게 다 내 수고와 노고 때문이라는 걸 누나는 잊으면 안 돼."

"……."

"내가 고기 따로 간장 따로 인, 더럽게 맛없던 장조림을 정으로 열심히 먹어 주고 없애 줘서 누나가 계속 만들 수 있었던 거잖아. 그래서 이렇게 장조림 장인으로 거듭날 수 있었던 거고. 헌데 또 뭔 사건 터졌나? 어째 얼굴 보기가 힘드네, 우리 집 장손은."

이게 다 장조림을 죽어라 먹어 없앤 강인석 때문이었다.

그날 장조림 고기 사러 나가지 않았으면 오늘의 이 사태까지는 오지 않을 수도 있었다.

결국 다 저 공시생. 공부는 않고 고기만 밝히는 저 양심불량 강인석 때문에.

"뭐야! 왜 그래!"

"그만 먹어. 육식공룡이야? 반찬도 많은데 왜 장조림만 먹어? 콩나물도 먹고 시금치, 볶음 김치도 먹어. 균형 있게."

"성장기도 아니고 균형은 무슨! 공부하느라 힘 딸려. 줘, 고기."

"지금까지 먹은 것만 해도 소가 반 마리에 간장이 한 사발이야. 그리고 너."

"나? 나 뭐?"

"형이 걱정도 안 돼? 며칠째 집에도 안 들어오는데."

"걱정은 무슨!"

"……."

"원래 형사란 직업이 그런 거야. 봐서 알 거 아니야? 그리고 대한민국 형사가 꼬박꼬박 집에 들어와 봐? 말 많고 컴플레인 많은 국민들이 가만히 있나? 세금으로 월급받는 공무원이 나태하네 도둑놈이네 하면서 아주 기냥…… 귀가가 있고 저녁이 있는 삶? 그건 우리 형이랑은 전혀. 하등 상관없다고요."

"……."

"빨랑 고기 달라고!"

저 혼자 저녁이 있는 삶을 사는 강인석은 말끝마다 고기를 챙겼다. 달라고 아우성치고.

제 형을 그렇게 챙기고 찾으면 이 손 안에 든 장조림을 줬을지도 모르지만 정 없고 양심불량인 강인석은 그러질 않았다. 불효막심에 괘씸하게도.

"이게 전부라 안 돼."

"또 하면 되지!"

"네 입으로 들어가는 거 꼴 보기 싫어서 안 할 거야."

"뭐?!"

"들었잖아."

"쪼잔하게 장조림 갖고 그럴 거야!"

쪼잔? 쪼잔 같은 소리 하지. 이게 다 이놈의 장조림 때문에 난 사달인걸!

"달라고!"

"싫다고!"

인석의 짜증 섞인 외침을 듣는 순간 뭔가 결심한 순이는 더는 기다리지 않기로 했다.

기다릴 수 없었다. 더없이 무정하고 무심한 강인하를.

호기롭게 광수대에 도착한 게 15분 전. 발목에 돌을 매단 것도 아닌데 몸과 마음이 무거웠다.

건물로 들어가기 전 마지막으로 건 전화도 강인하는 받지 않았다.

노상 바쁘다는 건 알지만 울리는 전화를 받지 않는 건 거절이자 차단이 분명했다.

일종에 명령 불복으로 인한 대화 거절. 시선 차단까지는 이해하는데 목소리까지 들을 수 없으니 기분은 더없이 다운됐다. 살맛이 나지 않을 정도로.

감정이 더한 땅굴을 파기 전 도시락과 속옷 가방을 방패삼아 건물 안으로 진입했다.

"어, 안…… 안녕하세요. 팀장님 보러 오셨어요?"

일전에 굉장히 하이 톤으로 반가워하던 이가 분명한데 오늘의 인사는 그때와 달리 매우 정중했다. 더불어 그의 주변 눈이 마주친 이들 전부 이상하다 싶게 차분하고.

"……네."

"강 팀장님 앞에 사우나 가셨어요."

"……."

"그날 이후 계속 밤샘하셔서 컨디션이 말이 아니시라……. 도시락이랑 옷 가져오셨구나. 저기 팀장님 방에서 기다리……."

"제가 가 볼게요."

순이는 공손히 인사를 하고 뒤돌아 나왔다.

인하는 건물 입구에 서서 하늘을 올려다봤다.

며칠 내내 흐렸던 날씨가 오늘은 가을을 천명하듯 청명했다.

하지만 구름 한 점 없는 하늘과 달리 인하의 심사는 복잡 미묘했다.

"지금은 일종에 춘추전국시대란 말이지. 영화처럼 거물 하나 잡는다고 마약 시장이 평정되는 그런 낭만적인 일은 없어. 알다시피 SNS로 누구나 쉽게 물건을 파는 시대야. 심지어 미사여구로 홍보도 가능하고. 형사님이 아무리 날고 기어도 이 나라는 마약으로 망할 거야. 그 정도로 퍼져 있단 소리야. 그런데도 꼭 잡아야겠다면……."

돈만 있으면 누구나 쉽게 마약을 사고파는, 심지어 비트코인으로도 구매가 가능한 시대.

일선에서 물러난 선배가 말을 한 적이 있다.

차라리 외압받고 윗선에서 개입하는 개 같은 경우. 정재계가 물리고 물린 뒤틀린 사건이 백배 쉽다고.

끈질기게 끈 하나를 잡고 풀어 나가다 보면 부패한 정치가와 뒤틀린 권력자들. 그래서 쳐 죽일 놈들. 웬만한 응징으로도 속이 풀리지 않는 부류들을 줄줄이 잡는다는 명분과 사명감. 결국엔 잡았다는 성취감이 있지 않느냐고.

마약쟁이들은 몸도 맘도 망가져 버린, 죄다 나약한 인간일 뿐이라 그런 인간들은 잡아도 잡았다는 기분이, 성취감이 없다고.

그저 아픈 인간들. 정신과 몸이 썩어 생의 끄트머리에 아슬아슬하게 선 인간들을 보면서 기분만 찝찝하고 맘만 이상하다고. 그렇게 끝도 없이 이어지고 생성되는 마약쟁이들로 인해 언제부턴가 주변인들마저 물들인다고.

선배의 동료는 마약쟁이들을 잡다 그 자신이 마약의 유혹에 빠졌다고 했다.

지금은 어디에서 무엇을 하는지도 모른다고. 어쩌면 아무도 모르게 아무도 모르는 곳에서 약을 하다 죽었을지도.

엊그제 룸살롱에서 잡은 이들도 수많은 마약쟁이들 중 한 무리, 군소일 뿐 마약 대모와의 직접적인 연관은 없었다.

"하아……."

또 다른 정보를 위해서라도 잡아야 해 잡아 쳐 넣었지만 강순이를 투입한 건 분명한 욕심이자 대단한 판단미스였다.

이로써 또 다른 위험에 노출시킨 격이 되어 버렸다.

그 장소에 있었던 형사들이야 입단속을 한다고 했지만 말 그대로 단속일 뿐 제 눈으로 직접 본 모습을 잊을 리 없었다. 함께한 김 형사 비롯해 험하게 당한 이들이나.

점점 분명해지는 가운데 더더욱 오리무중인 강순이의 실체. 정체가 수면 위로 떠오르게 됐다. 누구도 아닌 그 자신으로 인해.

미리 설치해 놓은 CCTV 속, 여자의 눈빛은 무섭도록 무심했다. 더없이 강렬하고.

어느 밤, 골목길 구석에 숨어 지켜볼 때와 또 다른 모습은 살기가 느껴질 정도였다.

그처럼 다급한 상황에서도 명치와 급소를 살짝 피한 공격은 짧은 순간 계산을 한 동물적인 반응으로 보였다. 비디오를 확인한 마약반 팀원들의 감탄과 의문 어린 시선은 아직 해결하지 못했다. 어떤 말로 포장하고 덮어야 할지 막막하고.

이건 제보와 잠복을 기본으로 한 수사와는 다른 막막함이었다.

"후우……."

"땅 꺼지겠어."

내내 하늘을 향했던 시선을 잡아채는 아는 목소리.

인하는 조금 멀리 떨어진 채로 벌서듯 서 있는 한껏 위축된 여자를 쳐다봤다.

핸드폰이 뜨겁도록 연락을 하더니 결국 여기까지 찾아온, 결코 알기 싫고 인정하기 싫은 감정과 분명한 걱정을 하게 만든 여자를.

"도시락 가져왔어."

"……."

"갈아입을 옷이랑."

눈앞 모습만 봐서는 그 밤의 일들이 전부 거짓말 같았다. 어느 영화 속 마술 같은 액션 같기만 하고.

이 같은 복잡한 타진을 아는지 모르는지 여자가 건물 외관을 훑어 올려다봤다.

"돈도 많아."

"……."

"집에 와서 씻지, 화장실 청소도 깨끗이 해 놨는데."

"……."

"칠성급 호텔 급에 맑은 계곡 수준으로 수돗물이 꽐꽐 쏟아지는데……."

말이 많지 않은 이가 오늘따라 입이 부산했다. 고집스러운 만큼 투명한 시선은 더없이 불안하고.

"고모님 걱정하셔. 우리 인하, 우리 장손 밥은 잘 먹고 다니나 하시면서 애타하시고. 그리고 인석이는…… 공부는 모르겠는데 밥은 잘 먹어."

"……."

"육식동물 같아. 장조림만 먹어서."

"강순이는?"

이 짧은 질문에 여자의 시선과 표정이 티 나게 달라졌다.

"나? 나 뭐?"

"걱정했냐고."

이번엔 조금 더 풀렸다. 눈의 힘과 입가 긴장이.

"했어, 얼마나…… 걱정했다고."

"누굴 걱정했는데?"

"누구긴."

"……."

"당연히 나지."

강순이는 조금씩 다가와 눈앞에 섰다. 차갑고 도도한 생김새와 달리 주눅이 들어 한풀 꺾인 순한 양의 눈빛을 하고.

"기억도 없고 심지어 집도, 절도, 돈까지 없는 날 강인하가 내쫓을까 봐 걱정했어."

"……."

"후줄근, 아니 후달달했다니까."

"그 말은 또 어디서 배웠어?"

"장조림만 먹는 육식공룡."

"이상한 말 배우지 마."

"알았어."

지금의 심정. 그게 뭐든 이유를 떠나 고분고분함은 당당한 이 여자와 어울리지 않았다.

"오늘."

"……."

"들어가려고 했어."

"거짓말."

"거짓말 아니야."

"나 보기 싫어서 피한 거잖아. 전화도 안 받고. 계속 연락했는데."

표정에 의심과 불만이 가득했다. 아무래도 그럴 듯한 변명이 필요했다. 이 여자를 안심시킬 어떤 스토리가.

"수습하기 바빴어. 술김에 희롱하다가 참형, 테러 수준으로 당한 미군 헌병한테 연락 와서 문제의 중심에 선 강순이는 숨기고 나 혼자 감당하면서 자초지종 설명하느라. 또……."

"배고프지 않아?"

"……."

"내가 도시락 예술로 쌌는데."

"배우지 말라고 했다."

"알겠스!"

"……."

"알겠……싸와요깝."

강인하 맞은편에 앉은 순이는 불판 옆에 단정하게 세팅된 샐러드를 포함해 여섯 가지가 넘는 밑반찬을 맛보았다. 그중 보랏빛 소스가 눈길을 끄는 샐러드를 집어먹었다.

블루베리인지는 모르겠지만 소스는 맛있었다. 식당에 들어선 이후 말을 아끼던 강인하가 고기를 뒤집으며 가위로 자르기까지 했다.

"집에서는 한 번도 않더니."

가위를 든 강인하의 눈썹 산이 티 나게 상승곡선을 그렸다.

"그래, 집에는 인석이가 있으니까."

"……."

"인석이가 가위질은 잘해. 그리고 보면 주방 일에 소질이 있다니까."

그 같은 말에도 반응 않던 강인하가 먹기 좋게 자른 고기를 접시에 놓아 주었다.

"먹어, 체력 소비 엄청났을 텐데."

"……."

"이번에도 죽을힘을 다해 방어했을 거 아니야."

체할 것 같았다. 눈빛엔 그 같은 말을 받쳐 줄 동정과 측은이 전혀 보이질 않았다.

그렇다 해도 할 말은 해야 했다. 이 같은 푸짐한 기회가 다시 또 있다는 보장이 없기에.

"김 형사가 뭐라고 했는지 모르겠지만…… 나 정말 사력을 다했다는 것만 알아줘. 난 절대 싸울 의사가 없었단 것도. 시나리오대로만 됐어도 나서지 않았다니까. 헌데 갑자기 백 형사가 나가버리고 김 형사는 모욕적으로 추행당하면서 죽어라 비명을 지르지. 그 자식은 멈추라는데도 손이 막 스커트 안으로……."

"도움받은 김 형사는 그렇다 쳐도 세 놈은 어쩔 건데?"

"뭘 어째? 내 책임도 아닌데. 난 그냥……."

"죽을힘을 다해 재능을 펼쳤겠지."

"맞아. 근데 재능까지는 아니고."

"그럼?"

"본능이지 않을까? 코너에 몰린 나약하고 힘없는 인간이 취할 수 있는 가장 공격적이고 방어적인 자세."

"전치 3달 나왔어."

"……!"

"현재 취조는 불가한 상태고."

순이는 강인하와의 눈 맞춤을 피하며 접시에 담긴 고기를 집어 삼켰다.

고기는 부드럽고 연했다. 집에서 먹던 삼겹살이나 장조림과는 차원이 달랐다.

마치 덩어리로 된 소프트 아이스크림 같았다. 입안에서 살살 녹으면서도 기분 좋은 식감이 달달한 열대과일 같았다.

"강인하도 먹어."

"……."

"죄 없는 나만 주지 말고."

표정과 톤은 기죽은 듯하지만 젓가락은 멈추지 않았다.

멈추려고 해도 젓가락에 초강력 더듬이가 있는 것처럼 고기와 샐러드 쪽으로만 향했다. 강인하는 손을 들어 보이며 직원에게 샐러드를 부탁했다.

"밥도 시켜."

"고기 더 먹고."

"아니야. 나 밥이랑 먹는 거 좋아해."

그 소리에 집게와 가위를 양손에 든 강인하가 동작을 멈췄다.

"기억."

"……."

"난 거 있어?"

"기억? 무슨?"

"뭐든. 입맛이 밥이랑 고기인 것처럼 다른 어떤 것들."

기억. 기억이라고 할 수 있는지는 모르겠지만 뭔가 기억나긴 했다.

특히 누군가의 목소리가 수시로 들려와 방어보다 공격성과 전투력이 증진됐다. 그렇지만 이 모든 건 결코 말할 수 없는, 말하지 말아야 할 비밀이고.

"그런 건 아니야."

"내 선에서 막기는 하겠지만 만에 하나 마약쟁이들 취조할 때 현장에 있던 이로서 증인 서고 설명을 해야 할 상황이 올지도 몰라. 그땐 내가 부탁해서 얼떨결에 협조했는데 무섭고 두려웠다고만 해. 다들 정신이 없는 와중에 어떻게 손이 나가고 발이 나갔는지도 기억이 하나도 안 난다고. 그러면 내가."

"믿을까?"

"믿게 해야지."

"눈 가리고 야옹인데 그냥……."

"그냥?"

분주했던 강인하 손이 멈추는 듯하더니 고기를 뒤집어 먹기 좋게 잘라 주었다.

"오랫동안 격투기를 한 국가대표 급 유단자라고 하면 어때?"

"유단자라고 해서 그럴 수 있는 거 아니야. 내내 준비한 경기도 현장에선 전혀 달라. 그런데도 누군 내내 준비한 경기처럼 잘해 냈고."

칭찬인가? 그런 것 같기도 아닌 것 같기도…….

"그런 상황이면 보통은 얼어서 아무것도 못해. 뽕쟁이들이 눈앞에서 칼 들고 설치는데 어느 누가 차분히 대응을 하겠어?"

"그래서?"

"만약 뭔가를 말해야 하는 순간이 오면 보통의 여자처럼 하라고."

"보통의 여자?"

"무섭고 놀라서 아무것도 기억 못하는 패닉 상태."

패닉 상태라……. 정말 그랬다면 쉬웠을 텐데.

"그래야 묻혀. 사람들 기억에서. 물론 그렇게 되도록 내가 중간에서 스토리 짤 테고."

강인하는 더 이상의 질문은 사절이라는 듯 고기를 접시 위에 한가득 담아 주었다. 저는 입도 대지 않고.

"맛봐 봐."

"됐어."

"그러지 말고. 아~~."

순이는 가장 맛있게 구워진 고기 덩어리를 들어 강인하 입에 대령했다. 바로 코앞에.

"됐다고."

"아~~~."

"이봐."

"아~아~~~~."

결국 바라보기만 하던 강인하는 한숨과 함께 고기를 받아먹었다.

"이젠 내 차례. 아~~~~~ 맛있졍!"

이제야 살 것 같았다. 그림의 떡이었던 고기 맛도 이제부터 제대로, 본격적으로 느낄 수 있을 것 같고.

카페는 조용했다. 강인하처럼.

주문을 하러 간 남자의 비율 좋은 바디를 눈에 담던 순이는 옆 의자에 놓은 비닐봉지를 만족스럽게 쳐다봤다.

고모님과 육식공룡이 먹을 양념갈비는 보기만 해도 기분이 좋았다. 주문한 커피를 받고 있는 남자의 모습을 보니 기분이 한층 더 업그레이드되고.

강인하는 친절하지 않은 가운데 다정했다. 무심하다가도 어느 순간 세심하고.

갑자기 훅하고 들어오는 한 방. 그 한 방에 특별한 뭔가가 있었다. 그런 남자를 인석이는,

"나쁜 남자는 그냥 나쁜 놈이야. 가끔. 어쩌다 친절한 거? 그건 어장 관리라고 하는데 누나는 핑크 고래 아니고 식인상어과라 관리받을 타입도 아니야. 그러니까 짧게라도 연애를 하려면 공이 돌봐 준 수의사 쪽이 낫지 않을까? 그 형 인상도 선하고 친절하던데."

걱정된다는 말의 의미를 해석하려 하다가 인석이 예를 든다며 이 말 저 말 하다가 나쁜 남자에 대해 이야기한 적이 있었다.

강인하가 딱 나쁜 남자 타입이었다.

갑자기 보드라운 고기 구워 하얀 밥에 착착 올려 주고. 샐러드도 알아서 추가 주문하고 고모님과 인석이 것 사 달라고 하니 두 말 않고 사 주는 게, 다 나쁜 남자들이 한다는 전형적인 그것이고.

"뜨거우니까 조심해."

순이는 인석이가 말한 그 모든 경우에 떡하니 들어맞는 강인하를 쳐다봤다.

"왜?"

"내 부탁 언제 들어줄 거야?"

"무슨 부탁?"

"무슨 부탁이라니?! 저번에 약속했잖아. 부탁 들어주기로."

"했지, 약속."

"기억하네?"

"하지."

"히히, 나 말이야……."

"그때 말했지. 작전대로만 하기로. 절대 돌발행동 하지 않기로."

"그건! 그……건 내가 유도한 게 아니잖아. 일이 그냥 그렇게 되어 버린 거지. 내 의도나 계획이 아니었다는 것도 잘 알잖아."

"모르겠는데."

"모르겠다고?"

"그래, 몰라."

"모르긴 뭘 몰라? 왜 몰라? 대체 어느 대목을 모르겠는데?!"

순이는 이제껏 지금처럼 열 받은 적이 없는 것 같았다.

"강순이를 모르겠어."

"……!"

"당신이 누군지. 어디서 어떻게 무슨 일로 왔으며, 무슨 일을 당해서 이렇게 내 앞. 우리 곁에 있는지."

"……"

"하나도 모르겠다고."

강인하 표정은 그날보다 더 까마득하고 아득했다.

그러니까 그날, 난장판이 된 룸살롱 문 사이로 보이던 그때의 눈보다 더 아득하게.

"당신을 어떡해야 하는지……."

"그런 거면."

저 눈빛이 싫었다. 낯설어 꼭 남 같은 표정. 아무런 상관도 인연도 없는, 의문과 의심만 가득한 눈빛. 그래서 결국엔 어딘가로 내모는 듯한 무심한 시선이.

"모른 채로."

"……."

"지금처럼 지내면 되잖아."

순이는 눈 똑바로 뜨고 말도 일체 더듬거리지 않고,

"강인하 옆 강순이로."

어떤 이유로 기억을 잃었는지는 모르지만 오늘까지 누구도 찾지 않고 나서지도 않는 상황.

이대로 지내도 되는 거 아닐까 싶었다.

강순이 말고 또 다른 누군가를 보지만 늘 따뜻하고 푸근한 고모님. 머리 나쁘면서 식탐만 왕성한 인석이. 그리고 가끔 믿을 수 없을 만큼 친절하고 때때로 섹시해서 멋있기도 한 누구 옆에서 이렇게. 딱 지금처럼.

행복한 우리 넷, 이태원 강씨끼리.

7부

끝도 없이 퍼붓는 비.

주위는 온통 검고 옆에 있는 이가 사람인지 귀신인지 분간이 가지 않는 공간에서의 쉼 없는

반복 훈련. 늪이 분명한 지형은 온통 악어와 독사투성이.

일주일 가까운 불면의 파장은 낮이 밤이고 밤이 낮처럼 느껴졌다.

밥도 먹지 못한 채 오로지 주어진 시간에 쥐어진 미션과 임무를 마쳐야 하는 고통과 고행.

그 길 끝에 기다리는 건 또 다른 미션과 한층 더 혹독해진 훈련.

내내 죽은 듯 숨죽이며 숨죽여야 한순간이라도 살 수 있는, 극한의 상황에서 인간의 한계를 매 순간 통렬하게 느끼며 걷고 또 걸었다.

퍼붓는 빗속에서의 사격은 한 치의 오차도 허용하지 않기에 숨이 쉬어지지 않고 숨을 쉬어서도 안 되기에 몽롱한 정신으로도 기필코 쏘아 맞춰야 하는 적.

결국 한계에 이른 이는 인간일 뿐, 억수처럼 퍼붓는 비도. 괴물 같은 어둠도. 사방에서 날아오는 총알도 아닌데…….

"포기하지 마. 네가 살아야 나도 살아. 알겠어? 그러니까 일어나!"

햄톤. 그래, 기초 체력만 부족한 그녀와 달리 사격술과 의료 훈련, 소부대 전술까지 뭐 하나 제대로 하는 게 없었지. 그러면서도 도발하며 포기란 단어는 입에 올리지도 못하게 했던,

"……!"

천둥소리에 놀라 깬 순이는 누운 채로 방 안을 주시했다.

천장엔 창으로 들어온 빛으로 인해 익숙한 그림자가 보일 뿐 별다른 기척이 느껴지지 않았다. 순이는 익숙한 모든 걸 확인한 후 일어나 앉아 정면을 주시했다.

정면엔 아무것도 없는 공허한 벽. 막다른 절벽과도 같은 벽이 전부였다.

"하아……."

손목에 찬 시계를 확인하니 새벽 3시 17분.

요사이 매일 같은 시간에 잠이 깼다. 한 번 잠이 깨면 아침까지 잠을 이루지 못했다.

꿈은 반복됐다. 지독한 어둠. 지독한 안개. 지독한 비명. 그보다 더 지독한 배고픔과 수면.

꿈은 어느 밤 골목에서의 각성 이후 시작됐다.

기묘한 희열과 아드레날린의 폭주로 인해 온몸의 근육이 당겨지고 팽창되던 그날.

이후, 강씨 집안 누구도 모르게 혼자 분투하는 새벽이 되어 버렸다.

"모른 채로…… 지금처럼 지내면 되잖아. 강인하 옆 강순이로."

오늘 낮, 그 같은 말을 해 더 고약한 꿈을 꾸나 싶었다.

말은 그렇게 했지만 마음 전부가 그런 건 아니었다.

밤마다 꾸는 꿈 때문에. 본능적이면서 동물적이다 싶게 쥐어지는 주먹과 행동으로 인해 하루라도 빨리 기억을 찾아야 한다는 걸 알았다.

어쩌면 이대로 지낼 수도 있지만 그러면 언젠가 이 집안사람들에게 피해를 줄 수도 있다는 걸 직감했다.

또 어느 순간 계시처럼 들려오는 익숙한 목소리.

"이 훈련의 핵심은 적과 대치 상황에서의 무조건적인 생존이야. 총과 칼이 없으면 네 자체가 총이 되고 칼이 되어야 해. 낭심 차기. 눈 찌르기. 어떤 제한도 규칙도 없어. 네가 살기 위한 수단으로 주위 모든 걸 이용하고 무기화해."

누군지는 모르나 목소리의 주인공은 모든 걸 알려 주었다. 물론 영어로.

그때, 룸살롱에서도 목소리를 들었다.

주먹을 뻗고 날리는 순간을 비롯해 공중에서 바닥으로 떨어지는 낙법의 순간. 투시도를 들이댄 듯 너무도 잘 보이는 신체 각 부분의 뼈 위치, 꺾임 등 거의 모든 순간에.

"강순이를 모르겠어…… 누군지. 어디서 어떻게 무슨 일로 왔으며 무슨 일을 당해서 이렇게 내 앞. 우리 곁에 있는지. 하나도 모르겠다고."

강인하의 표정은 이 공간에 드리운 어둠 같았다.

강하지 않으면서 절대 사라지지도 없앨 수도 없는 분명하게 스며든 빛.

무거운 의문과 의심이 싫어 모든 순간 아닌 척을 하며 티 내지 않았지만 의문과 질문은 누구보다 많았다.

왜 아무도 찾지 않는 걸까? 가족이 없나부터 시작해 강인하보다 열 배, 스무 배 많은 자문을 했었다. 그러다 지금은 이대로가 좋지 않으냐는 결론을 냈다. 아니 이건 아니야, 라는 마음을 반복하게 되고.

"몰라, 모르겠는데…… 배……고파."

오후에 강인하를 만나 배부르게 먹었는데도 집밥이 아니라서 그런지 배가 고팠다. 아님 배를 부르게 해 이 모든 질문과 의심에서 자유롭고 싶은 건지도 모르고.

"식충 강인석도 아니고…… 그래, 뭐."

순이는 다른 밤과 다르게 자리를 털고 일어났다.

소리를 죽여 가며 들어선 인하를 반긴 건 TV 바로 앞에 앉아 이어폰을 낀 채로 냄비를 안고 있는 인형이었다.

여자는 뭘 보는지 웃고 있었다. 그 모습이 심야방송 때문인지 아님 안고 있는 넉넉한 냄비 속 내용물 때문인지 알 수 없었다.

강순이는 밥을 맛있게 야무지게 삼켰다.

아무래도 이 시간 깨어 있는 주목적은 TV 시청이 아닌 밥 때문인 게 분명했다.

히죽히죽 웃으며 마지막의 마지막까지 다 먹은 듯 보이는 여자는 바닥에 내려놓은 냄비를 보며 아쉬운 표정을 하다 자리에서 일어나는 순간 그와 시선이 부딪혔다.

놀란 강순이는 이어폰을 꽂은 채 인하에게 다가오다 귀가 당겨져,

"어…… 어……."

인하는 균형 잃은 여자의 몸을 잡아채 그대로 거실 바닥을 굴렀다.

눈을 깜박이는 찰나의 순간, 여자는 그의 위에 안착해 몸을 겹친 채 내려다보고 있었다.

"무슨 일이야? 이 시간에."

"말했잖아."

"무슨 말?"

"집에 온다고."

"언제?"

"언제?"

"그래, 언제?"

"낮에. 고기 먹기 전에."

여자는 그랬나, 하는 얼굴로 기억을 헤아리는 듯 보였다.

"일어나."

"있어 봐."

"일어나라고."

"있어 보라니까. 아무래도 지금 하는 게 나을 것 같아서 하는 말 인데……."

어둠 속. 아래에서 올려다보는 여자의 얼굴은 익숙한 동시에 낯설었다.

솜털이 보일 정도의 투명한 피부. 적당히 도톰한 분홍빛 입술. 버선코처럼 아주 살짝 보기 좋게 들린 콧날과 앙증맞은 콧방울. 긴 눈매에 어울리는 또렷한 동공과 깨끗한 눈자위. 우물 같은 인 중. 무엇보다 시선을 끄는 건, 현재 입가에 붙은 윤기 가득한,

"이봐……."

밥풀이었다.

"있어 보라니까."

"마저 먹어."

"먹어? 뭘?"

"입가에 붙은 그거."

"입가? 어디?"

여자는 손으로 떼어 낼 생각은 하지 않고 제 얼굴을 왼쪽, 오른 쪽으로 돌리며 각도를 달리하기만 했다.

"보이는 사람이 떼 주면 되겠네."

강순이는 제 얼굴을 조금 더 내려 한 치의 오차도 없을 정도로

가까이 가져다 댔다.

"뭐 하는 거야?"

"뭐 하긴. 얼굴 디밀지."

뻔뻔할 정도로 솔직한 대답 후,

"디밀어야 치울 테고. 빨리."

인하는 결국 밥풀을 떼어 낸 후 밥풀이 붙은 손가락을 여자 코 앞에 대 주었다. 그러자,

"오호…… 야미. 야미."

인하의 손가락은 여자의 입 속으로 사라져 버렸다.

"……!"

단지 신체의 일부분인 손가락이 사라졌을 뿐인데 그 외 신체 모든 부분이 갑자기 소란스러웠다. 그 같은 반란을 숨긴 채.

"뭐 하는 거야?"

숨죽이고 톤 죽인 목소리는 아닌 척을 해도 평소와 달리 떨림이 있었다. 누군가의 손가락을 핥듯이 깨문 뒤 입맛을 다시던 여자 는,

"뭐긴. 밥풀 먹었지."

"……."

"그보다 부탁이 뭐냐면."

"뭐든 들을 테니까 일어나. 굳이 이 자세로 대화할 필요는 없잖 아."

"이대로 들어야 해. 그래야 딴소리 못하지."

"이 자세, 이 포즈 아니라도 딴소리 안 해."

"거야 모르지."

"알아 달라고도 않지만 내가 신용이 없는 인간은 아니라고 보는데."

"신용은 모르겠는데 속은 전혀 모르겠어."

"……."

"그러니까 이대로 들어봐."

"……."

"나 말이야, 강인하가 보증 서 주면 경찰서나 공공기관에서 알바할 수 있지 않을까? 그러니까 그날처럼 현장 투입까지는 아니라도 통역이나 번역. 아님 임포 같은 거. 물론 살림이 안정적이고 안전한 알바이긴 한데 나랑은 맞지 않더라고."

여자는 나름 진지하고 심각해 보이긴 했다. 지금의 이 이상한 포즈와 자세만큼.

"경찰이 신원보증을 한다는데 어느 누가 뭐랄 거며 의심하겠어. 그리고 심야영화 보면서 알게 된 새로운 사실인데……."

인하는 이 시간 이 상태로 이런 말을 한다는 게,

"내가 일어도 불어도 좀 하더라고."

어이가 없으면서 어떡해야 할지 몰랐다.

"나름 지식인인 거지. 강인석 같은 단순무식 육식공룡이 아니라."

누군가와 달리 너무도 침착하니 물러설 생각이 없는 이로 인해 인하는 목소리보다 눈에 보이는 것들에 집중하게 됐다.

호기심과 흥분으로 반짝이는 눈. 보기 좋게 길어서 한 번쯤 손끝으로 그리듯 쓸어 보고 싶었던 유연한 목선. 속삭일 때마다 살랑이는 웨이브 진 앞머리. 앞머리에 가려지다 가끔 보이는 동그란

이마. 그 모든 것들 중 무엇보다 시선을 끌던 투명한 귓불과…….

"나? 내가 뭐?"

인하와 여자의 고개가 동시에 한 방향으로 향했다. 그 자리엔 배를 긁고 있는 인석이 서 있었다. 늘어지게 하품을 하면서.

"왜 그러고들 있어? 혹시 싸우는 거?"

지극히 비상식적인 질문이라 그런지 둘 중 누구도 답을 하지 않았다.

"누……나한테는…… 안 될걸."

그 같은 말을 한 후, 인석은 화장실로 향했다.

"일어나."

"아직 말이 다……!"

인하는 강순이를 품에 안은 채 자리에서 일어났다. 일어나 품 안에 있는 여자를 떼어 내려 하는데 손이 잡혔다. 잡힌 손은 그대로 인하의 가슴 위에서 안착했다.

"엄청 크게 울려."

"……."

"우는 것처럼 떨리고."

어느 상황에서도 솔직한, 강순이다운 표현.

"나 때문이야?"

직설적인 질문도 강순이다웠다. 그새 화장실에서 나온 인석이 잠 안 자고 왜들 저래, 하더니 아 몰라, 하며 제 방으로 들어가 버렸다.

여자 표정엔 물러섬이라고는 없었다.

"묻잖아."

목소리엔 약간의 떨림도 없고.

오랜 시간 취조를 하면서 얻은 것들로 인해 뭐든 아니라고 할 수 있었다.

조금 늦은 감은 있지만 끝까지 아니라고 하면 그뿐이고. 하지만 뭔가 명확하고 정확하지 않은 가운데 그러기 싫었다.

"그럴 수도."

거짓말은 싫었다.

어느 순간 그의 손은 누군가의 가슴 위에 놓여 있었다.

이내 너무도 분명한 소리. 빠른 템포의 기분 좋은 박자가 손끝과 손바닥을 통해 분명하게 느껴졌다. 정확하게 전해지고.

"난 이런 지."

"……."

"좀 됐어."

고백까지 강순이다웠다.

"그럼 이제, 나 안아 주는 거야?"

요구 또한 지극히 강순이답고.

인하는 전장의 징처럼 울려 대는 가슴 안으로 여자를 끌어당겨 안았다. 강순이는 인하 품에 딱 맞았다. 품 안에 꼭 들어찬 채로 인하의 등을 감싼 여자는,

"좋아."

"……."

"좋다고."

"뭐가?"

묻지 않아도 알지만 듣고 싶었다.

무한 액션만 아니면 늘, 어느 상황에서도 솔직한 여자의 말과 정직한 언어. 아름답고 탐스런 입술로.

"강인하."

"……."

"그리고 이 순간."

만족스런 대답으로 인해 품 안에 있는 여자를 조금 더 끌어안았다.

충분히 어색할 수 있는 상황인데도 그러지 않았다.

마치 그날, 이 장소 이 거실에서 사과 머리를 하고 있는 이 여자를 처음 봤을 때부터 투닥거리는 연애를 했던 것처럼 포옹이, 이 짧은 대화와 투박한 고백 전부가 자연스러웠다.

"키스하고 싶은데 참는 거야. 방금 전에 내가 야참을 먹어서……."

언제나. 이런 순간조차 강순이다운, 솔직한 여자.

그 솔직함이 어떤 이를 힘들게 한다는 걸 아는지 모르는 건지.

"무진장 참는 거고."

"……."

"내가 강인하랑 정말로 하고 싶은 건."

하고 싶다면 해야겠지, 강씨네 업둥이 강순이 씨.

밀착한 몸이 조금 떨어지는 듯하더니 서로 다른 입술이 하나로 닿았다.

놀란 여자가 입술을 떼어 내려 가슴을 밀치는 상황, 두 손을 잡아 쥔 인하의 입술은 닿은 입술을 부지런히 벌리고 있었다.

적지 않은 시도와 노력 끝에 고집스런 입술이 조금씩 벌어지다 결국 만개하듯 열렸다.

잠시 후 누가 선점자이고 후발주자인지. 이끄는 이는 누구며 당겨지는 이가 누구인지 분간을 할 수 없을 정도로 키스는 뜨거웠다.

시작은 뒷걸음질에 조심스럽기만 했건만 서로가 궁금했던 상대의 맛을 보자 감상과 여유는 불가능했다.

인하는 한껏 벌어진 입술 안으로 파고들어 더없이 부드러운 혀를 찾아 인증하듯 이곳저곳을 부드럽게 깨물었다.

이전까지는 여자를 향한 갈증지수와 욕망지수를 정확히 알지 못했다. 자신이 이 정체불명의 여자에게 이토록, 이만큼 빠진 것도 인정할 수 없고.

헌데 이 야심한 시각의 포옹과 키스로 분명히 알게 됐다.

그동안 독한 마약에 취한 듯 내내 잠잠하던 점잖은 욕망. 그 선연한 실체가 사실은 아주 위험하면서도 정직하게 준비태세였다는 걸.

다른 누구도 아닌, 이 여자로 인해. 이 여자만을 향해서.

인하는 생각했다. 부드러운 손길로 뒷머리와 목을 어루만지며 그와 동시에 깊숙이 파고드는 통에 지금의 이 거친 키스는 한참 더 이어질 것 같다고.

모처럼 네 식구가 모인 아침이었다.

그 때문인지 반찬은 오색찬란하며 강인하를 보는 누군가의 표정은 꿈결이고 꿈길이었다.

"누나 왜 그래?"

"나?

"……."

"내가 뭘?"

"아까부터 우리 형을 잡아먹을 듯 노려보고 있잖아."

기가 막혔다. 나름 봄바람에 바람 난 여인네처럼 도무지 입이 다물어지지 않아 간신히 다물고 있는데 그딴 식의 비유. 엄청난 비약에 오해를 한다는 게.

"새벽에 두 사람 싸우는 것 같더니……."

이 바보 천지 강인석. 싸우다니 대체 누가 누구랑 싸웠다는 건지.

"애들도 아니고 여직인 거야?"

인석의 목소리엔 걱정이 한가득했다.

"어지간히 하세요, 어지간히들. 다른 사람들 생각도 해야지."

육식공룡, 넌 그걸 눈이라고 달고 다니는 거야? 이렇게 묻고 싶었지만 그만 뒀다.

"싸웠어? 왜?"

고모님까지. 순이는 간밤 강인하와 있었던 일보다 지금의 이 같은 평가와 해석이 더 심란했다. 억울하기도 하고.

그 순간 상처받은 마음을 토닥이기라도 하듯 식탁 아래 누군가의 발이 그녀의 발을 툭툭 쳤다. 확인은 하지 못하지만 충분히 알 것 같았다.

그로 인해 식탁에서 유난히 말이 없는 강인하를 흐뭇하게 쳐다보는데 인석이가 기이한 모습으로 눈을 깜박이더니 젓가락으로 저를 가리켰다.

"······!"

그래서 알았다. 식탁 아래 낯설고 부지런한 다독거림의 주인이 누구인지.

비록 육식공룡에 눈치는 넘나 없지만 정 많은 강인석다운 행동이다 싶었다.

그보다 어젯밤은 전부 다 꿈이었던 거?! 순이는 누군가에게 묻지 못하는 말을 목 안으로 삼키려 노력 중이었다. 그 와중에도 밥은 맛있었다.

"고모."

"응."

"오늘은 외출하시지 말고 집에 계셔야겠어요."

"오늘? 그러지 뭐. 헌데 왜? 무슨 일 있어?"

"아뇨, 오늘 같이 다니면서 알아볼 일이 있어서요."

그 소리에 순이의 시선이 강인하게 향했다. 그러니까 모두의 시선이 강 팀장에게로.

"순이 누나랑 둘이서만?"

"······."

"왜 두 사람 무슨 일인데? 뭐야? 나가서 본격적으로 해 보겠다는 거야? 만약 그런 거라면 아무리 형이라고 해도 그건 무모한 게 아닐까 싶은데. 또 누나가 뭘 그렇게 잘못했는지 모르지만 우리 집 손님인데······."

"강인석."

"왜?"

"시험 준비 잘하고 있어?"

"……."

"다음 달이 시험이라는 건 알지?"

갑자기. 정말 순식간에 인석의 표정이 달라졌다. 완전 사색 수준으로.

"분명히 말했다. 이번 시험이 네 생의 마지막이라고."

마지막이란 말, 그 말의 위력과 위용은 엄청났다.

이후 인석이는 아침을 다 먹을 때까지 일절 말을 하지 않은 채 말을 아꼈다.

그 모습이 왠지 모르게 짠했다. 미안하기도 하고.

그렇지만 그 와중에도 행복한 건 행복한 거였다.

오늘은 정말 밥이 넘나 맛있었다. 마치 조청 바른 꿀떡처럼 꿀 컥꿀컥 한없이 넘어갔다.

강인하는 목적지를 말해 주지 않은 채 출발했다.

순이도 어디로 가느냐고 묻지 않았다.

질문도 답도 없는 길이지만 좋았다. 서울을 얼마 벗어나지도 않 았는데 벌써부터 즐겁고.

어디론가 가는 내내 주변 풍광에서 눈을 뗄 수 없었다.

늘 서울. 그것도 분위기부터 시작해 동네 전체가 죄다 들쑥날쑥 한 이태원에서만 생활해서 그런지 자연 그대로의 나무와 숲이 보 이기 시작하자 말이 필요 없어졌다.

입이 겸손해진 건 그녀만이 아니었다. 강인하도 다르지 않았다.

선글라스를 낀 강인하는 TV 속 CF 모델 같았다. 고급 승용차 선전에서 볼 수 있는 품격 있는 모델처럼 그 자체로 시선을 몰고 다녔다. 그래서 더 이 순간을 만끽하고 싶었다.

1시간 남짓 후 도착한 곳은 엄청난 규모의 숲이었다.

주차장에 차를 세우고 앞서 걷는 강인하를 따라 들어간 숲은 비밀스러운 가운데 웅장해 아름다웠다.

고개 들어 올려다본 하늘은 아직까지 초록의 바다였다.

"여기 좋다."

"좋아?"

"응."

"무섭지는 않고?"

"무서워? 왜 무서워? 뭘 무서워해야 하는데?"

"나."

"강인하?"

"그래."

"인석이 형을 왜?"

"여기에 버리고 갈 수도 있으니까."

"누굴?"

"……."

"나 말하는 거야?"

"내가 아닌 건 분명해."

"……!"

웃음이 터졌다. 가끔 보면 강인하는 이상한 유머를 구사했다.

대부분은 유머인지도 몰라 고모님을 비롯해 인석이의 웃음보가 터지는 일은 없었다. 그런 가운데 순이는 찰떡처럼 알아들을 수 있었다.

이유는 딱 하나. 좋아하는 사람들이 통하는 어떤 전류이자 초능력.

"왜 버리고 싶은데? 내가 살림은 않고 밥 많이 먹어서. 아님 야심한 시각에 불쑥 안아 달라고 해서? 그것도 아니면……."

"안전할 테니까."

"안전?"

"그래."

"무슨 소리신지……."

"나. 그리고 강순이."

순이의 웃음은 순식간에 사라졌다, 의도를 파악할 수 없는 강인하의 말로 인해 순식간에 불안해졌다. 심장은 터질 듯이 쿵쿵 내려앉고.

"알아듣게 말하라니까!"

"같이 있으면."

같이 있으면?!

"오늘 새벽 같은 일이 자주 일어날 거 같아서."

"……!"

강인하는 그처럼 말하곤 앞서 걸어갔다. 순이는 제 마음을 저처럼 멋없고 정직하게 말하는 남자로 인해 심장이 다시금 다르게 두근거리며 설레었다.

그날 아드레날린이 처음으로 폭주하던 그 밤과는 비교 불가할 정도로 가슴이 울렁거렸다.

순이는 시침미를 떼듯 걸어가는 강인하 옆에 서 발걸음을 맞춰 걸었다.

"단지 그 이유뿐이라고?"

"그 이유만은 아니야."

"그럼?"

"걱정돼."

"뭐가?"

일번엔 대번에 대답하지 않았다.

"뭐가 걱정되느냐니까?"

"앞으로 일어날."

"……."

"모든 일이."

묘한 대답이었다. 강인하의 깊은 눈빛만큼이나 쉽게 헤아릴 수 없는 그런 말이고.

순간 강인하가 걱정하는 모든, 많은 것들이 빠르게 이해됐다. 그렇지만 지금 이 순간은 생각하기 싫었다. 그런 이유로 강인하의 손을 잡았다.

잡힌 제 손을 보더니 그윽한 시선으로 쳐다보는 강인하를 향해,

"여기 숲이야."

"……."

"내 생각엔 말이야 숲은 모든 걸 잊고 모든 걸 묻는 곳이거든. 또 모든 게 더 야해지고 한층 더 용감해져도 좋고, 나처럼."

순이는 강인하의 손을 꽉 잡고 숲 안으로 걸어 들어갔다. 숲으로 들어갈수록 체온이 떨어지는 걸 느낄 수 있었다.

서울은 무르익은 가을이면서 여름이기도 하건만 숲은 자연의 순리에 정직했다.

가을이라 가을스러웠다. 스쳐 지나가는 바람도. 색이 조금씩 천천히 바래지고 있는 잎들까지 전부.

"길도 모르면서 어딜 가?"

"모르니까 갈 수 있는 거야."

그 같은 대답에 강인하의 걸음이 잠시 느려지다 멈췄다.

동의할 수 없는 건지 어떤 설명을 듣고 싶은 건지 알 수 없는 상황에서 누군가에게 들은 듯한 말이 생각났다.

"그렇잖아. 모르는 길이니까 가 보고 싶은 거고 모르는 장소니까 뭐지, 뭘까 하면서 궁금한 거잖아. 사람이든 숲이든."

"그 호기심 때문에 아주 잃어버리면?"

질문이 진지했다. 눈빛도 그렇고.

"길 잃으면? 그러면 이렇게 옆에서 손잡아 주는 이랑 새로운, 이전과 전혀 다른 길을 찾으면 되지. 언제 어느 상황이든 손잡아 주는 이 한 명은 있기 마련이니까."

"……."

"내가 그 사람이 되는 방법도 있고."

분명 누군가에게서 들은 말인 것 같은데 누구인지는 기억나지 않았다.

"이렇게 손잡은 건."

강인하는 잡은 손을 들어 보였다. 들려진 두 손을 순이는 조금 더 꽉. 어젯밤 강인하가 안아 주었던 것처럼 힘을 쥐었다.

"강인하가 너무 좋아서 잡은 거고."

"……."

"이 키스도 그렇고."

든든하니 품 넓은 나무에 기대선 채 놀란 눈을 한 남자의 입술을 삼켰다.

두 손을 강인하 목에 담비처럼 두른 후 그로 인해 밀착된 몸을 느꼈다. 선명하게 느껴지는 남자의 몸을 담아 물고 빠는 아득한 키스에 불을 지폈다. 불씨를 당기고.

맞닿은 두 가슴의 묘한 쓸림은 키스가 깊어지는 이유가 되고 서로의 혀가 상대의 입안에서 똬리를 트는 빌미와 이유가 됐다.

이 남자의 전부가 갖고 싶었다. 이 남자의 전부가 되고 싶고.

그녀가 느끼는 그대로. 이 만큼. 이처럼 강인하도 느끼고 원해 주길 바랐다. 바람을 실은 마음이 강인하의 입안에서 춤을 추듯 모든 지점을 훑고 빨며 씹고 삼켰다.

키스를 할수록 맛있어 이 맛있는 키스를 점점 더 욕심냈다.

강인하, 날 욕심내 줘. 내가 더 다가갈 수 있게…….

순이의 등은 나이테만큼 나이가 들어 거칠어지고 골이 패인 나무에 비벼지고 들리면서 쓸렸지만 상관없었다.

키스가 이대로 지속되고 이처럼 숨이 차기만 하다면 뭐든 좋았다.

"으……읍……!"

씹어지는 입술은 부어오를 게 분명했다. 이 또한 상관없었다.

이 정도의 키스라면 이 정도의 반응은 당연하니까.

강인하, 당신이 좋아. 당신의 거친 숨도. 갈구가 분명한 이 감각적인 키스도.

극강으로 숨이 차 머리가 어찔했지만 입술이 떨어지는 게 싫어 강인하의 숨을 전부 다 빼앗아 삼켰다. 갈증은 끝도 없었다.

뇌수까지 꽉 찼다. 이 남자를 향한 갈증과 갈망으로.

즉흥적인 결정이었지만 선택은 나쁘지 않았다.

충분히 어색할 수 있었는데 숲이 나눠 주고 품어 주는 기운 때문인지 강순이는 이제껏 보여주지 않던 웃음으로 웃었다.

미소가 어색하지 않은, 환해서 화사하고 빛이 나는 웃음을.

숲 체험 설명사의 안내에 푹 빠진 여자는 인하와는 조금 떨어져 무리 속에 있었다. 그중 가장 키가 커서 그런지 모든 행동이 한눈에 들어왔다.

동그라니 호기심 가득한 눈과 한 단어도 놓치고 싶지 않아 생긴 듯한 미간의 주름이 귀여웠다. 그래서 그런지 자꾸 시선이 갔다, 저 부어오른 분홍빛 입술에.

이 어마어마한 숲과의 인연은 광수대 건물 옥상정원 덕분이었다. 또,

"말 안 해 줄 거야?"

시간 없다면서 오늘따라 곁에 바짝 붙어선 천우 조경 윤지섭 덕분에.

"무슨 말?"

"저기 저 무리에서 눈에 확 띄는 이와 무슨 사인지. 혹시 그 꼴 보기 싫은 꼼냥꼼냥?!"

윤지섭은 말은 그렇게 하면서도 아니지? 하는 자신만만한 눈빛을 했다.

"시간 많은가 봐, 윤 비서님. 아니 윤 상무님."

"대표님은 주 작가님이랑 출장 가셨거든. 그래서 오늘은 시간 널널한 윤 상무야."

"아직도 주 작가님이야?"

"그러게. 입에 배서 그런지 자꾸 실수를 하네. 그보다 누구냐니까? 강인하가 여자와 함께라……. 이거 완전 대박이잖아."

"대표님은 아셔?"

"우리 대표님? 뭘?"

"믿고 있는 윤지섭이 이렇게 수다스럽고 호기심 왕성한 인물이라는 거."

"이게 무슨 수다스러운 거라고. 이 정도 반응은 당연한 거 아니야? 강인하 팀장이 누굴 데리고 온 적이 있었으면 나도 이렇게까지 호들갑 떨지 않지."

"……."

"너 같이, 함께 뭐 이런 건 오늘, 지금이 처음이라고. 알아?"

윤지섭 말대로 혼자이기 좋은, 혼자여서 좋은 장소였다. 천우의 숲은.

뇌를 파먹는 마약을 한 것도 아닌데 마약쟁이처럼 머릿속이 뿌옇한 상태가 며칠이나 이어지면 결국 찾게 됐다. 오게 되고. 이 태고의 숲을.

마약이라는 게 직접 흡입하지 않아도 표피는 물론 정신과 폐부 어딘가까지 지배하고 영향을 미치는지 몸과 맘을 우울하게 만들어 그럴 때마다 이 길 위에 서게 됐다.

어딘지 모르지만 끝까지 버티며 살기 위함이자 마약, 마약쟁이들과 공생하지만 그 어떤 영향도 받지 않는 척을 하면서 단 몇 명이라도 더 구할 수 있으면 구하고 싶어서.

사회적 기업이기도 한 천우의 후원과 지원으로 광수대 옥상에 생긴 옥상정원이 모든 인연과 구원의 시작이었다.

아무것도 아닌 듯했던 공간은 매 순간 사선에 선 마약쟁이들에게도. 그들로 인해 각박해지고 황폐해지기도 하는 수사관들을 얼마쯤 위로가 되었다.

그때 공사의 총괄을 맡은 이가 윤지섭이었다. 김한율 대표의 긴밀한 비서이자 천우 조경의 브레인 윤 상무님.

"인사하면서 느낀 건데 발음이 완죤 미쿡 발음이던데."

"길 잃고 기억 잃은 이방인이지."

"뭐?"

이 정도 설명이 맞았다. 아직 저 여자의 대해 아는 게 없기에.

그런데도 서로를 삼킬 듯. 삼켜도 무방한 마음으로 키스를 했다.

약에 취해 칼 들고 설치는 마약범을 대면할 때조차 느낄 수 없는 기이한 쾌감과 엄청난 두려움을 동시에 느꼈고.

어젯밤에 이어 이 장소에서의 키스도 몸 전부가 열렬히 반응했다.

키스는 인하를 통째로 뒤흔드는 낯설고 날카로운 감각이었다. 여전히 욕심이 나는 통제 불능의 통각이고.

천우 리조트는 없는 게 없었다.

그중 가장 최고는 풍광. 숲으로 통하는 드넓게 이어진 언덕과 바람 길이 좋았다.

강인하가 점심을 먹자고 했을 때 어딜 또 가나 했는데 리조트 안에 한정식 집이 있었다.

룸 밖은 테라스가 있어 식사가 준비되기 전까지 느긋하게 숲을 만끽할 수 있었다.

발아래는 인공 호수였다. 꾸민 듯 꾸미지 않은 호수.

호수 옆은 자전거 길과 함께 인도도 있었다. 그 길 위엔 몇몇의 가족과 연인. 저 만치 앞서가는 아이도 보였다.

서울 도심과는 전혀 다른 공간이자 영 다른 세계처럼 보여 마치 한 편의 영화 같았다.

순이는 그 모습을 보며 손을 흔들었다. 누군가와의 인사도 소통도 아니지만 흔들고 싶어지는 여유로운 시간이자 그림이었다.

"형사와 숲, 어울리는 조합 같기도 하고 아닌 것 같기도 해서 이상해. 이상한데도 여긴 너무 좋고. 심지어 평화롭기까지 해."

서울에서 고작 1시간일 뿐인데 느낌이 상당히 달랐다.

"강순이와 숲의 조합은."

"그야, 숲의 님프 강순이. 뭐 이런 조합 아니겠어? 내가 또 숲에서의 기억이 적지가 않아서……."

숲 해설가의 안내를 들으면서 단편적으로 떠오른 기억은, 장르가 하드 캐리 액션이었다.

"생각난 거 있어?"

질문을 하는 강인하 눈빛은 고요했다. 오전 내내 머물던 숲의

한 장소처럼.

"생각났다기보다 단편적으로 떠오르긴 했는데……."

강인하한테 말하기 싫었다. 차라리 숲 안에 들어가 숲에 소리를 치면 모를까. 어느 이야기 속 임금님처럼.

"왜?"

"뭐가?"

"표정."

"표정? 내 표정이 어떤데?"

"꽤 곤란한 눈빛이긴 해."

"잘못 봤어. 곤란한 게 아니라 고픈 거야."

"배고파? 식사는 준비 중이니까……."

순이는 바보 같은 말은 하는 강인하 앞으로 다가갔다.

"이런 장소는 식사보다 키스가 어울리지 않아?"

순이는 강인하의 눈을 보며 그의 목에 두 손을 감았다. 변태도 아닌데 이 위태로운 결박이 더없이 좋았다. 그 덕에 허리엔 강인하의 두 손이 수갑처럼 채워졌다.

이 또한 나쁘지 않았다. 약간의 긴장도 되면서 어떤 게 기대가 되기도 해서.

그 포즈로 테라스 난간에 기댔다. 마침 온몸을 통과하려는 고약한 바람을 맞았지만 그래도 좋았다. 조금은 답답하기도 했던 집도 동네도 아니란 증명에 가슴까지 뛰었다.

"리조트에 룸도 있지?"

"있으면?"

"분명 있을 거야."

순이는 최대한 순둥순둥한 반달눈을 하고 나름 헤프게. 오픈 마인드로 웃어 보였다.

"그렇겠지."

"강인하는 어떡하고 싶어? 나랑 하고 싶은 거 없어? 그러니까 막 상승하는 거나 치솟는 어떤 그런 거 말이야."

"어떡하긴."

"……."

"밥 먹고 상경해야지."

"상……경? 상경이 뭔데? 키스보다 좋은 거야?"

기대가 됐다. 어쩔 수 없이 흥분도 되고.

"사람에 따라서는."

"저, 정말!?"

순이는 눈에 하트를 만들어 마구 발사했다. 이 순간 풍광도 장소도 딱 좋았다. 그게 무엇이든 간에 몸소 실천하고 몸으로 제대로 경험하기엔 딱.

"그래서 상경이 뭔데?"

더 없이 기대가 됐다. 키스보다 더 좋은 거라면…….

"집에 가는 거."

"……!"

세상에. 은근하니 삼삼한 분위기에 감각을 일깨우는 바람까지 거들어 주는 곳에서 몇 번이나 뜨겁게 키스한 여자와 이리 위험스레 안고 있는데…….

"똥멍충이."

"하지 말라고 했다."

"이 상황에 꼭 맞는 말인데 왜! 뭐………!"

똥멍충이 강인하가 포착한 키스 타이밍은 절묘했다.

쭈욱 내민 입술을 핥아 마시다 금세 파고드는 얄미운 혀는 머리 위로 쉴 새 없이 부는 바람처럼 간지럽다 정신 없다를 반복했다.

마침내 포지션을 정했는지 내내 뜨거웠다. 거칠면서 달콤하고.

순이는 반자동처럼 강인하의 머릿결을 깊게 파고들었다. 이 안에 깊고 길게 파고들어 문신을 새기며 버튼을 달고 싶었다.

이 지구상에 강순이 말고는 그 누구에게도 반응하지 않게. 이 기막힌 키스를 다른 누구와도 하지 못하게 전용 지문인식 버튼을 달고 싶었다. 그렇지만 지금은 뭔가가 빵 터지길 바라는 마음으로 키스에 적극적으로 호응하고.

"으음……."

차가워 보이는 남자가 키스는 굉장히 은근하고 은밀했다.

그래서 더. 그러다 조금씩. 정신없이 빠져들게 만들었다. 마치 사이비 종교 교주처럼 마술을 부려 심장은 녹아내릴 것만 같았다.

이대로 조금 더 갖고 싶었다.

지금보다 더 많이. 조금 다른 걸 달라고 떼를 쓰려는 찰나 기습적으로 깨물린 혀가 얼얼하니 아렸다.

똑같이 되돌려 주고 싶은데 키스가 깊어 정신을 차릴 수 없었다.

몽롱했다. 몸은 한계 없이 마구 달아올라 심장은 난리 나고.

안고 싶은 마음을 간신히 수습하고 상경하는 길, 여자는 내내 성을 내며 성토했다.

부어오른 붉은 입술은 앞을 향해 대발 나와 있고 눈은 정상적인 방향을 잃은 듯 인하만을 노려봤다. 제가 아는 동서고금 어디에도 이런 경우는 없다고 열변을 토했다. 그러더니 지금은 그림 같은 눈썹을 자랑하며 단잠에 빠졌다.

"하아⋯⋯."

안고 싶었다. 몇 번이든 전부 다 갖고 싶고.

그 순간 인하의 발목을, 욕심을 잡아 채운 건 짐작되지 않은 이후의 시간이었다.

강순이가 잃어버린 기억을 찾은 후, 그 순간을 고민하지 않을 수 없었다.

만약 누군가의 여자이거나 누군가의 여자가 되기로 약속한 상태라면, 그런 거라면⋯⋯.

그 같은 가정과 추론에서 자유로울 수 없었다.

그 모든 생각을 기만하고 안는다면 되돌릴 수 없다는 걸. 번복할 수 없단 걸 알았다.

절대로. 누구에게도 놓아 주지 않을 거라는 걸.

그와 별개로 누군가 의심스런 시선으로 두 사람이 연애를 했냐고 묻는다면 대답보다 웃음이 먼저 나올 것 같았다.

언젠가부터 여자와의 대화는 즐거웠다.

자기 연민. 수사와 수사방법에 대한 짙은 회의. 매일같이 달려드나 해결하지 못한 사건과 비웃듯 끊임없이 마약을 만들어 퍼뜨리고 판매하는 이들로 인해 웃을 일이란 게 없는 마약반 2팀 팀장에게 여자는 유일한 여유고 웃음이었다고.

또 한 번, 그래서 연애를 했던 거냐고 물으면 여자가 기억을 찾기 바라는 마음만큼 기억을 찾지 않길 바란다고 말하고 싶었다.

대답에 대해 해석은 자유겠지만 진심은 하나였다.

"안는다면."

섹스를 닮은 키스에 지친 건지 단잠에 빠진 이에게는 어떤 반응도 없었다.

"절대로 물러서지 않아."

그 때문에 이만큼 솔직할 수 있었다.

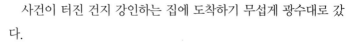

8부

사건이 터진 건지 강인하는 집에 도착하기 무섭게 광수대로 갔다.

해 떨어지고 금세 저녁이건만 밥이라도 먹고 가지. 하는 아쉬운 생각을 하는데,

"오늘 공이가 하루 종일 저런다."

고모님 말씀에 마당으로 나갔다.

"어라? 진짜네."

은둔견 공이가 고개를 바로 세우고 제집이 아닌 마당 중앙까지 나와 있었다.

이 늠름한 자태와 적극적인 방어 자제는 공이에게는 좀처럼 없는 일이었다. 순이는 무언가를 강하게 어필하는 공이의 턱과 전신을 쓸어 주며 주위를 살폈다.

"……."

담 밖은 보이지 않지만 눈을 감고 주변 공기를 살폈다. 표피에 새길 듯 세밀하게 느끼고.

이내 가늘어진 눈을 뜬 순이는,

"공아, 네가 너무 예민한 것 같으니까 그만해. 너 자꾸 이러면 이 동네 사람들 전부 들고 일어난단 말이야."

공이는 굳이 안 그래도 되는데 우렁찬 목청으로 대답했다.

"그만하라고. 우리…… 강 군도 없는데 일 벌어지면 고모님이 랑 인석이 어쩌라고. 알았지? 그러니까 그만. 언니가 조금 더 옆에 있어 줄 테니까."

공이 턱살을 몇 번 더 만지니 해가 기울어 날이 어두워졌다.

조금씩 흥분을 가라앉히는 공이와 마당 의자에 앉아 해가 떨어지는 모습을 지켜봤다.

석양은 기묘했다. 온통 회색인 가운데 핏빛 가득한 구름이 지는 해를 가리며 길을 막아서려는 듯 보였다. 그렇다고 해가 가야 할 길을 가지 못하지는 않겠지만 방해는 제법 진지했다.

그 같은 방해 공작에도 태양은 어딘가로 무사히 졌다.

내일 또 아침 일찍부터 바쁘게 출근하기 위해서. 우리 강 군이 생각났다.

출근도 퇴근도 일정치 않고 이렇게 곁에 있는 누군가를 기다리게 하고 걱정하게 하는 이가.

"저녁이라도 먹고 가지……."

생각해 보니 신기했다.

언젠가부터 강인하가 먹는 삼시세끼가 걱정됐다. 무척 신경 쓰이고.

잘 먹기보다 꼭 챙겨 먹는지. 먹으면 누구랑 어디서 먹는지. 먹고 나서 커피는 마시는지.

여직 신경 쓰지 않던 것들이 어느샌가 궁금해졌다.

"장조림을 해서 갈…… 앗, 깜짝이야!"

공이었다. 다시 또 울부짖는 수준으로 짖는 이는.

"놀랐잖아. 그래 안 간다, 안 가. 고모님한테 반찬 더 배워서 오늘 말고 내일 갈 거다."

히쭉 웃으며 공이의 치렁치렁한 머릿결을 넘겨 주는데 누군가의 부드러운 머릿결이 생각났다. 공이와 다르게 강하고 부드러우면서 기분 좋은 향이 마구 나는 누군가의 뒷목과 그 위를 덮는 진한 갈색 머리의 촉감이.

"너 때문이잖아……. 보고 싶다."

"보고 싶어?"

"……!"

"누가? 누가 보고 싶은데?"

인석이었다. 늘 이렇게 기습질문을 던지며 감정 선을 파괴하는 감성파괴자는.

"누가 누구냐니까!"

진심으로 궁금해졌다. 인석이가 준비 중인 공무원 시험 날짜가.

분명 그날 이후, 강인석 얼굴은 보기 어려울 테니까…… 참자. 참아야 한다.

인하는 무모하게 일을 벌인 아이 엄마에게 화가 났지만,

"우리가 먼저 찾아야 해. 우리보다 먼저 김성희를 찾는 이가 있으면 이번 판은 물론이고 그이와 조금이라도 물려 있는 이들 전부 날아가는 거야."

생각지도 못했다. 핏덩이인 제 자식 때문이라도 정신 차리고 단약을 하겠다던 이가 마약 딜러의 마약을 빼돌려 그대로 사라질 줄이야.

제 자식을 데리고 사라진 건 다행이라고 해야 할지. 미쳤다고 해야 할지 마약반 경찰들은 어이가 없을 뿐이었다. 이 사태가 가져올 후폭풍으로 인해 마음이 무거웠다.

김성희에 대한 거래도 이용도 그만두려 했다.

탕감을 빌미로 여전히 마약이란 진탕에 빠져있는 이를 더 이상은 이용하지 않으려고 했는데 그 말을 미처 전하지도 못한 상태에서 판매책과 홍보책을 비롯해 제법 큰 규모의 사업을 벌인 딜러의 대마를 가지고 김성희가 잠적해 버렸다.

심지어 침대 위에서 정사를 벌이는 중 칼에 찔린 딜러는 현재 위중한 상태고.

"팀장님, 이중이파 애들 움직이기 시작했다는데요."

행보가 예상보다 빨랐다. 누군가를 찾아 죽이려는 그 분명한 의도에 마음이 무거웠다.

"마약 때문일 텐데 어쩔까요?"

"일단 움직여. 그전에."

인하는 행동에 앞서 이번 작전을 브리핑했다.

"모두 잘 들어. 우린 마약반이고 그 어떤 일보다 마약을 소지한 자들을 잡는 게 우선이다. 한데 지금은 약보다 아이가 먼저다. 예기치 못한 상황이면 무조건 아이를 선택해. 놈들은 분명 아이를 빌미로 김성희를 위협할 거야. 약에 취한 아이 엄마가 어떤 선택을 할지는 모르지만 그건 개인의 선택이고 오늘 우리 작전은 아이가 최우선이라는 것만 명심해."

김성희를 담당했던 김 형사를 비롯해 세 명의 형사가 총이 아닌 연장을 챙겼다.

"또 하나. 아이가 다칠 수 있어. 약에 취한 아이 엄마도 약이 우선인 이들도 아이는 안중에도 없을 테니까 최대한 은밀하게 해. 아이로 위협하는 새끼 있으면 두 번 생각지 말고 찍어 버리고. 책임, 뒷감당은 내가 할 테니까."

정보원의 정보대로라면 여자의 행적을 쫓는 이중파 놈들은 돈이 아닌 약으로 사람을 풀어 김성희를 행적을 쫓고 있었다.

마약하는 놈들다웠다. 아무런 생각도 계산도 없이 김성희. 잃어버린 마약을 쫓는 게.

그 말은 금세 잡힌다는 말이었다. 바보처럼 제 아이를 걸고도 다시 또 약을 하고 약을 훔친 아이 엄마는.

시간이 많지 않았다.

먼저 움직이되 앞서지 말아야 하고 기다리되 놓치지 않아야 했다.

차에 타는 순간, 위급한 상황과 별개로 강순이를 생각했다.

집에 내려 주고 제대로 된 인사도 하지 못한 채 그 길로 핸들을 꺾어야 했던 게 맘에 걸렸다.

"팀장님."

"출발, 해."

내일. 내일 얼굴 보고 이야기하자.

강인하와 강순이, 우리들 이야기는.

강인석은 꼭 이랬다.

고기를 사러가게 만들 거나 고기를 사러가기 전에 문제를 들이밀었다.

"이 문제가 뭐? 답지 있잖아. 보고 답을 통째로 외워."

"······."

"너 내가 설명해도 하나도 알아듣지 못하잖아?"

"말은 바로 해. 내가 알아듣지 못하는 게 아니라 누나가 내 눈높이에 맞춰 설명을 못하는 거잖아. 내가 전에도 말했지?"

"무슨 말?"

"눈높이 풀이를 해 달라고. 아님 빨간펜 선생님처럼 세세하고 세심하게 알려 주던가."

"네가 세 살짜리 아이야? 아님 공이야? 공이도 이쯤 설명하면 다 알아듣겠다. 넌 대체 왜 이렇게 발전이 없어?"

"갑자기 뭔 발전 타령이야! 누나가 성의 및 책임의식을 가져 봐! 누나는 내가 이 집에서 나갔으면 좋겠어? 나 없이 형의 모진 구박을 견딜 수가 있겠냐고?"

강인석, 너란 존재가 없으면······ 만고 땡이지, 우리야.

"그러니까 날 적극적으로 케어하란 말이야! 네가 곧 누나 운명이다 생각하고."

운명 같은 소리하네. 이제부터 내 운명은 강인하! 거든, 인석아.

"닥치고."

"뭐 닥쳐?! 누나 대체 그런 전투적 실용용어는 어디서 누구한테 배우는 거야!"

"시끄럽고 답안지나 외우라고 했다."

그녀가 한 톤 낮은 목소리로 짧게 응대하자 인석의 분위기는 금세 달라졌다. 매우 겸손한 공손모드로.

"난 정육점 가서 장조림용 고기 사 올 테니까 딴짓할 생각 말고 열과 성을 다해 외우라고 했다, 내가."

"인간적으로 저번 고기는 좀 질겼으니까 이번엔 좀 야들야들한 고기로…… 아악! 왜 때려!"

"넌 손도 대지 마."

"뭔 소리야! 손 안 대고 뭔 수로 먹어?"

"그 소리가 아니잖아. 넌 이번에 간장 국물도 먹지 말란 말이야. 일절 손도 대지 마. 이건 부탁이나 당부 같은 거 아니고 특급 지령이야."

"왜에?!"

"왜긴? 너희 형 도시락 싸서 내일 광수대에 갈 거야."

"누나가? 왜? 고모가 그러래? 근데 우리 형, 장조림 나만큼 좋아하는 거 아니거든. 장조림은…… 악! 아프다고! 힘없는 민간인 상대로 이렇게 흉기와 다르지 않은 손 휘두르고 그럴 거야! 나 신고한다!"

"신고 같은 소리하네. 신고는 내가 하게 생겼다. 지질이 공부도 못하는 인간이 공시생이라고 하면서 대한민국 공시생 체신, 위신 떨어지게 한다고."

"누나 지금 뭐라고 했어! 체신! 위신!"

"뭐라는지 들었으면서 왜 또 물어? 닥치고 넌 문제랑 답이나 외워. 시험 끝나고 바이바이야, 하고 싶지 않으면."

"누나!"

"아이고 시끄러워. 둘 다 조용히 안 해!"

지금까지 내내 참관만 하시던 고모님이 급기야 중재에 나섰다. 엄중한 눈빛과 그보다 더 엄숙한 분위기로.

"인석이는 문제 풀고 순이는 얼른 다녀 와. 그러다 가게 문 닫겠다. 밤길 위험하니까 인석이랑 같이 가든가. 보디가드 삼아."

"순이 누나한테 보디가드가 무슨 필요 있다고!"

"나도 사절이다, 머리부터 바디까지 전부 다 부실한 보디가드는."

순이는 메롱하며 방으로 사라지는 인석을 쫓아가 딱 한 대만 쥐어박을까 하다 그만뒀다. 안 그래도 머리 딸리는 녀석 고인돌 될까 봐서.

아슬아슬했지만 셔터 내리기 전에 도착한 덕에 엉덩이 살과 치맛살을 입수할 수 있었다.

순이는 로또에 당첨된 마음으로…… 최대한 자연스런 포즈로 운동화 끈을 매기 시작했다.

서로 다른, 대척점처럼 두 지점이었다.

전혀 다른 기운과 상반된 스타일로 다가오는 알 수 없는 무리는.

문제는 알 수 없다는 게 아니라 기운이 이제까지와는 달라 꺼림칙했다. 그로 인해 불안감보다 긴장을 하게 만들고.

집과 정반대 방향으로 걷기 시작했다. 이태원은 외지고 좁은 골목이 많았다. 메인 도로를 조금만 벗어나도 금세 딴 세상 같아 시선을 피하고 감추기 더없이 좋은 포인트고.

각 지점을 눈에 찍듯 기억하며 한참을 걸어 올라갔다. 추적은 계속됐다.

"누나, 정말로 떡볶이 사 줄 거야?"

정면에서 다가오는 어린 남매의 대화는 그들 모습처럼 다정했다. 피부색이 까만 남매는 서로의 손을 꼭 잡고 순이 쪽으로 다가왔다.

"......!"

그들 뒤로 무표정한 어른의 인형이 보였다.

"그렇다니까. 엄마가 저녁 사 먹으라고 돈 주고 가셨어. 그러니까 오늘은 외식! 떡볶이 말고 먹고 싶은 건 없어?"

"자장면!"

"어머니는 자장면을 싫다고 하셨어. 우아이 아이야……"

천진한 아이들 뒤로 그 같은 이상하고 난생처음 듣는 구슬픈 멜로디와 가사가 들렸다. 그러면서 음산하니 기분 나쁘게 웃는 이들은 작은 아이들 머리 위로 이상하지만 충분히 알아들을 것 같은 손짓, 표정을 했다.

위협이었다. 순순히 따라오는 게 모두에게 좋을 거라는 그런 거친 시그널.

"자장면은 나중에 엄마랑 다 같이 먹자. 알았지?"

"응."

순이는 화음 같은 대화를 들으며 아이들을 빠르게 지나쳐 앞으로 나가갔다.

그 순간이었다. 여직 기억 어딘가에 잠재해있던 메스꺼운 약 냄새와 함께 검은 봉지가 씌워져 어둠 속에 갇힌 건.

몽롱한 순간조차 허용되지 않는, 인석이 말처럼 순삭이었다.

얼마 만에 정신이 든 건지는 모르겠지만 손도. 발도 의자에 묶인 채였다.

"어마어마할 거라기에…… 뭔가 싶었는데 고작 교포 계집년 하나같고. 이런 계집애 하나 죽이지 못해서 그렇게 안달이었던 거야?"

"그러게. 아무래도 직접 봐야겠는 걸. 마침 정신 차린 것 같은데."

"니들은 말투가 그게 뭐냐. 하여간 무식한 새끼들이 매너가 없어요. 하이, 소문 속 이쁜이 주인공을 이렇게 보네. 정신이 들어? 안 들어도 들어야 할 거야. 난 뭐든 맨 정신으로 하는 게 좋거든."

"……."

"죽이든 살리든."

"……."

"박는 것도 그렇고."

몽롱한 정신 속 모두 일곱이었다.

무슨 구경거리 보듯 하면서 히죽히죽 웃고 있는 불쾌한 이들의 배열은 정열이 아닌 비정열의 각기 다른 지점이라 할 수 있고.

이 뿌윰한 정신을 유지하게 만드는 건 마취제가 분명한데 어떤 배분으로 얼마의 용량을 얼마나 쓴 건지 정신 차리는 게 쉽지 않았다.

"아이고, 정신을 차리고 싶은데 아리까리하세요? 그렇다고 너무 즐기지는 말고. 이제 곧 재미난 일이 생길 텐데 당사자가 어느 정도 의식이 있어야 앞뒤로 박아 엉기는 우리도 재미를 느끼지. 안 그래?"

확실히 지난번 이들과는 다른 레벨인 듯했다.

몸 전체가 근육인 근육맨이 둘. 처음부터 지금까지 칼을 제 몸의 일부분처럼 만지며 풍차 돌리는 이가 하나. 지금껏 말을 하지 않는 이가 또 하나. 그리고 수다가 재주고 재능인 듯한 눈앞의 수다쟁이 둘. 마지막으로 저쪽 어둠 속에서 조용히 지켜보고 있는 이까지 도합 일곱이었다.

"남자 일곱 명이 여자 하나 상대하겠다고…… 약을 먹인다."

순이는 몽롱한 정신으로 킥킥거리며 웃었다.

이 순간 웃고 있는 이는 기억 속 자신인지 아님 약에 취한 자신인지 알 수 없었다. 그렇다 해도 저들에겐 고작 계집년 하나가 겁대가리 없이 웃고 있는 건 맞았다.

"어이, 이제 정신이 좀 드나 보네. 겁대가리 없는 말을 이리 조근조근 하는 거 보면."

역시나 스피커는 두 놈 담당인 듯했다. 약간의 도발에도 다른 이들은 일절 대응이나 응답이 없는 걸로 보아 역할 분담도. 개성과 포지션도 전부 달랐다.

"칠대 일도 좋고 십칠 대 일도 다…… 좋은데 약을 할 거면 쌍방이 같은 조건이어야지 않아?"

순이는 말을 하면서 주위를 살피고 정신을 차리려 애섰다. 애쓰는 만큼 정신이 빠르게 차려질지는 미지수지만.

"나중에 무슨 창피를 당하려고…… 나만 이렇게 몽롱할까? 이 정도 반칙이면 꽤 싱거운 싸움으로 끝나야 할 텐데……. 무슨 소리를 들었는지 모르지만."

침이 바싹 마른 걸로 보아 마취제 속에 아이스가 함유된 게 분명했다.

"엄청 쫄……았나 봐."

말을 할수록 의식이 돌아오긴 했지만 그만큼 힘들기도 했다. 발끝에 힘을 주어도 힘을 준 만큼 의식을 명료하게 잡아 주지 못했다.

"하, 이년 봐라. 뭘 믿고 이렇게 주절이실까?"

"이 상황에 믿고 말고 할 게 뭐 있다고……. 창고에 처박아 약까지 먹였는데 이제 그만 풀어 주지 그래?"

"……."

"뭐든 정신없을 때 시작하는 게 니들한테는 플러스긴 할 거야. 그지?"

분명한 도발에 세 명이 웃었고 네 명은 여전했다.

"그럴까? 어디 맛 좀 볼까? 외국 물 제대로 먹은 년은 어떤 맛일지. 군인이라며? 아니었나? 내가 잘못 들었나? 군인이든 군바리든 어디 맛 좀 보자고, 다들."

다가오는 녀석의 발걸음은 가벼웠다.

지나치게 가벼운 걸음은 현재 녀석의 기분을 말해 주었다.

놈은 바지 위 순이의 여성을 스치는 듯하더니 노골적으로 만졌다. 그 때문인지 묶인 손목의 끈을 풀었다.

다가오기 전부터 놈의 왼쪽 눈을 갈겨 주고 싶었지만 일단 참아 넘겼다.

오른손까지. 양손을 전부 풀어 준 놈은 천천히 물러섰다.

장소는 외진 곳에 버려진 물류창고가 분명했다. 지하 특유의 곰 팡이 냄새가 아닌 비릿한 물 냄새가 나는 걸로 보아 상당한 거리를 이동해 온 외곽일 테고.

"뭐지? 반만 풀어주는 건? 나를 반만 갖겠다는 거?"

이 상황에서 인석의 말투가 나왔다. 이래서 환경이 무섭다고 하는 거구나 싶었다. 그 덕분인지 인석이가 보고 싶기도 했다.

"뭐가 됐든 일곱 명 순서대로 힘차게, 줄기차게 하다 보면 다리가 점점 벌어지면서 묶인 것도 자연스레 풀어지지 않겠어?"

"……."

"우리가 한 번 하면 길게, 진하게 하거든. 섹스든 약이든."

"……."

"거친 폭력물도 제법 하고 말이야."

"그렇단 말이지, 이거 기대되네. 그럼 말이야…… 이제 좀 하자고."

이번엔 손톱으로 손바닥 신경을 눌러 각 기관의 감각을 일깨웠다.

"기대는 않지만…… 기다리는 건 싫거든, 내가."

약이 오르길 바라며 한 말은 아니었다. 단지 이 공간에 이토록 치욕적인 모습으로 묶여 있는 게 싫을 뿐.

그사이 입안의 살집을 물어 피를 내니 조금 더 정신이 명료해졌다.

늘 중요한 건 타이밍. 타이밍이 말하고 있었다. 뭐든 간에 바로 지금이라고.

그 순간 내내 제 손의 칼을 갖고 놀던 이가 다가왔다. 날이 갈린 칼을 보느라 몰랐는데 주먹도 칼만큼이나 위협적이었다.

길면서도 굵어 단단한 마디는 오랜 시간 싸움과 폭력에 노출된 강인한 손이었다, 비록 두 개의 눈은 약에 찌들었을지언정.

"아, 정확하게 알고 싶어서 그러는데 너희들 누구야? 누구 사주를 받아 이러는 거야? 난 이 나라에 적도 아는 이도 없는데."

뭐든 확실히 하고 싶었다. 예상과 달리 영 다른 무리일 수 있 수도 있으니.

"누구긴, 이게 다 네년의 한걸음."

"……."

"한걸음이 만든 일이라는 것만 알면 되는 거지."

그 말을 끝으로 뺨을 노린 매서운 주먹은…… 눈 깜짝할 사이였다.

"읍!"

주먹은 뺨을 향했건만 명치를 맞은 듯했다.

"근육량. 체력의 차이를 무시할 수 없어. 그 얘기는 누가 먼저 공격하는지에 따라 승자가 판가름 난다는 거야. 엘, 무조건 선제공격을 해. 시간을 끄는 건 이미 진 게임이야."

애정과 관심이라기보다 가르침인 게 분명한 목소리.

또 다른 기운도 분명하게 느꼈다. 낯설면서 왠지 익숙한 무리의 행진과 기민한 전진을.

의식을 잃기 전, 따라붙은 두 무리를 감지했었다.

현재 몽롱한 정신 속, 별을 보게끔 한 이들은 그 두 무리가 아니었다. 그렇다면,

쾅!

순간 무언가 터져 날아가는 엄청난 굉음에 정신이 차려졌다. 그야말로 리부팅이자 리셋.

뭐가 됐든 이제부터가 진짜였다. 파티고.

"악!"

우선 눈앞에 선 두 놈. 말이 많았던 수다쟁이 순서대로 하나. 둘. 셋!

놈들은 아이 따로. 여자 따로 잡은 채 여자에게 약의 행방을 물었다.

여자가 안전한 장소로 인식해 찾아 숨은 곳은 특급 호텔이었다. 서울에서도 가장 비싸고 유동인구가 많은 장소에 위치한 유명 호텔.

현명한 선택이면서 동시에 무모하기도 한 선택의 대가는 제 위치를 빠르게 노출시킨 만큼 경찰을 불러들인 것이었다. 정보원의 제보로 미리 위치를 파악한 마약팀은 간발의 차이로 룸에 도청기를 달았다. 그로 인해 모습은 볼 수 없어도 소리와 상황은 유추할 수 있었다.

놈들은 룸 안을 전부 뒤지고도 약을 찾지 못한 건지 눈이 뒤집힌 상태인 게 분명했다. 그렇다고 제 보스의 복수나 의리는 결코

아니었다.

단순했다. 분명하고. 약의 무게만큼 엄청난 돈이 되는 세상의 논리.

4킬로의 약은 엄청난 돈이기에 저들 눈에 보이는 건 아무것도 없었다. 그러니 약에 취해 이 같은 일을 벌인 것이겠지만.

"……"

타이밍은 모든 소리와 울음이 잦아진 순간이었다.

이대로 기다리며 아이와 아이 엄마 두 생명 모두를 위험하게 둘 수 없었다. 이 순간 어떤 결정을 내리든 피해가 따른다는 걸 투입 조 모두가 알았다.

알기에 내린 결정은 빠른 침투와 그보다 완벽한 제압뿐.

그 모든 중심엔 아이가 우선이고 먼저였다. 누구보다 무엇보다 제일 먼저.

장정이면서 형사 다섯 모두 숨소리까지 한 톤으로 맞춘 순간, 카드 키를 가진 채 선두에 선 이는 인하였다.

문이 열리고 몸을 한껏 낮춘 인하의 눈앞에서 번쩍인 건 무지막지한, 도끼와 다르지 않은 칼이었다.

"야! 이 개새끼들아!"

그 순간 모든 게 시작이었다.

신경질적인 절규와 비명. 힘 빠진 아이의 처절한 울음. 제한된 공간 속 어딘가로 도망치려는 자와 이 공간에서 반드시 제압해 잡아야만 하는 자.

서로가 상대를 죽일 마음으로 달려들었다. 그 마음이라야 살 수 있었다. 이 무모하고 지루한 약과 마약쟁이들과의 반복된 싸움은.

타격대에서 쳐 맞는 서로를 때리고 방어하는 와중에 몸이 빠르고 주먹까지 센 형사가 우선적으로 감싸 안은 건, 질식 직전의 아이였다.

제 엄마로 인해 너무 일찍 지옥을 보고 경험한 여섯 살 아이.

스쳐 지나간 칼로 인해 어깨에서 피가 흘렀지만 인하는 닭을 생각을 하지 못했다.

먼저 팀원부터. 그들의 안위부터 챙겨야 했다.

누구누구의 아빠이자 기러기 가장이 무사한지. 아직까지도 신념과 가치관 분명한 신입이 사지 멀쩡한지. 베테랑 선배가 콧대가 무너지고 손가락이 꺾여 부서져도 관절이며 무릎, 허리를 다치지 않았는지 등등.

다행히 모두의 피가 난무하는 아수라장 속에서 모두 무사했다.

제압하는 도중 세 놈의 팔이 꺾이고 탈골됐다. 이빨과 얼굴도 엉망진창에 무책임한 아이 엄마의 입가와 머릿속은 찢어져 피가 철철 흘렀지만 마약으로 인해 눈앞에서 아무도 죽지 않은 밤이었다.

그것만으로도 천만다행인 밤.

혈관 어딘가에서 좌정중인 약의 효능 때문인지 여직 아리까리한 정신 때문인지 처음 내어 준 뺨 이후, 고통은 더 이상 느껴지지 않았다.

정확하게 말하면 이후 그 누구도 순이를 건드릴 수 없었다.

칼과의 세월을 보내 칼날처럼 단련된 놈은 더 이상 칼을 쓰지 못하게 양 손의 검지와 중지를 김밥 썰듯 다섯 조각으로 으스러트렸다.

"으악!"

이후 놈이 애지중지하는 칼등으로 아킬레스를 박아 뭉개 버렸다.

그 순간 욕 배틀을 하며 달려드는 놈들은 기대를 저버리지 않는 수다 브라더스.

앞뒤로 선 이들의 입가엔 여유의 미소가 따라붙어 있었다. 1대 1이 아닌 상황이라 믿는 구석이 있었다. 믿는 구석은 순이도 있었다.

이 순간 먼저 달려드는 놈, 그놈이 그녀의 손이고 흉기가 될 테니까.

당첨은 모든 길게 한다고 자랑질을 하던 인간. 놈이 뻗은 주먹을 잡아끌어 손톱으로 눈을 찔렀다. 정확하게 각 잡아 세 번.

"아악! 이 개 같은 년아!"

"오우, 노우~~."

짧지 않은 시간 이태원에 살면서 한국 남자들에 대해 알게 된 사실은 일상생활에서의 너무 흔한. 무분별한 욕이었다. 꼭 이 타임처럼.

"씨발, 내가 너 죽인다."

분사하듯 내뱉는 언어가 진저리나게 싫었다. 딱 이놈처럼.

"그러시던지……요."

그녀의 트레이드마크가 돼 버린, 옆구리를 차 무릎부터 꿇렸다. 아주 공손하게.

달려드는 또 다른 수다 브라더스 멤버의 간담 서늘한 주먹을 피하며 칼등으로 놈의 인중을 깨부쉈다. 잇몸이 전부 다 찢어질 정도로.

그 순간이었다. 서로 다른 두 무리가 다가오는 걸 오감으로 느낀 건.

익숙한 보폭과 호흡법. 기민한 움직임과 짧게 끊어 움직이는, 짝을 이룬 정확한 이동.

"……!"

드디어 볼 수 있게 됐다.

어둠 속에서 모든 걸 관람하듯 구경하던, 한쪽 눈이 의안인 남자.

일단 몸의 골격을 읽으며 기다렸다. 이 의안이의 공격 스타일을 약간은 기대하면서.

일단 달려드는 스피드는 대단했다. 바로 공격해 들어오는 것도 스타일리시해서 마음에 들고.

"으아……아!"

선점과 선방을 괴기한 목소리로 시작하는 것도 새로웠다.

조금씩이더니 어느새 정신이 명료해졌다. 장조림 고기 공수에 성공했으나 이들로 인해 그 귀한 고기를 날려 먹은 강순이로 정신 무장 및 리셋.

잃어버린 고기를 생각하니 이놈이든 저놈이든 봐줄 이유도 명분도 없고.

좀 더 관망할 정도로 의안의 힘과 스피드는 좋았다.

"공격력. 스피드. 기술. 힘 전부가 너보다 우월한 상황이라면 답은 하나야. 허를 찔러. 최대한 무참하게. 그게 살아남을 확률의 전부니까."

 놈의 허는 역시나 정상인 눈 한쪽.

 얼굴을 가격하고 가슴을 타격해도 쇳덩어리 같은 몸은 멀쩡했다. 무사하고.

 독하게 파고드는 빠른 움직임과 파워는 약의 효능인지 체력 저하는 도통 모르는 듯했다.

 모든 말을 몸과 동작으로 하는 이가 분명했다. 내내 막아 내고 쳐 내면서 이 순간만을 노렸다.

 "윽!"

 틈이 벌어진 순간 정확하게 눈을 노렸다.

 찌르는 게 아닌 눈알을 정확하게 잡아 빼내는 걸로.

 제 얼굴을 비롯해 나머지 눈을 잃어버린 상황에 정신을 놓은 듯한 놈은 괴성을 지르고 울분을 토하며 울부짖었다.

 그 모습이 만족스럽거나 즐거운 건 아니었다……. 머리부터 시작해 온몸을 짓누르는 강한 압력과 고통에 몸이 깨지듯 흔들렸다.

 "걱정돼…… 그쪽이."

 영화를 보면 늘 결정적 순간을 설명하는 장면이 있다.

 주인공의 현재 마음이거나 심리 상태. 진심을 전부 보여 주는 단 한 컷이거나 사진.

 이 순간이 딱 그랬다.

부서진 의자가 머리를 가격하고 이 나라에서는 생각지도 못한 총이 옆구리를 관통하는 지금, 한 남자가 생각났다.

걱정하고 있을 게 뻔한.

안 그렇게 생겨서 키스를 기가 막히게 잘해서 살짝 의심스러운 가운데 사랑스러운 강인하가.

❖

광역수사대로 복귀한 순간 핸드폰은 내내 목 놓아 기다렸다는 듯 울어 댔다.

새벽 두 시가 넘는 시각. 집에서 온 전화는 반가울 수 없었다. 인하는 알 수 없는 긴장에 휩싸인 채 전화를 받았다.

— 형!

익숙한 목소리에 원망. 물기. 불안과 두려움이 가득했다.

— 왜 이제야 받아! 연락 못 받았어? 우리가 얼마나 찾았는데!

약간의 오버가 생활인 인석이라 해도 이 순간의 톤은 불길했다. 더없이 과하고.

"무슨 일, 있어?"

침착하기보다 무섭도록 가라앉는 목소리가 튀어나왔다.

— 누나가…….

누나란 소리에 인하의 미간에 상처 같은 깊은 자욱이 생겼다.

— 순이 누나가 사라졌어.

"……!"

— 형 가져다줄 도시락 싼다면서 장조림 고기 사러 나갔는

데…… 그랬는데 지금까지 돌아오지 않는단 말이야. 인근 지구대 경찰들이랑 CCTV 다 뒤져서 찾아봤는데도…… 없어.

"……."

— 아무 데도 없다고, 순……이 누나가…….

이후 인석은 더 이상의 설명 없이 웅웅거리기만 했다. 어쩌면 엉엉 우는 것도 같았다.

— ……혀……엉…….

녀석은 결국 울음을. 제 나이도 잊은 건지 아이처럼 엉엉 울었다.

인하는 집으로 향하면서 지구대와 연락을 했다.

아직 CCTV를 확인하지 못한 상황 속 지구대 경찰은,

"마지막으로 잡힌 건 이슬람 사원 뒤편 외진 곳인데 거긴 카메라가 없어서요. 왜 집과 정반대인 그쪽으로 갔는지는……."

사람이 다니지 않는, 인적 드문 곳으로 갔다는 건 계산되어진 의도적 행동이자 누군가를 유인하기 위한 행동인 게 분명했다.

늘 그랬다. 무언가를 해야 하고 할 수밖에 없을 때 여자는 가장 어둡고 음습한 공간을 선택해 시선과 피해를 최소한으로 줄이는 선택을 했다.

"누굴까……."

언뜻 생각나는 이들만 해도 적지 않았다.

동네 조폭 수준의, 공이로 인해 두 번이나 강순이의 공격을 받았던 이들. 전혀 다른 무리면서 비슷한 수준으로 포장마차에서 행

패를 부렸던 조폭 아류 떨거지들. 또 확률은 미비하지만 그렇다 해도 배제할 수 없는 혈기왕성한 어린 미군들.

생각의 가지는 여러 갈래로 퍼져 나가기만 해 답을 도출하기 어려웠다.

"······!"

미처 그 자신이 모르는 일이. 어떤 제3의 인물과 상황이 있었던 걸까?

얼음 아이스로 인석을 위협한 이들도 있었다. 이들 또한 배제할 수 없는 이들이지만 모든 이들 중에서 가장 무력하긴 했다.

집으로 가는 길, 인하는 제정신이면서 제정신이 아니었다.

"똥멍충이 강인하."

몇 번을 지적해 말한다 해도 고치거나 변하지 않을, 여자.

새벽 도심의 거리를 질주 수준으로 달리는데도 꽉 막힌 길 위에 혼자 서 있는 기분이었다.

인하는 조금 더 밟아 무섭도록 속도를 냈다.

"형!"

"인하야!"

당연히 들려야 하는 누군가의 호명이 없었다. 대신 강순이로 인해 불안하고 초조해하며 이내 절망까지 할 듯한 두 사람만이 있었다. 인하는 지구대에 있던 고모님과 인석을 달래 집으로 보내고 지구대 뒤편에서 CCTV를 확인했다.

사라진 강순이의 동선은 집과 정반대 방향이었다.

그 사실을 인식하고 돌려 본 영상 속, 미비할 정도로 조금씩 신체 일부분이 잡히는 이들이 있었다. 무표정의 건장한 이들.

그들의 팔과 다리. 비켜간 얼굴과 머리. 걸음과 몸체. 다 비추지 못할지라도 이들의 일부분이 카메라 속에 있었다.

짐작한 대로 미행이었다. 강순이는 이번에도 제 의도대로 유도를 했고.

인하는 지구대 경찰 두 명과 함께 강순이가 마지막으로 모습을 보였던 지점을 향해 걸었다. 깜깜한 골목길, 길은 마음처럼 여유가 없었다. 미로처럼 좁다란 길을 속을 개어 내듯 싹 다 뒤졌다.

땅바닥을 뒤엎을 정도로 뒤졌는데도 흔적은 찾을 수 없었다.

정육점 주인은 장조림에 쓰일 딱 좋은 고기를 사 갔다고 했는데……. 바닥을 뒹구는 묵직한 비닐은 어디에도 없었다.

땅을 딛고 벽을 타 어디론가 사라져 버렸는지 한 인간의 흔적이 하나도 남아 있지 않았다.

"그래, 날 밝으면 다시……."

사건에 연관된 이나 목격자를 찾아서. 단서 하나 없이도 늘 반복되던 일이고 밥 먹듯 익숙한 일이기에 지치거나 손 놓을 일은 아니었다.

1년 중 365일 막막했고 공들여 입수한 정보와 제보는 거짓일 때도 많았다. 그렇다고 수사를 포기한 적은 몇 번 없었다. 수사를 포기하고 종결했다면 그건 피해자 가족의 요구이거나 피치 못할 상황 때문이었을 뿐 강인하 개인으로서 포기한 적은 없었다.

이번에도 그랬다. 단서도 흔적도 없지만 이제 막 시작한 사건일 뿐.

"……."

벌써부터 지쳐 버린 인하는 가로등조차 없는 길에 주저앉았다.

얼마의 시간이 지난 건지는 모르지만 힘을 비롯해 온몸의 연골이 어딘가로 죄다 빠져나간 듯 무릎이 세워지지 않았다.

골목길에 한참을 있었다. 모든 게 무너져 주저앉은 채로.

개인적인 수사는 한 달 동안 밤낮으로 이어졌다.

그사이 누군가 전해 주거나 전해 받은 소식은 없었다.

어느 누구에게도 협조와 도움을 요청할 수 없는 개인적인 사건이었다.

강순이는 처음부터 없는 존재고 누구도 찾지 않던 이기에 존재하지 않는 이를 찾는 일은 어려운 만큼 허망했다.

오직 이태원 토박이 강씨네 세 식구와 팜므파탈 공이만이 기억하는 존재의 부재.

인하가 한 장의 사진을 받은 건 그로부터 2달 뒤였다.

9부

"그래서요?"

"그래서긴 뭐가 그래서야? 부산 다녀오는 대로 성심성의껏 협조하라는 거지."

"경찰입니다, 저."

"……."

"군인 아니고."

"그래 너 경찰이야. 나는 네 경찰 선배고."

선배의 서열 정리는 확실했다. 아니꼬울 정도로.

"우리 둘 다 사이좋게 서울 광역수사대 마약과 경찰이지. 광역수사대 마약과 경찰이 뭐냐? 마약 관련된 일이면 장소, 위치, 동네 불문하고 뭐든 넓게 관여해 적극적으로 참여하는 게 우리야. 그래서 네가 부산을 갈 수 있는 거고. 난 네 오지랖을 터치하지 않는 거지."

"다른 경찰도 있는데 왜 전데요?"

"왜 너냐고?"

"네."

"그걸 몰라 물어? 여기 광수대에 너만큼 네 가지 있는 놈이 어디 있어? 네가 하늘 같은 선배를 우대해 주길 해, 한자리 차지하고 있는 장이랑 님들 눈치를 보면서 설설 기기를 하나. 문파분파 상관없이 결국엔 저 하고 싶은 대로 하는 놈이 여기 너밖에 더 있어? 그러니까 이 일도 님 맘대로 해 보시라고 우리 전부 다 배려해서 이러지."

"……."

"광수대 사람들 전부 그러더라. 너 사이드 핀다고 광수대 안 돌아가는 거 아니고 마약쟁이들 단약 안 하는 거 아니니까 너 좀 지들 눈에서 치워 달라고. 알고 있지? 너 작년 겨울부턴가 무지 이상하고 요상한 거. 실적? 최고지. 네 눈에 들어오는 놈들 죄다 족치고 잡아들이고 있으니까."

인정사정없이. 란 말을 빼 서운했는지 선배는 그 말을 톤 낮게 보탰다.

"네가 마약쟁이들 젤로 싫어하는 거 아는데 네가 딱 그래. 웃는 거 같아서 다행이다 싶어 보면 세상 우울해하고, 열심이구나 하면 정신 놓고 앉아서 멍 때리고. 너 입가에 허연 흔적만 없다 뿐인지 딱 쟁이야. 마약쟁이."

인하는 20분 전부터 화를 돋우고 있는 선배이자 과장을 노려봤다.

"눈 풀어라, 사팔 된다. 그리고 하늘 같은 선배님은 시작도 안 했으니까."

"저 지금……."

"아, 이 후배님이 정말. 너 아직 한참 더 들어야 한다니까. 그래서 말인데 이것 좀 봐."

직속 선배면서 과장인 상권은 밀어 둔 노트북을 펴 보였다. 비밀번호를 기입하자 장금장치가 풀리면서,

"얼마나 기밀이고 특급인지는 모르겠다만, 한번 보면 자동 소멸이잖아. 그러니 눈 크게 뜨고 보라고. 그러고 보면 이거 완전 영화라니까."

상권이 밀어준 컴퓨터 화면 속 여자는…… 미국인이었다.

"이름 니엘 힐. 미 육군 특수작전 사령부 정보과 장교. 집안사람들이 전부 군인이라더라. 아, 여기 좀 집중적으로 봐 봐. 한국인 아버지와 재혼한 새엄마가 뭐 대단한 인물이라고 하긴 하던데……. 그 집구석 영향을 받은 건지 어릴 적부터 세뇌를 당했는지 이 장교 커리어, 아주 그냥 죽여줘요~~."

이력이 화려하긴 했다.

웨스트포인트 졸업에 4개 국어 능통자면서 중동 전문가. 각종 무기, 무술 유단자면서 여군 세 번째로 미 육군 레인저 스쿨 이수자. 여군 최초 미 육군 정예부대 합류 예정.

365일 부지런히 살고 성실히 살았던 정확한 증거였다.

이토록 치열한 가운데서도 여성성을 잃지 않고 살았는지 미소는 아름다웠다.

짐작대로였어. 짐작보다 훨씬 더 대단한 인물이긴 했네…….

"알겠어요."

"알아? 뭘 알겠는데?"

"도와주라는 거잖아요. 힘없고 백 없는 한국 경찰과 무소불위 미군 장교의 비밀 공조. 아무리 그럴듯하게 말해도 결국엔 이 인물 명령 받들라는 거고."

"야, 넌 말을 해도……."

"아닙니까?"

"왜 아니겠냐. 딱 그런 거지. 하여간 지들한테는 엄청난 기밀에 군인 몇 명의 직위와 목숨이 달렸다고 하니까……. 가장 중요한 걸 잊었다."

안 그래도 바짝 붙은 과장은 입을 가리며 읊조리는 수준으로.

"이 인물이…… 6개월 전에 이태원에 온 적이 있었는데 그때 총을 맞았단다."

"……."

"그 때문인지 그 기간의 기억이 전무하다고 하는데 대체 무슨 조사를 어떻게 했기에 17년 만에 찾은 고국에서 총을 맞아? 것도 총기소지가 불법인 클래식한 우리나라에서? 정말 기가 막힌 건 기억을 전부 까먹었다는 건데, 아, 그건 방금 말했지."

잠깐인 줄 알고 경청했던 과장의 귓속말은 그로부터 10분 더 들어야 했다.

과장실에서 나온 인하는 늦어도 한참 늦은 퇴근을 준비했다. 주차장을 빠져나가는데 핸드폰이 울렸다, 인석이었다.

"응."

— 퇴근은?

"하고 있어."

— 어디로?

어디로……. 어디로 가겠다고 했는지 기억나지 않았다. 어디로 간다고 했더라.

— 그래 형이 애도 아니고.

"……."

— 고모한테 말은 해 놨어.

"고맙다."

리조트는 만물이 소생한다는 봄이 아닌, 겨울과 봄을 품은 길목 간절기였다.

이처럼 서울과 많이 다른 온도차는 누군가의 마음과 다르지 않았다.

늦은 밤, 리조트는 사막 같았다. 사방이 막힌 곳 없이, 마치 천지가 다 어둠인 공간.

천우는 인공조명을 쓰지 않는 걸로 유명했다.

밤에는 나무도 풀도 심지어 숲 어딘가에 사는 미생물조차 전부 단잠을 자야 한다는 주의이자 논리.

밤을 낮처럼. 낮을 밤처럼 인위적으로. 편리에 따라 조작하지 않는 자연주의 경영방식은 다른 리조트들과는 확연히 달랐다.

그 다름과 자연의 순응이 반가워 인하는 한 달에 한 번 충전의 시간을 갖았다.

"국방부랑 8군 가까운 것도 그렇고 조사 중인 일 때문에 당분간 이태원에서 지내야 한다고 해서 이왕이면 이웃사촌이라고 너희 집 근처 추천했어. 뭔지는 모르지만 이태원 일대가 단서라 그 동네 주민처럼 지낼 생각인 것 같던데…….”

니엘 힐. 도무지 어울리지 않는 이름이었다. 강순이란 이름만큼 겉도는 뉘앙스고.

“기억이…… 없다라…….”

인하는 갑자기 터진 웃음 때문에 한참을 웃었다. 웃음은 천천히 잦아들더니 급기야 헛웃음인지 헛기침인지 모를 것들로 이어졌다.

“후우…….”

그 같은 말을 들으려 기다린 것도. 전혀 다른 말을 기대하며 기다린 것도 아니었다.

기다린 것도 아니었다.

이전처럼. 누군가를 만나기 전과 후의 모습 그대로 살고 있을 뿐.

상책인 마약범을 잡기 위해 일반인들, 잠재적 마약쟁이들을 유혹해 빠져나가지 못할 그럴듯한 함정을 파고, 정보를 미끼로 암수 거래도 하며 특권층이자 권력자의 자녀라 해서 봐주지는 않지만 그렇다고 보기 좋게 단죄하지도 않는, 그런 엿 같은 일상은 오늘도 계속됐다.

그중 마약 대모와 연관이 있는 사건은 단 한 건도 봐주지 않고 목을 죄어 죄를 물었다.

꽁꽁 숨어 얼굴을 보이지 않는다면 손과 발을 다 잘라 낸다는 심정으로 파고들어 숨통을 조여 주고⋯⋯.

"정보대 애들 말로는 우리나라 난다 긴다 하는 별들도 그 장교는 못 건드릴 거라고 하더라. 그 정도로 본국 뒷배가 대단하단 거지."

서울은 완연한 봄인데 리조트는 한겨울.

그래서인지 이곳에서의 기억. 어느 날의 시간이 고드름처럼 콕 콕 찔러 댔다.

"상경? 상경이 뭔데? 키스보다 좋은 거야?"

그래서 더. 기분이 거지 같았다.

인하는 고운 모래사막인 듯 착각하게 하는 어딘가를 노려봤다.

마치 어떤 대상이 있는 것처럼 초점은 흔들리지도 깜박이지도 않은 채로 오랫동안.

이 밤, 시간이 빠르게 흘러도 좋고 이대로 멈춘다면 더 좋을 것 같았다.

"부산에⋯⋯ 짱 박을까⋯⋯."

깊이 없는, 부질없는 상념들이 까만 밤을 어수선하게 밝혔다.

거실로 들어서던 인하는 현관에 그대로 섰다.

여자는 긴 머리를 포니테일 스타일로 묶은 채 낯익은 누군가의 옷을 입고 TV를 봤다. 그러다 불편한지 꼬은 다리를 반대 방향으로 꼬며 허리를 곧게 폈다.

발끝에서 머리끝까지 누군가와 같으면서 전혀 다른 이처럼 보이는 여자와 눈이 마주친 인하는 시선을 고정한 채 거실로 들어섰다. 자리에서 일어난 여자는,

"강인하 씨?"

톤이 높지 않으면서 단정했다.

발음이야 어쩔 수 없어도 말투에서 정중함과 예의가 배어나 모자람도 과함도 없었다.

"부산에서 오시는 길이죠?"

"……."

"안녕하세요, 니엘 힐이라고 합니다."

"강인하입니다."

"말씀 많이 들었어요, 반갑습니다."

"……."

"무엇보다 감사합니다."

매너도 그렇고 궁극의 예를 눈앞에서 직접 참관하는 듯했다.

여자가 이처럼 인사를 챙기는 데에는 이유가 있었다.

동네 주민인 척을 하며 이 일대를 집중적으로 수사한다는 이유로 니엘이라는 여자가 머물 거처는 이 집, 강인하 반장의 집으로 낙점이 됐다고 상권이 알려 주었다.

경찰인 큰 아들은 마약쟁이들과의 오랜 숨바꼭질로 인해 집에 들어오지 않고 둘째 또한 다른 곳에서 지내기에 남아도는 방이 결정적 사유이자 이유가 됐다고.

어제 부산에서 연락을 받았다. 고모님께는 과장님이 직접 방문에 지루한 설명을 하셨다고 했다. 권고와 다르지 않은 부탁도 함께.

마침내 오늘 오전, 여자가 집에 짐을 풀었노라는 고모의 연락을 받았다.

고모의 목소리는 예상대로 많이 떨렸고 긴장 탓인지 대화는 뚝뚝 끊기기도 했다.

말로 듣던 것과 이렇게 직접 대면하는 건 차이가 컸다. 정신 못 차리던 기억상실녀 강순이와 정신 차려 제자리 찾아간 니엘 힐이 다르고 틀린 것처럼.

"고모님은 주무세요. 그리고 이 옷은……."

여자는 제가 입은 옷을 가리키며 어색하게 웃었다.

"중간에 어떤 착오가 있었는지 제 짐이 아직 도착하지 않았어요."

차분한 목소리는 고저가 크지 않았다. 그 이야기는 감정의 폭도 크지 않다는 말.

목소리만으로도 충분히 프로페셔널했다.

"고모님이 주시기에 입긴 했는데 강인하 씨 옷이라고……. 오늘은 입고 내일 깨끗이 드라이해 놓을게요."

매사 인사도 설명도 정확했다, 이 여장교는.

"편한 대로."

여자는 네, 하며 무음으로 연하게 웃었다. 인하가 다른 반응 없이 방으로 걸음을 옮기는 걸 본 여자는,

"피곤하시죠? 들어가세요. 전 조금 더 있다가……."

여자는 다시 한 번 인사를 했다. 인하는 그런 여자를 뒤로하고 방문을 닫았다. 방으로 들어온 인하는 침대에 몸을 던진 후 눈을 감은 채 그대로 있었다.

얼마가 지난 건지 익숙한, 이쯤이면 찾아드는 한 줄기 빛이 창문을 통과해 길게 들어왔다.

생명력 강한 그 빛을 쳐다봤다. 선명하지도 밝지도 않은 빛은 그 미비한 존재로 방 안의 모든 것들을 알아볼 수 있게 해 주었다.

한낮이라면 어떤 힘도. 그 어떤 영향도 주지 못할 빛일 뿐인데도 빛은 그 자체로 의미고 밝음이었다.

밖은 잠잠한 가운데 여러 소리가 뒤섞여 들려왔다.

TV에서 흘러나오는 두세 명의 웃음소리부터 시작해 움직이는 대로 늙은 노파의 한숨 같은 소파소음. 누군가 조심스레 일어나 거실 바닥을 디뎌 나는 아쟁 같은 마룻바닥 소리. 이어 따라붙는 조심스런 숨소리……. 결국 리모컨을 집어 들어 TV를 꺼 나는 종결음까지.

약간의 텀이 있다 방문이 닫히는 소리까지 전부 듣고 들렸다.

"……."

확실히 달랐다. 그게 무엇이든 전부 다 틀리고.

한 줄기 미약한 빛에 노출된 인하는 침대에 누워 한참을 그렇게 있었다.

젓가락을 내려놓은 여자는 곱게 정리돼 칠해진 손톱이 전부 보일 정도로 박수를 쳤다.

"너무 맛있어요."

"그래요? 다행이네요. 난 우리 식구 평소 먹던 대로 차린 거라 걱정을 하긴 했는데."

"아니에요, 정말 다 맛있어요."

잠깐 본 여자의 식성은 어느 것 하나에 편향되는 일 없이 골고루 탐식했다. 과거 탐욕스런 식욕으로 대표되던 누구와는 영 달랐다.

"특별히 좋아하는 거라든지 한번이라도 먹어보고 싶은 게 있으면 말해요."

"……."

"말해 주면 내가 조금 더 편하기도 하니까."

고모의 마음이 어떤지는 모르지만 이 순간 모든 게 진심이라는 걸 알았다. 뭐든 다 해 주고 싶으신 마음이란 걸.

"고모님."

"응…… 아, 네."

순간적으로 착각했던 고모의 표정은 금세 달라지셨다.

"감사합니다. 불편하실 텐데 방 내 주신 것도. 이렇게 편히 대해 주시는 것도."

"아니에요. 내가 바라는 건 니……엘 양이 여기 있는 동안 편하게 지내는 거. 그거 하나라는 건만 알아줘요."

여자는 이번에도 연하게 웃었다. 시종일관 연하지만 상대에게 아주 약간만 허용한다는 듯 적당한 거리가 분명하게 느껴졌다.

"오히려 내가 더 좋은 거 알아요?"

"……?"

"작년부터 집에 드나드는 사람이 없어서 적적했는데 이렇게 예쁜 사람이 와서 밥도 먹고. 그러니까 꼭 사람 사는 집 같네요."

"그렇게 말씀하시면."

"정말…… 고마워요."

"아닙니다. 제가 감사합니다."

여자는 어제저녁부터 오늘아침까지 내내 공손했다. 예의 바르고.

만약 의도적인, 철저히 계획한 일이라면 여자의 이력이 새삼 궁금했고 그게 아니라면 니엘 힐은 다양성을 지녔다기보다 여러 얼굴을 할 수 있는, 세심한 능력자였다.

이래저래 욕망에 충실하고 욕구와 식욕이 왕성했던 이와는 여러모로 달랐다.

"……새벽에 조깅하려 나가다가 마당에 있는 아이를 봤는데 이름을 몰라 부를 수도 다가갈 수도 없어서……. 저 아이 이름이 뭔가요?"

"공이에요."

"공. 이."

조심스레 반복하는 여자를 보며 고모가 고개를 끄덕이셨다.

"어디가 아픈가요? 낯선 이를 보면 짖거나 경계를 하고 아님 반갑다고 달려드는데 공……이는 반응이 전혀 없던데요."

공이의 시크함은 어떤 이가 사라진 후 한층 더 깊어졌다.

"공이가 컨디션이 안 좋아요."

"……."

"작년 가을부터……."

고모님은 그 정도만 말씀하셨다.

작년과 달라진 이는 공이뿐이 아니었다. 이 집에 사는 모든 이가 어딘가 조금씩 달라진 지금, 누구도 이전의 일들을 언급하지 않았다.

불편한 가운데 자연스런 아침식사가 끝나고 인하는 출근을 준비했다. 침대를 정리하는데 노크소리가 나고 곧바로 문이 열렸다. 여자였다.

"잠깐 들어가도 될까요?"

인하는 대답 대신 고개를 끄덕였다. 여자는 방 안으로 들어와 들러보는 순서 없이 본론부터 꺼냈다.

"질문이 있어요."

인하는 이번에도 눈짓으로 대신했다.

"이번 수사에 대해 어디까지 들은 건가 해서요. 어느 선까지 협조를 해 주시는 건지도 궁금하고."

"……."

"들으셨는지 모르지만 제가 직접 광역수사대로 찾아가는 일은 없을 겁니다. 필요로 하고 요구하는 모든 정보는 저희 쪽에서 조달할 거니까요. 하지만……."

여자는 식사 때와는 달랐다. 일관되게 조근조근하지만 지금은 신중한 가운데 제 요구사항을 정확하고 분명하게 어필했다.

"강인하 팀장님 도움이 많이 필요할 겁니다."

"……."

"제가 도움을 요청해도 될까요?"

어찌나 정중하고 예의 바르신지…….

운명처럼 동방예의지국에 파견된 이 미군은 천상 장교였다.

낮은 톤으로 제 요구를 관철시키려는 것부터 시작해 절 낮추는 듯하지만 결국엔 제 말을 들으라고 요구하며 리드하는 모든 게 딱 그랬다.

본국에서 기밀문서만 취급하는 고급 레벨의 정보장교라고 하더니 틀린 말이 아닌 듯했다.

그러거나 말거나 여긴 미국 본토도 펜타곤도 아닌데 적정선이라는 게 있지 않겠어.

"필요한 게 있으면 말해요. 상황에 따라 요구를 해도 좋고. 하지만 내 수사를 방해받으면서까지 그쪽 요구를 들어줄 마음은 없어요. 그런 여유도 이유도 없고."

"……."

"말이 나온 김에 보태자면 이 웃기는 그림을 지시한 윗선에서는 당신과 날 공조라는 카테고리에 끼워 넣고 또 하나의 한미합작이네 하면서 떠들던데, 난 그렇게 생각하지 않아. 공조라고하면 난 그쪽이 왜 이곳에 왔는지 이유를 정확히 알아야 해. 누굴 찾고 또 뭘 찾는지도 알아야 하고. 헌데 난 당신 임무와 목적이 정확하게 뭔지 몰라. 그러니 내게 요구하거나 도움받을 일이 생기면 한번 더 생각하고 얘기해요."

여자는 잠시 까우뚱하는 표정을 하더니 바로,

"뭘 말인가요?"

"내게 정말 요구해도 되는 일인지."

"……."

"공조라는 이름 아래 미군인 당신이 대한민국 경찰인 나를 비롯해 모두에게 피해를 줘도 되는 건지. 피해까지는 아니라도 당신과 내가 정말 그럴 관계이고 사이인지."

여자는 잠시 동안 쳐다보더니 짧은 숨을 토했다.

"잘 알겠어요."

대답은 간단명료했다.

인하는 무슨 이유에선지 시선을 맞추려는 여자를 지나 방을 나섰다.

엘은 정원에 한참을 앉아 있었다.

전반적으로는 친절한 듯하지만 눈에 어떤 경계와 묘한 심지가 보이는 강인하로 인해 앉아 있는 시간이 예상 외로 길어졌다.

"당신과 내가 그럴 관계이고 사이인지."

생각할수록 묘한 말이었다. 일로 인해 서로가 배정받듯 연결된 공적인 관계에 적합한 말이면서 묘하게 부적절한 대답이자 요구고.

"이번 일은 최대한 빨리 끝내야 해. 가능한 누구의 도움도 받지 말고 해결하고. 단서든 인물이든 알아내는 대로 알려 줘. 그곳에 오래 머물수록 좋지 않을 거야. 네가 시간을 끈다는 건 이 사건이 단순하지 않다는 거니까 그땐 혼자 감당할 생각 말고 스티븐에게 연락해. 내가 직접 들어가는 방법도 있고."

이번 한국행은 누군가의 억지였다. 억지를 부린 이는 그녀 자신이었다.

그 억지에 손을 보태듯 유예를 주며 허락한 이는 젠, 제니스고.

"왜 그렇게 쳐다봐?"

공이라고 했다. 저토록 행동이 조심스러우면서 지금까지 곁눈질을 하며 쳐다보는 체구 좋은 아이는.

공이는 귀를 쫑긋하며 들었으면서도 표정은 무표정했다. 강인하 같았다.

상대의 말에 귀 기울여 듣기는 하면서 정작 내뱉는 말은 말할 수 없이 차가운 남자.

"가방, 오늘은 도착하려나……. 안 그럼 쇼핑을 해야 할 것 같은데."

무엇보다 실내복이 필요했다.

이 댁 안주인이 내어 준 옷은 편하기는 하지만 스타일이나 패턴은 전혀 아니었다.

"……제니스가 알면 기절하겠는데."

제니스는 T.O.P를 철저하게 신경 쓰는 남다른 패셔리더였다. 심지어 평상복까지 그날의 기분이나 미세한 기온에 따라 달리 입었고.

어린 나이엔 그 같은 유별과 유난이 이상하다 생각했는데 어느 샌가 같은 모습을 하고 있었다. 진짜 생물학적 모녀처럼.

"좋아. 동네 한 바퀴부터 시작할까?"

조깅은 새벽에 했고 지금은 구글 지도로 본 이 지역을 전부 확인할 생각이었다.

이곳에 오기 전, 그려 낼 정도로 반복해 본 동네는 그 때문인지 익숙했다. 편하고. 물론 미국 집만큼은 아니지만 그와 다르게 친근했다.

"공이."

엘은 여전히 신경을 쓰면서 거리를 좁히지 않는 묘한 녀석을 보면서.

"같이 안 갈래?"

대답이 시큰둥했다. 그렇다고 영 마음이 없는 것 같지는 않고.

역시나 이 집, 수장 분위기였다. 뭔가 줄 듯 말 듯하면서 냉랭한 건 가풍인 건지.

"간다고?"

고민하는 듯 보였다.

아무래도 한 번 더 물어야 할 것 같았다. 아니 적어도 세 번은 더.

인하는 팔짱을 낀 채 눈앞의 사진에서 눈을 떼지 못했다.

사진은 마약 대모라고 추정되는 인물이었다.

가평 군 전용 골프장에서 스치듯 찍힌 사진. 사진은 누군가 의도적으로 보낸 게 분명하지만 누구인지 알 수 없었다.

어느 날 새벽, 신문 전단지 안에서 나온 사진의 출처는 지금까지 추적해 내지 못했다.

작년 가을 이후 마약 대모의 출현은 전국적으로 뜸했다.

그 이유는 단연코 서울 광수대 마약과 강인하 팀장 때문이란 소문이 자자했다.

인하는 전부 잡아들였다. 마약 대모라는 이와 조금의 연이라도 있으면 잡아들여 그들의 죄를 낱낱이 펼쳐 보여 주었다. 설명하고. 그로 인해 또 다른 범죄와 마약쟁이들을 반드시 실토하게 만들었다.

마치 강인하 주도 아래 이뤄지는 마약과의 전쟁처럼 마약과 한 번이라도 관련된 이들은 전부 요주의 인물로 등록해 시도 때도 없이 괴롭혔다. 그렇다고 마약사범과 사건이 전국적으로 잦아들거나 사라진 건 전혀, 절대 아니었다.

현실은 잘 만들어진 한 편의 영화가 아니기에 매일 자잘하고 지저분한 사건의 연속이고 큰 사건은 그런 사건들과 직간접적으로 연관이 있었다.

결국 누군가를 잡기 위한 이벤트는 계속 끊임없이 진행 중이었다.

언제부터 울린 건지 모를 핸드폰이 좀처럼 조용해지지 않았다. 인석이었다.

어느 날부터 이틀에 한번 꼬박꼬박 전화를 하기 시작한, 갑자기 어른이 된 강인석.

"응."

— 집에 무슨 일 있어?

"왜?"

— 고모가 이상해서.

"뭐가?"

— 그게…… 기분이 굉장히 좋은 것 같으면서 예민한 건 같기도 하고 뭔가 말을 할 것 같다가도! 아니라고 하는 게 영 이상하단 말이지. 혹시 뭐 아는 거 없어?

고모님이 말을 아끼신다면 굳이 거들고 싶지 않았다.

"모르겠는데."

— 뭘 모르는데?

"뭐든."

— 그게 말이야 밥이야. 그래서 뭐야? 아무 일 아니니까 신경 쓰지 말아라?!

나중에라도 이 일을 알게 될 인석이를 생각하니 선뜻 답을 할 수 없었다.

안다, 강인석에게 강순이가 어떤 존재였는지…….

어느 날 제 인생의 키를 잡고 찾겠다며 떠난 동생의 결정 속 종적을 감춘 누군가의 존재가 얼마간 영향을 끼친 건 분명했다. 그런 아이에게 말을 아낀다는 게 좋은 결정인 걸까, 하는 의문이 들었다. 그러면서도 입은 쉽사리 떨어지지 않았다.

— 전화 끊은 거야?

"한번."

—…….

"와서 보던가."

— 봐? 뭘? 누구를? 고모?

"전화 끊어야겠다."

— 알았어. 고모랑 얘기해 볼게. 아, 형!

"응."

— 매일 들여다보란 소리는 아니고 시간 되면 좀 가 보라고. 고모도 그렇고 공이도 집에 있는데 나도 형도 우리 지금 너무 개인적이잖아.

인석의 이런 부분은 돌아가신 어머니를 닮았다.

정 많고 제가 갖은 정을 베풀고 줄 줄도 아는 동생의 이런 선하고 정직한 일면은.

그 같은 심성과 인성이 강순이와의 관계를 돈독하게 하고 특별하게 만들었다는 것도 안다.

"너도 한번 와, 바쁘더라도."

— 시간 내 볼게. 잘 지내고. 밥은 꼭 좋은 걸로 챙겨 먹어! 인생 딴 거 없어 먹고 싶은 거 먹고 보고 싶은 사람 보면서 하루 한 번 화장실에서 웃을 수 있으면 되는 거야. 그니까 밥 꼭 먹으라고! 행님아.

"강씨? 강형? 강인하 형…… 행님!?"

침입자처럼 불쑥 떠오르는 소란한 잔상과 장난스런 목소리.

전화를 끊은 인하는 잠시 고민했지만 전화를 다시 걸지는 않았다.

건다 한들 뭐라고 말을 할까.

아는 여자도. 전혀 모르는 이라고도 할 수 없는 낯선 이방인에 대해서.

오늘로서 사흘째였다.

이태원을 구글 지도보다 더 자세히 들여다보고 집어 보는 게.

잊고 있던 다이어리 속엔 이름보다 지명이 반복돼 별 꼬리표가 달려 있었다. 이태원 몇 번지라는 주소 옆엔 일대를 전부 확인. 이렇게만 적혀 있었다.

이 모든 건 기억을 잃기 전 이야기고 다시 돌아온 동네는 감정이 나쁘지 않았다.

나쁜 기억이라고는 하나도 없는 동네를 벗어난 어딘가에서 총을 맞았다고 했고 옆구리엔 그날의 상처가 남아 있었다.

그때 자신이 추려 보낸 무리와 찰리가 보낸 용병이 아니었다면 아마 영영 바이바이였을지도 모른다고 했다, 제니스는.

"아아⋯⋯."

억울하게도 이곳에서 지낸 2달 가까운 기억이 사라져 버렸다.

제니스는 알지 못한다고 했다, 잃어버린 기억과 머문 시간에 대해서.

자신은 약속한 시간보다 지체돼 혹시나 하는 마음에 그들을 보냈다고. 찰리도 그 비슷한 이유와 시기에 보냈다고 했었다. 결국 두 사람은 어딘가로 날아가 버린 기억에 대해 아는 건 없었다. 그 이야긴 누구에게도 도움받을 수 없단 말이고.

스스로 찾아야만 했다. 아니면 얼른 도난당한 기억을 찾든지.

이곳에서 무슨 일이 있었는지. 누굴 만났으며 어디서 누구랑 지냈는지. 또 밤낮을 가리지 않고 문득문득 떠오르는 기묘한 감각과 감촉은 대체 누구인지.

그 기억이 떠오를 때마다 기분이 묘했다.

떨리기도 하고 화가 나기도 하면서 어딘가는 간질간질했다. 간질간질한 가운데 한숨이 나기도 하나 결국엔 생소한 기분이 들었다.

이제껏 한 번도 느껴본 적 없는 기분인 건 분명했다. 그런데도 그 상대가 누구일까?

"어, 아…… 안녕하세요."

처음 보는 이었다.

"이틀 전에 병원 창문으로 잠깐 봤었는데 그땐 긴가민가해서 인사를 못했어요. 잘 지냈어요? 놀러 온 거예요?"

친근한 분위기를 풍기는 남자는 인상이 선했다. 강인하와 다르게.

다르긴 해도 인사를 하거나 아는 척을 하기엔 남자에 대한 기억이 전무했다.

저 만큼 반가운 인사를 기대한 건지 남자는 어, 하는 표정을 하더니 피식 웃으며.

"여전하네요."

"……."

"나중에 시간 날 때 공이랑 들르세요, 저도 오늘은 좀 급해서."

은색 안경에 백팩을 맨 남자는 인사를 하더니 어딘가로 빠르게 달려 내려갔다. 순간 남자의 뒷모습에서 또 다른 영상이 겹쳐 보였다. 겹쳐 보이는 이는 분명 동일 인물이었다.

기분도 느낌도 그랬다. 친밀하지는 않지만 기분 나쁘지도 않은 그런.

순간적으로 여러 가지 기분을 느낀 엘은 지나온 길과 골목을 뒤돌아보면서 생각했다.

이유는 모르지만 천천히 다시 돌아봐야겠다고.

늦은 밤 무례한 수준으로 이 집 안주인의 이름을 부르며 방문한 청년은 엘을 보자마자 호탕한 웃음을 지웠다.

처음 본 남자는 엘을 유령 보는 듯했다. 귀여운 캐스퍼 정도도 아니고 그보다 훨씬 크고 자극적인 어떤 걸 본 듯한 표정. 그런 채로 그녀에게서 시선을 떼지 못했다.

"인석아……."

"……."

고모님은 청년만큼이나 불편한 표정과 목소리로 저기, 란 말을 반복했다. 그러더니 엘 앞으로 한 발자국 더 가까이 다가온 젊은 남자의 팔을 잡고 자꾸 자신의 방으로 잡아끌었다.

남자는 끌려갈 생각이 없는지 제가 선 자리에서 꼼짝도 하지 않았다. 청년은 대단히 심각한 표정을 하고 가만히 쳐다보기만 했다.

엘은 무엇이든 묻고 싶었지만 무얼 물어야 하는 지 알 수 없어 일단 방으로 향했다.

방으로 돌아와 노트북을 켜고 오늘의 기분을 비롯해 오후에 길에서 만난 남자와 방금 전 안색이 변한 청년에 대해 기록을 남겼다.

기억을 잃고 총까지 맞았다는 이 나라에 온 건 수사 때문이었다.

파견된 미군이 연관된, 카나비디올(CBD)오일(대마 오일. 난치성 뇌전증 치료제)을 비롯해 상당량의 헤로인이 국내로 들어왔다는 정보가 있었다.

1차적인 문제는 미군. 것도 엘이 아는 이가 직간접적으로 연관된다는 제보 때문이며 2차는 그 양이 상당하다는 것도 그렇고 이 같은 일이 조직적면서 계획적으로 오랫동안 반복되고 있다는 게 제일 큰 문제였다.

그 모든 이유로 제니스는 또 한 번의 귀휴를 허락했다.

이번엔 처음과 달리 정식 출장이고 파견이라 빠른 시간 안에 답을 갖고 돌아가야 했다.

이번 수사는 비밀 정보 장교 니엘 힐과는 무관한 수사였다. 그렇지만 누군가와의 연관성이 아닌 무관함을 증명하기 위해서 이번 일은 반드시 해결해야 했다.

문제는 햄톤이었다. 여러 제보 안에 반복돼 언급되던 인물.

"이번엔 내가 널 구한 거다. 그러니까 포기하지 마."

순간 쾅 소리와 함께 방문이 열렸다.

"뭐야?! 또 기억을 못한다고! 지금 코미디해!"

"인석아, 좀……."

고모님은 씩씩거리는 남자의 팔을 잡고 늘어지셨다.

"누나가 직접 말해 봐! 정말 나 기억 안 나? 고모도 그렇고 공이도 전혀, 하나도 기억 안 나냐고!"

"인석아!"

"고모는 이게 믿어져? 난 하나도 안 믿겨! 안 믿어진다고! 우리 셋이 얼마나……."

내내 악이 뻗쳤던 이는 이젠 뭐가 그렇게 아프고 분한지 말을 잇지 못했다. 입술을 떨고 눈동자가 흔들리는 모습이 맘에 걸렸다. 또,

"인석아 너 이러면 안 된다니까……."

이상한 건 중년 여자도 마찬가지였다. 첫날도 그랬다. 첫 대면

인데 눈빛이 티 나게 흔들리고 목소리도 갈아져 이유도 모른 채 미안했다. 불편하고.

이 불편한 공간을 싫다고 하지 않은 건 단순명료했다.

사건의 실마리가 이 동네, 이 집 인근에서 벌어진 일이라 이 지점이 꼭 필요했다.

"그냥 두세요. 하고 싶은 게 많은 거 같은데 이제는 저도 좀 궁금하네요. 무슨 일로, 무엇 때문에 이러는 건지."

진심이었다. 눈앞에 선 청년의 마음이 진심인 듯 보였다.

"뭐……야? 저……엉말 기억 못하는 거야?"

"……."

"그건 그렇고 말투는 왜 그래! 대체 무슨 일이 있었는데 말본새가 그 모양이야? 이번엔 어떤 새끼야! 누구한테 받쳐서 고모랑 나도 몰라보냐고! 몰라보길!"

청년은 강인하와 달랐다. 이름부터 시작해 언뜻 봐도 동생인 듯한데 분위기나 목소리 톤, 성격 등 모든 게 달랐다.

불행 중 다행인지 청년의 이런 부분은 마음에 들었다.

뭔가에 꼬인 것 하나 없이 투명해 보였다. 그 때문에 수수께끼는 어렵지 않게 풀릴 것 같았다.

밤을 꼴딱 샌 엘은 창가에 서서 아침을 맞았다.

간밤 2시간 가까이 들었던 충격적인 브리핑은 이제껏 그녀 인생에서 들은 그 어떤 브리핑보다 핫했다. 물론 그만큼 말이 안 되기도 하고.

모든 건 그날, 강인석이 남의 차로 그녀를 치기 전 상황이 답이자 단서였다.

이곳에 온 첫날, 수첩 속 주소를 찾아갔을 땐 빈집이었다.

누군가 산 흔적은 오래전인 듯했고 인근 주민들에게 물어도 모른다는 대답이 많았다.

수첩엔 다른 정보는 없었다. 사고 전의 그녀가 또 다른 정보를 어딘가에 남겨 둘 리 없었다.

정보는 늘 머릿속 어딘가에 기록하고 기억했다.

기록은 안전하고 정확한 만큼 흔적과 증거가 돼 기록 자체는 즐기지 않았다.

습관적으로 기록을 남기기 시작한 건 병원에서 정신을 차린 후부터였다.

온몸이 깁스를 한 듯 꽁꽁 동여맨 상태에서 정신을 차렸다. 제니스는 사흘 만에 정신을 차렸다고 했다. 그 시간 동안 한국행을 허락한 자신을 미치도록 원망했노라고.

"휴우……."

강인석은 강인하에 대해서도 말했다.

기억에는 없지만 강인하와 그녀가 톰과 제리 같다고.

그 얘긴 천적처럼 앙숙이란 거였다. 전혀 친밀한 관계가 아니며 사사건건 충돌했단 얘기고.

"그래서 무덤덤했던 건가? 인석이처럼 말도 않고……!"

인석이……. 상당히 자연스러웠다.

강인석이란 정신없고 감성 제어가 서툰 청년을 부르는 이 기분과 말투 전부가.

"형은 부채감 같은 게 있을 거야. 부채감이란 말 알아? 아주 고급진 단어긴 한데. 그게 미안한 마음부터 시작해 아주 복잡 미묘한 감정인데 말로서 다 전해지지 않는 마음 뭐 그런 거야. 그래서 더 말하기 쉽지 않았을 거야. 두 사람은 누나랑 나, 그리고 고모처럼 친하지 않았거든. 우리야 뭘 해도 죽이 척척 맞는 트라이앵글이었고. 사진 다 봤잖아? 놀이공원에서 우리 셋 하트 머리띠 한 것도. 근데 뭐, 인하 형은 너무 바빴으니까……."

사진 속 그녀는 이제껏 본 적 없는 웃음을 짓고 있었다.

기본적으로 릴렉스하면서 어딘가 멍청하고 조금쯤은 다른 사람의 모습을 한 그런 미소를.

만약 이 순간 강인하가 사 줬다는 핸드폰이 있다면 어땠을까 싶어 아쉬웠다.

그 안에 있을 수도 있는 어떤 정보와 기록. 무엇보다 사진이 궁금했다.

누구와 어디서 어떤 사진을 몇 장이나 찍었는지. 강인석이 말하고 보여 준 것 같은 얼굴을 하고 자신이 그 안에서도 여전히 웃고 있는지. 또 묘한 시선으로 관찰하듯 보는 강인하와 단 한 장이라도 같이 찍은 사진은 있는지…….

강인석은 강순이랑 이름으로 산 그녀가 사라진 이후 강인하가 어딘가 변했다고 했다. 그렇다면 그 감정 역시 부채감 안에 깃든 미안함인 건지 확인하고 싶었다.

결국 나름의 복잡한 이유와 상부의 어쩔 수 없는 지시로 이 집에 다시 온 그녀를 내쫓지 않은 건가 싶었다.

"……."

아무래도 조금 더 알아봐야 할 것 같았다.

강인석이 아는 건 전부 다 들었으니 이젠 강인하 말을 들을 필요가 있었다.

모든 건 타이밍이 문제이니 되도록 좋은 날을 골라 적극적인 미팅을 해야 할 테고.

10부

광역수사대에 올 일이 없다고 했던 인물은 출입 자체가 제한된 사무실 소파에 앉아 있었다. 우아하게 다리를 꼬고 앉아 테이블 위에 익숙한 가방을 올려놓은 채로.

인하는 말은 않고 쳐다보기만 하는 여자를 무감한 시선으로 쳐다봤다.

여자는 누드 스킨 스킬레토에 자잘한 프린트가 들어간 연둣빛 원피스를 입고 있었다.

과감하다 싶은 연둣빛에 페미닌한 디자인인데도 과하다는 느낌은 들지 않았다. 분명 몇 년은 입었을 텐데도 새 옷처럼 맵시 있게 어울렸다.

웨이브 진 긴 갈색머리와 비비드한 연둣빛은 과할 것 같은 우려를 우습게 만들었다. 서로가 서로를 탐색하며 추적하듯 바라보다 먼저 입을 뗀 건 여자였다.

"제가 주인 같네요. 그렇게 서 계시니까."

"……."

"이쪽으로 앉으세요."

"난 가능하면 서 있는 쪽이라."

앉고 싶은 마음이 들지 않아 기분대로 말했다. 불쾌감을 느낄 수 있을 텐데 여자는 미국인이라 그런지,

"그럼 전 이대로."

온건한 목소리로 차분하게 반응했다. 이 역시 이제껏 유지한 스타일인 듯했다.

"고모님이 부탁을 하셔서요. 저도 강인하 씨한테 부탁할 것도 있고."

"……."

"그전에 말이에요 제가 여기 도착했을 때 사무실로 안내해 주신 분도 그렇고 여기 분들 모두 절 아주 묘한, 무척이나 놀란 시선으로 보시는 것 같던데……."

"……."

"설마 제가 처음은 아니죠? 강 팀장님을 찾아 온 최초 여자 손님. 뭐 이런 타이틀로요."

"그게 궁금해요? 난 본인 입으로 올 일 없을 거라고 했던 이가 말을 번복하면서까지 올 정도의 일이 뭘까 궁금한데."

여자는 방금 한 말처럼 흥미진진함보다 차분하니 들어보고 들여다보려는 그런 느낌이었다.

"분명 중요한 일일 텐데 들어나 봅시다."

인하는 질문에 대한 답 대신 본론으로 넘어가잔 소견을 밝혔다.

그런 그를 쳐다보던 여자는 손목에 찬 시계로 시간을 확인했다. 익숙한 행동으로 보였다. 어떤 말을 하기 전 정확하게 시간을 체크하는 행동은.

"30분 후면 점심시간이라고 알고 있는데 아닌가요?"

"마약반 수사관한테 점심시간이 따로 있으면 그게 더 이상한 거 아닌가?"

여자는 여전히 앉은 채였다. 인하 또한 적정거리를 유지하며 선 그대로고.

둘 다 자신의 포지션을 이탈하지 않은 채 고집스럽게 지켰다.

내내 차분한 시선을 깜박이며 시종일관 연한 미소를 베어 문 여자가 일어나 다가왔다.

이 또한 습관 같았다. 본격적이면서 공격적인 대화를 할 때 상대와 눈높이를 맞추고 시선을 읽을 정도로 가까운 거리를 유지하는 건.

"이상할 건 없죠. 전 존경스럽고 감탄스럽네요."

"……."

"그래서 하는 말인데 도와주세요."

"뭘 말입니까?"

"핸드폰을 개통해야겠어요. 강인하 씨 이름으로 하나 만들어 주셨으면 해요, 지금 바로."

정중한 부탁이었다. 그렇다 해도 들어주기 싫은 게 사실이고.

"그 문제는 미군 쪽에서도 가능한 걸로 아는데."

"물론 가능해요. 어려운 일도 아니고."

"헌데 왜?"

"그렇지만 난 우리 쪽이 아닌 전혀 다른 채널의 핸드폰이 필요해요. 그 때문에 강인하 씨 도움이 필요하고요."

여자는 불필요한 설명은 빼고 본론과 핵심만 말했다.

인하는 자신이 끊임없이 의심하고 비교하고 있다는 걸 다시금 확인했다. 바로 지금. 이 순간도 대조하듯 비교했다. 돌려 말하는 법이 없는 강순이와 예의 장착한 니엘 힐을.

두 사람이 전혀 다른 사람이고 둘의 기억이 정말 삭제돼 사라져 버렸는지.

어떤 이유에서든 결국엔 한 사람일 뿐인데.

여자의 취향은 고급스러웠다.

마치 삶의 모토이자 원동력이 오로지 우아함과 고급스러움인 것처럼 신중하게 골랐다.

"그럼 이 제품은 어떠세요?"

"……."

작년 제품이었다. 올해 나온 신제품 모델을 전부 거절하자 안달이 난 직원이 고심 끝에 내민 야심찬 디자인은.

"이 제품은 작년 가을 제품이긴 한데 그때는 없어서 못 판 제품입니다. 보면 화려한 것 같지만 질리지 않는 고급스러움이랄까요, 그런 이미지가 있어서 지금까지 꾸준히 나가는 디자인이죠. 특히 남자분들이 애인한테 선물로 많이 했고요."

여자는 직원의 설명을 경청한 뒤 조심스런 손길과 눈빛으로 핸드폰을 살폈다.

"이걸로 할게요."

"아, 그러시겠어요!"

"네."

땀을 흘릴 정도로 긴장하던 직원이 그제야 환한 미소를 보이더니 기다리란 말을 남기고 사라지자,

"어때요?"

제 손에 든 핸드폰을 눈앞에 보이며 물었다.

"결정해 놓고 묻는 건 이상한가?"

코를 찡긋하며 겸연쩍게 웃는 모습은,

"그래도 묻고 싶어서 그러는데 진짜로 어때요?"

달랐다, 강순이와.

부탁보단 반 강제에 강요 및 협박을 하고 꼼수와 함께 설렁설렁. 또 그만큼 얼렁뚱땅에 능해서 어느 상황에서도 뻔뻔하다 싶게 솔직한 강순이와 눈앞의 고급스런 여자는 닮은 구석이라곤 없었다.

"어, 손님!"

저쪽 모니터 앞에 선 직원의 눈가가 좁게 모아졌다.

"작년 가을에 개통하시고 지금은 미사용으로 뜨는 핸드폰이 있으시네요. 명의는 강인하 씨로 되어 있고 실제 사용자는…… 강순이 씨."

"……"

"그럼 토탈 네 개를 사용하시는 건데."

"……"

"개통할까요?"

인하는 니엘 힐이라는 여자를 쳐다봤다. 쳐다본다 한들 여자는
강순이가 아니었다.

여자는 공조 아닌 공조를 해야만 하는 미군, 니엘 힐일 뿐.

예약했다는 곳은 유명 호텔.

객실부터 스파. 쇼핑과 음식점까지 모든 게 국내 최고라 무엇이
든 예약제고 회원제인 호텔.

여자는 몰랐다는 듯 말했다. 마치 그게 뭐예요? 하는 말간 얼굴
을 하고.

예약은 자신이 직접 한 건 아니라며 어색하게 웃었다. 여자는
본토에서처럼 이곳에서도 꽤나 특별한 장교인 듯했다, 소문처럼.

"고민을 했는데 결론은."

순서대로까지는 아니라도 음식은 조금씩 텀을 두고 나왔다.

"가정식이 좋을 것 같았어요. 위도 부담 없고."

계산이란 단어보다는 신중하고 철저한 성격이라는 건 이 점심
으로도 알 수 있었다.

현재 테이블 위를 채우고 있는 음식들은 전부 다 속이 편해 그
야말로 부담이 없는 음식이었다. 이후엔 고급스런 반찬 위주로 채
워졌다.

음식을 하나하나 골고루 맛보던 여자는 제 앞쪽에 있는 장조림
접시를 한동안 쳐다봤다.

"이 반찬."

"……."

"고급스럽고 정갈한 것 같아요. 심플한 조리법에 비해 맛은 압

도적이고. 어떤 나라도 고기를 이렇게 심플하면서 맵시 있게 조리해 내놓는 나라는 없을 거예요."

여자는 장조림에 대한 평이 과했다. 그 때문인지 인하도 장조림을 한 번 더 쳐다보게 됐지만 손은 가지 않았다.

강순이는 장조림 고기를 사러 나간 길에 사라졌다. 마치 이 지구상에 존재하지 않는 듯이 완전히 자취를 감췄고.

그랬던 이가 다시 또 언급하고 있었다. 제가 가져다준 도시락에 늘 있던 장조림을.

이 음식에 대한 기억은 하나도 없으면서…….

"아무래도 말씀을 드려야 할 것 같아요."

들고 있던 젓가락을 음전하게 내려놓은 여자는,

"집에 강인하 씨 동생분이 왔어요. 동생분은 저에게 아주 흥미로운 이야기를 많이 해 줬고요."

"……."

"그래서 묻는 건데 강인하 씨는……."

"……."

"저한테 하고 싶은 말 없어요?"

여자의 눈은 평정심을 운운할 것도 없이 담담했다. 마치 심해처럼 차분하기까지 하고.

이로서 명료해졌다.

앞에 앉은 이는 숨이 차도록 키스를 나눴던 강순이가 아니었다. 더 할 말도. 해 주고픈 특별한 이야기도 없었다.

기억하지 못한다면 들을 이유도 없는 거니까.

서울에 있다고 보고받은 것과 달리 햄과는 연락이 안 됐다.

분명 그녀가 이곳에 있다는 걸 들었을 텐데 연락을 하지 않고 있었다.

투서에 의하면 햄톤 말고도 두세 명의 미군이 직간접적으로 연관됐다고 했다. 만약 투서 대로면 거론된 이들은 밝혀지는 즉시 군 재판에 회부되고 종국엔 불명예제대만 남았다.

그 전에 모든 걸 직접 듣고 싶었다, 햄에게.

햄은 그녀에겐 생명의 은인이기에 가능하면 이번 일을 최소화하고 싶었다.

"……연락해, 햄."

엘은 창밖을 보다 맞은편 건물 루프 탑을 봤다. 그 덕에 이 오피스텔과 연결된 루프 탑이 생각났다. 루트 탑은 그녀가 얻은 이 공간에서만 올라갈 수 있어 전용과 다르지 않았다.

엘은 나선형 계단의 철제 손잡이를 잡아 계단을 올랐다.

"와우……."

지대가 높아 이태원이 한눈에 내려다보였다.

특별할 거 없는 동네 전경인데 내려다볼 수 있다는 위치가 약간의 특별함을 안겨 줬다.

집 근처에 사무실 겸 침실을 따로 마련한 건 강인석 때문이었다.

정신없는 수다쟁이에 참견이 모토인 듯한 강인석이 머물러 집에선 어떤 것도 몰두하기 어려웠다.

"누나, 점심에 뭐 먹을까? 누나 좋아하는 대창이나 대구탕 먹으러 갈래?"

대화 절반이 먹는 얘기였다.

"뭘 빼고 그래? 기억 한 번 잃으나 두 번 잃으나 잃은 건 마찬가진 거고 누나는 누난데 뭔 상관이야. 살다 보면 강순이가 니엘 될 수도 있는 거지. 나 봐봐 시험만 봤다 하면 죽 쑤던 공시생이 이제는 펄펄 나는 반 정육사 된 거. 그렇다고 누나가 퍽 하면 때리고 구박하면서 업신여겼던 강인석이 아닌 건 아니잖아? 기억? 그것도 쥐도 새도 모르게 금세 찾을 거야. 그러니까 우리의 재회를 즐기자고!"

강인하와 강인석이 한 핏줄에 형제란 사실이 믿어지지 않았다.
엘이 두 번이나 기억을 잃은 것보다 이 형제의 판이한 성격과 정반대 성향이 더 의심스럽고 신기했다. 꼭 미스터리 같기도 하면서.
엘은 테이블 위 도시락 가방을 쳐다봤다. 고모님은 강인석이 정신 빼 미안하다고 하시면서 도시락을 쥐어 주셨다. 사 먹지 말고 챙겨 먹으라며 신신당부를 하고.

"뭐 할라고 사 먹어? 도시락 먹지. 근데 정말 기억 안 나? 우리 별명? 아, 간만에 불러 보려니까 뭉클하네. 이봐, 나 눈물 나려고 하잖아. 뭐긴? 꼴통밥통이지. 난 공부 못해서 꼴통. 누나는 고모 밥을 너무 좋아해서 밥통."

맨 정신으론 도저히 믿을 수 없는 이야기들이라 믿기 어려우면서도 마치 진실의 눈과 입처럼 수다를 떠는 통해 믿지 않기도 어려웠다.

그에 비해 강인하는 한결같이 제 속을 내비치지 않았다.

분명 강인석과 다른 이야기를 할 줄 알았는데,

"들은 그대로. 난 그쪽이 집에 있을 때 네다섯 번 본 게 전부야. 그 때문인지 대화다운 대화, 그런 건 애초에 불가능했고."

강인하의 눈과 입은 진실을 말하는데 진심은 읽어지지 않았다.

그 이유는 관계가 친밀하지 않아서가 아닌 침묵 때문이란 생각을 했다.

뭔가 이대로. 이쯤에서 지나가길 바라는 마음, 강인하에게서 그런 마음을 읽었다.

"엘, 너는 내 소중한 딸이면서 우리 군의 특별한 자산이자 뛰어난 인재야. 군은 너에게 투자를 아끼지 않을 거야. 그러니 모든 걸 배우고 습득해. 그런 후 네 모든 능력과 재능을 조국을 위해서 아낌없이 써. 내가 그런 것처럼."

제니스 말대로 모든 걸 배웠다. 모든 걸 경험하면서 전부 다 누리고.

당연히 그 모든 것들엔 대가가 뒤따랐다. 그런 이유로 어느 정도의 정보로 상대의 마음과 의중을 읽는 건 어렵지 않았다.

그 이유가 아니어도 강인하는 말하지 않은 게 있었다.

"거짓은 아니었어."

단지 무언가를 지키듯 침묵하고 있을 뿐.

광수대 사람들 모두 수제 쿠키에서 눈을 떼지 못했다.

쿠키 종류는 세 가지로 취향대로 골라 먹을 수 있었다.

"그러니까 이게 그 마약쿠키?"

"그렇다네요. 얼마나 깜찍하니 먹음직스러운지."

광수대 마약 2팀 중 누구도 쿠키 맛을 보려 하지 않았다. 그저 관상용으로 쳐다만 볼 뿐.

"새끼들 기발하다니까. 내가 양귀비 종자 샐러드드레싱. 대마 초콜릿은 봤어도 이렇게 홍콩유명 쿠키로 둔갑한 건 또 처음이네. 헌데 이거 어쩌냐? 맛을 볼 수도 없고. 완전 그림의 떡이네, 아니 그림의 과자."

인하 역시 해외 사이트를 통해 밀반입하다 적발된 쿠키에서 시선을 떼지 못했다. 요사이 각종 사이트로 유입되는 마약 양이 엄청났다. 나날이 증가추세고.

그중에 이 말도 안 되는 과자가 있었다.

"아니 이 예쁜 깡통 가득 마약이 들었다고 누가 생각하겠냐고? 이렇게 뻐젓이 마크도 로고도 박힌 제품을."

"이걸 회원제 바에서 선물로 받은 이가 있다니 더 문제죠."

"회원제 선물?"

"네, 추석 선물이라면서 줬대요. 연인이랑 함께 먹으면서 좋은 시간 가지라고. 아이나 부모님한테는 절대 주지 말라고 신신당부했다고 하던데요."

"얼씨구!"

"서서히 중독시키는 거죠. 쿠키로 단골 만들고."

"……."

"강한 것 좋아하는 놈들한테야 이게 소꿉장난에 그냥 쿠키지 난생처음 하는 초짜한테는 완전 띵호야 러브야 일 테니까요."

날로 신선해졌다. 한층 기발해지고. 마약을 향유하고 퍼트리는 수법 전부가.

요사이는 싸움 못하는 경찰은 용서해도 머리 나쁜 수사관은 용서 못한다는 말이 돌았다. 이렇게 아이디어 넘치는 기발하고 기막힌 두뇌를 상대해야 하는데 감이나 이해력. 상상과 추리력이 떨어지면 현장에서는 답이 없었다.

"할 말 없어요?"

질문을 하는 여자의 표정은 담담했다. 목소리도 그렇고.

강인석에게 전부 다 들었다면서도 어느 순간에 제 감정을 정비하고 갈무리했는지 약간의 동요도 느낄 수 없었다.

모든 게 다 달랐다. 표정, 말투, 행동, 분위기, 시선, 자잘한 습관들까지 전부 다 낯설고.

그런 사람에게 그게 무엇이든 말한다는 게 의미가 있을까…….

주머니 속 핸드폰이 울린 건 그때였다. 인석이었다.

"응."

— 혀~엉!

"······!"

도착한 순간 인하의 눈에 들어온 건 낱개로 비닐 포장된 달고나를 조심스레 들고 있는 여자와 그 옆 제법 맞은 티가 나는 인석이었다. 그 둘 맞은편 지구대 경찰들의 보호를 받고 있는 건장한 네 명은 어딜 어떻게 다친 건지 자리에 앉지도 못한 상태였다.

"형!"

"무슨 일이야?"

"그게······."

인석이 한쪽에 얌전히 앉아 있는 니엘 힐을 보더니 입을 뗐다.

"누나랑 내가 후암동 거쳐서 경리단 길로 내려오고 있는데 저 새끼들이 괜히 달고나를 달라는 둥 누나한테 시간 있냐는 둥 온갖 수작에 말장난을 걸잖아. 그러더니 누나 달고나를 툭 치면서 떨어트려 가지고······ 내가 정말 죽을힘을 다해서 손 좀 봐줬거든."

인하는 제 귀를 의심했다.

"네가?"

"응."

인하는 인석의 대답을 들음과 동시에 여자를 쳐다봤다. 여자는 어깨를 으쓱하더니 제 손에 있는 달고나만 신경 썼다.

"두 분 이쪽으로 오세요."

한 시간 후, 인하는 인석과 여자를 데리고 지구대를 나왔다.

"가, 차는 공영주차장에 있어."

"아니야. 난 장흥에서 올라온 우리 사장님 만나야 하니까 형이 누나 집에 데려다줘."

"그 얼굴하고?"

"얼굴이 무슨 상관이야? 쳐다볼 눈이랑 들을 수 있는 귀. 맞장구칠 입만 있으면 되는데."

"시간 지나면 아픈 건 둘째고 부어오를 거야."

지금의 상태가 나쁘지 않았지만 맞은 얼굴이 붓지 않을 리 없었다.

"오늘은 집에 가고……."

"됐어. 우리 사장님 서울에 매장 알아보신다고 시간 쪼개서 일부러 오신 건데 어떻게 그냥 가시라 그래? 그리고 서울 매장 내가 맡아야 해. 월급쟁이에 바지 사장이라도 내가 사장인데 당연히 가봐야지."

"……."

"누나나 좀 데려다줘."

인석은 손을 흔들어 보이더니 큰 길로 뛰어 내려갔다. 인하는 지금껏 말없이 선 여자를 보다 차를 세워둔 공영주차장 쪽으로 걸었다.

평년보다 일찍 만개한 벚꽃길 끝에 주차장이 있었다. 넘어가는 언덕길은 좁았지만 양쪽으로 벚꽃이 촘촘하게 줄지어 있었다.

한 톤 빠진 가로등 불빛을 받은 벚꽃이 인하 눈엔 영화 속 한 장면처럼 보였다.

김 형사가 환절기라 자꾸 코가 간지럽다고 한 게 엊그제 같은데 온지도 몰랐던 봄은 저 혼자 여름으로 달려가고 있었다.

아쉬웠다. 아무것도 못하고 아무 일도 아닌 듯 지나갈 계절이지만 이 순간 벚꽃의 고운 자태를 조금 더 기억하고 싶었다.

"저녁 먹어요, 우리."

벚꽃 엔딩은 싫은지 여자가 제안했다.

"데려다는 줄 테니까 저녁은 알아서 해결해요."

"같이 먹고 싶어서 그래요."

"시간 없어요."

"그런 거면 내가 광수대로 갈게요. 그 앞에서 같이 먹으면 되겠네요."

"……."

조명으로 그늘진 벚꽃 아래의 여자는 양손에 달고나를 들어 보이며 화사하게 웃었다.

어쩐지 비현실적으로 느껴졌다.

이 세상에 존재하지 않는 이의 모습을 하고 조금쯤 비슷한 미소로 웃고 있는 여자는 타임리프를 한 듯 흡사했다.

인하는 그래서 더 이 순간을 기억하고 싶은 건지 모르겠다는 생각을 했다.

여자가 택한 건 피자가게였다. 경리단 길에서도 꽤 유명하다는 네 평짜리 숨은 맛집.

테이블이 두 개뿐인 매장은 불행인지 다행인지 한 테이블이 비어 있었다.

주문은 정통 피자가 먹고 싶다는 여자가 나서서 했다. 좁고 경사 심한 골목의 주택가에 있어 그런지 스툴 의자에 앉으니 앞 가게 전경이 고스란히 보였다.

앞집은 카페였다. 프렌차이즈가 아닌 모노톤 일색의 개인 카페.

이태원에서 34년을 살았는데도 이런 장소. 이런 맛집과 골목이 있는 줄 몰랐다.

졸업 이후 시간을 반 잘라 펴 보면 반은 광수대고 반은 잠복을 위한 차 안이었다. 그러다 날벼락처럼 누군가를 만났고,

"좋아하는 피자 없어요?"

생각해 보니 강순이와 피자를 먹은 적이 없었다. 따로 뭔가를 함께 한 적은 딱 한 번뿐이었다.

"……없어요."

"피자 안 좋아하는구나."

"피자는 편리성과 신속성 빼곤 의미 없어요, 경찰한텐."

"그건 강인하 씨 스타일이고 모든 경찰이 그러지는 않죠. 좋아 하는 음식은 뭐예요? 한식? 일식?"

"매일 먹는 밥."

"고모님이 해 주신 밥?"

"……."

"오프나 휴가 때는 주로 뭐 해요? 어딜 가고?"

인하는 몸을 그의 쪽으로 돌린 채 질문을 하는 여자를 쳐다봤다.

"지금 뭐 하는 겁니까?"

"지금이요? 피자 기다리면서 강인하 팀장님을 조금씩 알아 가 는 중이죠."

"굳이 알 필요가 있습니까?"

"알면 서로가 조금 더. 지금보다 편해지지 않겠어요?"

"그러니까 그게 무슨 의미가 있는지 모르겠는데, 난."

"세상 모든 대화가 의미 있어야 하나요?"

"……."

"난 단지 맛있는 피자를 기다리는 이 순간이 조금 더 즐거웠으면 하는데, 그 즐거움을 위한 대화는 전혀 의미 없다, 이거예요?"

여자는 이해할 수 없다는 표정이었다. 이해할 수 없다면 굳이 할 필요 없는 거고.

"질문 하나 합시다."

"네, 하세요."

"어떻게 된 겁니까?"

"뭐요? 달고나 습격 사건이요?"

여자는 난처한 표정 없이 즐거워 보였다.

"난 진실을 알고 싶어요."

"전 진심을 알고 싶은데."

이번엔 장난기라고는 없었다.

"강인하 씨가 아직 말하지 않은 진심. 아니면 어떤 이야기라든지."

인하는 여자에게서 시선을 뗄 수 없었다. 차분한 표정 속에 숨은 날카로운 시선쯤이야 이미 알고 있었지만 지금은 어떤 의미인지.

"잠깐만요, 그대로 있어요. 그 시선 그대로 기다리고."

"……."

"피자 가져올 테니까."

여자는 윙크를 하더니 자리에서 일어났다.

주문을 걸 듯 지시한 여자의 말처럼 인하는 그대로 있었다. 짐작할 수 없는 여자의 말이 그를 꼼짝하지 못하게 했다.

"어때요?"

엘은 커피 잔을 든 채 어딘가에 시선을 둔 강인하를 쳐다봤다.

피자 먹는 내내 생각했다.

이 남자와 커피를 마시고 싶다고, 어둠이 내린 이곳 환상의 루프 탑에서.

강인하는 사무실 용도에 대해 묻지 않았고 잠시 고민하는 듯하더니 순순히 따라왔다.

이후 루트 탑에 올라와 발밑 동네를 본 후엔 한참을 서 있었다.

그 쓸쓸한, 아찔하게 섹시한 모습을 뒤로하고 커피를 내려 다시 올라온 후에도 강인하는 제 시야에 들어온 세상과 어떤 이야기를 하는지 내내 그 자세였다. 그 방향이고.

근거리 어딘가에서 온갖 조도로 쏘아 주는 간접 조명을 받으며 어둠 속에서 보는 남자는 낮보다 부드러워 보였다.

음영이 져도 단정한 얼굴 라인은 들고 있는 머그잔과 불어오는 바람에 노출된 머리칼로 인해 더없이 매혹적이었다. 만져 보고 싶었다. 머릿결을 느껴 보고도 싶고.

살면서 단 한 번도 이런 충동과 감정에 놓인 적이 없었다. 그런데도 당황스럽기보다 자연스러웠다. 그래서인지 이 상상의 나래를 멈추고 싶지 않았다.

"강인하 씨."

고집스러울 정도로 고개를 돌리고 있던 남자가 돌아봤다.

"멋있는 거 알아요?"

가슴이 두근. 쿵쿵거리는 소리가 사방에서 들리는 듯했다.

"처음 봤을 때부터 생각했어요. 멋있다고. 그러다 섹시한데 친절하지는 않구나, 하다가 지금은……."

"……."

"이 남자 나한테만 까칠했으면, 이러고 있는 중이고."

이 순간 솔직하고 싶어서 솔직했다.

"지금 그 시선, 그 시선으로 나만 보고 나만 볼 수 있으면 좋겠어."

"……."

"그래 줄래요?"

"변태입니까?"

"그런 취향 아닌데."

"아니긴."

"……."

"딱 그런데."

"변태면 싫어요?"

엘은 초조하고 긴장됐다.

"변태는 영 안 되겠어요?"

강인하는 대답 않고 쳐다보기만 했다. 그 시선이 묘했다.

화가 난 듯도 하고 긴장한 것도 같으면서 뭔가가 많이 섭섭해서 서늘하고 짠한 눈빛.

맨 마지막 짠한 눈빛이, 시선이, 표정이 그녀의 어딘가를 마구 흔들었다. 머리를 엉망으로 만들어 놓고 제 길을 가듯 지나가는 바람처럼.

"피자집에서 생각했어요. 이 남자랑 여기서, 이렇게 커피 마시고 싶다고."

저 입술을 머금으면 어떤 맛이 날까도 궁금했다. 체향도 그렇고.

"왜요? 들을수록 변태 같아요?"

어떤 대답이라도 하면 좋을 텐데 끈질기게 고집을 부리며 침묵으로 일관했다.

엘은 침묵의 의미부터 시작해 침묵 자체가 싫었다. 당장에 전부 다 깨부수고 싶을 만큼.

"그럼."

"……."

"이건?"

시선을 떼지 않은 채 맞닿은 입술은 따뜻했다.

꽤 오랜 동안 밤바람에 노출돼 차가울 줄 알았는데 아니었다.

엘은 끝내 관망만 하겠다는 듯 고고하게 고집을 피우는, 선이 고운 입술을 계속해서 빨아 삼켰다. 성급하게 욕심내고 싶지 않았다. 이쯤에서 멈추고 싶은 맘도 없고.

살짝 입술을 뗀 그녀는 자신보다 한 템포 늦게 눈을 뜬 강인하를 보며 연하게 웃었다.

"눈 감았다 뜨는 거."

손끝이 남자의 입술을 스쳐 눈가까지 지났다. 그 파동이 간지러운지 강인하는 한 번 더 눈을 감았다 떴다.

"그쪽, 엄청 섹시한 거 알아……!"

입술은 순식간에 다가왔다. 만개한 벚꽃처럼 활짝 펴 야한 상태로.

서로가 동일하게 나눠 먹고 삼키는 키스는 방금 전과는 결이 달랐다. 어느 순간 몸은 강인하게 안겨 그의 품에서 키워지는 화분 같았다.

욕심만큼 안고 안긴 채 간극 없이 마주 앉은 두 사람은 서로를 삼키며 분명하게 욕심냈다.

압도적으로 파고드는 혀는 입술과 비교할 수 없을 만큼 뜨거워 겁이 날 정도였다.

가슴이 오차 없이 밀착돼 서로의 심장박동이 고스란히 전해졌다.

그다음은 서로의 온기가 느껴지고 급기야 서로에게 품은 적나라한 욕망과 낮 뜨거운 애욕이 피부까지 닿았다.

그 순간 서로 똑같이 느꼈고 반응했다.

당신을 전부 가질 테니 당신도 전부 가지라고.

맞닿은 피부는 입안에서 녹아 버리는 아이스망고처럼 서늘하고 달콤했다.

향으로 취하게 만들고 싶은 건지 과일 맛과 향이 잔뜩 배어났다. 마치 분이 묻어날 것처럼.

그 달콤한 자극해 취해 허리를 거칠고 깊게 움직일 때마다 소리를 내는 침대는 이 시간을 여실히 증명해 주어 좋았다.

무엇보다 허리에 감긴 매끄러운 다리가 제 힘껏 쪼여 경련을 할 때마다 쾌감은 배수로 증폭됐다. 사정감을 느낀 인하는 감각을 조율하며 몸을 낮췄다. 그로 인해 다시 밀착된 피부는 비누거품처럼 부드러웠다.

쾌감으로 인해 일그러지는 얼굴을 내려 붉은 입술을 삼켰다. 달았다. 달아서 입술을 떼기 곤란할 정도로.

미친 듯이 파고드는 통에 숨을 참기 어려운지 여자가 어깨를 밀쳐 내려 안간힘을 썼다.

조금 미안함 마음에 얼굴을 떼는데, 달큰한 호흡이 귓가를 훅하고 스쳤다.

"……!"

온몸에 소름이 돋으면서 하반신에 힘이 가해졌다.

인하 자신도 느낄 정도로 근육과 혈관이 흥분했다. 급하게 숨을 고르던 여자가 그 같은 변화를 느꼈는지 미어지게 노곤한 얼굴로 노려봤다.

"……쳤……어."

"숨을 뱉은 사람 잘못이야."

말을 하는 도중에도 두 사람을 동시에 똑같이 꿰뚫은 몸 끝이 저 맘대로 부피와 밀도는 키워댔다. 여자의 눈가가 살얼음처럼 떨렸다.

이 역시 명백한 실수였다. 그가 그렇듯 여자가 제 기분과 상태를 어필한 건.

그 때문에 감각을 제어하겠단 생각은 감히 할 수 없게 돼 버려 분출하고 싶어 하는 욕망을 풀어 주었다. 풀어 놓아 버리고.

엘은 이 기분을 설명할 길이 없었다.

기이한 감각은 어쩔 줄 모르겠는데 짜릿하고 찌릿한 어떤 것들이 폭죽처럼 반복됐다.

하나에서 열까지. 전부 모르는 것투성이인데 몸은 자꾸 제 맘대로 쪼였다 풀었다를 반복했다. 그때마다 강인하는 그녀 안에서, 위에서, 심지어 뒤에서 급속도로 밀려들어 순식간에 빠져나가길 반복했다.

밀며 들어올 땐 천장이 바로 코앞까지 내려앉았고 빠져나갈 땐 몸의 모든 기관과 피까지 전부 딸려 나갔다.

전부 제 의지가 아니면서 죄다 그녀 의지였다.

매혹적인 강인하를 유혹한 것도. 갖고 싶어 입술을 삼킨 것도 그녀였는데 지금은 그 모든 게 의미 없어져 버렸다.

모든 걸 동일하게 나누고 가졌다. 그러니 누가 먼저랄 것도 없었다.

감각이 화로 속 불덩이처럼 쩔쩔 끓었다. 변태는 싫다면서 그 자신이 변태인 듯 깊숙이. 여성 어딘가를 뚫을 정도로 치받기만 하는 지독한 강인하 때문에.

이런 남자인 줄 몰랐고 이럴 수 있다는 것조차 예상 못했다.

그 덕에 이렇게. 지금 이 순간도 사방이 세상이 그녀가 통째로 흔들렸다. 순간순간 휘핑크림처럼 무참히 녹아내리기도 하면서.

11부

인하는 사진을 30분째 쳐다봤다.

이전 누군가에게 받은 사진과 달리 실내 골프장에서 찍은 사진
은 화질이 좋았다.

얼굴 전부를 가리는 고글 선글라스를 썼지만 실물을 본 듯했다.

얼굴과 분위기가 특별하거나 강렬해서가 아니었다.

이유는 단 하나. 이 여자로 인해 마약에 입문하거나 지독하게
중독돼 말라 죽어 가는 나약한 사람들 때문이었다.

자신들이 병들었다는 걸 알면서도 꾸역꾸역 죽음으로 걸어 들
어가는 중독자들.

누굴까……. 누가 왜 이 마약 대모를 표적으로 삼고 모는 걸까?

동급 이상의 상책? 신흥 마약조직? 배신당하고 이용당한 하선
또는 연관된 또 다른 이들. 아니면 그들 무리로 인해 가장 피해를

본, 매일 비싼 마약이 필요한 중독자들이면서 죽음과 쾌락을 맞바꾸며 아슬아슬한 사선 위에서 춤을 추는 광인들.

호기심으로 시작해 혹독한 광증에 매일매일 무너지는 이들 또는 그 누군가일지도 몰랐다.

중독은 남의 일이 아니었다.

어느 밤 이후 마약 중독자들 못지않게 모든 게 엉망진창이 돼 버렸다.

잠을 자지 않은 시간엔 머릿속 어딘가에서 장난스런 강순이를 안고 어디쯤에서는 뜨거워서 더 낯선 니엘 힐을 가졌다. 간신히 잠깐이라도 잠이 들면 두 여자와 함께 사랑을 나누고.

어느 땐 그가 변태가 되고 어느 순간엔 강순이가, 니엘 힐이 주도적인 변태가 됐다.

그야말로 변태들의 행진이자 야릇한 성애 놀이의 향연.

어제 새벽까지 안고 품었는데도 이 순간조차 실감이 안 났다.

서로가 서로의 유일한 깃발처럼 서로에게 가 닿아 꽂고 꽂히길 반복하며 잠시도 떨어지지 않았는데도 현실감이 없었다.

직접 보지도 못한 마약 대모는 한강에서 찾으라면 찾을 것 같은데 밤새 안고 갖은 서로의 뼈에 새길 듯이 갈아 마신 여자는 부서져 버릴 몽상 같았다.

"……!"

이번에도 사……라지면…… 갑자기 사라져 버리면. 벌써 사라져 버렸으면……!

불안은 의심을 키우고 의심은 불안을 증폭시켰다.

인하는 전화번호를 찾을 새도 없이 핸드폰 다이얼을 눌렀다.

받아. 강순이든 니엘 힐이든 누구든 빨리 받으라고!

초단위로 흘러가는 시간의 진행이 한없이 느리게 느껴졌다. 마치 다시 또 깨져 버려 완전히 멈춰 버린 어느 밤의 시간처럼.

이번에도 또 말없이 사라지면 그때는 정말 당신을…….

— 여보세요?

받았……

— 여보세요? 강인하 씨?

다.

— 강인하 씨.

강인하라고 불렀다.

— 왜 이러지? 주머니에서 눌렸나…….

다행이……야.

— 기다려…… 아니 기둘려?

……!

전화는 끊어졌다. 인하는 끊어진 전화기를 들고 그대로 있었다.

집에서는 눈치가 보여 오피스텔로 왔다.

도피처이자 안식처가 있어 새삼 안도하면서 문을 여는 순간…… 후회했다.

사무치게 역동적이었던 그 밤과 그 새벽의 기억이 수많은 가시가 되어 부끄러운 공격을 해 댔지만 눈 질끈 감고 침대에 누웠다.

마음 깊은 곳에서부터 앓는 소리가 났다. 몸살감기가 걸릴 건지 전신이 다 나른하니 무겁고.

처음 크리브마가를 배울 때도 이 정도는 아니었다.

체계적인 운동과 막노동 수준의 혹사는 레벨과 버전이 다른 건지 몸이 녹진녹진한 상태로 녹아 없어질 것 같았다. 마치 한여름의 아이스크림처럼 그렇게.

"후우…… 죽겠네."

기억은 돌아왔다.

극적인 순간이나 드라마틱한 전개 하나 없이 엉뚱하고 생뚱한 순간, 인석의 예언처럼.

"기억?! 그 까이 거 언제든 돌아온다니까. 한 번이든 두 번이든 그 머리가 그 머리고 그 사람이 그 사람인데 뭐가 걱정이야? 내가 장담한다니까."

그날 덕분이었다. 인연 없는 타인이건만 괜히 웃으며 시비 거는 술 취한 네 명의 청년들.

그들은 저희들보다 앞서 걷는 그녀와 인석을 타깃으로 삼아 의미 없이 욕을 하며 놀렸다.

걷는 것부터 가는 길까지 계속 뒤따라오며 지들의 쪽수와 믿지 못할 우정. 가벼운 혈기를 믿고 줄기차게 오만방자했다.

그렇다 한들 훈계랑 입장도 아니고 더구나 민간인과의 싸움은 이제껏 단 한 번도 한 적이 없었다. 입학과 함께 군인이었고 쭉 그 신분이었기에 적국과 적을 상대할 때 빼고 싸움을 건 적도 한 적도 없었다.

어느 순간 예의 없이 날아온 돌이 강인석 뒤통수를 정통으로 맞췄다.

그건 장난이 아닌 나쁜 마음이었다. 이상하게 그 순간 폭발할 것 같았다. 묵직한 무언가. 봉인이 터져 버린 듯도 하고.

가능한 은밀히. 되도록 빨리 임무를 수행하고 돌아가야 한다는 생각도 잊었다. 지웠고.

그게 무엇이든 마음먹은 순간 강인석 팔짱을 낀 채,

"바보 멍충이들."

이란 분명한 말로 유인했다, 좁은 길을 찾아 돌고 걸어 가장 외진 장소로.

CCTV 유무는 확인했지만 민간인인 강인석을 위해 망을 보게 했다.

어떤 이유와 명분이라도 결국엔 군인과 민간인이기에 힘을 정도 이상으로 주거나 팔을 쭉 뻗거나 하지 않고, 팔도 목도 관절도 꺾지 않겠다고 다짐해 꺾지 않았다.

명치를 피해 근육이 많이 분포한 부분만 노렸다. 가볍게 때리고.

불행하게도 지나가는 행인과 눈이 마주친 한 명이 도움 요청을 해 일이 커져 버렸다.

정황상 강인석이 몇 대 맞아야 했다. 사랑하는 연상의 여자친구를 지키기 위해 혼자 네 명을 상대한, 멋지고 무모한 남자가 되기 위해서 꼭 필요한 터치였다.

맞은 놈들과는 입을 맞췄다. 설명은 필요 없었다.

네 명 모두 누군가가 최선을 다하지 않은 걸 알기에. 모를 수도 없고.

그때 움찔하며 겁먹은 강인석을 때리려는 순간부터 하나씩 하나씩 기억났다. 소환되고.

　그 동안 잃어버린, 잊었던 두 번의 기억이 한꺼번에 다.

　어느 영화나 소설처럼 극적이면서 운명적으로. 감탄사와 신음이 나올 수밖에 없을 정도로 단짠내 가득한 상황에서 기억날 줄알았는데 그런 일은 없었다.

　수다쟁이 강인석으로 인해 공부 못하는 공시생 인석이 기억났을 뿐.

　Rrrrrr—

　강인하였다.

　"들은 그대로. 난 그쪽이 집에 있을 때 네다섯 번쯤 본 게 전부니까. 그 때문인지 대화다운 대화 그런 건 애초에 불가능했고."

　감히 이랬던! 이처럼 엄청난 거짓부렁을 한 남자.

　그래 놓고 맘먹은 채 작정하고 유혹하니까 낯선 여자한테 홀라당 넘어와서는 다양한 스킬로 순삭! 폭식한 남자. 순이는 들끓는 마음을 다잡고 니엘 힐로서 전화를 받았다.

　"네."

　— 어디입니까?

　"여기요? 여기 사무실인……."

　아, 집이라고 할 걸! 실수다.

　— 알았어요.

　"알았어요? 뭘요? 그보다 무슨 일 있어요?"

　— 지금.

지금?

— 올라간다고.

올라와? 어딜? 대체 뭔 소린지……!

전화가 끊어졌다.

"이 무슨 매너야……."

띵동.

"문 열어요."

……!

니엘 힐로서 문을 열었다.

긴박한 분위기와 달리 강인하는 침착했다. 문을 닫은 그녀는 오피스텔 중앙에 선 남자를 의아하게 쳐다봤다.

"무슨 일 있어요?"

대답 없는 강인하의 시선은 그녀에게 꽂힌 채 잠잠했다.

"대체 무슨 일인데……."

"확인, 하려고."

확……인?

"확인이라니요? 무슨 확인을……."

"니엘 힐."

"네에?!"

분위기 탓인지 긴장이 됐지만 순이도, 니엘 힐도 그 같은 감정을 표출할 만큼 어설프지 않았다.

"무슨 소린지……."

"이틀 전 일 때문에 아무것도 할 수가 없어."

"······!"

"그래서 정확하게 확인하려고."

이틀 전이란 말에 어쩔 수 없이 긴장이 됐지만 이번에도 역시······!

순식간에 당겨진 그녀는 강인하 품에 있었다.

"······보세요, 강인하 씨, 그때는 제가······."

딱히 무슨 말을 해야 하는지 생각나지 않았다. 빌어먹게도.

"제가 지금 급하게 처리할 일이······."

"나만큼 급할 수 없을 거야."

강인하에게 안겨 들려진 채로 등이 차가운 벽에 닿았다. 봄이라 해도 온기 없는 벽의 찬 기운은 금세 얇은 니트 안으로 스며들었다.

"유혹이란 거."

선이 고운 강인하 얼굴과 그 안에서 섬광처럼 반짝이는 길고 조용한 눈이 묘하게 웃고 있었다.

"그쪽만 할 수 있는 것도."

허리 안으로 파고든 다섯 개의 손끝과 가슴 앞에서 저만의 골을 파고드는 느린 손길은 묘한 언밸런스를 이루며 나른하게 흥분시켰다.

"그쪽만 해야 하는 것도 아니잖아."

이틀 전 루프 탑에서 발화된 정염의 씨앗은 아직 그대로였다.

뼈아픈 치도곤을 경험하고도 전부 꺼진 게 아니었는지 무안할 정도로 발끝과 손끝. 심지어 뒷목에서부터 그 아래 어디까지 저릿하고 짜릿했다. 마치 건전지 백만 개를 삼킨 것만 같았다.

"그래서 내가 지금 경황이 없어."

벽 쪽으로 조금 더 밀쳐진 것과 갈퀴 같은 혀가 입안으로 파고든 건 동시였다.

분명 갈퀴였었는데 궁극의 키스로 둔갑된 건 순식간이고.

벽과 남자에게 갇혀 입과 혀를 내어 준 니트 안은 숨이 막혀 요동쳤다.

처음부터 제 것이었다는 듯 쥐고 탐하는 손은 아프면서도 앓을 만큼 애욕과 정염이 느껴졌다. 주무르는 게 아니라 뭔가 확인하려는 듯한 손길은 차가운 등과 달리 버거울 정도로 뜨겁고.

벗겨진 니트가 바닥에 떨어지는 순간 차가운 벽을 대신 한 건 욕망이 분분한 손과 손바닥이었다. 서로에게 거친 숨을 토하는 두 개의 시선이 마주쳤다.

"유혹하는 말 같은 거 몰라도."

"……!"

"하나는 알아."

하반신이 조금 더 닿았을 뿐인데 살과 살이 닿은 것처럼 흥분돼 머리가 어찔했다.

"당신을 어떻게 안아야 하는지. 당신을 어떻게 하고 싶은지…… 마지막 순간에 당신 입에서 무슨 소리를 듣고 싶은지."

모든 게 갑작스러워 정신이 없는 가운데 남자가 하는 말 전부가 궁금했다. 동시에 그녀 자신이 무슨 말을, 소리를 할지도 궁금하고……!

키스는 가슴골에서 시작됐다. 혀가 가슴골에 정점을 찍는 순간 후크가 떨어져 나갔다.

버티며 박혀 있어야 할 정신도 어디론가 새어 나가 버리고.

"……!"

무언가 놓고 싶어 막 놓아 버리려는 찰나 강인하 몸 끝이 빠듯하게 침입하더니 꾸역꾸역 침범해 들어왔다. 숨이 막히면서 머리에서 발끝까지 전류가 흐르는 것만 같았다.

벽에 기대 선 채로 얼굴이 잡혀 강인하를 올려다봐야 했다.

강인하는 노려보듯 쳐다보기만 할 뿐 어떤 말도 하지 않았다.

감정 표현이 꼭 입과 언어, 눈빛만이 아니라는 듯 뭔가를 퍼 올리듯 격렬하게 쳐올리는 허리짓에 두 다리와 발끝이 허공에 들렸다. 갈지자를 그리며 공중에서 맥없이 흔들리고.

결국 강인하의 허리에 다리를 감은 채 체중이 두 배가 된 육체를 견뎌 내야 했다.

"아……으……으……."

몸 마디마디. 지점 지점에서 각각의 다른 스파크가 터졌다.

대중소로 갈리는 불꽃은 말을 삼키게 만들어 긴 한숨. 끝도 없는 탄식만 내뱉게 했다.

진저리칠 만큼 만족스런 섹스면서 감정을 담아 나누는 사랑인 건 분명한데 동일한 강도로 취조를 받는 것만 같았다.

그럴 리 없다고 생각은 하면서도……!

강인하는 점점 소극적이 돼 버린 내벽을 교묘히 할퀴어 자신만의 자국을 만들며 괴롭혔다.

얼마나 영악하신지 희열은 촘촘하게 안겨 주면서 교성을 지를 타이밍도 허했다.

깐깐한 성격 그대로 강약도 동일하게 나눠 이 관계와 행위에 불평은 끼어들 수 없게끔.

아…… 딱 죽을 것 같았다.

자지러져 정신 놓기 전까지만 치받는 강인하는 전투교관 같았
다.

이끌어 주는 것 같으면서도 결코 도와줄 생각이 없는, 극강의
체력과 인내만 요구하는 무자비하고 간교한 교관.

고강도 훈련에 노출돼 체력이 어느 정도 보장된 그녀로서는 매
우 억울한 처사였다.

다른 이들이었으면 진작에 기절하거나 벗어나려 몸부림을 쳤을
텐데 그녀의 몸은 인내에 너무 익숙했다.

아무래도 이 남자는 그 사실을 너무 잘 알고 이용하는 듯했다.
그렇다면 피눈물 흘릴지언정 바라고 기다리는 듯한 한계 상황 속,
고백은 물론이고 어떤 이야기도 해 줄 생각이 없었다.

설명 없이 고집을 부린다면 똑같이 해 줄 요량이다.

이 상황을 얼마나 버틸 수 있을까……

— 못 들어온다고?

"……."

— 누나가 몸살이 나서 내가 우리 정육점에서 가져온 사태랑 양
지, 도가니까지 몽땅 넣고 곰탕 끓였거든. 고모는 형 시간 내서 한
그릇이라도 먹고 갔으면 하시는데. 냉장고에 들어가기 전 뜨끈할
때 다 같이 먹으면 좋잖아. 헌데 누나가 영 맥을 못 추네. 대체 뭔

일을 하고 다니기에 저런 건지…….

"넌 왜 순이 누나야? 기억도 못한다는 사람한테."

— 그럼 순이 누나한테 순이 누나라고 하지 니엘 누나라고 하겠어, 아님 전부터 알던 기억상실녀라고 하겠어? 기억 잃었다고 누나가 누나가 아닌 게 아니라고 내가 몇 번을 말해?!

"……."

— 현실이 영화도 아닌데 기억이야 언제든 돌아올 테고. 그래서 말인데 누나 저렇게 아파서 방심할 때 한두 군데 때려 볼까? 생각도 못한 충격으로 기억날 수도 있잖아? 감히 네까짓 게 날 때려? 뭐 이런 마음 때문이라도.

딱 강인석스러운 대답이었다.

— 누나 기력이 많이 떨어진 건 사실 같아. 우리랑 있을 때 누나가 저런 적이 있었냐고, 어디. 어느 순간에도 밥만 잘 먹더라. 딱 그 노래 주인공이었지. 외국 물이 안 좋긴 하나 봐.

"……."

— 잠깐 미쿡 물 먹고 오더니 저러네.

"평생 미국 물 먹고 살던 사람이야. 네가 누나라고 하는 사람."

— 그거야 한국에서 보리차. 결명자차. 숭늉 먹기 전 이야기고. 형 몰라? 우리나라 김치 유전자가 그렇게 강하다잖아. 그중에서도 우리 고모 솜씨가 좀 좋아? 여튼 고모가 옆에서 오늘 꼭 와서 한 뚝배기 비우래. 누나도 들여다보고. 형 진짜 그러면 못 쓴다.

"……."

— 형이랑 누나가 아무리 견원지간이라 해도 인간된 도리. 인간애란 게 있는 거고 순이 누나가 형 도시락도 몇 번이나 가져다줬

는데 매몰차게 그러면 나중에 누나가 기억 찾아서…….

"끊어, 바빠."

인하는 또 다른 추궁이 시작되기 전 전화를 끊었다.

이미 기억을 다 찾았는지. 여직 찾으려 애쓰고 있는 건지. 아님 진심으로 찾을 생각과 의지는 있는 건지. 이중에 강순이가 지금 어디쯤에 있는지 알 수 없었다. 그런 가운데 상당히 의심스러운 건 사실이고.

증거를 대라면 일단은 심증인데 그 심증이라는 게 확증 수준이 었다.

눈빛을 비롯해 말투와 분위기가 미묘하게 달라졌다, 니엘 힐이라는 이름으로 만났을 때와.

몸을 나누면서 확증은 확신이 되었다.

그 무엇보다 상처 가득한 마음이, 지금껏 버틴 심장이 말하고 있었다. 이 여자가 무언가를 숨기고 있다고.

수사 내용일 수도. 맡은 임무일 수도 있지만 그의 뜨거운 심장이 말했다.

그 순간 그의 전부로 품고 꿰뚫은 이는 바로 강순이라고.

엊그제 어떤 이름으로도 명명할 수 없는 여자는 끝까지 버텼다. 거부도 멈춤도 없이 마지막의 마지막까지 교성과 함께 아찔하게 받아 주고.

니엘 힐이라면 그럴 이유가 없었다.

끌리는 남자와의 하룻밤이 이틀 밤이 된 정도라면 충분히 거부할 수 있었다.

감정이 개입되지 않았다면 본능과 욕망이 그처럼 난립해 끝까지 미치도록 하나일 수 없고.

"당신은."

그런데도 모른 척하겠다면 동조할 생각이다.

"강……순이야."

끝내 니엘 힐로 머물다 떠나겠다면,

"누나가 아파."

받아들여야 할 테고.

오늘 누군가로부터 세 번째로 받은 마약 대모의 사진을 보면서 생각했다.

이쯤이면 의미가 너무나 분명하다고.

다시 전화를 받은 건 자정쯤이었다.

횡성 매장에 문제가 생겨 급히 내려가니 잠깐이라도 들러 달라는 전화.

몸살감기 약에 취한 여자와 그런 여자를 간호하느라 피곤하실 고모님을 뵈러 잠깐이라도 다녀가라는, 어느새 어른이 된 인석의 당부.

강순이가 사라진 순간 변한 건 인하만이 아니었다.

인석이도 변하고 고모도 변했다. 나타날 때처럼 사라질 때도 갑작스러웠던 인연은 인석에게는 어른이 되는 계기를. 고모에게는 삶과 사람에 대해 사유와 사색을 숙제로 남겼다.

어떤 이에게는 견딜 수 없는 분노와 상실감. 설명할 수 없는 그 무엇이었지만 두 사람에게는 성장과 성숙의 그 무엇이 되어 주었다.

"고마워서라도 가 봐야 하는 건가……."

새벽 두 시경에 집에 도착한 인하는 고모님 방을 확인한 후 여자가 있는 방으로 건너갔다.

여자는 잠든 상태였다. 그간 못 잔 잠을 몰아 잘 생각인지 깊은 수면 상태였다.

3일 만에 보는 얼굴은 많이 상해있었다.

작은 얼굴에 눈 코 입이 다 있어 신기했던 얼굴은 그 사이 가파른 협곡의 경사처럼 반쪽이 돼 있고.

"……그……러지 마."

"뭘?"

"……화내는 거."

"화나서 여자 안을 만큼 쓰레기 아니야."

몸 끝이 여자를 꿰뚫어 궁극의 쾌감에 전멸되던 순간 강순이와 나눈 대화는 짧았다. 주어도 의미도 불분명하고.

누워 있는 여자의 몸은 가늘었다. 그 어느 때보다 지금 이 순간.

아파서 그렇게 보인다는 걸 알면서도 맘이 편할 리 없었다.

미친 듯한 방사와 제어하지 못한 분출로 인해 몸이 닳고 몸 끝이 아리도록 안았다. 분명 얼마쯤은 원망이었고 몇 할은 책망이자 자조, 자괴감이기도 했다.

여자가 사라지고 2개월 후에 날아온 사진엽서 속 인물은 웃고 있었다. 사진 풍경과 어울리는 환한 미소를 하고.

사진은 완벽한 그림이었다. 그 그림에서 무엇도 빼거나 더할 건 없었다.

그 자체로 완벽해 동화 속 주인공처럼 오래오래 행복할 일만 남은 듯 보이고.

누가 보낸 건지는 모르지만 의도는 명확했다. 궁금해하지도, 감히 기다리지도 말라는 의미.

"어……어."

예상치 못한 목소리.

"……제 왔……어?"

여자가 어둠 속에서 올려다보고 있었다.

"……직……화……났어?"

단순히. 다분히 화인지는 모르지만 몽니가 난 상태인 건 분명했다. 그러니 이 여자를 이 지경, 이 꼴로 만들었을 테고.

감정이 기반이 된 관계고 더 없이 만족스런 섹스였지만 그랬어도 과했다.

벼루고 벼른 날 선 심정으로 저열한 짐승이 돼 더 많은 감정을 실어 공격하듯 치받은 것도 반박할 수 없는 사실이고.

"보……고 싶었어."

"……."

"꿈 꿨어. 우, 리, 가……."

입이 마른지 말이 뚝뚝 끊어졌다.

"싸웠……는데……."

"늘 하는 거잖아."

그 소리에 여자가 웃었다. 웃음이 멈춘 순간 뜨거운 손끝이 인하의 손등에 닿았다.

"좋……았어."

손끝이 손등을 쓰다듬듯 조금씩 움직였다. 순간 알 수 없는 이유로 명치가 쪼여 왔다.

"곁에 있……어서."

움직임이 멈췄다. 거북이걸음처럼 느리고 거친 숨을 조금씩 내쉬더니 이내 조용해지고.

요란한 감기몸살 때문인지 마음이 복잡했다.

엘은 더없이 가벼운 몸과 맘으로 조깅을 즐겼다.

내내 간호해 주신 고모님은 큰일 난다고 말리셨지만 앓고 나니 앓던 이가 빠진 듯 시원했다. 무언가는 개운하고.

미국 병원에서 일어난 순간부터 신경 재활치료와 근육 강화를 동시에 하면서 모든 순간 바빴다. 이후 복귀하자마자 날아온 투서는 기다렸다는 듯 제출됐고.

이번엔 시간을 벌 수 없었다. 정보 국장인 제니스에게 정식으로 제출된 투서라기에.

마음이 복잡한 만큼 일을 빠르게 처리하며 한국행을 준비했다.

햄튼 혼자 꾸미고 계획한 일이라고는 생각지 않았다.

분명 한국에서 밑그림을 그린 이가 있다고 판단했다. 이리에 밝지 않은 햄은 제가 동조한 지도 모른 채 동업자로 이용당했을 테고.

카나비디올(CBD)오일은 의료용이라 쳐도 상당량의 헤로인을 수십 차례 나눠 들여왔다는 건 분명 바보 같은 행동이었다.

"강인하와…… 그런 게 바보지."

잃어버린 기억 속 차곡차곡 쌓이던 감정 때문이면 아쉬워도 한 번으로 끝냈어야 했다. 그랬어야 했는데 그러질 못했다.

유혹이란 말을 언급하기 전부터 몸은 이미 감전된 상태였다.

그 남자의 눈빛에. 강인하의 체향과 몸짓. 사고 전 같이 살면서 함께 있을 때면 늘 곁눈질하게 만들던 모습이 그녀를 자맥질하게 만들었다.

심연에 묻혀야 할 어떤 것이 가라앉지 못하고 내내 부유하다 마침내 강인하의 손길과 목소리에 무너져 내린 꼴이고.

몸살을 앓는 동안 강인하 꿈을 반복해 꿨다.

어느 날은 꽃길이 전부인 기분 좋은 꿈이고 어느 날은 원망 가득한 눈빛 때문에 지독히 아픈 꿈. 그러다 강인하가 작고 고운 어떤 여자를 만나 보기 좋게 웃는 꿈이었다가 그런 두 사람 뒤에서 혼자 아파서 아픈 꿈.

꿈이 좋아 깨고 싶지 않다가 꿈이 싫어 깨고 싶은 꿈은 끝도 없이 반복됐다.

어떤 꿈은 지금도 생생했다. 곁에 앉아 걱정스레 바라봐 주던 강인하가 손을 잡았다.

뜨겁게 몸을 나누다 포근하게 안아 주는 것도 좋지만 가장 좋은 건 크고 긴 손으로 그녀의 손을 감싸 주는 게 제일이었다.

마치 무언가를 약속하는 그 생소한 기분도 좋고.

"말, 해야겠지……."

기억을 찾았다고. 이제 말을 하기도 하지 않기도 어려워져 버렸다.

처음엔 그녀가 반드시 기억했어야 할 강인하를 기억해 내지 못했고 강인하는 돌아온 그녀를 완전한 타인. 이방인 대하듯 했다.

어떤 노력도 하지 않으면서 시종일관 냉담했다. 마치 이전의 기억은 아무것도, 아무 일도 아닌 것처럼.

"그래도 해야겠지."

"~~~~나~아!"

"이렇게는 못 지낼 테니까."

"누~~~~나!"

제 형과 달리 한결 같은 마음을 전부 내보여 주는 녀석.

엘이 선 대문 앞까지 단숨에 달려온 강인석이 헉헉거리면서도 환하게 웃었다.

인석~~~~아, 하고 부르고 싶은데 이 또한 커밍아웃 전에 불가능할 테고.

"이제 괜찮아? 다 나은 거야?"

아직 안 괜찮아. 강인하를 포함해 모두에게 말을 하기 전까지 그녀는 강순이도 니엘 힐도 아닌 아무도 아니기에.

12부

엘은 벽 한쪽을 가득 채운 사진. 단서가 되어 줄 표시와 표식을 한참 동안 쳐다봤다.

모두가 공유할 브리핑 자료는 아니었다. 오랜 시간 혼자서 모색하고 궁리한 티가 나는 온갖 정보는 암호처럼 도식화돼 여러 카테고리로 분류돼 있었다.

그 가운데 모든 건 한 사람을 겨냥하고 있었다.

타깃은 분명했다. 그 자명함으로 인해 생각이 깊어질 수밖에 없고.

"뭐지? 남의 사무실에서."

아주 잠깐이지만 불신과 불쾌감이 가득한 남자와 눈이 마주친 후에도 엘은 정보의 바다 같은 벽에서 시선을 접지 않았다.

당신은 어쩔 생각이고 계획일까…….

엘은 묻지 못할 질문 대신 강인하를 쳐다봤다.

"정보 장교라서 그런가? 모든 정보에 정도 이상의 관심을 보이는 건."

"국내 정보가 저와 무슨 연관이 있겠어요. 단지 흥미로워서 본 것뿐이니까 불쾌해하지 말아요."

"어느 부분이 미군 장교의 흥미를 유발했는지 궁금하네."

"선택."

"……"

"어떤 선택을 할지 궁금해요."

그 소리에 강인하의 시선이 자료와 단서 쪽으로 향했다. 잠시 후,

"정보 분석이 전문인 당신 선택은?"

의논이나 타진은 아니지만 그녀의 의견을 흥미로워하는 건 분명했다.

"나라면 커밍아웃할 거예요."

"……"

"그런 후 다시 궁리할 테고."

"시간이 있을 때 얘기야."

"시간이야 제 발로 걸어가는 쪽 선택이고 문제니 상관없죠. 기다리는 쪽에서는 대비하는 시간이 조금 더 길어져 지루하겠지만 꽤 오래 판을 준비한 것 같은데 그 정도는 문제도 아니죠."

대답과 달리 우려가 되긴 했다. 정보와 사진이 갖은 이중적인 의미로 인해.

"그보다 여긴 무슨 일로?"

관심을 돌리려는 걸로 보아 모종의 연락을 받아 이미 결정한 사안인 게 분명했다. 문제는 시기. 타이밍이 문제였다.

"궁금한 게 있어서요."

강인하는 벽을 가득 채운 공간을 가린 후 그녀와 마주 섰다.

"말해."

"애인 있어요?"

전혀 예상 못한 질문이었는지 강인하 눈이 얇아지면서 표정이 굳어졌다.

"서로 스케줄 될 때 기분 좋게 서로의 품에서 자고 함께 먹는다거나 저 아줌마 일처럼 그쪽 일을 이야기할 수 있는 그런 애인. 하룻밤 섹스 파트너 말고."

있을 수가 없지! 절대 있어서도 안 되고.

"그건 왜 묻지?"

"없으면 나랑 하자고 하려고."

강인하 시선이 묘하게 반짝였다, 흥분보다는 의심이 가득해서.

"왜?"

왜에? 그딴 식으로 사람을 폭식했으면서 이딴 질문을 한단 말이지.

말을 섞을수록 커밍아웃할 확률이 희박해졌다.

"이유는?"

"연애하자는데 이유를 묻는 게 이상하긴 한데 굳이 대자면 강인하란 남자가 궁금해요. 얼마쯤은 반한 것도 있고."

마지막 말 때문인지 강인하 얼굴근육이 미세하게 움직였다.

"난······."

"아, 하나 더. 강인하 씨랑 나누는 야한 온기가 좋아. 당신 체향. 당신 숨. 당신이 날 숨 막히게 안아 주는 것도 전부 다."

"……."

"자꾸 생각나. 낮이나 밤이나."

더 과감하고 솔직하고 싶은데 그럴 수 없었다.

1차 고백에 시큰둥했던 강인하의 눈빛이 한층 더 깊어졌다. 그래서 용기를 냈다.

"나랑 만나요."

"……."

"지금처럼 팀원들에게 할 수 없는 얘기도 편하게 나눌 수 있는 바람직한 연인이 돼 줄게. 물론 그것보다 중요한 건 당신을 안고 당신에게 안겨 뭐든 둘이 같이 나누는 거고."

빽빽하게 적힌 정보와 사진으로 이 같은 마음은 더 간절해졌다.

무슨 생각인지 침묵이 길어지더니,

"2주라고 했어."

"응? 뭐가요?"

"당신이 머무는 시간."

제니스에겐 열흘이라고 말했었다. 하지만 그건 기억을 찾기 전 이야기면서 강인하에게 숨 막히게 안기기 전 이야기라 상황이 달라져 버렸다.

"그 문제는 원거리 연애라는 것도 있고 한국으로 전출 신청하면 2년간 남들처럼 평범하게 연애할 수 있어요. 어때요? 한번쯤 생각해 줄래요?"

"……."

"당신과 나, 우리 연애에 대해서."

조금은 우회해 고백한 모든 말과 함께 엘은 강인하에게 한걸음 다

가갔다. 시선을 올려 뜨자 시야 가득 매혹적인 체향의 강인하가 있었
다. 아찔한 이끌림에 취해 바로 코앞까지 다가간 엘은 강인하의 입술
을 지나 인중. 인중에서 보기 좋은 높이로 중심을 잡은 날렵한 코. 양
옆으로 길게 그려진 눈까지 훑었다. 손길과 마음으로 한 번 더 쓸고.

"강인하 씨, 나는⋯⋯."

"저녁에 루프 탑에서 봐."

"⋯⋯."

"그때 얘기해."

야호!

키스 정도는 할 줄 알았는데 아니었다.

강인하는 여전히 융통성이 없었다. 작별키스란 것도 있는데 연
애하자는 여자에게 이제 가라는 말로 인사를 했어야 했는지.

오피스텔로 돌아온 엘은 한 통의 문자를 받았다. 지금껏 기다린
햄이었다.

10분 후 도착이라는 짧은 메시지에 그녀 역시 완벽한 니엘 힐로
버전 업됐다.

정확히 9분 후 초인종이 울렸다. 햄은 이상한 이름과 달리 무척
이나 슬림한 체격이었다. 엄청난 체구에서 오는 근육량. 전문적이
면서도 다양한 스킬보다 근기와 지구력이 좋은, 칼을 기가 막히게
잘 쓰는 동료고.

대원끼리 사용하는 이메일에 암호로 메모를 남긴 상태라 10개
월 만의 만남인데도 반가워할 수 없었다.

『먼저 물을게. 8개월 전에 이태원 어느 주소로 널 찾아간 적이

있었어. 희미하지만 가구 공장이었던 걸로 기억하고. 위장이지. 마약 제조 때 나는 냄새를 가구용 본드와 여러 화학 약품 냄새로 덮으려는 의도고. 그 일까지 전부 다 네가 개입된 일이야?』

슬림을 넘어 수척한 모습의 햄은 말을 아꼈다.

『너도 알 거야. 일의 경중을 떠나 이 사안이 내가 여기까지 날아올 일이 아니라는 거. 그런데도 온 건, 도우려는 거야.』

『……..』

『네가 내 목숨을 살려 준 것처럼.』

『아내를 구해 줘. 엘.』

아내. 햄의 아내라면 한국인이었다. 교포가 아닌 한국인.

어느 해 햄은 아프칸 특수 임무를 마치고 한국으로 여행을 왔었다. 그때 이태원에서 지금의 아내를 만났고 둘은 3달 만에 결혼을 했다.

이후 햄은 작전이 있을 때만 미국에 머물고 나머지 시간은 한국에서 지냈다. 그로 인해 팀원들과 소원해지고 소통조차 원활하지 않다는 걸 알면서도 햄은 아내 곁에 있으려 제 화려한 이력을 희생했고 가족과 같은 팀원들을 실망시켰다. 그때도 엘은 햄을 이해했다.

햄은 여타 외향적이고 호탕한 미국인과 달랐다. 이해가 가지 않을 정도로 섬세하고 예민했다. 외로움도 많이 타고.

지금의 아내는 제 그런 성향부터 시작해 모든 감정을 다독이는 안식처라며 자랑하던 햄을 지금도 기억한다.

『지은이와 미국으로 가고 싶어. 갈 수 있게 도와줘.』

요구는 분명했다. 이미 서로가 아는 죄는 인정하되 처벌이든 심판이든 미국에서 받겠다는, 것도 혼자가 아닌 제 아내와 함께.

『지은은 미국에서 치료받아야 해. 이곳에서 처벌받으면 치료는 물론이고 우린 결국 헤어지게 될 거야. 난 그게 가장 무서워.』

처벌도 불명예제대도 감수하지만 아내와 헤어지긴 싫다. 절대 그럴 수 없다는 건데 엘이야말로 그럴 수 없었다.

투서 내용은 전부 햄의 아내를 지목하고 있었다. 햄의 밀수는 아내 이지은의 부탁으로 시작됐고 그러다 본인도 투약하게 됐다는 투서는 8군에서 사령관에게 직접 보낸 거였다.

미군에게는 투서를 받는 날이 있다. 전 부대가 해당되는 시크릿 데이.

그로 인해 비밀리에 수사가 이어졌고 한때 제니스 휘하 특별 팀원이었던 햄의 이력이 본국 제니스에게까지 닿았던 거였다.

제니스는 그 사실을 첫 임무 전, 휴가를 받은 엘에게 알렸다.

『넌? 너도 한 거야?』

『아니야, 난. 그리고 지은도 처음엔 순수한 의도였어.』

안다, 햄의 아내에게는 간질을 앓는 쌍둥이 여동생이 있다. 이 모든 시작은 제 동생과 간질을 앓고 있는 모임의 보호자들의 간절한 요구에서 비롯됐다는 걸.

주문받은 CBD오일과 필로폰 등을 함께 가지고 들여온 게 화근이었다.

아픈 자식을 돌봐야 하는 누군가 어떤 이유에서든 필로폰을 했고 그 한 번의 시작은 더 많은 사람들에게 퍼져 마침내 생활비와 치료비로 막대한 돈이 필요한 이들이 자기들끼리 직접 제조해 판매까지 이뤄지고 있다는 걸. 또한 그 사실을 제3의 누군가에게 들켰을 테고.

이 문제는 미군이 개입할 문제가 아니었다.

미군의 개입은 햄튼에 한해서 가능했다. 그러니 햄이 이처럼 요구하는 것이고.

이 순간 그녀를 공격했던 한국인 일곱 명의 신분이 새삼 궁금했다.

이틀 전 제니스에게 물었을 때 우회적으로 햄의 아내가 용의선상에 있다는 말을 했다. 하지만 가능성은 여러 가지란 말도 잊지 않았고.

결국 이지은이 햄이 알고 있는 것보다 더 많은 걸 알고 있고 쥐고 있다는 이야기였다.

엘의 의도와 목적부터 제 남편의 비밀, 팀원들만이 연결된 메일의 비밀번호까지 전부 다. 마약과는 별개로 이대로 두고 볼 수 없는 사안인 건 분명했다.

이제야 알았다. 제니스. 절대 그럴 일 없던 젠이 두 번의 귀휴를 허락했던 이유.

당신 휘하에 있던 대원을 어떤 상황이든 끝까지 책임지며 선택할 수 있도록 그녀다운 고군분투이자 고육지책이었다는 걸.

『네 아내는 어디 있어?』

『험프리 캠프.』

평택이라면 공장도 인력도 이미 그쪽으로 옮겼을 가능성이 컸다. 사주를 받아 뒤를 봐주는 이들도 그렇고.

문제는 이지은을 빼내 본국으로 가는 건데 문제의 중심에 있는 이를 티 나지 않게 빼돌릴 수 있냐는 거였다. 것도 이미 마약쟁이이자 장사꾼인 여자를.

그보다 더 근본적인 문제는 마땅히 이 나라 국내법으로 처벌받아야 하는 이를 빼돌린다는 게 정당하지 않다는 사실이었다.

젠에게 약속한 기한이 이틀 남았다.

강인하가 루프 탑으로 온다는 시간은 3시간 남짓 남았고.

여러모로 시간이 아쉬웠다.

인하는 루프 탑에 앉아 이태원 넘어 어딘가에 시선을 뒀다.

[비밀번호 알려 줄 테니까 안에서 기다려 줘요. 평택에 다녀올게요. 많이 늦지 않도록 할 테니까 아주. 영 가지는 말고.^^.]

문자에 찍힌 이모티콘이 낯설어 한참을 바라봤다.

강순이는 여전히 니엘 힐이었다. 당분간 그럴 생각이고 계획인지 어설프게나마 니엘 힐을 고수 중이고.

하늘이 어두워지는 만큼 도시는 밝아졌다.

도시도 하늘도 강순이 같았다. 또 다른, 두 개의 얼굴을 하고 사는 게.

연애를 하자고 할 줄은 몰랐다.

"야한 온기가 좋아. 당신 체향. 당신 숨. 당신이 날 숨 막히게 안아주는 것도 전부 다……. 팀원들에게 할 수 없는 얘기도 편하게 나눌 수 있는 바람직하고 입 무거운 연인이 돼 줄게. 물론 그것보다 중요한 건 당신을 안고 당신에게 안겨 뭐든 둘이 같이 나누는 거고."

그 순간의 당신은 누구였을까…….

안다, 부질없고 소모적인 질문이라는 걸. 둘 다 같은 사람이고 한 사람일 뿐이니까.

한쪽 벽을 빽빽이 채운 보드 판을 주시하던 표정을 기억한다. 의미심장한 말도.

D-day 내일모레.

강인하 팀장 앞으로 세 장의 사진을 보내며 만나길 요구했던 이와의 비밀스런 약속 날짜.

혼자 오길 요구했다. 경찰을 대동할 시 더 이상의 정보도 제보도 없을 뿐더러 마약 대모에 대한 건 영원히 묻힐 거라는 말도 함께.

광수대 마약반. 강인하 팀장 앞으로 사진을 보낼 정도로 제 자신을 철저히 숨길 수 있는 이라면 어설픈 액션은 하지 않는 만 못했다.

그 때문에 잡을 수 있는 1퍼센트 확률. 기회를 영 놓칠 수도 있기에.

"나라면 커밍아웃할 거예요. 그런 후 다시 궁리할 테고."

말의 의미를 모르는 바 아니었다. 그렇지만 그가 알던 강순이라면. 아직 절반도 알지 못하는 니엘 힐이라면 똑같이 행동할 거란 걸 안다.

닮았으니까, 강인하와 강순이는. 서로를 속이고 서로에게 속아주는 것조차도.

"무슨 생각해요?"

거친 숨을 뱉으며 옆에 앉은 여자는 환하게 웃어 보였다.

달리면서 두 걸음씩 번쩍 번쩍 뛰어올라왔을 모습이 눈에 선했다.

강순이 씨, 비밀스런 우리가 이 위험천만한 연애를 잘할 수 있을까…….

"왜 그렇게 보는데요?"

"예뻐서."

"……!"

여자 눈이 동그래졌다. 마치 까만 전구에 불이 번쩍하고 들어오는 것처럼 그렇게. 그러더니 금세 의심스런 눈을 하며 고개를 저었다.

"이상해."

"뭐가?"

"자신과 어울리지 않는 말을 하는 것도 그렇고 무엇보다 그런 눈빛을 한다는 게 이상해."

"나랑 어울리지 않는다는 건 뭐지? 그런 평가는 날 잘 아는 사람만이 할 수 있는데 당신이 그렇다는 건가?"

"……."

"니엘 힐이 강인하를 잘 안다는 말?"

갑작스런 질문에 여자는 당혹스런 시선을 했다. 그 모습이 예뻤다. 귀엽고.

"몇 초. 한 순간만으로도 상대를 꿰뚫어 알아볼 수 있는 게 사람이잖아요. 난 그런 면에서 말한 거예요."

"그런 거다?"

"강인하 씨 그런 말 잘하는 사람 아니잖아요. 말도 감정도 야박한 사람인데."

"야박하다? 왜 그렇다고 생각해?"

"그야……."

여자 표정이 순간적으로 멈칫했다. 이 역시 귀여웠다.

아무래도 오늘 밤 컨셉은 비밀스런 여자의 귀여움인 건가 싶을 정도로.

"느낌으로 그런 거죠. 첫인상이 그랬다는 거고."

"……."

"첫 만남 때 친절하지 않았잖아요."

"어느 첫 만남을 말하는 건데?"

여자의 표정이 다시 또 긴급 멈춤. 이었다.

"거실."

"……."

"집 거실을 말하는 거죠. 내가 강인하 씨 옷 입고 인사했을 때."

"머리 스타일은?"

"머…… 머리요?"

"사과 머리를 말하는 거야? 포니테일 스타일을 말하는 거야?"

강순이 표정이 점점 더 안절부절못해 곧 자아분열을 할 것만 같았다.

이쯤에서 그만두기로 했다. 아무래도 강순이는 당분간 미군 장교 니엘 힐로 있어야 하는 듯하니까.

"평택에서 무슨 일이 있었기에 정신이 없지? 본인이 연애하자고 꼬셔 놓고 딴생각을 하니까 못 알아듣지."

"……."

"나 가?"

"싫어, 가지 마요."

"……."

"미안해요."

강순이는 긴 한숨을 쉬더니 무언가로부터 스스로를 컨트롤하려
는 듯했다.

여자는 모르는 듯했다, 자신의 모든 행동에서 은연중 장난스럽
고 단순명료한 강순이가 배어 나온다는 걸.

모르니 지금껏 가면을 쓰고 있는 것일 테지만.

순이는 정신이 없었다.

들킨 건가 싶으면 아니고 아니겠지 하면 불쑥 기억을 추적하며
소환해 당황스러웠다.

니엘 힐은 절대 당황하고 당혹스러워하는 스타일이 아닌데 이
남자 앞에서는 어딘가 다른 그녀가 되는 것 같았다.

모든 것들로부터 단련된 니엘 힐이 아닌 어린 시절의 모습을 꼭
닮은 이태원 기억상실녀 강순이가. 또 공부 못하는 공시생 강인석
과 친구 먹고 아옹다옹하는 강순이. 먹는 걸로 인석이와 내기하고
연연하는 강순이. 청소에 재능 없는 강순이.

강인하만 보면 언제부턴가 심장이 전력질주를 한 듯 뛰며 음영
이 진 조용한 미소에 녹을 것 같은 강순이가.

"연애는 어떻게 할 건데?"

"그걸 왜 나한테 물어요? 제의한 건 나니까 강인하 씨가 결정해

야지."

"그걸 당사자한테 묻지 누구한테 물어?"

"아……아아, 그러니까 어떻게 할 거냐는 건…… 연애 방법 같은 걸 묻는 거죠?! 그렇죠?"

연애를 할 건지 말 건지를 묻는 줄 알았다. 아직 답을 내지 못했다는 말로 해석했고.

"전출 신청할 거야?"

전출 신청이라…… 지금 당장은 불가능해도 불타오르면 못할 것도 없었다.

멍청한 만큼 안타까운 햄도 있는데 전출쯤이야.

"강인하 씨 하는 거 봐서."

"뭘 어떡해야 하는데?"

"그야…… 내 체온을 당신 야한 온도로 올려 주고 가능한 많이 안아 주면서…… 아! 놀랬잖아요."

들린 채 당겨져 강인하 품안에 안겼다.

마주 본 상태에서 허벅지에 앉아 다리를 벌린 채라 편하면서도 어색했다.

너무 가까운 건 아닌지 우려할 정도로 밀착된 상태라 서로의 숨소리. 눈동자의 움직임. 이제 막 올라오기 시작한 턱 수염까지 세밀하게 잘 보였다. 볼 수 있어 좋고.

엘은 놀고 있는 손으로 지금까지 눈에 익힌 모든 지점을 쓸었다. 천천히 만지며 확인하고.

충분히 가까운 데도 자꾸 당기는 통에 묵직한 하반신 속, 조금은 남다른 조직과 이상 근육의 팽창이 실시간으로 느껴졌다.

"······우리····· 여······기서······ 이러지······!"

강인하 입술이 이마에 닿았다. 그 순간 밤바람도 뺨을 스치고 머리를 쓸었다.

입술이 닿은 곳이 따뜻하면서도 아찔했다. 부드러우면서 더없이 자극적이고.

입술을 뗀 남자는 밤하늘을 닮은 다크빛을 하고 쳐다봤다.

"다음 말은 뭔데?"

"뭐가요?"

"우리. 여기서. 이러지. 그다음 말."

"그거야······."

"안으로 들어가자고? 들어가서 뭐 할 건데?"

강인하 얼굴에 장난기가 가득했다. 노골적인 수준이 아닌 아주 고난위도 은밀한 수준으로.

"우선 이대로 안겨서 들어가면······ 똑같이 하게 해 줄 거야."

"······."

무슨 기대를 하고 상상을 하는지 강인하 하관이 경직된 듯 굳어졌다. 그 모습이 꽤 귀여웠다. 흥미롭고. 그렇다면,

"내 안으로 들어올 수 있게 최대한······ 몸을 낮출 거고 절대로 빠져나가지 못하게 옥죄······ 으악!"

엘은 강인하 허리에 두 다리를 칭칭 감아 달라붙었다. 그사이 한 몸이 된 둘은 루프 탑 계단을 빠르게 내려가고 있었다.

일정한 속도로 흔들리면서 엘은 웃음을 멈출 수 없었다.

철제 계단을 움켜 쥔 채로 몸이 들렸다.

강인하는 엘의 매끄러운 허리를 잡은 채 깊고 긴 허리짓을 반복했다.

"하……아……훗!"

서로에게 시선을 고정한 채 밀어 올리면 올리는 대로 몸은 철제 계단을 오르락내리락 거렸다. 계단 손잡이를 잡고 버티지 않으면 금방이라도 루프 탑 위로 튀어 오를 것 같았다.

끝내 오르지 않고 간신히 견디면 하반신은 강인하로 인해 묵직하게 들어찼다.

조금의 틈도 없이 반으로 가르며 진입한 남성은 그 자체로 심지가 돼 순이의 내벽을 태웠다. 그와 동시에 어딘가를 교묘히 누르고 건드려 사람을 안달하게. 숨 막히게 만들었다.

그런 순간엔 격렬한 교성을 질러 도움요청을 했다. 죽을 것 같으니 그만 좀, 제발 좀 멈추라고.

그 같은 간헐적 SOS가 영 통하지 않는다는 게 문제이긴 하지만…….

몸 안 어디선가 꽃망울이 터졌다. 정신없이. 여기저기. 곳곳에서 아우성을 치면서.

몸은 완벽한 하나의 작품 같았다.

오랜 시간 스스로가 갈고닦은 부드러운 가운데 단단하고 매끄러워 더없이 민감한 여체는 손을 뗄 수 없었다. 우윳빛 피부는 요술을 부리듯 인하의 손과 혀를 유혹했다.

유혹으로 인해 상처 입고 지치는 건 여자였다. 그 덕에 매 순간 녹아내린 여체를 삼키는 건 최후의 포식자 인하고. 결국 철제 계단에서 멀어진 두 팔이 인하를 안았다.

그 순간 귓가에 다급한 숨을 토하다 아이처럼 웅얼거리면 온몸에 소름이 돋았다.

소름은 그대로 몸 끝까지 전해져 더없이 탄력을 받기도 하고.

"조금만 이대⋯⋯로⋯⋯."

물기와 점성 가득한 목소리로 애처롭게 부탁을 하면 방법이 없었다.

잠깐일지라도 숨을 고르게 해 주는 것밖에는. 그 순간 맞닿은 가슴으로 느껴지는 충만감은 이 관계가 주는 또 하나의 선물이자 완성이었다.

무엇보다 이 공간에 그의 체향과 진액이 가득하단 사실이 좋았다.

이 여자를 이처럼 안고 어르며 안겨 기댄 지금의 이 모습이.

전사일 때와는 전혀 다른 여자의 연인의 안쓰러운 모습.

"더 안⋯⋯아 줘."

토한 숨과 호흡이 인하의 귓가에서 울렸다.

"또 사랑해⋯⋯줘⋯⋯."

지친 톤으로 그렇게 말한다면 이 또한 방법이 없었다.

서로가 같은 마음으로 바라고 원하는 대로 당신과 하나가 되는 수밖에는.

침대 안에서 아침을 먹었다.

다 먹지는 못했다. 밥보다 맛있는 서로를 먹고 마시고 수시로 삼키느라고.

결국 욕실 바닥과 벽 전부를 벌거벗은 몸으로 쓸고 닦는 전쟁 같은 샤워를 한 후에야 서로에게서 벗어날 수 있었다.

베스타월이 제3의 손과 눈이 될 수 있다는 걸 이 아침에 처음 알았다.

서로 공평하게 나눠 쓰며 닦는 단순한 행동으로도 체온과 열감은 가파르게 상승곡선을 탈 수 있다는 사실도.

"난 내일까지 바쁠 건데."

"난 똑같아."

"똑같다?!"

"마약쟁이들 줄 세워 골라내거나 미끼 쳐 걸리는 놈으로 또 다른 함정 파 딜하고."

듣는 것만으로도 충분히 피곤한 하루였다. 그렇다면 이쯤에서 비타민 처방을 내리는 것도 나쁘지 않을 듯했다.

"그럼 우리 서로 볼일 잘 보고 만나서 바람 쐬러 갈래요?"

"어디로?"

"어디냐면……."

천우 리조트가 떠올랐지만 입이 있어도 말은 할 수 없으니,

"땅 넓은데 사람들은 없고 물 좋고 공기 좋아서 나무 많아 숲 같은, 그런 곳."

"그런 곳에서 뭐 하려고?"

"딱히 뭘 한다기보다…… 그런 한가롭고 여유 있는 곳에서 하고 싶은 거 없어요? 아님 예전부터 했으면 좋겠다 했는데 못한 거라든지."

"있지."

"뭔데요?"

"결론은 내가 하고 싶은 것만 하면 된다는 거네."

"갑자기 궁금해지네……. 뭐 하려고요?"

"예고하면 재미없지 않나? 본편은 그냥 보는 거야."

"아쉽다. 난 예고 꼭 보는데."

한국 아침 드라마는 쪼이는 맛이 있어 예고편이 얼마나 재미있다고.

"조금만 보여줄게."

갑자기. 뜬금없이 팬티 안으로 손이 훅 들어왔다.

"………미……쳤어……요……. 지금 뭐……."

부지런한 손가락이 침입과 함께 섬세하게 움직였다. 놀란 엘은 뒤로 물러서다 그대로 침대에 쓰러졌다.

"새삼스럽지 않나? 밤새, 방금 전까지 미친 듯이 하고서."

"그러니까 그러죠. 여직 그래 놓고 또 장난치니까!"

"장난 아니고 예고야."

누운 그녀 위에 올라탄 강인하가 귓가에 속삭였다.

"사람 없고 공기 좋은, 물 좋은데 **빽빽**하게 나무도 많다면 할 게 뭐 있겠어. 선녀와 나무꾼 되던가, 아담과 이브 되는 것밖에."

두 커플의 공통점이 뭐지? 뭘까? 엘은 부지런히 생각했다.

"생각나는 거 없어?"

"……"

"답은 이틀 후에 알려 줘."

대체 언제 또 벗겨진 건지 빅토리아 시크릿 리미티드 호피무늬 T팬티가 강인하 손안에 있었다.

"내가 방금 암호랑이를 잡은 건가?

놀람과 창피함을 동시에 느낀 엘은 강인하에게 달려들어 팬티를 사수하려 했지만 어느 밤의 액션 히어로가 되지 않는 이상 불가능했다. 강인하는 요리조리 피하며 약을 올리더니,

"암 호랑이가 달려드니까 방법이 없네."

"말도 안 돼, 자기가 먼저……."

"이 몸 불사르는 것밖에."

깊숙이 파고드는 데 1초도 걸리지 않았다. 게릴라성 기습에 숨이 턱 막히면서 밤새 길들여진 몸은 벌써부터 전율이 퍼졌다.

"아…… 아……."

며칠 사이 익숙해진 공간은 본능이 팽배한 초원이 되고 야성이 들끓는 정글이 됐다.

누군가의 포효를 시작으로 더운 호흡은 다시 또 어지럽게 삼키고 얽혔다.

각자 약간의 텀을 두고 본가에 들렀다 출근하기로 했다.

강인하가 넉넉하게 챙긴 옷가방을 가지고 나가는 순간 엘이 집으로 들어왔다.

"안녕하세요."

"안녕하세요."

"뭐야? 두 사람."

인석이었다. 그냥 스쳐 지나면 좋을 순간에 이렇게 꼭 불러 세우는 눈치 없는 인물은.

"둘은 언제까지 그렇게 서먹거릴 거야? 둘이 친하지 않고 대문대문 해도 그렇지, 순이 누나는 지금 연타로 기억 잃은 운이 정말 징그

럽게 없는 기억상실녀에 우리 형은 그런 띨띨한 누나가 스페셜 상관으로 와 죽을 맛일 텐데 서로 좀 안쓰럽게 생각하면서 위하고 챙기고 그러지. 꼭 그렇게 마지못해 형식적으로 인사하고 그래야 하냐고?"

"인석아."

고모님이셨다. 늘 그렇듯 모자란 인석을 챙기시는 분은.

"고모도 생각해 봐. 둘 다 똑같잖아. 먼저 고개 숙이는 이도 없고. 형이랑 누나는 무인도에 가두어 놓더라도 아무 일도 없을 거야."

"……."

"서로 땅 갈라서 안 보고 살 사람들이라니까."

현관에 선 강인하도 거실에서 잡힌 엘도 할 말이 없는 애매한 순간이었다.

"누나 곧 미국에 간다고 하니까 제발 좀 우리 단합 좀 하자, 형! 누나 저리 보내고 형도 맘이 편하지만은 않을 거 아니야! 그리고 누나!"

야무진 호명으로 인해 할 수 없이 눈을 맞을 맞췄다.

"누나도 우리 형이 사회성 떨어지고 인간미 결여돼 재수 없고 꼴 보기 싫겠지, 알아 나도. 이래저래 도움받고 그래야 하는데 도움은커녕 지금처럼 눈도 맞추기 싫은 것도 알고."

"……."

"그래도 우리 형이 나름 유능한 경찰인데 한번 믿어 봐."

"그래서 하고 싶은 말이 뭐야?"

"뭐기는! 누나 가기 전에 우리 한번 뭉치자는 거지! 고기랑 술은 내가 다 댈 테니까! 오케이?"

모두가 오케이 하는 순간 강인하는 사라지고 엘은 마음속으로

355

긴 한숨을 쉬었다.

"형이 저렇게 도도한 샌님 같아도 속정은 깊은 사람이야."

도도한 샌님? 속정은 깊은 사람?

"원래 우리 집안사람들이 겉으로 티를 내지 않아요, 선비스타일이라서. 그러니까 무슨 일 있으면 인하 형한테 연락하고 그래. 괜히 객지에서 고생, 고민하지 말고."

엘은 나름 선방한 듯 제 자신을 뿌듯해 하는 인석을 보며 숨을 삼켰다.

어째 이리 제 형을 모르는지…… 새삼 신기하기까지 했다.

강인하는 선비스타일도 샌님도 속정만 깊은 사람도 아니었다.

관계를 할 땐 누구보다 집요하고 거친 스타일에 끝까지 씹어 먹는 리얼 야생 스타일이지.

속정도 얼마나 깊으신지 현재 엘의 깊고 깊은 속은 그 기막힌 속정으로 죄다 헐어 뭉개진 상태였다.

"형이 진지하게 여자를 사귀어 본 적이 없어서 더 그런 거라."

"……."

"내가 지금 사방팔방으로 선배, 후배 전부 알아보고 있으니까……."

"됐어, 나서지 마."

"……!"

"끝장을 봐도 내가 봐."

강인하의 속정은 아무도 몰라야 했다.

이 세상에서 유일하게 단 한 사람만이 알아야 하는 일급. 특급 비밀이기에.

13부

출근한 인하는 보드 판 앞에 섰다.

내일 저녁이었다. 무모하다 할 수 있어도 마약 대모의 싹을 자를 기회는.

만약을 대비에 이 안에 답을. 힌트를 숨겨두어야 했다.

죽으러 가는 것도 아닌데 필요 이상으로 비장할 필요는 없지만 어느 순간에도 다음을 위한 대비는 경찰의 기본이기에.

약속 장소는 인천 부둣가. 화물센터 옆 장기 화물 보관소는 누군가를 만나고 죽이는, 그 일련의 행동이 가장 유리하고 용이한 장소이긴 했다.

엘은 오늘내일 바쁘다고 했으니 인하도 그 시간 안에 일을 마무리하고 싶었다.

그런 후, 엘이면서 강순이인 여자와 숲에 가고 싶었다.

누군가 사라진 후 늘 혼자였는데 이제는 혼자가 아니란 사실에 감사했다.

생각할 필요도 없이 친절하지도 친하지도 않았던 사이고 관계였다.

다시 만나서도 확인하며 무언가 들쳐보고 의심하는 사이였고. 그러다 어느 순간 서로를 서로 안에 들였다. 가둘 정도로 소유하고 싶어졌고.

당신도, 그럴까······. 강순이도 강인하를.

어떤 관계는 긴 대화나 공들여 쌓은 시간보다 투닥거리는 눈빛. 서로에게 끌리는 몸과 반응이 먼저 이어지기도 하는가 보다.

둘의 관계이자 단계는 애매했다. 함께한 시간도. 나눠 갖은 서로의 몸도.

좋다 나쁘다. 아쉽다. 이런 말들보다 다행이란 생각을 했다.

여자의 기억이 빠르게 돌아온 것도. 돌아왔지만 말하지 못하면서도 인하를 원하며 서로가 서로를 안고 안긴 것도 전부 다.

"그러니까, 기다려 줘."

반드시 잡아야 하는 인간들 무사히 잡아 커밍아웃하게 해 줄게.

인하는 서로의 임무로 인해 미처 하지 못한 말을 그의 안에 다짐하듯 각인했다.

그 같은 각오로 펜을 든 인하는 보드 판을 뚫어지게 바라보다 무언가를 계산하기 시작했다.

그 시각 험프리 캠프에서 합동 사령관인 스티븐을 만난 엘은 햄에게 해 줄 수 있는 모든 경우를 협의하고 타진했다.

햄의 아내는 이곳, 제 나라에서 처벌받는 게 마땅하단 결론을 냈다.

햄은 동의할 수 없겠지만 다른 선택은 엘도 선의로 도와줄 제니스나 중간에 낀 스티븐도 동의하지 않았다.

엘은 햄을 스티븐과 연결해 준 뒤, 홀로 햄의 집을 찾았다.

험프리 캠프 인근 미군 전용 렌트 지역에 있는 집은 단독 건물이었다. 한동안 차 안에서 주변을 확인하던 엘은 옆집은 빈 상태고 바로 뒷집에서 나오는 한 인물을 봤다.

본 적이 있는 놈이었다.

언젠가 그녀를 묶어놓고 수다를 떨던 놈들 중에 하나. 뭐든 길게 한다고 했던 양아치.

"결국 그 많은 후보자 중에…… 이지은이었네."

그때 군인이란 말을 언급했던 게 희미하게 기억났다.

이전에 싸운 이들 모두 그녀가 군인 신분이라는 걸 알지 못했다.

제니스는 그때 싸움에 끼어든 게 엘처럼 출입국 기록이 없는 미군이라 개입할 생각이 없었다고 했다. 그저 처음부터 끝까지 보호와 안전한 인도가 목적이었는데 약으로 인해 불리해진 상황으로 최소의 개입은 했지만 끝까지 추적하지는 않았노라고.

찰리도 같은 말을 했었다. 당신이 소속된 그린베레 중에서도 아시아 담당인 대원 둘이 일본 오키나와에 휴가를 즐기고 있어 딸의 행방을 살펴봐 달란 부탁을 했다고. 그들 역시 추적은 하지 않았을 테고.

그 덕에 누구인지 알 수 없었다. 그저 운 없이 당했거나 건너건

너 연관이 있는, 칼 좀 쓰는 조폭이 아니었을까 추정만 했을 뿐.

"그게 아니었단 말이네."

캠프 인근 호텔로 돌아온 엘은 제니스에게 메일을 보냈다.

지금까지의 모든 상황과 앞으로의 일. 특히 햄에 대한 일을 상세히 보고했다.

마지막으로 추가한 내용은 간단했다. 멀쩡한 정신으로 청소 한번 해야겠다고.

짧은 청소로 인해 소음과 소란이 밖으로 새어나와도 타운이 미군 전용이라 출동은 미 헌병이 빠르다는 계산이 나왔다.

엘은 인하에게 전화를 걸고 싶었지만 참았다. 건다 해도 정작하고 싶은 말은 끝까지 하지 못할 거라는 걸 알기에 뭐든 게 조심스러웠다.

보드 판 가득한 정보 속, 강인하의 디데이는 내일이었다.

"둘 다 내일이네……."

숙소로 돌아와 편한 트레이닝복으로 갈아입은 엘은 수건과 물병을 들고 피트니스 센터로 향했다.

내일 한낮의 소란을 대비해 충분한 스트레칭이 필요했다. 동량의 휴식도.

이틀간 근육도 에너지도 너무 많이 소비했다.

그중 가장 소비된 건 목청이지만 전투에서 목은 됐으니 근육을 충분히 풀어 줘야 했다.

영화나 소설처럼 바로 막 싸우고 때려 부수는 일도 가능은 하지만 절대 추천하지 않았다. 그랬다가는 근육만 뭉치거나 재수 없는 경우엔 파열될 수 있기에.

약간의 기대가 되기는 했다. 비겁하게 약 쓴 놈들과 오랜만의 해후인데 몇 명과 재회할 것이며 아직 그 무리에 잔존은 하는지.

특히 의자로 내려친 놈과 불법 소지한 총을 난사한 놈이 궁금했다.

"반드시 있어야 하는데 말이지."

엘은 러닝머신을 5킬로로 맞췄다. 무리할 생각은 없었다. 그럴 이유도, 필요도 없고.

누군가로 인해 이미 충분히 무리하고 남용한 구석구석이라.

지켜본 바 지하에서 제조하는 이들이 세 명. 1층 거실에서 가드로 활보하고 있는 이들이 둘이었다.

역할분담은 확실했다. 지하에 있는 이들은 6개월 전 이태원 주소지에서 약을 제조하던 이들일 테고 두 명은 그 세 명의 제조자가 별 탈 없이 일을 할 수 있는 충분한 조건의 환경을 만드는 것.

생각해 보니 간이 큰 놈들이긴 했다.

미군을 통해 약을 받기도 하고 그의 집 주변에서 이렇게 뻐젓이 제조까지 해 판매라니.

"찻잔 밑이 어두운 거네……."

저들 모두 활력을 위해 약을 복용한 상태면 힘이 문제가 될 게 뻔했다.

약은 모든 인간에게 백해무해할지라도 순간적으로 엄청난 에너지를 허하기도 하니까. 그 대가로 이후의 삶은 약 없이는 절대 살 수 없는 자살자이자 생지옥이고.

엘은 핸드폰 속 날아온 메시지를 확인한 뒤 2층으로 향했다.

인하는 초소형 녹음기를 벨트 버클에 장착한 뒤 출발했다.

마약 대모의 아지트로 안내해 주겠다는 이는 한강 공원에서 만나기로 했다.

안내자의 요구는 하나였다. 그간 군 장성들을 비롯해 국회위원. 고급 공무원들의 거래내역과 이로 인해 뒷돈을 챙긴 모든 이들의 계좌를 넘길 테니 마약 대모를 평생 감옥에서 나오지 못하게 해 달라는.

여자는 적이 많았다. 많은 적은 또 다른 적과 쉽게 손을 잡을 테고.

그 정도로 마약. 돈의 위력은 대단했다.

같은 판에서도 편은 없었다. 오로지 돈. 돈. 돈일 뿐.

약속 장소에 도착해 20분 정도 기다리니 중형차가 다가왔다. 운전자의 고갯짓에 차를 버리고 뒷좌석에 올라탔다.

옆에 동승한 이가 무슨 생각인지 새 신발을 던져 줬다. 갈아 신으라는 눈짓에 신발을 갈아 신는데 무언가 인하의 뒷머리를 강타했다.

2층은 각종 레저기구들이 즐비했다.

당구대. 헬스기구. 심지어 최신식 안마의자까지 보기 좋게 자리를 잡고 있었다. 벽에 붙어 계단을 내려가는데 마침 올라오던 수다쟁이와 조우했다.

"……!"

녀석도 단번에 알아봤다,

자신이 지난날 치사하게 총을 쏴 허리를 관통시켰던 여자의 얼굴을.

아직 해가 중천인 시각 최소한의 소음이 관건인지라 놈의 벌어지는 입을 주먹으로 틀어막았다. 벽에 밀친 상태에서 발광하는 놈의 얼굴과 배, 복부를 반복적으로 때리다 정강이 가운데를 부숴 엎어트렸다 기어이 소리를 지르는 목을 갈겨 숨을 틀어막았다.

숨이 막혀 기절한 이를 밀치고 1층 거실에 내려왔을 땐,

"야 이, 이…… 개 같은 녀…… 윽!"

기습이긴 하나 영화처럼 욕을 질러 대는 통에 간발의 차이로 비켜나 어깨에 단도를 쑤셔 박았다. 깊이 박은 상태에서 칼끝을 360도로 비틀어 어깨뼈를 전부 찢어 으깼다.

"아……악!"

소음이 관건이었는데 쉰 목청은 더할 수 없이 요란했다.

어깨를 잡고 비명을 지르는 뒷목을 쳐 음소거를 시킨 후 계단을 내려갔다.

비명이 시간을 단축시킬 건 분명했다.

밑에 있는 놈들 또한 단순 약 제조자들이라고 해도 무언가를 대비해 준비할 테고.

창문까지 차단된 지하에서 외부로 이어진 출입구는 이 길 하나였다.

엘은 단도를 든 채 주위 둔탁한 물체를 연이어 던진 후, 숨을 참고 계단을 내려갔다.

"야 이…… 씨발…… 헉!"

그녀의 스타일에 맞게 사이즈가 재단된 단도를 옆구리에 꽂은

채 엎어지려는 놈의 뒷목을 잡아챘다. 놈을 방패삼아 내려간 지하는 연구소를 방불케 했다.

영화에서 흔히 볼 수 있는 장면과 다르지 않았으면서 그보다 허접하고 상상 이상으로 답답했다. 공간을 꽉 채운 화학약품 냄새는 참을 수 없을 만큼……!

기세 좋게 휘두른 야구배트는 방패가 되어 준 머리를 정확하게 맞혔다.

퍽 소리와 함께 사방으로 피가 튀었다. 모두가 눈을 감았다 뜬 그 찰나의 순간, 엘은 돌아간 배트로 인해 힘이 쏠린 놈의 배를 차 균형을 깼다.

밀려 나가떨어지는 소리와 함께 득달같이 달려드는 괴성 방향으로 단도를 던졌다.

"윽!"

순간 사위가 조용해진 가운데 코끝이 맵고 숨이 차올랐다.

한계였다.

정신이 몽롱했다.

몽롱한 정신을 죄어 오는 건 조금의 여유도 없이 묶어 옥죄이는 가죽끈.

얼마의 시간이 지난 건지 시공간을 챙겨 볼 인지능력이 의지대로 이뤄지지 않았다.

"의식이 돌아올 때가 됐다고 생각했는데 생각보다 일찍 정신이 들었네, 우리 불굴의 강 팀장은 역시 실망시키지 않는다니까."

안개가 단번에 걷히듯 정신이 들면 좋은데 그런 일은 없었다.

"......."

멍한 상태로 눈이 맞은 이는 마약 대모. 예상대로 상당한 외모였다. 50대 초반이란 말이 무색하게 나이의 흔적 또한 없고.

"애들이랑 내기를 했거든. 강 팀장이 올까 안 올까, 하면서."

"......."

"사실 퍼펙트한 만큼 노골적인 함정인 걸 알면서 올까 싶었어. 강 팀장 목숨 줄이 두 개도 아니고 말이야."

알고 있었다. 모든 정보와 근거리에서 촬영한 여유로운, 계획되고 의도된 사진. 더없이 잘 짜여 완벽한 거래가 사실은 이들에게 걸림돌인 자신을 잡기 위한 모종의 함정인 걸.

알면서도 걸어 들어왔다. 이 여자 하나 잡아 보겠다고.

"자기 웃긴 거 알아?"

"......."

"나 하나 잡는다고 퍼질 대로 퍼지고 번질 대로 번진, 마약 국가 대한민국이 정화되는 것도 아닌데 이렇게까지 몸 받쳐 헌신하는 거 진짜 우스워."

이 여자 하나 잡는다고 세상이 달라질 일은 없었다. 그럴 수도 없고.

어쩌면 오늘, 어제보다 오십 명 정도 덜 중독될 수는 있는 그 정도.

굳이 이유를 대자면 그런 마음이었다.

잡아서 크게 달라질 것 없다지만 그렇다고 계속 두고 볼 수만도 없고 그래서도 안 된다고.

마약은 퍼지는 속도도 중독되어 빠져드는 시간도 어떤 중독보다 빨랐다. 그에 비해 치료는 쉽지 않았다. 사실 단약과 갱생, 재활치료보다 공급줄과 판매책을 찾아 차단하는 게 빠른. 더 나은 방법일 수 있었다.

그 정도로 중독은 쉽고 치료는 너무 어려운 게 마약중독이기에.

"의아하더라고."

"……."

"머리 좀 있는 놈이면 얼추 계산이 될 텐데 알면서 여길 올까, 싶고. 그런데 오더라."

어차피 올 일이었지만 이틀 전 누군가 말했다.

"우리 서로 일 잘하고 바람 쐬러 갈래요?"

응원 같았다. 당연히. 반드시 해야 할 일이니 서로 잘하자는 그 말은.

일상적인. 일반적인 말인데도 힘이 되고 약도 됐다.

각자 제 위치에서 해야 할 일을 미루는 태만한 나쁜 공무원도 되기 싫고.

그 모든 거창한 이유를 차치하더라도 하나는 분명했다.

경찰은 나쁜 놈. 아주 나쁜 놈. 되게 나쁜 놈. 어찌 됐던 모두에게 나쁜 놈들을 잡는 게 일이니까. 임무고.

"그래서 내가 좀 많이 예뻐해 주려고, 강 팀장을."

여자는 인하 무릎에 앉아 허락도 없이 얼굴을 만졌다.

"그전에 기분 좋게 해 줄 테니까 자기가 직접 경험해 봐."

"……."

"그럼 알 거야. 아, 이 여자가 아주 나쁜 여자가 아니구나. 이렇게 좋은 걸 많은 이들에게 공급하고 나눠 주는 일을 하는구나. 난 왜 잘 알지도 못하면서 제 아들 하나 살려 보겠다고 배신한 진창건 개새끼 말만 들었을까, 뭐 이런 반성을 할 수도 있다니까."

"그런 생각이……면 돈을 받지 말……아야지. 공짜도 아니면서 생색은……."

긴 말이 아닌데도 힘들었다.

이 상태에서 약이라도 맞으면 대화를 유도해 녹음하기 쉽지 않았다.

계획대로 된다면 지금쯤 김 형사에게 예약 문자가 갔을 테고 보드 판을 읽어 유추해 이곳까지 올 텐데…… 시간이 문제였다.

"자기가 몰라서 그러는데 돈은 정말 아주 약간의 수수료만 받는 거야. 파라다이스. 천국과 다르지 않은 세계에서 매일매일 살 수 있는데 고작 그 돈 몇 푼 가지고 그러면 내가 빈정 상하지, 섭섭하고."

짧은 단타 느낌의 노크소리가 들렸다.

"들어와."

여자가 인하의 무릎에서 일어나는 동시에 누군가 다가오는 게 흐릿하게 보였다.

"자기야, 이거 맞고 우리 몸도 한번 맞추고 그러자. 그러려면 좀 강한 게 좋을 테고……. 걱정 마. 여성 상위, 체위 시대라는데 리드는 내가 할게."

"……."

"자기 놀랄 거야. 내가 한 쫀쫀하거든. 거기도 성격도."

뿌리칠 수 없는 상황까지 계산했는데 현실로 다가오니 멍한 상태에서도 불쾌했다.

"사실 나."

여자의 가늘고 긴 손가락이 목을 타고 올라와 귓불에 닿더니 머릿속까지 파고들었다.

늙은 똥파리가 진득하게 들러붙은 기분이라 이 역시 불쾌했다.

"자기 사진 보고 그날부터 열심히 운동했다니까. 필라테스도 그렇고 골프도 막 신들린 듯 치고. 그러니까 자기는 내 품, 내 안에서 내가 주는 모든 걸 즐기고 느끼기만 하면 돼."

당장이라도 박차고 일어나 여자의 목을 흔들고 싶은데…… 몸이 마비상태와 다르지 않았다.

"천천히 주입해."

"……."

"처음이라면 컨트롤하기가 쉽지는 않을 거야. 그래도 그 고비만 넘기면 천사가 날갯짓하는 것도 볼 수 있으니까 자기가 참아 봐."

………!

일순간 강력한 전력으로 인해 스파크가 터지고 미세혈관까지 전기가 통하는 듯했다.

몸속 혈관이란 혈관은 전부 다 터질 듯 팽창되는 기분에 압도적인 고통까지 퍼지면서 이제껏 단 한 번도 경험한 적 없는 기이한 전율과 엄청난 환희가…….

환희 속, 속도 없이 웃고 있는 여자는 강순이였다.

어떻게든 찾아내 보고 묻고 싶었던 여자. 새벽에 숨차게 달려도 한 순간도 지워지지 않아 사람 미치게 만들던 여자.

이력도. 직업도. 하늘을 나르고 가르던 무자비함과 그로인한 두려움과 공포도 상관없었다.

그저 옆에, 집에 그녀가 있기만 한다면. 그의 옷을 입고 사과 머리를 한 채 막장 드라마를 보며 한 템포 늦게 웃고 있을 여자가 그리웠다. 보고 싶고.

지난 6개월 동안 하루도 제대로 살지 못했다. 그저 살아 내는 하루였을 뿐.

강순이…… 당신 때문에 그렇게 살았어. 그러니까.

"으으으악!"

혈관이 폭발적으로 죄어 왔다.

뇌는 도가니에서 흘러내리는 쇳물처럼 뜨겁고 맥락 없는 미로 같은 환상은 미친 듯이 계속됐다.

"자기야, 조금만 참아……."

"내 남자한테서 손 떼!"

"……!"

"어디 감히! 뭐? 자기야!? 그래, 너 오늘 그 자기의 자기한테 죽도록 맞아 봐. 그때도 자기야 소리가 나오나!"

눈앞에서 벚꽃 축제가 벌어졌다.

몽롱함 속에서도 천국은 있었다.

치솟듯 날아오르는 어느 날. 어느 밤의 강순이가 있어 더 없이 완벽한 천국.

머릿속은 물론 모든 혈관이 터져 피와 함께 환희와 희열로 흘러넘치는 가운데 입이 탔다.

죽도록 입이 말라, 강순이.

여잔데 때렸다. 죽지 않을 만큼만.

의식적으로 얼굴은 피했지만 대신 팔과 다리를 재생 불가 수준으로 부서트렸다.

고대 중국의 화타만큼 의술 좋은 의사가 뼈 조각을 장인정신으로 하나하나 이어 붙인다 해도 절대 쓰지 못할 정도로 찍어 으깼다. 감히 누구 남자를…….

"아악!"

수많은 사람들에게 마약으로 온갖 짓을 다한 능력자가 제 고통 앞에서는 아이가 됐다.

반대편에서 도끼를 들고 달려드는 두 놈의 턱에 주사기를 꽂아 박고 팔꿈치로 콧대를 부셨다.

"으악!"

"아아…… 악!"

한꺼번에 몰려오던 이들이 무슨 생각인지 시간차를 두고 좀비처럼 달려드는 통에 강인하 상태를 확인할 수 없었다.

"젠장!"

총기 사용이 불법인 나라라 결국 오랜 시간 함께해 준 단도를 전부 전 방위적으로 던졌다.

맨 마지막, 괜히 괴성을 지르며 등장한 놈의 어깨를 딛고 목마를 탄 채 헤드를 돌려 버리는 손쉬운 방법을 두고 두 손으로 머리를 내려쳤다. 이 또한 나름의 배려였다.

그 바쁜 와중에 마음 속 주문은 하나였다.

제발 강인하가 정신 못 차리게 몽롱하게 해 주세요.

이 꼴을 전부 다 보여 주고 싶지 않습니다. 아직, 아직은 말입니다.

❖

이상한 꿈을 꿨다.

누군가 쫓아와 태고의 숲을 계속 달렸다.

쫓는 이유는 알지 못했다. 쫓는 이들의 신분과 목적도 알지 못하고.

모든 게 뿌옇해 무엇 하나 알지 못하는 상황에서 길은 좁디좁은 숲길이었다.

마치 영화 속 한 장면처럼 쪼여 오는 검은 무리들은 급기야 늑대 개까지 풀었다. 몇 마리를 푼 건지 울부짖는 동물의 소리가 숲 전체에 퍼지고 울렸다.

발밑에 밟히는 건 전부 검은 뱀이었다.

미끄러워 미끄러지고 넘어지며 엎어지길 수백 번. 달라붙는 뱀을 처치도 못한 상태에서 갑작스레 나타난 낭떠러지는 선택의 문제가 아니었다.

이대로 죽는다면 볼 수 없다는 생각에 모든 순간이 지옥이었다.

"강인하!"

지옥에서까지 생각나는 사람이 강순이라는 사실이 위로가 됐다. 이 순간 기대고 의지할 이가 있다는,

"강인하아! 인하 씨! 정신 차려!"

뿌연 정신 속 누군가 이름을 간절하게, 소란하게 불렀다. 강순

이가 아닌 건 확실했다.

그 여자는 단 한 번도 인하 씨라고 다정하게 부른 적이 없으니까…….

"인하 씨! 나야 순이!"

정신없이 뺨을 토닥이는 손을 잡아,

"아……파."

간신히 내뱉었다.

"정신이 들어?! 나 보이냐고?"

"……이 누……군데?"

"누군긴? 당신이 꿈속에서 그렇게 찾아 대던 여자지."

"……."

"왜 눈이 이상해? 의사 부를까? 벨 눌러?"

인하는 천천히 드는 의식을 조금 더 기다렸다.

멀쩡한 정신으로 다시 물으려면 아직 기다려야 했다. 얼마가 됐든 지금이라면 기다릴 수 있었다.

"안 되겠어, 의사 데려올게."

"가지 마. 그대로 있어, 조……금만."

이후 천천히 눈을 뜬 인하는 안절부절못하는 여자를 명료한 정신으로 쳐다봤다.

내내 찾았던 여자인지. 보고 싶어 미칠 것 같았던, 미안해 제대로 그리워하지도 못한 여자인지 확인이 필요했다.

"안…… 보여. 누구야?"

"뭐, 안 보여?! 의사들은 대체 뭐 한 거야? 희석제 놓은 지가 언젠데…… 이씨……."

"……구냐고."

"누구긴! 나야, 강순이."

"……."

"니엘 힐이기도 한, 먹통단짝 밥통 강순이! 약 부작용인가? 그런 말은 없었는데. 잠깐만……."

인하는 강순이의 손을 잡았다.

"일으켜 줘."

"일어난다고? 그냥 있지. 의사 보고 일어나도……."

"괜찮아."

인하는 자신을 강순이라고 분명하게 밝힌 이의 부축을 받아 침대에서 일어나 앉았다.

한쪽 팔에 꽂힌 링거를 확인한 그는 바늘을 뽑았다.

"뭐 하는 거야! 바늘은 왜 빼는데?"

피가 났지만 어차피 마약을 한 이상 이 정도 피는 몸에서 빠져나가도 무방했다.

"왜 이러냐니까! 강인하가 의사야? 그보다 아직도……."

"이리 좀 올라와."

"올라와? 어딜? 침대?"

"그래."

"대체…… 왜…… 알았어. 올라가면 되잖아, 거참 무섭게도 째려본다."

"……."

"무슨 정신으로 그렇게 노려봐? 아무래도 눈에 문제가 있나……."

인하는 침대에 올라와 그의 몸을 비켜 앉은 여자를 쳐다봤다.

다행히 상처 하나 보이지 않았다. 옷 속 피부는 멍들고 상처투성이일 게 분명하지만 불행 중 다행이라고 눈에 보이는 부분은 무사했다.

"설명해 봐, 어떻게 된 건지."

"뭘?"

"나 있던 곳 어떻게 알고 온 거야? 광수대보다 먼저 온 것 같던데."

"어떻게 알긴? 보드게임처럼 보드 판에 다 있던데."

"……."

"나 비밀 정보과 장교잖아. 졸업하고 국가 위해 꼬박 8년 근무했어. 그 그림을 못 읽으면 그게 바보지. 내가 한국어를 못하는 것도 아니고."

그랬구나, 강순이. 정말 다행이야, 미안하고…….

"자길 희생양으로 삼아 그 정신 나간 아줌마 잡으려는 거 나한테는 다 보였어. 그래서 당신네 나라 군인 중 최고로 실력 좋은 이들 열 명만 달라고 우리 군에서 은밀히 부탁했고. 미행 붙였는데 내가 평택에서 서울까지 오는데 시간이 좀 걸려서. 퇴근길 정체가 풀려야 말이지……!"

인하는 강순이를 안았다. 둘 중 누구 하나 뼈가 부서져도 상관없었다. 확인하고 싶었다.

이 순간. 지금 그의 품에 있는 여자의 숨소리와 체향을.

"그래도 다행히 그 미친 여자가 자기한테 손대기 전에 내가 처리…… 처단했어."

"……."

"어딜 내 남자 몸에 손을 대고 당신 쓰다듬어서 나 죽을 뻔했거든, 열 받아서."

자기. 내 남자라……. 강순이가 그런 말도 할 줄 아네.

어쩌면 이 순간이 아니면 평생 들을 수 없을지도 모르니까 조금만 더.

환자지만 현재 상태보다 조금 더 환자인 척을 하는 게 좋을 것 같아 인하는 뭐든 아닌 척을 하지 않았다.

"저기…… 궁금해서 그러는데 나 누군지 알고 이러는 거지? 내 이름도 그렇고."

"……름이 뭔……데?"

"이름?"

"그래."

"내 이름은……."

강인하가 사랑하는 여자, 이태원 강씨네 골칫거리 업둥이.

"혀어엉!"

"인하야!"

이틀 후 퇴원해 알리자는 말을 듣지 않아 벌어진 사달이었다. 상황을 이렇게 만들고선 강순이는 한쪽 벽에 붙어 눈치만 봤다.

고모는 숨죽여 우셨고 인석이는 대성통곡했다.

"그만해. 죽은 것도 아닌데 뭐 하는 거야."

"형은 무슨 말을 그렇게 재수 없게 하냐! 꼭 어디 깨지고 죽어야 우는 거야? 하나밖에 없는 형이 빌어먹을 수사하다 구사일생으로 살아왔는데 내 맘대로 울지도 못하냐고!"

"나나 인석이나 택시타고 오는 내내 속이 타서……."

인하는 여전히 꿀 먹은 벙어리인 척을 하는 여자를 노려봤다. 지은 죄는 아는지 잘 웃지 않는 얼굴로 소리 없이 방실거렸다.

"정말 고마워요, 김 형사한테 들었어요."

"……."

"우리 인하 구해 준 게 그쪽…… 니엘 양이라고 하던데."

고모는 자꾸 뒤로 빠지고 손을 빼려는 강순이의 손을 잡아 웃다 우시다 하셨다.

"누나가 또 한 건 한 거야?!"

"……."

"내가 그럴 줄 알았다니까! 누나 걱정 마. 착한 일해서 기억도 금세 돌아올 거야. 그렇게 한 놈 두 놈 패다 보면 쫀쫀한 손맛도 그렇고 쾌감도 있어서 설렁설렁 기억도 찾고 그런다니까. 내 장담 한다!"

인석은 여자의 손을 덥석 잡더니 무슨 생각인지 끌어안기까지 했다.

"고마워. 사이도 안 좋은 우리 형 내버리지 않고. 잊지 않고 챙겨서 무사하게 데리고 와 줘서. 역시 내가 그때 누나를 치길 잘했지. 그때 내가 술 먹고 꽐라 돼서 사고 내지 않았으면 오늘 이런 날이 있겠냐고? 없지."

"그만하지, 강인석."

"……."

"그 손 풀어. 강순이는 이쪽으로 오고."

"강순이?! 뭐야? 이제 형도 편하게 부르기로 한 거야? 그래, 진작 그러지. 니엘이 뭐야? 남자 아이돌도 아니고. 어라? 둘이 좀 친해진 거 같은데?"

"……"

"아! 절체절명의 순간을 함께했더니 감정의 연대, 생명의 은인 뭐 이런 거야? 완전 드라마다, 로코네 로코. 아니다. 강호를 평정한 무협물인가?"

인하는 인석의 지방방송이 듣기 싫어 강순이를 옆에 세운 후,

"고모."

"그래."

"강인석."

"응, 왜?"

"할 말 있다니까 들어보세요, 인석이 너도."

"할말? 누구? 순이 누나?"

"그래, 뭐든 해 봐요, 니……엘 양."

"저기…… 그러니까…… 저랑…… 여기 있는 강인하 씨랑 정말 좋은 감정을 갖고 만나고 있어요, 고모님."

"……!"

"……!"

인하는 정작 해야 할 커밍아웃은 하지 않고 여러모로 한발 앞선 여자를 보며 한숨을 쉬었다.

"제가 강인하 씨를 많이 좋아해요, 고모님."

"어머나, 세상에……"

"누나, 지금 그거 무슨 말이야?! 누나가 우리 형을? 나, 나도 아

니고 우……리 형!?"

"……."

"아니 뭐 얼마나. 몇 번이나 봤다고? 뭐야? 위험한 순간에 꽂힌 전우애. 인간애 뭐 이런 거 아니고 러브야! 이거?"

"강인석."

"왜에?"

"형 여자친구한테 인사해."

"……!"

"……!"

"……!"

"고모, 이쪽은 제가 만나고 있는 니엘 힐이자……."

"고모님! 저 기억 찾았어요!"

"……."

"……."

"엄청 위험한 상황에서 인하 씨 구하다가 운명적으로. 기적적으로 기억이 팍 하고 돌아왔어요! 정말 다행이죠? 그죠?"

역시 만만하게 볼 여자가 아니었다.

기가 막힌 타이밍. 자신에게 최대한 유리한 상황에서 이렇듯 커밍아웃하는 거 보면.

인하는 앞으로의 모든 날들이 기대되면서 우려됐다.

"순이야!"

"고모님!"

"누~~~~나!"

"인석……아!"

14부

엘은 속이 탔다.

복귀명령을 받은 후 온갖 이유와 핑계를 대 허락받은 시간은 일주일.

일주일이라고 해도 미국으로 돌아가는 시간까지 포함돼 결과적으론 촉박한 시간이었다.

그 시간 동안 뭘 해야 하는지. 어떤 말들로 서로를 서로에게 묶어야 하는 건지 알 수 없었다.

솔직히는 정말 그래도 되는 건지. 되는 사이인지도 확신할 수 없고…….

서로에게 갖고 품은 감정과 별개로 서로의 상황과 환경에서 자유로울 수 없다는 걸 알기에 뭐든 조심스러운 게 사실이었다.

어제 본국행 비행기에 오르는 햄을 만났다. 그의 아내는 불타

버린 제집과 뒷집에서 간신히 빠져 나온 이들의 증언으로 모든 죄가 드러났다.

엘이 해 준 건, 좀 더 확실한 증거가 될 수 있는 증거를 불태우는 거였다.

이제 햄이 사랑하는 이와 살았던, 새로이 살고자 했던 공간까지 전부 사라졌다.

이지은은 햄의 바람과는 달리 제 죄를 자신의 조국에서 치르고 받아야 할 테고. 재활은 순전히 그 여인의 운과 노력일 테다.

본국으로 가기 전 햄은 말했다.

"고마워, 하고 싶었지만 할 수 없었던 일을 해 줘서."

군인정신을 잃지 않은 햄의 말이 반가웠다.

학교에서 동기이자 전우로 만나 오랜 시간 서로의 등이 돼 주고 길이 돼 주었던 전우의 끝이 걱정과 달리 나락이 아니어서 감사했다.

강인하, 우리의 끝은 어떨까? 해피……엔딩일까?

원거리 연애를 언급했지만 그녀도 강인하도 일반 직장인과는 달랐다.

미국이란 국가에 반 종속된, 특수 임무의 중심에 있는 니엘 힐과 대한민국 마약과의 전쟁에 선봉에 선 연인들의 미래가 과연 밝을 수 있을까…….

행복하기에도 한없이 모자란 시간, 엘은 현실적인 문제로 생각이 많았다.

"뭐 해?"

잠이 깬 강인하가 고갯짓을 했다. 얼른 옆으로 오라고.

이 강과도 같은 운명의 문지방을 넘으면 저 인간 또 달려드는 거 아니야?

남은 지금 엄청 심각한 상황인데 또 환상이 보이니. 전기에 감전된 듯 금단현상이 오네. 춥네. 떨리네 하면서 사람 잡는 거 아닌가, 심히 우려가 됐다.

"이리 와."

"강인하 씨가 이리 나와. 바람은 불지만 좋아. 잠도 깰 거야."

"약물치료 받는 사람을 찬바람 쐬게 하고 싶어?"

혹시나 했는데 역시나였다.

언제까지 우려먹을 사골인지 당하는 입장으로서 슬슬 물리기 시작했다.

"나 거기로 가면 후회할지도 모르는데."

"내가 후회를? 왜?"

"궁금해? 그럼 이리 오던가."

"안 궁금한데……."

요사이 강인하는 째려보는 횟수가 늘었다.

"강인하가 이리로 와."

이렇게 슬슬 달래 보긴 하는데 그래도 피곤했다. 꾹 참고 달래는 입장에서는.

"금세 후회하지 말고 딴소리도 하지……."

"가잖아, 지금."

괜히 버티다가 또 약 타령하며 사람 서 있지도 못하게 하는 남자라 못 이기는 척하고 문지방을 넘었다.

인석이 말처럼 진짜 요단강 건너는 심정으로다가.

인하는 온갖 의심 어린 눈을 하고 다가오는 여자에게서 눈을 뗄 수 없었다.

안을수록 사랑하는 마음이 깊어졌다. 볼수록 좋아하는 감정이 커지고.

이런 여자와 떨어져 지낸다면 버틸 수 있을까…….

본국으로부터 일주일의 유예를 받았다는 건 알지만 그 일주일이 어느 해, 어떤 시간보다 빠르게 지나가고 있었다.

불안하고 불만스러운 건 인하도 마찬가지였다.

서로를 향한 감정을 의심하는 건 아니었다. 단지 서로의 특수한 직업과 한계적 상황을 무시할 수 없다는 걸 잘 알 뿐.

처음 하는 연애가 원거리 연애다 보니 두렵지 않다는 말은 나오지 않았다.

"오라고 해 놓고 딴생각은."

"딴생각 안 했어."

"강인하도 거짓말하네. 딴 또 너무 선비시라 그런 거 안 하는 줄 알았는데."

"안 했다고, 딴생각."

인하는 침대에 비스듬히 앉아 내려다보는 여자의 얼굴을 손끝으로 훑었다.

"그럼 무슨 생각 했는데?"

"솔직히 말해?"

"응, 언제든."

긴 머리는 신기할 정도로 부드러웠다. 햇살 아래서 보면 윤기가 날 정도로.

장교라 해도 직업 군인이고 용병 버금가는 전사인데 대체 어떻게 관리를 하기에 이렇게 손에 감기는 느낌이 실크 같을까, 당신은.

이 머리칼부터 머릿결까지 너무 그리운 날, 그런 날을 무사히 견디고 버틸 수 있는 방법이 있을까…….

"이 여자 없이 버틸 수 있을까, 내 자신에게 계속 물었어."

바로 변했다. 엘의 표정이.

"너무 솔직했다. 굳이 안 그래도 되는데."

"솔직히 누구보다 피하고 싶은 마음이긴 한데."

"……."

"남은 시간 모두 이 침대에서 당신을 괴롭히면서 보낼 수는 없으니까."

침대에서 보내는 게 나쁘다는 생각은 하지 않았다. 지금도 아주 좋은 선택이자 방법이란 건 변함이 없고.

"그렇다 해도 일주일 이후를 생각해 덜 힘든 쪽으로 답을 찾아야 하니까."

"뭐야? 중독 우려해 강순이로 해독해야 하네 어쩌네 하면서 잡을 줄 알았는데……."

"아쉬워? 그 방법이 취향이라면……."

인하는 여자를 끌어 내려 곁에 눕혔다. 약간의 반항을 우려했는데 그런 일은 없었다.

서로가 서로에게 어떤 선택을 하게 할지 고민하는 건 마찬가지인 듯했다.

똑같이. 쌍둥이처럼 입을 다물고 있는 순간,

긴 빛 하나가 천장에 분명한 선을 그렸다. 선은 경계와 다르지 않았다.

미약한 빛과 선이 만들어 낸, 양분된 공간.

마치 두 사람의 상황 같았다. 아무것도 아닌 듯하면서 결코 아무것도 아니라고 쉽게 말할 수 없는 상황.

고요와는 다른 긴장된 정적이 두 사람 사이에. 함께한 이 공간을 채웠다.

"내 취향은 강인하야."

"……."

"강인하가 하는 모든 선택과 결정, 다 난 오케이고."

여자는 심플하고 담담하게 제 맘을 고백하는 센스가, 스킬이 있었다.

점점 이 여자에게 취하고 중독되고 있는 상황에서 일주일 뒤가 짐작되지 않았다.

정말 많은 날들 뒤에 오는 일주일 이였으면, 하고 바라게만 될 뿐.

"언제 온다는 말 같은 거 쉽게 못해."

"……."

"난 세계 어디든 가는 미군이고 알다시피 군인은 명령에 따라 움직여. 그리고 난……."

안다, 니엘 힐이 미 육군 레인저 스쿨 이수자이자 여군 최초 미 육군 정예부대 합류를 목전에 둔 특수 장교란 사실을.

"특수 장교는 전부 그런가?"

"그렇다니? 무슨 소리야? 좀 더 구체화해 봐."

정말 어휘력이 무럭무럭 자라나는 학습능력도 최강인 강순이었다.

"그렇게 다 날아다니고 벽 짚고 공중회전하면서 사람을 수박 가르듯이 반으로……."

"강인하!"

인하는 버럭 타이밍에 이렇게 버럭 하는 사랑스런 연인이 우스워 웃었다.

"웃지 말지……."

"귀여워서."

"……."

엘이 바싹 붙어 인하를 끌어안았다. 마치 전부가 아니면 안 된다는 듯 아주 꼭.

"난 당신한테 그 말을 듣는 게 좋더라, 행복하고."

엘은 자신이 아름다운 사람이라는 걸 신경 쓰지도 관심 갖지도 않았다. 그러면서도 귀엽다는 말은 좋아했다.

자신의 여성성이 정확하게 인정받는 기분이라면서 행복해하고.

"질문에 답을 하자면…… 특수 장교라고 해서 다 그런 건 아니야. 그럴 필요도 없고. 헌데 이번에 투입되는 팀원들은 모두 주특기가 있어, 언어는 두세 개 필수로 해야 하고. 지도 읽기, 좌표 측정, 간단한 의료 행위 및 시술 같은 건 전부 전문가에 상응하는 정도로 훈련하고 숙지해야 해."

"……."

"그리고 난, 젠에게…… 젠은 제니스 애칭이야."

"……."

"어릴 때부터 특수 훈련을 받은 특별한 케이스고."

그 문제의 제니스란 인물에 대해서는 감정이 좋지 않았다.

한 인간을 이 정도의 전문가로 만들려면 그 시간에 비례해 얼마나 혹독한 훈련을 받았을지 짐작이 돼 미지의 여인에 대해 후한 점수는 줄 수 없었다.

엘이 지나가듯 말한 적이 있다. 제니스란 인물을 완벽하게 표현한 말.

"자신보다 조국과 국가를 먼저 생각하는 최상의 군인이야."

그런 사람의 의지와 환경에서 자란 니엘 힐의 모든 게 단순할 수 없다는 건 당연했다. 어쩌면 이 정도 밝고 곧은 사람으로 자란 게 신기하고 기특할 정도로.

그 모든 이유로 인하는 엘에게 바라는 게. 요구하는 게 없었다.

"젠이 보고 싶어 해."

"……."

그러거나 말거나. 인하는 아직, 아직은 아니었다.

"당신 딸을 군무지 이탈에 탈영병 수준으로 만든 남자를 보고 싶대. 그러면서 어제든 오라고 했어."

그런가. 엘이 오기보다 그가 미국으로 가는 게 빠를까…….

엘은 대답 없는 강인하로 인해 마음이 무거웠다.

그냥 쭉 재밌는 말만 하고 즐거운 일만 하면서 일주일을 하루 이틀처럼 아낌없이 즐겨야 했을까…….

그렇게까지 낭만적일 수 없었다. 두 사람의 직업은 특별하기에.

모든 걸 커밍아웃한 순간, 고모님이 불러 하신 말씀이 생각났다.

"인하 많이 외로운 아이야. 부모 잃고 일찍부터 가장으로 살아서 책임감에 짓눌려 그러지 원래는 밝았어. 순아, 내 부탁은 딱 하나다. 우리 인하 웃고 싶을 때 웃으면서 외롭지 않은 거."

당신은 나로 인해 행복할까. 웃고 싶을 때 맘 편히 웃을 수 있을까…….

우리가 떨어져 있는 그 시간들 때문에 더 외로워지면 어쩌지.

"엘."

"응?"

"강순이."

"응."

"업둥아."

"뭐?"

"사랑해."

"……!"

"걱정하지도 마. 내 걱정도 말고."

"……."

"난 여기 있을 테니까…… 언제든 오기만 하면 돼."

"……."

"내게. 나에게 오기만 하면."

임무를 마치고 당신에게 오면 이렇게 매번 뜨거우면 좋겠어.

사랑은 가능한 마주 보면서, 내가 당신 위에서 알을 품은 듯한 모습으로 하는 것도 좋아.

"하아……."

지금처럼 옴짝달싹도 못할 정도로 꽉 차게 밀고 들어와 천만 가지 넘는 감정을 주는 것도 절대 잊지 말아야 해, 당신은.

언젠가처럼 뒤로 하는 것도 터프해서 좋지만 개인적으론 마주 보면서 서서하는 게 제일 좋아. 마주 보면서 순간순간 일그러지고 깨지며 감당할 수 없는 희열과 쾌감으로 인해 아래턱 근육이 뭉치는 당신 표정을 감상하는 건 더 없이 황홀하니까.

과하지 않으면서 살짝 음영이 생기는 이 탄탄한 가슴도. 로날드 레이건 항공모함 급으로 넓은 일자 어깨도 씹어 삼키고 싶을 정도로 좋아.

엘은 빠듯하게 벅찬 가운데서도 이처럼 많은 생각을 했다.

"집……중해……."

그중 최고이자 압권은 눈가를 찡그리며 헐떡이는 강인하였다.

거친 숨을 조절하다 끝내 탄성을 지르며 내뱉는 강인하는 섹시했다.

가져도 가져도 미지근한 탄산음료를 마신 듯 갈증이 나기만 하고 매끈한 허리에 길게 근육이 생기는 걸 보면 핥아 그 맛을 보고 싶었다.

엘은 인하의 엉덩이 근육을 어루만지며 조금씩 천천히 행위를 멈춘 채 노곤한 전신을 강인하 발끝까지 내렸다.

"......!"

이유와 의도를 알지 못하는 강인하가 미간을 좁혔지만 그것도 잠깐. 엘이 땀이 베인 치골을 핥아 길을 찾아가는 순간 강인하 몸에는 소름이 돋았다.

연인의 몸은 모든 지점의 맛이 달랐다. 그중 이 지점의 맛은 지독하게 야한 맛.

그 어떤 맛도 이보다 더 달콤할 수 없었다.

강렬한 중독의 맛. 엘에게는 강인하가 그랬다.

긴장과 기대감으로 근육이 뭉치고 굳어지는 강인하를 올려다보면서 생각했다.

이 남자도. 자신도 서로에게서 벗어날 수도 피할 수도 없다는 걸.

입안 가득 또 다른 강인하가 밀려들어 왔다.

"......헉!"

사랑하는 남자의 달궈진, 뚝뚝 끊기기도 하고 길게 이어지기도 하는 기묘한 숨소리를 들으며 엘은 이 밤, 무척이나 흥미로운 시간이 될 것만 같아 더없이 기대가 됐다.

엘은 늘 생각뿐이었던 미션을 감행한 이 순간 감개무량했다.

이 집 고기는 늘 간장으로 조린 상태에서 맛을 봐 아쉬움이 있었는데 오늘은 정육점 고깃집 가장 자리에서 빠른 서비스와 반찬 무한 리필을 받으며 한우의 깊은 맛을 느낄 수 있어 눈물이 날 지경이었다.

"누나, 이 집 고기 정말 맛있다. 그지?"

"그러게. 우린 왜 이 맛있는 고기를 늘 장조림으로 영접했을까?"

"그야, 형 빼고 우리 셋만 와서 먹으면 뭔가 배신하는 분위기라 계속 참고 산 거지. 또 이 집이 제법 비싸기도 하고."

"그렇지, 인하 씨가 경찰청장님한테 직접 격려금 받아서 너랑 나, 그리고 고모님까지 이런 호사를 누리는 거 아니겠어? 그러니까 넌 적당히 먹고 빠져."

"......!"

"인하 씨 오기 전에 가라고, 얼릉."

"무슨 소리야? 내가 왜 빠져! 누구를 위해서!"

"누굴 위해서 왜 빠져? 몰라 물어? 인하 씨 좀 푸짐하게 먹이려고 그런다. 그리고 넌 오늘 이 자리 아니라도 고기 먹을 일 많을 거 아니야? 곧 정육점 바지 사장할 거니까."

"바지 사장이라니! 대표지, 대표."

"그래, 꼴통 대표."

"누나!"

"고모님 많이 드세요. 인하 씨가 고모님 많이 드시게 하라고 당부를 했어요, 저한테."

"순이 너도 많이 먹어. 헌데 인하는 언제 오는 거야? 이러다 우리 배불러 오면 같이 먹지도 못할 텐데."

"그건 걱정 마세요. 제가 아주 천천히. 슬로우 푸드로 먹고 있어서 인하 씨 와도 템포 잘 맞출 수 있어요."

"그래, 내가 순이 너 하는 일은 걱정을 않는다니까. 걱정하면 인석이 걱정뿐이지."

"내가 뭐? 내가 어때서?"

"그렇게 나오니까 이 김에 말 좀 하자. 강인석."

순이는 이제까지와 다르게 조금 묵직한 톤으로 인석을 불렀다. 그러자 눈치 빠른 인석이 금세 긴장을 한 채 젓가락을 공손히 놓았다.

"내일모레면 누나 들어가는 거 알지?"

"알지."

"나 들어가면 한동안 못 들어올 테고 혼자 마약과 전쟁하듯 사는 인하 씨도 그럴 텐데 그럼 고모님이랑 365일 히스테리 공이는 누가 지켜야겠어?"

"나."

"그래 너야. 그러니까 육식동물처럼 고기만 먹지 말고 생각도 하면서 살아. 월급은 꼬박꼬박 저금하고. 너 월급 얼마 받기로 했어?"

"내 워⋯⋯얼급?"

강인석이 뇌를 굴리기 시작했다. 이게 어디 죽을라고.

"너네 사장한테 전화해서 액수 틀리면 만 원에 한 대라는 것만 알아."

"⋯⋯!"

인석이 당황했다. 그러면서도 시간을 끄는 되도 안는 수를 부리고.

"인석아."

"250만 원."

"뭐!"

"세상에!"

고모님 말씀처럼 세상에 눈 먼 돈이 여기 있었다. 아무것도 할 줄 모르는 애한테 그런 거금을 주다니. 엘은 이참에 대한민국에서 자리를 잡아 볼까, 하는 맘도 살짝 했다.

"너 그중 100만 원은 고모님한테 생활비 드리고 100만 원씩 저금해. 나중에 나 들어오면 확인할 거니까."

"그럼 나는!"

"50만 원 남잖아. 연애하지 않으면 고스란히 남는 큰돈이야."

"연애를 왜 안 해?! 내가."

"응, 너 못해. 시간 없어서."

"……!"

"내가 너한테 미션을 주고 갈 거거든."

"미션?!"

"있어. 그런 거…… 인하 씨 여기!"

엘은 손을 흔들어 보이다 목소리 톤을 낮춰서.

"다 같이 위하여 딱 한잔하고 얼른 빠져."

"싫어, 나도 고기 조금 더……!"

엘의 냉담함 표정을 확인한 인석이 눈을 깔았다. 불판에 깔린 고기 수준으로.

"죄송해요, 늦었어요."

"아니야, 이렇게 온 게 어디야. 그럼 순이야."

"네, 우리 다 같이 강 팀장의 빠른 건강 회복과 마약 없는 청정 세상. 더불어 사회 첫발을 내딛고 운 좋게 장까지 먹은 강인석을 위해 건배!"

모두 제 주량껏 마시고 잔을 내려놓았다.

"인석이는 먼저 간대."

"왜?"

"곧 오픈할 고깃집 운영에 대해 공부할 게 있다고. 그래, 인석아 이따 집에서 보자. 그때 정식으로 바이바이하고. 오케이?"

"오……케이……."

걸음이 엄청 느렸지만 인석은 결국 정육식당을 나갔다.

이후, 엘은 강인하 한 점. 고모님 한 점. 마지막으로 자신은 두 점. 이런 나름의 패턴으로 고깃집이 문 닫을 때까지 먹었다.

정육식장 아저씨의 통근 반값 할인으로 기분 좋게 마무리하고 고모님을 집까지 모셔 드린 후 엘은 강인하와 동네를 한 바퀴 돌기로 했다.

강인하 손을 잡고 추억이 있는 장소를 지나니 하나하나 기억이 났다.

공이 습격사건이 있던 정자. 인석이가 되도 않는 공부한다고 다니던 독서실. 그 건물 뒤에서 젊은이들 훈계하던 곳. 동네 조폭들 얼차려 시켰던 포장마차 자리. 오늘도 동물가족을 사랑으로 보듬는 미소천사 수의사와 병원. 인석이, 고모님과 함께 코코아를 나눠 마시던 동네카페. 강강 커플 사진이 잠시 동안 이따시만 하게 걸린 레트로 사진관. 그리고 어느 저녁 싫은 기색 팍팍 내던 어떤 남자와 걸어 올라가던 언덕길.

엘은 햄의 아내가 이 동네 태생에 이 근처에서 마약제조를 해 천만다행이라고 생각했다.

그중 최고 중 최고는 마침 알맞게 나타나 차로 쳐 놓고 집으로 데려간 착한 인성의 멍청한 강인석이고.

"……좋다."

이 동네를 잊지 못할 거다. 이제 다시는 잊을 일도 없게 됐지만.

이렇게 손 꼭 잡은 강인하와 머지않아 또 걸을 테니까.

이 동네가 그립기도 전에 그대 손잡고.

지금처럼.

세상에서 가장 짧은 일주일이 지나고 엘이 본국으로 떠났다.

그 어떤 약속보다 생명력 강한 사랑을 남긴 채.

미션 상황과 새로이 짜인 팀원들의 컨디션을 전혀 모르는 상태에서 모든 섣불리 기약할 수 없다며 장교 같은 말을 하면서 강조한다는 말이,

"1초도 한눈팔지 마. 나 그런 거 굉장히 싫어해. 잘 알겠지만 강인하 이번 생은 전부 다 내 거니까 한눈팔려면 다음 생을 기약하고. 아, 나 SNS 같은 거 번거로워서 안 하니까 강인하도 그딴 거 절대 하지 말고."

지금까지 연인이 군인이란 생각을 한 적이 없었는데 떠나는 순

간 알았다.

엄청나게 융통성 없는 여자를 연인으로 두고 있다는 걸.

떠나기 전 날, 이 루프 탑에서 그의 품에 안긴 채 말했다.

"혼자 있고 싶거나 내가 보고 싶을 때 여기로 와서 쉬어. 그러다 보면 내가 강인하한테 올 거야. 여긴 우리만의 공간이니까."

엘은 이 공간에 자신의 연둣빛 원피스와 구두, 슬리퍼, 은은해서 체향과 잘 어울려 좋았던 향수, 디퓨저 전부를 두고 갔다.

돌아왔을 때 낯설지 않고 침대에 자연스레 스며들기 위해서란 기분 좋은 이유를 대며.

인하는 해가 떨어져야 볼 수 있는 동네를 내려다봤다.

연인이 잠시 곁에 없다고 사랑이 멈추거나 퇴색하지 않는 것처럼 세상도. 그가 사는 세계도 변함이 없었다.

마약 대모가 사라진 왕좌는 새로운 인물로 채워지고 대처됐다. 그로 인해 마약세계는 한층 더 혼란스러워졌고.

어제는 필리핀에 현지 공급책을 두고 필로폰을 국내로 밀수해 외국인 불법 체류자들에게 판매한 일당을 검거했다. 정상 취업이 어려워 도박장을 배회하면서 노숙을 하고 그러다 급기야 제 나라 사람들끼리 모여 폭력조직까지 만든 이들에게 마약은 엄청나게 든든한 힘이고 세력이었는지 유통시킨 양도 엄청났다.

이처럼 마약범죄는 점점 더 조직화, 광역화, 다양화되는 추세인데 소재 추적은 제자리를 넘어 한층 더 어려워진 게 사실이고.

그런 이유로 광수대 사람들이건 특수 마약과 팀원들이건 미끼

수사와 함정수사에서 오늘도 자유로울 수 없는 게 또 하나의 현실이다.

"강인하랑 내 일은 사명감, 국가와 국민에 대한 애정이 없으면 할 수 없는 일이야. 그러니까 힘들고 지치면 날 생각해. 우리 사명감 속에는 남들에게는 절대 없는 당신과 나, 우리가 존재하니까."

엘의 말은 늘 분명했다. 어렵지 않게 소신과 마음을 피력하고.
사랑의 감정도 다르지 않았다.
사랑을 정확하고 분명하게 그녀만의 스타일로 고백했다.

"알지? 나 맘먹으면 무지 세고 엄청 강한 거. 그때 기억 잃었을 때도 무의식의 발로? 본능이라고 눈에 걸리는 인간들 죄다 처단하고 단죄하고 그랬잖아. 그러니까 내 이런 강함과 엄청난 스피드를 강인하한테 쓰게 하지 마. 1초라도 한눈팔면 나 바로 변신할 거니까! 변심한 거 어떻게 아느냐고? 그걸 왜 몰라? 촉 있고 필 있고 내 퍼어…… 하여튼 난 다 알아."

다방면으로 뛰어난 연인의 공약과 공갈. 협박이 기억나 인하는 웃었다. 그러다 요즘 인석이가 볼 때마다 흥얼거리는 노래를 중얼거렸다.
"사랑을 했다, 순이를 만나. 지우지 못할 사랑이 됐다~~."

에필로그

이게 대체 무슨 소리야! 어떻게 이런 일이······.

엘은 개인 메일함에서 시크릿 메일을 확인한 뒤 서재로 향했다.

서재는 단순 서재라기보다 대형 박물관과 국립 도서관의 하이브리드 같은 느낌이었다.

그 엄청난 공간 속 젠은 마치 제국의 수장 같았다. 그렇다 해도 지금은 눈에 뵈는 게 없었다.

『지금 메일을 봤는데······.』

『네가 R팀에서 제외됐다니 정말 다행이야.』

『젠!』

다행이라니······. 이 작전 때문에 서울에서 어떤 아픈 이별을 하고 왔는데!

강인하도 그녀도 스스로가 선택한 분야의 전문인으로서 괜찮은 척을 했지만 전혀. 하나도 괜찮지 않았다. 그저 피할 수 없는 현실과 책무, 약속을 인정하며 불안과 슬픔에 민감해지지 않으려고 각고의 노력을 하고 있을 뿐이었다.

『어쩔 수 없는 일이야. 브랜든 자리가 공석이면 R팀 전력부터 균형 일체가 깨져. 또 현지 상황을 잘 아는 인물이 빠졌으니 너보다는 현지에 밝은 이가 이득이자 우선이고.』

틀린 말은 아닌데 당황스러웠다.

최종 목적, 목표는 아니어도 오랫동안 이날만을 준비하며 그 어렵고 고통스런 극한의 미션을 통과했는데 본의 아니게 밀려 허무했다.

『그보다⋯⋯.』

『⋯⋯.』

『햄이 시크릿 용병으로 아프칸에 가게 됐어.』

용병. 프라이드와 애국심으로 무장한 엘리트 군인에서 어떤 기록도 기억도 남기면 안 되는 비밀 용병이라니⋯⋯. 햄의 심정이 짐작되지 않았다.

『불명예제대라 세리머니를 비롯해 어떤 기록이나 흔적도 없을 거야. 우리 쪽에서는 파병한 적이 없는 인물이니까.』

결국 그렇게 될 일이었다.

젠은 햄도 원한 일이라고 했다. 제 나라에 발이 묶인 기약 없는 아내와 다시 만나면 그땐 새롭게 시작할 돈이 필요할 테니 결정을 빠르게 한 듯했다.

엘에게 햄은 특별했다. 어느 시기를 함께 통과한 인연이면서 고마운 은인으로.

특수 전 훈련과정인 레인저 스쿨은 듣던 것보다 훨씬 상상이상으로 혹독했다.

기초체력과 소부대전술. 산악훈련 및 악어와 독사가 우글거리는 늪지대와 수상 생존훈련을 통과해야 하는데 엘이 육체적, 정신적 한계를 느꼈던 게, 훈련 19일 차이자 4일 동안 잠을 자지 못한 순간이었다.

모든 게 한계에 도달한 몸은 무력했다. 무용하고.

아무것도 할 수 없어 무기력한 순간 포기라는 달콤한 선택을 하려는 찰나 햄이 말했다.

"목숨 걸고 악어, 독사 제쳐 줬더니 고작 잠에 포기하게? 니엘 힐도 별거 아니었던 건가? 그 무성한 소문과 전설은 전부 과대포장된 거고? 좋아, 너는 포기한다고 쳐. 그럼 제니스 장군님은? 너로 인해 그분 명성까지 땅에 떨어질 거야. 모두의 입을 통해 시궁창에 처박히고."

햄은 고비마다 엘을 도발해 일으켜 세웠다.

저 혼자 가도 무방한 길에 기어기 엘을 끌어들여 완주하게끔 독려했다.

동기면서 전우의 자존심과 생명을 구한 엘이 군인에게 사형선고와 같은 불명예제대를 했다.

사랑 때문이 아닌 사랑을 빌미로 횡포와 만용을 부린 기만적인 연인으로 인해.

엘은 자신 또한 강인하에게 사랑이란 이름으로 감정적, 정신적 폭력을 휘두르는 건 아닌가, 하는 의심과 반성을 하게 됐다.

명령에 따라 움직이는 최전선 전장으로 가는 연인을 지켜봐야 하고 무작정 기다려야 하는 강인하는 어떤 심정이었을까…….

『엘.』

많이 아프겠지? 아플 테고. 지금도 여전히 아픈 상태일까?

『엘.』

『……네.』

『강인하한테 들은 말이나 받은 질문 같은 거 없었어?』

들은 말과 받은 질문 같은 건 없었다. 그저 돌아오라고만 했다. 언제든 자신에게로.

『없어요, 헌데 왜 그런 말을 하죠? 제가 모르는 일이 있나요?』

『강인하 집 앞에 있던 핫도그 가게 기억해?』

핫도그 가게? 물론 기억한다. 어느 밤 고모님과 인석이와 먹었던…… 기……억이 났다!

그 얼굴. 그 미국인 사장의 억양. 살피던 눈빛과 의심스러웠던 질문들…… 혹시?!

『맞아, 정보과로 내정된 신입인데 내가 보냈어. 내 딸을 지켜보라고.』

『……!』

『그때 보내고 얼마 지나지 않아서 원인은 모르지만 기억상실이 분명하다는 보고를 받았어.』

기억났다. 두 번째 기억을 잃고 강인하 집 인근을 둘러볼 때 가게는 사라지고 없었다.

『조용히 지켜보면서 모든 걸 내게 보내라고 했어. 그 정보들 중에 가장 많이 등장하는 이가 그이더구나. 널 미친 듯이 찾아댄 이도 그 남자고. 몰랐겠지만 강인하는 네가 사라진 날부터 내가 보낸 엽서를 받기 전까지 네 흔적을 찾는 게 하루 일과이자 일기였어.』

『......!』

『하루도 빠지지 않고 네가 사라진 장소에 가 1시간 가까이 머물다 가곤 했지. 물론 집이 아닌 일이 산적한 제 일터 광수대로.』

지금까지도 몰랐다, 강인하의 고뇌와 수고. 상처 가득했을 어떤 마음을.

처음부터 모든 다 이야기하는 남자가 아니란 걸 알아 전부 다 알려고 하지 않았다. 그렇다 해도 가장 중요한 마음은 알고 있었다. 설명이 필요 없을 만큼 사랑해 주기에.

『무슨 엽서를 말하는 거예요?』

『내가 보낸 사진엽서.』

젠이 보낸 사진엽서?!

『네가 워싱턴 집에서 기력을 찾은 후 오랜만에 웃는 사진. 내 위치와 상황에서 엄청난 위험이었지. 너도 알다시피 존재하지만 존재 자체가 비밀인 우리 존재를 일정 부분 노출하는 행동이니까.』

『......』

『눈치 빠른 강인하는 내 의도대로 받아들였던 것 같더구나. 물론 다른 해석도 했을 테고.』

강인하는 사진엽서에 대해 물은 적도 말한 적도 없었다.

『강인하를 주시하기 시작한 건 널 보호하기 위해서였지만 또 다른 이유는 엘 네 표정 때문이었어.』

『표정이요?』

『그래. 이제껏 본 적 없는 얼굴로…… 웃더구나, 내 딸이.』

『…….』

『강인석이란 청년과 있을 때도 감정 표현은 다행했지만 강인하랑 있을 땐 내가 모르는 내 딸이 보였어. 누군가를 좋아하고 이제막 사랑을 시작한 사랑스런 모습이.』

엘은 자신이 어떤 표정을 했는지 알 수 없지만 감정이 확실해지기 전부터 분명했던 건 강인하에게 두근거린다는 사실이었다.

강인하와의 모든 상황이 긴장되면서 모든 순간이 두근거렸다. 그만큼 화가 나기도 하고.

『사진관에 너와 강인하 사진이 걸린 걸 봤어. 보면서 알았지. 제자신을 걸고 널 보호하겠다는 누군가의 진심을.』

젠의 말처럼 당시는 몰랐다, 강인하의 생각과 의도를.

어느 날 갑작스레 찾은 기억의 상자가 열리면서 모든 게 이해되고 설명됐다.

강인하가 영화 속 남자주인공과 다르지 않다는 걸.

눈치 없이 사고만 치는 여주인공의 뒷수습 같은 일을 강인하는 하고 있었다. 티 내지 않으면서 그만의 방식으로 보호하고 아껴주기까지 하면서.

모든 걸 깨달은 순간 감정은 주저할 이유가 없었다. 그런 남자를 유혹해 내 남자로 만들지 않는다면 바보 천치에 인석이 말대로 똥멍청이고.

『엘, 연인에게 돌아가.』

『……!』

『넌 내게 사랑스런 딸이고 최고의 제자야. 그 사실은 변하지 않을 거야. 그러니 이제부터는 네가 사랑하는 사람 곁에서 살아.』

『젠…….』

『달라지는 건 없어, 지금과 똑같은 모습으로 사랑하는 사람 곁에서 네가 제일 잘하는 일을 하면서 사는 것뿐이야. 난 휴가 때마다 널 보러 갈 거야, 사랑하는 내 딸이 있고 이제 본격적으로 니엘힐의 무한한 재능을 펼칠, 그 감사하고 고마운 나라로.』

반박을 비롯해 어떤 말도 못하고 선 엘 곁으로 다가온 젠이 두 손을 뻗어 가슴 깊이 안아 주었다.

『사랑하는 사람 곁보다 행복하고 아름다운 천국은 없단다.』

『…….』

『난 너로 인해 늘, 매일이 천국이었어.』

나도, 나도 그랬어요, 젠.

엘은 자신보다 한참 작지만 더없이 큰 엄마를 꼭 끌어안았다.

외전 1
미션 임파서블

강순이 누나가 본국으로 떠나기 4일 전 밤.

이유도 모른 채 넙죽 받아 챙긴 건 엄청 부드러운 양가죽 커버의 노트와 세트로 받은 펜. 펜은 무려 한정판 몽블랑 만년필이었다.

몽블랑 만년필엔 영어 스펠링으로 강인석이라고 떡하니 찍혀 있었다.

대체 무슨 부탁을 하려고 이렇게 고급진,

"인석아,"

"응, 누나!"

"이제부터 누나가, 미래의 형수가 하는 말 잘 들어."

세상에…… 형수!

"누나 그럼…… 벌써……!"

순이 누나는 인석의 의문 가득한 감탄사에 대해 부정도 긍정도 하지 않았다. 그저 그렇게 돼 버렸어, 뭐 이런 느끼하면서 삼삼한 눈빛으로 야릇하게 쳐다볼 뿐.

"너도 짐작할 거야, 누나가 심장을 여기 두고 가는 절절하고 절박한 심정을."

"심장? 누나 심장이 여기 어디 있는데?"

질문에 누나는 핏발 선 눈을 하고 쳐다봤다.

마치 너 시작부터 이러면 아주 죽는다, 뭐 이런 살벌한 눈빛으로.

"너 바보야?"

이씨…… 바보한테 바보라고 하다니.

인석은 반항하며 반발하고 싶은 맘을 억눌렀다, 영원불면의 힘의 논리로 인해.

"내 심장의 주인은 강인하니까 광수대 있는 종로 쪽에 있겠지. 그래서 하는 말인데……."

형은 대체 언제부터, 어느 타이밍에 누나의 심장이 된 건지 알다가도 모를 일이었다.

인석이 본 바로는 두 사람은 매일 싸우고 투닥거리며 무시하기 바빴다.

마치 톰과 제리처럼 누나의 일방적인 패배로 끝나던 게 수차례인데…… 연애라니. 심장은 또 뭐고.

"네가 내 손과 발, 입과 눈, 머리와 심장이 돼 줘야겠어, 도련님."

도련님?! ……생소했다.

팍하면 픽 쓰러지는 모습. 손오공처럼 손가락 하나로 장정을 넘어뜨리기도 하는, 그중 최고의 압권이자 백미는 하늘로 솟아올라 공중제비도 하는 이에게 이 같은 말을 들으니까 왠지 섬뜩했다.

"이식 수술을 하는 것도 아닌데……."

"……."

"가능할까?"

"강인석."

순이 누나가 눈을 부릅떴다.

"화는 내지 말고. 난 그냥 분위기 띄우려고……."

"띄우긴 뭘 띄워? 내 마음은 온통 눈물 천지고 눈물길인데. 너 사랑하는 남자 두고 가는 누나 맘 짐작할 수 있어? 나는 지금 헤어지는 생각만으로도 피눈물이 날 판이야. 알아?"

눈물길에 피눈물까지야. 요즘 세상에 원거리 연애가 아주 없는 케이스도 아닌데.

"이제부터 누나가 하는 말 잘 듣고 적으란 말이야. 알겠어?"

"알았으니까 시작해 봐."

"일단, 네 형 주위에 여자가 생길 만한 요소가 있으면 싹 다 치워. 아니면 여자들 눈에 띄지 않게 네가 강인하를 어떻게 하던가. 네 능력과 요령껏."

"그게 말이 된다고 생각해?"

"……."

"내가 무슨 수로 인하 형 주변을 정리해? 나도 다음 주부터 엄연히 직장 있는 월급쟁인데. 그리고 광수대로 출근하는 여경만 해도……!"

순간 순이 누나 눈이 모 남자 아이돌 가수 노래 가사처럼 불타올랐다. 활활활.

"그래, 알았⋯⋯어. 내가 주말이나 일찍 끝나는 날 상황 되고 여건 되면 가 보긴 할 테니까⋯⋯ 그만 눈⋯⋯ 아니 기분 풀어. 누나가 자꾸 그러면 나 엄청난 공포로 인해 사지가 오그라들어 뭔가 할 생각도 안 든단 말이야."

"강인석."

"응."

"너 바지 사장 말고."

말고!?

"네 소유 3층 건물 1층에 스벅 있고 옆에 정육식당 가지고 있는 건 어떻게 생각해?"

"환장하게 좋게 생각하지."

"그거야."

"그거라니?"

"형수가 도련님께 제공할 수 있는 예단 사이즈 및 규모."

⋯⋯!

"이 타이밍에서⋯⋯ 잠깐만! 누⋯⋯ 누나가 그럴 돈이 어디 있어? 미국 누나네 부자야?"

확실하게 짚고 갈 필요성이 있었다, 문서화는 못할지라도.

순이 누나 눈빛이 한없이 여유 있는, 사뭇 있는 자들의 그것처럼 촉촉해졌다.

"인석아."

"응."

"누나가 말을 안 해서 그렇지, 나 완전. 리얼리 노블레스야."

노블레스 오블리제의 그 노블레스?!

"그 말을 풀자면 미국 상류층 최고 집안 차기 수장의 외동딸이고. 아, 미국은 한국만큼 핏줄에 연연하지 않아. 애정을 갖고 키우면 낳은 딸, 키운 딸 칼 같은 경계도 없고. 그전에 누나가 이미 받은 유산이 있어."

순이 누나는 쓸데없이 귓속말을 했……다!

정확한 계산인지 모르나 누나가 언급한 액수는 얼추 30억은 됐다.

"그, 그게 말이 돼? 그렇게나 유산이 많으면서 군인 신분으로 세계를 돌아다니면서 그 위험한 일을 한다는 게? 누나 다 뻥이지?!"

"강인석, 너도 그런 부류야?"

"그런 부류라니?"

"뭐긴, 재산 있으면 놀고, 만고 땡. 그 말이지. 너 바보야? 돈 있으면 직업도 없이 평생 놀아? 넌 그게 뽐이 난다고 생각해? 유산은 유산대로 백그라운드로 두고 내가 할 수 있는 분야에서 내 자신을 증명하고 사는 건 전혀 다른 문제야, 알겠어? 그러니까 너, 내 도련님 되고 싶으면 그런 후지고 칩한 마인드는 버려야 해."

아, 이런 짜증나는 마인드 정말…… 이해 안 된다.

그래 뭐, 나중에 서로 터치 않고 살면 되니까 이건 일단 패스!

"좋아, 무슨 말인지는 알겠는데 그보다 그 유산으로……."

"올바른 유산 활용이 바로 너에게 달렸다는 거지."

결론은 가능성이 있다는 것!

이 순간 분명히 기억이 났다. 강순이 누나는 절대 거짓말을 하지 않는다는 사실을.

한 입으로 두말하는 하찮은 위인 아닌 대단한 위인이시고!

"다른 거 다 필요 없고 내가 한국에 없을 때 여자들이 강인하 주위를 어슬렁거리면 확실하게 싹을 자르란 말이야. 또 내 존재도 수시로 기억하게 하면서 나를 연상하게 하는 시그널 노래 같은 걸 흥얼거리면서 부르는 것도 좋고."

노래, 노래라…….

"머리에 각인이 되게 하란 말이야."

뭐 그 정도라면 할 수 있지 않을까? 아니지, 반드시 해내야 해! 강인석.

"첫 임무 확인 시 마음에 들면 그 자리에서 계약서 써 줄 테니까."

"……!"

"언 더 스탠? 그럼 상부상조하는 거다?"

인석은 진지하기 이를 때 없는 순이 누나를 보며 맘 굳게 먹었다. 미션 임파서블에 도전해 보기로!

각오는 각오고 이 순간 의문이 들긴 했다.

순이 누나는 운 넘나 좋은 아시아인으로 미국 주류 사회에 편입해 살면서 그런 대단한 가문과 엄청난 유산이란 백그라운드를 갖고도 왜 박봉의 공무원에 매일 사선에서 사는 강인하일까 하고. 또 강인하도 평범하고 무난한, 귀엽고 사랑스런 여자들 죄다 마다하더니 왜 하필 공포와 두려움, 파괴, 파워의 대명사격인 순이 누나일까, 뭐 그런 의문이.

"미스터리라니까……."

두 사람을 보면 사랑은 제정신으로는 절대 할 수 없는 일인 건 분명했다.

이 순간 인석은 두 사람의 미스터리한 콩깍지가 벗겨지기 전에 계약서에 도장을 찍어야만 한다는 생각뿐이었다.

기다려라!

나의 사랑하는 로타리 3층 건물아!

외전 2
우리가 처음 만나기 전,
당신과 나의 거리 9,500킬로미터

제니스는 말렸다.

오랜만에 가는 고국을 그런 이유로 가지 말라면서.

우리 방금 결혼했어요, 의 주인공인 아빠와 제니스의 손을 맞고 미국행 비행기를 탔던 게 17년 전이었다.

미국으로 오기 전, 엘은 열한 살 때까지 아빠 찰리와 이태원의 어느 펍 한편에서 살았다.

술이 잔뜩 취해 젠을 희롱하는 미군들을 특전사 출신 아빠가 구석으로 처박아 날려 보낸 인연이 두 사람의 시작이었다고 했다. 그 특별한 인연은 사랑으로 발전했고 젠의 실체를 1도 몰랐던 아빠는 사랑스런 연인과 어린 딸의 손을 잡고 미국에서 제2의 삶을 시작했다.

『주소는 알아?』

『집 주소인지는 모르지만 알고 있어요. 또 간 김에 예전에 살던 잡이랑 그 근처도 둘러볼 생각이니까 걱정 마세요.』

『이번 휴가는 이전 휴가들과는 의미가 다른데 이럴 때 한국에 다녀온다는 게…… 난 왠지 그렇구나, 엘.』

언제부턴가 젠은 걱정이 많은 여자가 됐다.

스물아홉 해를 살면서 젠은 언제나 엘 인생에서 가장 멋있고 가장 강한 전사였다. 그러면서도 우아한 여성성을 잃지 않고 자신의 스타일에 맞게 꾸미고 가꾸는 근사한 상관이자 혹독한 스승. 인자한 엄마였고.

5년 전, 젠이 아빠 찰리와 이혼했을 때 엘은 이들의 관계에 상관하지 않았지만 마음으론 젠을 응원했다. 바람을 피운 찰리가 미워서도 이혼을 선택한 젠이 가엽거나 걱정돼서도 아니었다.

이유는 하나, 아직 배울 게 많았다. 모든 면에서.

『무슨 일 있으면 바로 연락해. 약속한 날짜보다 한 시간이라도 지나면 그땐 내가 직접 데리러갈 테니까.』

젠은 정말 한다면 하는 상관이었다.

『정식절차 밟은 거 아니니까 문제 일으키면 안 되고.』

『젠, 태어난 고향이자 조국에 가는 건데 문제 일으킬 게 뭐가 있겠어요. 그리고 길어야 2주 정도고. 아무 생각 없이. 계획 없이 둘러볼 거예요. 내 맘대로 자고 먹고 걷고 이동할 거고.』

『……..』

『그러니까! 걱정을 비롯해서 은밀한 미행이나 추적 절대 하지 말아요. 약속해요.』

『약속은 공평하고 공정하게 하는 거야, 엘. 지금 네 말은 절대 공정하지 않아. 난 너의 계획을 전혀 모른다고.』

　이럴 때 보면 젠은 영락없는 군인이다. 협상의 달인인 전략가이자 계략가이고.

　『나도 몰라요. 이번 여행은 계획이 없다고 했잖아요.』

　『그러니까 그런 여행을 대체 왜 가느냐고!』

　가끔 젠과 말이 안 통했다.

　이전엔 이 정도까지는 아니었는데 찰리와 재혼. 동료 제이슨과의 세 번째 결혼까지 연이어 실패하고 젠은 달라졌다. 그렇다고 해도 일반인들과는 차원이 다른 누구도 범접하기 어려운 최고의 군인 제니스 힐 제너럴이지만.

　생각해 보면 사람에겐 운명이란 게 있는 것 같다.

　찰리가 펍에서 젠을 구한 것부터 시작해 열두 살 계집아이가 동급생들의 무차별적인 폭력과 차별에 노출되지 않았었다면. 또 전설 자체인 젠을 새엄마로 만나지 않았다면 오늘날의 니엘 힐이 존재했을까……

　시작은 그때였다. 그 사건이고.

　유년 시절 아무런 잘못도 없이 백인 상류층 또래들에게 호되게 당한 일은 엘은 물론 제니스에게도 충격이었다.

　그 충격의 결과는 누구도 예상 못한 길로 나아가는 약간의 계기가 되어 주었고.

　이후, 모든 결정과 선택은 엘의 몫이었지만 그 모든 순간을 젠은 함께했다.

　웨스트포인트 졸업. 4개 국어 능통자. 중동 전문가. 각종 무기, 무술 유단자에 여군 세 번째로 미 육군 레인저 스쿨 이수자. 여군 최초 미 육군 정예부대 팀원 같은 엄청난 타이틀도 전부 엘이 해낸 일이지만 그 뒤엔 조력자이자 후원자인 젠이 있었다.

후회는 없다. 모든 선택은 충분한 숙고 후 그녀 스스로 내린 결론이기에.

이번 휴가 후 첫 출정이었다.

후방이나 기지에서가 아닌 최전선에서 실전 병사로서의 전투.

이날을 목표로 훈련하고 단련한 건 아니지만 결국 의미 있는 쓰임이 될 거라는 걸 안다.

최고의 상관이자 스승에서 점점 엄마로서의 모습만 보이는 젠은 처음부터 반대했다. 그린베레(미 육군 특전사)인 찰리까지.

지지해 준 두 사람 모두 스스로를 위한 단련과 기념비적인 수료에서 끝내길 바랐다.

엘은 두 사람과는 생각이 달랐다. 현장을 경험해야 후방 지원이 원활할 거란 생각을 늘 하고 있었다. 필요성 또한 느끼고.

현장은 현실이자 전쟁인데 후방을 지키는 이들은 최전선의 상황을 몰랐다. 알아도 조금 다르게 알 수밖에 없고.

몰라서, 경험이 없어서 현장과 소통이 안 되는 거라면 경험하며 직시하고 싶었다.

삶과 죽음이 오가는 사선에서의 그 생생한 혈전을 온몸으로 체득해 보고도 싶고.

누구보다 전문가인 젠과 찰리는 엘이 자신들과는 다른 군인. 지도자로 남아 주길 바랐다.

엘을 최고의 전사로 만든 이가 젠 자신이면서도 마지막엔 엄마로서 말했다.

『엘, 너와 함께한 모든 시간과 선택에 대해 후회는 없어. 넌 내 최고의 제자이자 후배야. 하지만 다시 그때의 나로. 너로 돌아간다면 난 너에게 다른 삶을 보여 줄 거야. 이끌어 주고. 그러니까 엘, 한 번 더 생각해. 너의 선택과 결정에 대해서.』

어느 밤 젠은 이처럼 말했다. 그 이유 때문이라도 이번 여행은 의미가 있었다.

『난 말이야 내 딸이 이번 여행에서 조금 다른 경험을 했으면 좋겠어.』

『다른 경험? 어떤 경험을 말하는 건데요?』

『왜 있잖아, 영화 비포 선라이즈처럼 여행길에서의 우연한 만남. 생소한 이끌림. 달콤한 연애 뭐 이런 것들 말이야.』

『곧 출정인 사람한테 연애라니…… 욕심이에요. 말도 안 되는 바람이고.』

『엘, 바람은 바라야만 일어나는 거야.』

『……』

『사람은 욕심을 부려야 어떤 일도. 없던 일도 생기는 거고.』

젠은 정말 너무 많이 변했다. 그토록 혹독했던 이전의 모습과 비교한다면 천만 배쯤 차이 날 정도로.

대체 그 짧은 시간에 누구를 만나 어떤 연애를 하라는 건지…….

한국 남자들이 전부 한국 드라마 속 남자주인공도 아닐 텐데. 무엇보다 대한민국 대표 남자 찰리를 보면 답이 나온다. 기대를 버리라는 답이.

『그러기엔 시간이 없어요.』

『사랑 같은 엄청난 사건 앞에서 시간은 아무런 문제도 되지 않아. 사랑은 두 사람의 마음만 있으면 되는 거야, 엘.』

『그러니까요. 지금까지 생기지 않은 마음이 갑자기 생기겠어요?』

『그야 모르지.』

『…….』

『내 딸도 나처럼 그곳에서 운명의 남자를 만날지…….』

『나의 이름은』 완결